学术研究系列

麻溪姚氏与桐城派的演进

汪孔丰 著

北京师范大学出版集团
BEIJING NORMAL UNIVERSITY PUBLISHING GROUP
安徽大学出版社

图书在版编目(CIP)数据

麻溪姚氏与桐城派的演进/汪孔丰著. —合肥:安徽大学出版社,2017.12
(桐城派文库)
ISBN 978-7-5664-1513-4

Ⅰ.①麻… Ⅱ.①汪… Ⅲ.①氏族谱系-研究-桐城 ②桐城派-文学流派研究 Ⅳ.①K820.9②I207.62

中国版本图书馆 CIP 数据核字(2017)第 304662 号

安徽省高校优秀青年人才支持计划重点项目(gxyqZD2016202)成果

麻溪姚氏与桐城派的演进

Maxi Yaoshi yu Tongchengpai de Yanjin

汪孔丰 著

出版发行:北京师范大学出版集团
安 徽 大 学 出 版 社
(安徽省合肥市肥西路 3 号 邮编 230039)
www.bnupg.com.cn
www.ahupress.com.cn
印 刷:合肥远东印务有限责任公司
经 销:全国新华书店
开 本:170mm×240mm
印 张:19.25
字 数:276 千字
版 次:2017 年 12 月第 1 版
印 次:2017 年 12 月第 1 次印刷
定 价:79.00 元
ISBN 978-7-5664-1513-4

策划编辑:李 君 汪 君
责任编辑:汪 君 李加凯
责任印制:陈 如
装帧设计:李 军
美术编辑:李 军

序

XU

汪孔丰的著作《麻溪姚氏与桐城派的演进》即将出版，希望我写个序言。此书初稿是孔丰的博士毕业论文，作为当年的导师，其求学经历、选题周折、钻研甘苦、撰写过程、学术目标等，我都比较了解。如今通过序言的撰写，对此作一回顾，谈一些感想，无论对于作者还是读者，想必都是有益的。虽然对于桐城派，我并未作过专门研究。

认识孔丰，至今整整十年。2007年8月，我到武夷山参加福建师范大学主办的“明代文学国际学术研讨会”，孔丰也正好参加此次会议。会议结束后，他在师友的热心推荐下，打算来我这里攻读博士学位。孔丰本科毕业于安徽师范大学中文系，旋即成为苏州大学元明清文学专业的硕士，又在安庆师范大学从教数年。基础和素养相当不错，为人又诚恳认真，所以初次见面的感觉就很好。但是他的读博生涯，却一波三折。

2007年岁末，正值孔丰参加博士入学考试，且感觉良好、踌躇满志的时候，其母查出肺癌晚期。此后的一段日子里，孔丰经常带着母亲到上海来做化疗。上海肿瘤医院的住院费用昂贵不说，病床也无从申请，孔丰母亲的化疗，只能在门诊解决。每一次化疗，孔丰带着母亲，从安庆坐火车一路颠簸到上海，找旅馆住一晚，次日门诊做完化疗，当天再颠簸返回。如此周而复始，总算是做完了整个疗程。万幸的是，孔丰母亲对自己的病情一无所知，心态不错，化疗之后的身体恢复也还过得去。在此过程中，孔丰既要求医问药，又要“蒙骗”母亲，还不能耽误学校的教学，劳心劳力，心力交瘁。已经取得的2008年的博士入学资格，实在不想放弃，万般不舍，却又无可奈何，因为“百善孝为先”。与我商量再三，斟酌许久，考虑家庭、经济等方方面面的因素，孔丰不能不忍痛决定，暂时停下读博的脚步。

转眼两年过去，其母病情较为稳定，孔丰再次投考。尽管2010年是历年来报考人数最多的一次，其考试结果依旧出类拔萃，不管是专业成绩还是总分，都名列前茅。就这样，我俩都如愿以偿。

孔丰入学，是在2010年的春天。当时上海大学的博士招生，有一项迥别于其他学校的措施：同一年录取的博士研究生，根据自身情况，且与导师商量并获首肯，可以自主选择当年的春季或秋季入学。因此相比其他学校同一年级的博士研究生，孔丰的入学和毕业，实际都提前了半年。这样多少可以挽回一些因为母亲患病导致的时间损失，令人欣慰。遗憾的是，孔丰入学几个月之后，母亲病情急转直下，终于不治。

孔丰入学伊始，甚至可以说在攻读博士学位以前，就已经开始考虑博士论文的题目，但是纠结不已，迟迟未作决断，因为这关系他今后人生的治学方向和努力目标。换言之，孔丰其实是个颇有想法、有所追求的读书人。

有关孔丰的论文选题，起初我的设想比较简单和干脆，希望博士论文就在其硕士论文的基础上推进演绎。具体地说，孔丰当年的硕士论文是有关明末陈子龙的研究，虽然时过境迁，孔丰认为这个题目很难深入，无意继续从事，但是我依然以为，任何研究最好有延续性和相关性，否则得不偿失。当时我对他说：“仍然从陈子龙出发，寻找拓展和突破，比较合适。即使博士论文不专门研究陈子龙，也应与这一时期这一人物有关。陈子龙是个大家，深入下去，题目会有很多。”我希望孔丰的博士论文仍然围绕陈子龙做文章，主要基于两点：一是因为孔丰硕士阶段已经积累不少资料，驾轻就熟，相对容易。二是由于我的研究范围在元明时期，尤其对江浙地区的文学文献和文化现象比较感兴趣，选择陈子龙或相关题目，自认为便于指导。

我始终认为，研究的好坏，关键要看是否有创见。创见从何而来？需要时间和积累。一个人一辈子的研究，如果能够深入剖析一两个大家就很不容易了。而且就我自身的研究心得来看，只有“专”才能“精”，因此建议孔丰不要放弃陈子龙——这个他已经“雕琢”了若干年的“大人物”。

但是，最终我怎么会改变初衷，同意并支持孔丰转向研究清代桐城派的呢？

今天撰此序言，翻看当年我俩的往来信件，其中有关其博士论文选题的讨论，总计十来封。从各执己见，到相互影响；从反复纠结，到趋向一致，这一过程长达数月，终于决定将桐城姚氏家族作为其研究方向。其实最终起决定作用的，还是孔丰为自己选择桐城派研究陈述的四个理由：

其一，当前谈明末清初文学，研究者的目光更多地投注于江浙一带，而对当时同属江南省的安徽作家关注不多，这对江南文学及文化的认识在某种程度上是不完整的。其二，明末清初，桐城地区文人辈出，如方以智、钱澄之、阮大铖、方文、潘江等，在当时文坛影响也较大。其三，桐城文人与吴中文人，尤其是与松江文人交往频繁，方以智、钱澄之、方文等，与陈子龙、李雯等就有往来，这方面资料我有一定积累。其四，桐城派的孕育与明末清初桐城文人群体的兴盛有极大关系，方苞受到钱澄之影响，桐城派理学思想与明末清初桐城文人的理学思想也有渊源。可以说没有明末清初桐城文人群体的崛起，也就很难有桐城派的产生。

既然孔丰已经考虑成熟，且将其论文选题的意义和价值阐述得如此清晰，我没有理由不予以支持。何况这个影响清代、民国文坛长达数百年的桐城派，因为受到“五四”新文学、新思潮的冲击，长期以来遭到质疑、批判、轻视和否定，真正有力度有厚度的研究还十分缺乏，其固有的文化价值尚未得到今人重视。最后还有一个要素十分关键，因为孔丰是安徽人，又在安徽工作，致力于研究乡邦文学文献和本土文化现象，那是顺理成章的事情。

由于某些非学术的原因，近年来桐城派研究成为显学。但是七八年以前，孔丰选择这个命题开始博士论文写作，甚而企图将桐城文学文化研究作为终身钻研目标的时候，问津这个学术范畴的学者其实并不多见。当然，孔丰的设想也是逐步推进的，起初可能受到我的意见的影响，自我划定研究范围就是两个粗线条的原则：一是明末清初，二是与安徽有关。研究对象也力求简单和单一，打算选择某个人物，例如“钱澄之的学术及其文学”。但是旁听了几场博士论文答辩，并且在我的办公室里，关起门来，与当时一同学习的同门诸位就选题问题作了几番专门讨论之后，孔丰不再那么“安分”了。他希望选择更为“宏大”的题目，力争为今后的学术道路打下坚实的基础，要使博士论文成为自家研究领域的新颖起点。实践证明，他的这一选择是正确的。

反思过往，不免惭愧。事实上，起初我考虑较多的，不管是“便于指导”，还是“顺利毕业”，都是从有利于自身的角度思考问题，并未设身处地为孔丰考虑，也没有为其今后的学术道路作长远规划。我的“专而精”的选题原则之所以后来有所变化，一是因为孔丰的自我坚持，二是由于我看问题的角度或者立场发生了改变，从着眼于“我”，逐渐趋向于“他”，孔丰的研究对象也就随之从东吴腾挪到了皖南。

如果说，“换位思考”是多年来的教学相长促使我逐步明确且付诸实践的思想方法，那么，还有一种心得，则是孔丰来到门下之后所收获的。

最近若干年来，对于在职博士的诟病较多。孔丰入学以前，我也偏爱脱产学习的考生，认为他们没有许多的拖累，可以心无旁骛地读书、求学、做学问。孔丰是我接收的第一个在职博士生，从此以后，在职博士的形象在我心目中有所改观，对于希望在职攻读博士学位的考生，我不再排斥。其实仔细想来，任何人、任何事物都有多面性，学生也是如此。一路从学校直接考上来的学生，年轻聪颖，没有生活负担，没有家庭拖累，心思可以单一，但是所受诱惑也多，甚而至于厌学，丧失读书热情。而像孔丰这样的高校教师，工作数年以后再入校门，十分珍惜来之不易的读书机会，他们常常将读博作为集中时间读书钻研、夯实基础、提升素养、提高研究水平的过程。因为有动力，有目标，所以往往成效显著。

孔丰钻研两三年的成果就是本书的初稿。2013 年春天，孔丰如期毕业，博士毕业论文答辩会上，所有的评委，包括答辩委员会主席复旦大学陈尚君先生在内，一致给予好评，成绩优秀。毕业当年，孔丰在博士论文基础上申报国家社会科学基金资助项目，又顺利获得青年项目的立项。但是孔丰对此论文并不十分满意，毕业以后，仍然不断地修改打磨，甚至删削不少。如今距离其博士毕业又过去了四年多，书稿即将付梓，孔丰还是说有不少的遗憾。其严谨认真的治学态度，由此可见一斑。

本书对于桐城派以及桐城地域文化的研究具有实打实的推进作用，其成效显而易见，毋庸细说。然而身为当年的导师，在此撰文赞赏，终究难免“王婆卖瓜”之嫌。好在功过是非，自有读者评判。

当然，任何学术著作都是会留有遗憾的。在此我谈两点意见，仅供孔丰参考。

其一，全书有关桐城麻溪姚氏家族的纵向探讨比较深入，横向的联系和比较分析则相对薄弱。关于这一点，孔丰其实已经有所认识。他在《余论》中说，本书有关麻溪姚氏与其他桐城大姓，诸如方氏、张氏、马氏等的比较，没能展开，是一大遗憾。其实在我看来，不仅姚氏的文化特点需要与其他桐城大姓作比较分析才能显现，即便是单纯讨论麻溪姚氏在桐城如何生根和发展，离开了不同地域文化之间的比较，同样难以讨论透彻。因为要探讨文化问题，要揭示某一种文化特点，无论是家族文化，还是地域文化，必须也只有通过比较分析，才能显示其别具一格的特点。

书中写道，麻溪姚氏的始迁祖元初人士姚胜三，青睐此地的“山川优美、俗厚人淳”，主动从余姚（今属浙江）迁居桐城。以后因为元明之际的战乱，原居徽州（今属安徽）、饶州（今属江西）的居民，又大规模地移居此地。而正是这些经济能力、文化水平相对较高的移民，促成了桐城文化的勃兴。

此言不无道理。但是，是否所有经济能力相对较强、文化水平相对较高的百姓往落后地区迁移，就一定可以带动迁徙地的经济发展，提高迁徙地居民的文化水平呢？答案是否定的。

如果说元明之际徽州、饶州的居民移居桐城，是一个成功范例，那么，同样在那个时间段，同样是大规模移民，同样是经济能力、文化水平相对较高的居民北迁，却又有一个闻名遐迩的失败例子。众所周知，元明之际，战争结束之初，朱元璋就逼使苏州、杭州一带众多富户迁徙“中都”濠州（今安徽凤阳）。但是“中都”的修建后来半道夭折，迁徙濠州的江浙移民，利用各种渠道想方设法回迁。留居濠州的“经济能力、文化水平相对较高”的江浙人士，最终也没有能够繁荣濠州的经济，更未振兴当地的文化。直到上世纪改革开放之初，濠州仍是有名的贫困之乡。

我们讨论家族文化，其实避不开移民问题。移民是否能够在移居地生存发展，其原籍文化如何在迁徙地保留、演变和发展，当然与其原籍文化的优劣、与其生存力的强弱有关。但是我们常常忽略的是，迁徙地固有的文化土壤，在与不同地域文化的碰撞之中，在移民的发展过程之中，究竟起过哪些有益或有害的作用。

麻溪姚氏在元初姚胜三从余姚（今属浙江）迁居桐城之后，历经几代的繁衍，明代中叶就开始出名，且其家族文化愈来愈繁荣。此中缘由，可能不仅仅是因为桐城当地的“山川优美、俗厚人淳”，也不会仅仅只是因为原住地与迁徙地相距不算十分遥远（余姚距离桐城，其实不能算近）。姚氏、方氏等外乡人在元明之际迁至桐城，能够在当地安然扎根、顺利发展，必定与桐城固有文化的某些特点有关。

中国历史上的移民由南向北大规模迁徙，常常是被迫的：或战争，或灾害，抑或政治迫害。元代的徽州路、饶州路，皆隶属于江浙行省，而桐城隶属于河南江北等处行中书省安庆路。从徽州、饶州移居桐城，当然也是自南而北，也是因为战争所迫，只不过被迫迁徙的结果，后来令人欣慰。

我们以濠州与桐城相比较，虽然前者的山川景色不如后者，应该也属“俗厚人淳”之乡，但是元明之际两地移民的最终结果却截然不同。那么，濠州与桐城在人伦风俗方面，或者说两地的“文化土壤”（例如本地居民对待外来事物的态度和立场等），必定存有差异。当然，迁徙濠州的江浙人士身份比较复杂，移民所受约束较多，与移居桐城的徽州、饶州居民不能完全等同。但是无论如何，江浙人士移居濠州以后没有任何的文化优势体现，是显而易见的。那么，迁徙桐城的移民为何如此幸运呢？桐城的“文化土壤”必定蕴含某些要素，适合他乡高素质居民在此寓居甚至定居。他乡移民之所以在桐城安然生存，并逐渐获得发展繁荣，且终于占据优势的深层次原因，值得探究。

要而言之，桐城派的形成，固然与移民文化的自身优势有关，更与当地固有的民风民俗、文化特性息息相关，因为“外因必须通过内因起作用”。也正因此，促成包括麻溪姚氏在内的桐城派繁荣的地域文化基因，诸如移民原籍地域文化的特点、桐城包容促成移民发展的文化因子、移民原籍文化与桐城地域文化如何契合等，仍需作进一步的探究、比较和分析。

其二，实地的调查体验和亲身感受有所欠缺。书中涉及诸多文化家族、家族文化的问题，但是对于家族衰落与传统文化的变异，以及因此而造成的家族关系的疏离、家庭结构的变化、家族文化传统的割裂和亲情人性的改变等比较现实的问题，着墨极少，然而这一切，是研究文化问题不容忽视的。其实不管是文学研究，还是文化研究，归根结底是人的研究，是为了促进人性的保持和完善。

想要完成上述系列研究，就不能不深入当地，亲自调研。无论是家谱宗谱的钩沉，还是家族文化的体验，抑或民风民俗的考察，只有调查才有发言权。正所谓“你要想知道梨子的滋味，你就得变革梨子，亲口尝一尝”。如果真正具有了亲身体验和切身体会，本书论及“桐城派文化的留存”，就不可能仅仅局限在书籍的编刊，势必进一步引申近现代以来桐城文化家族的变迁及其现实影响、桐城当地民风民俗的历史留存、桐城文化演变的现象、原因及其利弊的考察等。那样的研究，无疑将更加具有现实的魅力和说服力。

以上两点，与其说是意见，不如说是建议，甚至可以说也是我自己渴望达到、希望能与孔丰共同努力的目标。尤其上述第二点，即针对研究对象开展实地的调查和亲身体验，是当今从事古代文学研究的学者普遍欠缺的，但是至关重要。今年 8 月，我在新疆参加“2017 年全国元代文学与西域文学研讨会”期间，在北疆边陲伊吾县纪念凭吊去年在此遭遇车祸的杨镰先生，感触颇深。杨镰做学问的优点就是既埋头古籍，又走出书斋。杨镰特别注重乡村考察和田野调查，哪怕是一块残碑、一个传说，常常穷追不舍，因此形成他最为显著的注重实地考察的研究特色，因此才有他许多的文化地理发现。孔丰身处安徽，距离桐城不远，更应利用这一地域优势，沉下去考察研究。如此坚持不懈，将学问做活、做扎实，最终涌现具有真正自家特色的研究成果，对此我充满期待！

孙小力

2017 年 10 月 20 日

目　录

MULU

下编 个案研究

绪 论

桐城派是清代文坛成员最多、著述最丰、流播最广、绵延最久、成就最显、影响最巨的一个重要流派,有着极为重要的研究价值。桐城派研究在20世纪经历了一段盛衰迭替、跌宕起伏的百年历程,尤其是在最后20年,更是留下了浓墨重彩的辉煌一笔。[①] 这段时期,学界在研究材料、视角、方法、内容、理论等方面都有所突破、拓展,呈现出焕然一新的多元化研究格局。特别是进入21世纪之后,桐城派研究局面更是如火如荼,气象非凡,展现出大有作为的发展前景。[②]

桐城派与文化家族的关系,就是一片可供开垦、可以作为的研究疆域。据刘声木《桐城文学渊源考》,我们可发现:在规模庞大、人才辈出的桐城派阵

① 学界对桐城派的研究现状已多有回顾和总结,如汪龙麟:《桐城派研究的世纪回顾》,载《北京社会科学》,2002年第1期,第131～138页;吴微:《近二十年桐城派研究述评》,载《古典文学知识》,2002年第11期,第106～113页;高黛英:《20世纪桐城派研究述评》,载《郑州大学学报》(哲学社会科学版),2003年第2期,第114～120页;江小角、方宁胜:《桐城派研究百年回顾》,载《安徽史学》,2004年第6期,第91～99页;张晨怡、曾光光:《桐城派研究学术史回顾》,载《船山学刊》,2006年第1期,第172～174页。

② 按:在2007年举办的第三届全国桐城派研究会议上,杨义研究员、卞孝萱教授、陈文新教授等一批参会代表都认为:“桐城派研究天地广阔,从古籍文献整理发掘到专题学术研讨,都还有很多未曾开垦的处女地。”参见徐成志:《桐城派研究的新篇章——全国第三届桐城派学术研讨会综述》,载《安庆师范学院学报》(社会科学版),2007年第5期,第92页。

营中,存在着为数众多、遍布南北的文化家族。他们有安徽桐城的方氏、姚氏、马氏、张氏、吴氏、左氏、徐氏、刘氏等;江西新城的陈氏、鲁氏、黄氏等;江苏无锡的秦氏、薛氏、华氏、侯氏等;浙江的嘉兴钱氏、鄞县万氏、平湖贾氏、秀水庄氏等;湖南的湘阴郭氏、湘潭欧阳氏、湘乡曾氏、新化邓氏等;河北的武强贺氏、安平弓氏、枣强步氏、任丘籍氏等;贵州遵义的黎氏、莫氏、宦氏……这些文化家族都对桐城派的发展演变有过重要的影响。他们的存在,也是桐城派演变史程中一个别具意义的重要文化现象,值得探究。然而,目前尚未有专门的、系统的研究成果。

尤需指出的是,桐城麻溪姚氏[①],是刘声木《桐城文学渊源考》中收录桐城派作家最多的一个文化家族。这个家族里的姚范、姚骙、姚鼐、姚景衡、姚柬之、姚元之、姚莹、姚濬昌、姚宪、姚兴泶、姚通意、姚永楷、姚永朴、姚永概等14位成员都被此书收录。虽然姚氏尚有一些作家如姚朔、姚原绂、姚原绶、姚思赞、姚仙都、姚声、姚纪、姚翁望等没有被刘声木列入桐城派阵营,但此书所列姚氏作家上自十五世姚范,下至二十世姚永楷、姚永朴、姚永概兄弟,六代传承,活跃于桐城派开创、发展、兴盛、衰落的不同阶段,堪称桐城派世家。这不仅是姚氏家族自身文化特性的显著反映,也是桐城派长时段演进中一个特殊面相的客观呈现。在文学史上,像姚氏家族那样与文学流派关联之深、结合之久的甚为罕见。这样的史实不能不引人深思:姚氏究竟是一个什么样的文化家族?为什么能出产这么多桐城派作家?这些姚氏作家在桐城派的演变史程中扮演着何等角色?又有何贡献?厘清这些重要问题,不仅能够帮助我们更加深入地认识姚氏的家族文化传统,而且能为文化家族与桐城派演进的关系提供新的研究视角。

在选择姚氏作为研究"标本"之前,我们首先有必要扼要梳理下学界对这个家族的研究情况。从家族成员个案研究来看,学界对姚孙棐、姚文然、姚文燮、姚范、姚鼐、姚莹、姚永朴、姚永概、姚倚云等人已有一些研究成果,特别是

① 按:为简省字数计,后面"麻溪姚氏"统称为"姚氏"。

对姚鼐、姚莹的研究较为深入[1]，涉及他们的生平事迹、文学思想与创作、学术思想等方面。不过，从姚氏家族的整体、宏观研究来看，相关成果并不多，涉及面也不广。何明星在专著中论述“清人学术活动的宗族化特征”时，先后把桐城姚氏、方氏、吴氏这三个宗族作为个案予以阐释[2]，还从整体角度扼要观照了姚氏家族的学术活动，虽然比较简略，但草创开掘之功不容忽视。卞孝萱、武黎嵩利用《麻溪姚氏宗谱》发掘出未被他人所利用的第一手资料，不仅论述了姚家所具有的理学家风、崇尚力行、表彰节孝等方面的文化特质，而且在此基础上考察了姚鼐与宋学的关系[3]，这些成果对研究姚鼐及姚氏家族有所启示。徐雁平研究清代文学世家甚深，研索“桐城五大家族与桐城文学传统”时，曾论述过姚氏家族诗集的编刊情况[4]。这不仅有助于我们了解姚氏文学传统以及桐城文学图景，而且为深入研究姚氏的姻亲文学圈以及桐城派的形成与扩散提供了新的思路与视角。此外，他还在《清代文学世家姻亲谱系》中梳理了桐城姚氏的姻亲谱系，这为研究这个家族的姻亲关系提供了便利[5]。两篇学位论文专门以姚氏为研究对象，颇值得注意：吴婷论述了姚

---

① 相关研究论文较多，兹不赘述，仅列代表性著作。研究姚鼐的有王达敏：《姚鼐与乾嘉学派》，北京：学苑出版社，2007 年；周中明：《姚鼐研究》，合肥：安徽大学出版社，2013 年；等等。研究姚莹的有杨松年：《姚莹〈论诗绝句六十首〉探析》，台北：文史哲出版社，1999 年；施立业：《姚莹年谱》，合肥：黄山书社，2004 年；等等。

② 何明星：《著述与宗族——清人文集编刻方式的社会学考察》，北京：中华书局，2007 年，第 52～104 页。

③ 卞孝萱、武黎嵩：《重新认识姚鼐——〈桐城麻溪姚氏宗谱〉资料的发掘和利用》，载《中国文化》，2007 年第 2 期，第 114～127 页；《从〈桐城麻溪姚氏宗谱〉看姚鼐》，2007 年“第三届全国桐城派学术研讨会暨安徽省桐城派研究会第二届年会”会议论文，后又结集收于徐成志、江小角主编：《桐城派与明清学术文化》，合肥：安徽大学出版社，2008 年，第 309～315 页；《从〈桐城麻溪姚氏宗谱〉看姚鼐与宋学》，载《淮阴师范学院学报》（哲学社会科学版），2009 年第 1 期，第 65～67 页。

④ 徐雁平：《清代家集的编刊、家族文学的叙说与地方文学传统的建构》，载《古典文献研究》（第十二辑），2009 年，第 281～316 页。此文后收入其专著《清代世家与文学传承》，北京：生活·读书·新知三联书店，2012 年，第 109～133 页。

⑤ 徐雁平编著：《清代文学世家姻亲谱系》，南京：凤凰出版社，2010 年，第 177～188 页。

氏的世系、科举功名、仕宦政绩、文化成就等情况[①];温世亮着重论述了姚氏家族的诗歌创作成就[②]。综前所述,姚氏家族与桐城派演进之间的关系,尚是一个可以值得深入挖掘的“矿区”。

本书就是以姚氏家族与桐城派的关系作为研究对象,对其作整体地、历时性地观照,在地域、家族、流派的三重视野中论述姚氏在桐城派兴衰嬗变进程中所起到的作用与影响。全书在厘清文献史实的基础上,尽量做到将群体研究与个案研究相结合、家族研究与流派研究相结合、文学观念研究与文学实践研究相结合。由此,得出以下一系列的认识:

姚氏是由移民之家逐步发展成世家望族的。其始迁祖姚胜三因见桐城山川优美,俗厚人淳,遂在元初由浙江余姚迁居桐城大宥乡的麻溪河畔(今枞阳县钱桥镇),世称“麻溪姚氏”。其后三代孝友力田,皆有隐德。直到明景泰年间,五世参政公姚旭科第有名,仕宦有声,家族始显。嗣后,名哲继踵,硕儒辈出,姚家亦由耕读之家演变为仕宦望族、文化世家。

姚氏的世家崛起之路与桐城良好的人文生态密切相关。桐城人文自明中叶以后开始蔚兴,推究其因,元末明初的迁桐移民贡献尤巨。元明之际,诸多徽州、饶州等地的民众或为避战乱,或爱桐城山水,大规模地迁入桐城。这些来自文化水准较高地区的移民,定居桐城后,不仅增加了当地的人口数量,而且促进了经济的发展,甚至还改变了桐城原有的文化生态。当然,这种变化不是一朝一夕就会实现的,他需要经历若干代积累酝酿后才会推陈出新。这些移民往往历经几代人的不懈奋斗,通过科举入仕,才能从普通的耕读之家逐渐发展成为声势显赫的世家望族,如张氏、左氏、马氏、齐氏、何氏等皆可谓典型代表。姚氏虽然迁桐较早,但腾达之势也是在明代景泰年间开始显扬,至万历以后,步入桐城望族之林。他与桐城其他望族之间,通过交游、师

---

① 吴婷:《清代桐城科举家族姚氏研究》,辽宁大学中国古代史专业硕士学位论文,2013年。

② 温世亮:《清代桐城麻溪姚氏家族及其诗歌研究》,安徽师范大学中国古代文学专业博士学位论文,2013年。

承、姻亲等关系,相互交流,相互影响。这些名门望族往往凭借拥有较多的社会文化资本,在桐城文化的演进上热心于投入各种能量与资源,从而对地域文化的形成与建构起到了重要作用。桐城也由此成为科举强县、理学重镇、文章名邦,是明清时期享誉全国的文化高地。姚氏正是在这样的文化生态背景下繁衍生息、发展壮大的,他对桐城文化高地的建设与桐城文章的传扬也有着不可磨灭的贡献。

姚氏作为文化世家,历经形成、发展、昌盛、转型等不同阶段。明代是姚氏成为文化世家的形成与发展期。始迁祖姚胜三自元代徙居桐城后,四代孝友力田,读书好义,在乡里颇有声望。五世参政公姚旭,是家族史上里程碑式人物,他不仅首开家族科举仕宦之门,而且狎主吟坛,肇兴家族文运。姚家自此终于迈入新兴科举望族、文化世家之列。其后,六世至九世虽未有科举题名者,但历代都没有中断教育投入。他们吟咏不倦,保持着文化家族的儒雅本色。尤其是八世姚希廉这一支,崇文重教之风尤为浓厚,这对其后的家族发展影响深远。至十世,姚家子弟重振家声,科举题名,簪缨蝉联。姚之兰、姚若水、姚之骐、姚之蔺等人可谓佼佼者。他们不仅有功名,而且有文名。至明末清初,姚氏一门文运蒸蒸日上,蔚为大观。十一世于此作用甚大,在科举仕宦上,姚孙棨、姚孙棐、姚孙森等人维持家族科举题名之局;在文学、学术上,姚孙棐、姚孙森、姚孙棨、姚孙枚、姚孙植等人著书立说,成就不凡。明清易代,自十二世至二十世,是姚氏文化世家的昌盛期,高潮迭起。在科举仕宦方面,共涌现出 34 名举人,其中二十世姚永概举江南乡试解元;上榜 14 名进士,其中十二世姚文然累官至刑部尚书,成为姚家官位最高者;十三世姚士藟、十四世姚孔鋠、十五世姚范皆授翰林院编修;十六世姚鼐官刑部郎中,参修《四库全书》;十八世姚莹是抗英保台的民族英雄,累官至广西按察使,同辈姚元之亦入翰林院,官至左都御史;等等。在文学创作上,驰名文苑者代不乏人,十二世不仅有姚文燮、姚文烈、姚文焱、姚文熊等男性文人,而且有姚含章、姚宛、姚凤仪、姚凤翙等闺阁才媛;十三世有姚士藟、姚士堂、姚士基、姚士黉、姚士塈、姚士陛等人;十四世有姚孔钠、姚孔锌、姚孔锏、姚孔鋠、姚孔镔等人;十五世有姚范、姚兴泉、姚建、姚兴麟等人;十六世有姚鼐、姚支莘、姚棻等人;十七世有姚景衡、姚通意、姚觐闾等人;十八世有姚莹、姚柬之、姚元之、姚兆、姚葆恒等人;十九世有姚濬昌、姚声、姚思赞、姚润等人;二十世有姚永楷、姚永朴、姚永概、姚倚云等人。此外,在艺术领域,这个家族也取得了引人注目的成就。如姚文燮善画,尤以山水见长,时人将其比作"画手王摩诘"[①];姚鼐工书,楷书学董其昌,行草专精王献之,被包世臣誉为"国朝书家之冠"[②];姚元之以书画驰名,其隶书尤宗汉碑,笔法波磔流畅,结构谨严而气韵灵动;其行草,师法苏轼、赵孟頫等人,精妙入神,他还是嘉道年间"十六画人"之一[③],其画工于花果翎毛,不袭前人窠臼,别具一格。其他如姚士暨、姚兴书、姚培致等在书画上也有较高造诣。进入清末民初,随着科举制度的废除、西学的传入以及新式教育的兴起,文化世家赖以发展的根基受到重创,以姚东彦、姚茭、姚焕、姚昂、姚翁望、姚纪、姚豫等为代表的二十一世也开始逐步向现代转型,不再专注古文、制艺,而是积极学习西学、新学,在时代浪潮的推动下,逐渐实现了家族转型。当然,如果深究姚氏何以能维持世家地位长达数百年,关键因素在于姚家拥有崇文重教的家风传统。这种传统也是文化世家保持长盛不衰的根本所在。

有清一代,姚氏作为文化世家最大的文化特色在于,他与桐城派的契合深而久。为何能如此呢?这与其通过家族联姻、书院讲学、自身文化传承等方式有力推动桐城派的发展有密切关系。这个家族身上鲜明地体现出桐城派的家族化特征。

姚氏的联姻行为对桐城派本土力量的发展与壮大有重要影响。姚氏的姻娅网络庞大复杂,纵横交错。在桐城境内,他不仅与桐城方氏、张氏、马氏、左氏四大名门望族世代联姻,而且与吴氏、戴氏、徐氏、光氏、胡氏、江氏、潘

① 高士奇:《清吟堂集》卷二《题黄柏山房图忆羹湖》,见《四库未收书辑刊》(第7辑第26册),影印清康熙刻本,第553页。

② 马其昶著,毛伯舟点注:《桐城耆旧传》卷十,合肥:黄山书社,1990年,第374页。

③ 易宗夔:《新世说》卷六《巧艺》,上海:上海古籍书店影印,1982年。

氏、陈氏等家族有姻亲关系。不仅如此，姚氏婚姻枝蔓还延伸至桐城境外，与江苏、江西、浙江、山东等地名族有所联姻。这进一步扩展了姚家的姻娅关系网和社会影响力，姚氏也由此成为名副其实的海内望族。由于联姻也是一种文化行为，他对学术交流平台的搭建、文学创造力的生成，甚至地域文学群体的形成都有重要的影响。姚氏与桐城方、张、马、左等世家望族缔姻，也可视为文化联姻，他们共同营造出联袂共生、交相师友的文学场域，这不仅促进了桐城文化生态的良性发展，同时也催发出桐城派在本土繁花似锦的壮丽景象。在某种意义上，桐城派可谓是由姻缘与地缘复线铺展、交互作用而形成的文学集团。在这一点上，姚鼐的姻亲圈可视为桐城派姻亲传承的典型代表。姚鼐的两次婚姻，皆娶张氏女，他的身边聚集了一批姻亲家族中的俊彦，这其中，张氏有张曾敞、张曾份、张元辂、张聪咸等人；马氏有马濂、马春生、马春田、马鼎梅、马宗琏、马树华等人；左氏有左世琊、左世经、左朝第等人；桂林方氏有方张登、方冶青、方赐露、方天民等人；此外，鲁𬭎方氏有方东树，木山潘氏有潘鸿宝，等等。这些姻亲圈中的人脉资源，有些直接促成了姚门姻亲弟子群的形成，有力壮大了桐城派的声势。可以说，姚鼐的姻亲圈与弟子圈揭示出：桐城派的形成与壮大，家族之间的联姻起到了重要的催化作用。

姚氏的教育实践促进了桐城派在外埠的传播与发展。姚氏不仅有崇文重教的家风传统，而且有积极参与教育活动的实践行为。无论是传统的书院教育，还是新式的学堂教育，都有姚氏族人的身影。如姚范主讲天津问津书院；姚斟元主讲香山榄山书院；姚鼐执教扬州梅花书院、安庆敬敷书院、歙县紫阳书院、江宁钟山书院；姚原绶掌教苏州正谊书院；姚莹主讲香山榄山书院，劝修平和九和书院，课士仪征乐仪书院，兴修台湾海东书院，兴建蓬州玉环书院；姚濬昌改革安福复古书院，创建安福育才书院；姚永朴主讲信宜起凤书院，先后任教山东高等学堂、安徽大学堂、安徽高等学堂、京师法政学堂、北京大学、安徽大学等；姚永概主讲冀州观津书院，任教安徽大学堂、北京大学等；姚倚云任南通公立女子学校校长、安徽女子职业学校校长等。他们的教育实践，不仅为当地的文化教育事业作出了贡献，而且培育了一批师法姚学的桐城派弟子，从而促进了桐城派的传衍与发展。这尤以姚鼐掌教钟山书院最具代表。他先后两次主讲钟山书院，长逾二十年，是其后半生中最重要的一段经历。尤其是到耄耋之年，他基本上都在钟山书院度过。究其因，主要是与其家族环境、经济条件、身体状况等因素有重大关系。姚鼐长期掌教钟山书院，精心培养了大批服膺其法的姚门弟子，管同、梅曾亮、方东树、刘开、陈用光等人堪称代表。这些姚氏门人对扩大桐城派的声势起到了重要作用。此外，姚鼐主讲钟山，还有力助推了乾嘉时期钟山书院乃至江南地区学风的转变。

姚氏的藏书、编刻传统促进了桐城派的学术文化传承。藏书是一个家族文化积累的深度与厚度的重要表现，也是支撑家族文化建设与传承的重要文化资本。姚家作为桐邑久负盛名的文化望族，有着悠久的聚集书籍、批点书籍的文化传统。姚范、姚鼐、姚觐訚、姚莹、姚元之、姚永概等人都是热衷藏书的代表。家族内部丰富的藏书以及族内所藏批点本的代代相传，不仅为家族自身的文化发展提供了优质的学习资源，营造了浓郁的书香氛围，而且丰富和强化了姚氏家族关于文学经验、学术理念的文化记忆。这不仅有助于家族学术文化传统的建构与承继，同时也有利于桐城文献之邦的建设以及桐城派学术文化的累积与传承。家族编刻图书也是家族敬宗收族、追述祖德的一项重要文化活动，是家族文化累积的一项突出标志。以姚莹、姚濬昌等为代表的姚家成员用心整理与刊刻先祖著述，使得姚旭、姚文然、姚范、姚鼐、姚景衡、姚莹等人的著述得以留传，这不仅增添了姚氏家族文化的厚度与分量，而且促进了家学以及桐城派学术文化的累积与传承。

姚氏代起英才，自十五世至二十一世，他们七代人在桐城派不同阶段的嬗变进程中扮演了非常重要的角色。

十五世姚范是桐城派形成期的重要奠基者。他不仅是桐城派宗师姚鼐的伯父和业师，而且与方苞、刘大櫆有所关联。他对胞侄姚鼐，精心栽培，倾力传授其学术、辞章；于前辈方苞，他洞察其为学之不足，讥议其“义法”说之陋弊；于挚友刘大櫆，他亲近其“神气、音节、字句”说，志同道合；而他自身对唐宋诗家的称誉以及创作实践中的兼容唐宋，也奠定了桐城诗派的家法内涵。这些，都为姚鼐整合和建构桐城派文学理论体系所借鉴与吸收。可以说，姚范在桐城派的形成进程中起到了重要的先导作用。

十六世姚鼐不仅是桐城派的立派宗师，也是后世姚氏的文学宗师。他创造的“惜抱家法”成为姚氏家学乃至桐城派的重要文化资源。他身边，聚集着一群服膺其法的门徒，这其中有不少姚氏子弟的身影。他们有姚莹、姚宪、姚景衡、姚师古、姚雉、姚柬之、姚元之、姚兴棨、姚通意等人。他们的存在，从家族文学视角来看，有助于强化姚氏家族文学的创作取向与批评观念的趋同性，扩大姚家的文学影响力；从桐城派视角来看，他们是姚鼐开宗立派之时的队伍基础，是流派初创期的重要生力军。

十七世姚景衡是嘉道年间桐城派的重要传承人。他是姚鼐长子，不仅秉承家学，而且师从名儒方绩。受其父姚鼐影响，他的学术观念较为通达，兼容汉宋，而以宋学为归；在诗论上，他主张“自得”，不主门户之见。不过，他也有别出新意之处，他视巫医百工之人为“学人”，颇为惊世骇俗。他的创作特色在于诗不蹈袭，能自达其意，古文悉有法度，而雄气过于其父。显然，他的学术观、诗文主张及创作反映出嘉庆以降桐城派在学术、辞章上有所新变，这具有重要的意义。

十八世姚莹也是嘉道年间桐城派的重要传承人，对桐城派文论的发展具有重要贡献。他师承族祖姚鼐，在姚鼐标榜“义理、考据、辞章”的基础上，除了把“考据”换成“多闻”外，还特意增加了“经济”之说。此说的提出有多重背景因素，时代需求、桐城传统、家庭授受、友朋呼应、个人志趣等原因都与之相关。对“经济”说内涵的理解，应将其与“义理”“文章”“多闻”三要素联系起来审视，实际上四者之间既可独立，又相互关联。姚莹提出“经济”之说，促进了嘉道以降桐城学风与文风渐趋于经世致用，也有力推动了桐城派在嘉道年间的传衍。

十九世姚濬昌是同光年间桐城派的重要传承人。他是姚莹之子，幼承家学，青年时进入曾国藩幕府，在诗歌上得到曾国藩、莫友芝等名师指点与奖掖，这段曾幕生涯对姚濬昌的人生发展、学术思想、文学主张及创作等都有着极为重要的影响。就诗歌创作来说，其诗师法众长，不名一格，创意造言，斶涤洪浊，风格多样，自成一体。他以高超的诗艺，充当了同光年间桐城诗歌振起者的重要角色，扩大了桐城派在诗歌领域的影响。

二十世姚永朴、姚永概兄弟既是桐城派延续的维护者，又是桐城派衰微的见证者。有“桐城二妙”之称的姚氏兄弟在继承桐城派传统的同时，也在诗学、学术、古文等方面因时而变、变而能新；在诗学思想上，他们认为学、才、境是构建文学的三个缺一不可的要素，提倡作诗要注重寄托，要真实表现自我，还主张兼宗唐宋，扩大取法对象的范围；在学术立场上，他们主张汉宋兼综，西体中用；在文章内容上，体现经纶世务、因时救变的理念；其语言体式，虽是文言，但也显示出由深变浅、由雅趋俗的特征。他们的所思所想，所作所为，不仅反映了桐城派在近代社会新陈代谢之时的新变，也表现出近代中国士大夫精英阶层在文化变革之际的复杂情感体验和守先待后的精神追求。需要一提的是，姚永概之子姚翁望以及姚鼐来孙姚纪、姚豫兄弟，虽承继家学，但无力扭转古文命运，也成为桐城派终局阶段的体验者与见证者。

上述结论，希望能够揭示出桐城姚氏文化世家的独特性，也希望能够为研究桐城派与文化家族的关系提供一个比较理想的“标本”。

上编　综合研究

第一章　移民与桐城望族

桐城，一个美丽静谧的古城，枕卧于长江中下游北岸，依偎于大别山麓东侧。它历史悠久，早在周朝，桐国就肇建于斯。秦时，分天下为四十郡，它隶属九江郡。西汉初为枞阳县，隶庐江郡；汉文帝十六年（前164）改称舒县。东汉时，属舒和龙舒侯国，先隶庐江郡，后隶扬州刺史部。东晋，改龙舒为舒县，先隶庐江郡，后隶扬州道，又隶晋熙郡。南北朝时，刘宋初为舒县，隶庐江郡；后为阴安县、吕亭左县（南朝宋元嘉二十五年改名），隶晋熙郡。齐时，属晋熙郡阴安县，庐江郡舒县、吕亭左县。梁、陈时，为枞阳郡枞阳县。隋时初为枞阳县，属熙州。隋开皇十八年（598）改为同安县，隶同安郡。唐初为同安县，属同安郡；唐至德二年（757）改同安郡为盛唐郡（后复为同安郡）、同安县为桐城县，此为桐城县名之始。五代时，属南唐舒州。北宋初年（960），属舒州同安郡。北宋政和五年（1115），属淮南西路德庆军。南宋绍兴十七年（1147）属安庆军，南宋庆元元年（1195）又属安庆府。元时，属安庆路。明时，先隶属江宁府，后改属安庆府。清时，先属江南省安庆府，后属安徽省安庆府[1]。

---

[1] 参见胡必选修，王凝命增修：康熙《桐城县志》卷之一《建置》，《中国地方志集成》本，第11～12页；廖大闻修，金鼎寿纂：道光《桐城续修县志》卷五《沿革表》，《中国地方志集成》本，第333～334页；汪福来编：《桐城文化志》，合肥：安徽人民出版社，1992年，第1～2页。

桐城山水清嘉，其山深秀而颖厚，其水迤逦而荡潏，堪称江北形胜之区。《康熙安庆府志》云桐城："龙眠、峡关阻其北，浮渡、云岩经其东，下联濡须、居巢，上接潜、霍、英、六，绕群嶂而漾巨浪，淮西要地，江北名区。"[①]优美秀丽的山水有助于陶冶桐城人文环境，对文化蔚兴起到"江山之助"的作用。清初，张英就认为桐城地灵结聚，风气蟠郁，洵为江南之奥区，"生斯地者，类多光伟磊落之士，数百年间，名公卿大夫，学人才人，肩背相望"[②]（《龙眠古文序》）。不过，当我们注意到桐城人文兴起于明代中后期，就难免会对"自然环境影响"论产生疑惑：既然桐城山水灵淑秀美，为何它在明以前的历史长河里并不亮眼，值得大书特书的文人骚客寥寥无几呢？这种冷寂的局面为何要到明代中后期才发生重大改变呢？回答这些重要问题，若将探究目光仅仅聚焦于桐城自然环境，很难有全面、客观的认识。职是故，本章将从移民与望族视角方面予以回应，并借此展现姚氏家族崛起的文化生态背景。

第一节　移民迁桐与望族勃兴

众所周知，文化创造的主体是人，人通过创造文化满足了自身需要，同时也改造了自身。明清时期桐城人文的兴盛，应该是与生活在桐城这片土地上的广大民众密不可分。当然，有学者已经注意到，明清桐城涌现出的著名人物赖以产生的环境与外来移民有关。[③] 由于移民是文化传播最重要的载体，人口迁移实质上也是一种文化的迁移。由此，我们可推断：明清时期桐城文化的勃兴应该与这些外来移民之间有着某种关联。

一、诸族何来

早在清初，安庆府宿松县文人朱书就说："吾安庆，古皖国也……神明之

---

① 张楷等纂修：康熙《安庆府志》卷二《山川》，《中国地方志集成》本，第54页。

② 李雅、何永绍辑：《龙眠古文一集》，清道光十五年（1835）芸晖馆刻本。

③ 参见葛剑雄：《中国移民史》（第一卷导论），福州：福建人民出版社，1997年，第48页；周中明：《桐城派研究》，沈阳：辽宁大学出版社，1999年，第6页。

奥区，人物之渊薮也。然元以后至今，皖人非古皖人也，强半徙自江西，其徙自他省会者错焉，土著亡虑才十一二耳。”[①]可见，明清时期安庆地区的民众祖先大都来自江西，土著居民较少。晚清桐城吴汝纶也曾说：“桐城诸族，大抵元季所迁，其迁多自江西或徽郡，而莫详其移徙之由。”[②]他的这番话亦表明：桐城诸族祖先大多是从“江西或徽郡”迁入，而且迁入时间是在元末之时。

实际上，早在元末之前，已有一些移民迁徙至桐城。如方以智家族“其先自休宁迁池口，宋末有德益公者徙桐城”[③]；钱澄之家族在南宋末年“由浙江淳安之蜀阜迁于桐城之滦漕”[④]；陈洲刘大櫆家族迁桐始祖伯二公“当残山剩水，蒙古入关”之际，自池州青阳“由黄龙矶渡江至桐城东偏鵇牌洲，遂卜筑而居”[⑤]；姚鼐家族“上世为余姚人，元至元间有仕安庆者，逸其名，悦桐城山水，居焉”[⑥]。

不过，成规模地移民桐城还是在元末明初。如何如宠家族：“上世居新安，元季徙居桐城青山之麓。”[⑦]叶灿家族：“其先永乐时自婺源来迁，营兆项家河。”[⑧]江氏家族：“至明洪武初，侍御十五世孙宁一公偕三子才一、才二、才三由婺迁桐，居桐之东乡柳峰。”[⑨]桂溪项氏：“明洪武间自歙之桂溪迁桐，散处于城乡间。”[⑩]蒿墩许氏：“洪武初，讳文五公者由鄱阳转迁于桐。”[⑪]鲁谼方

---

① 朱书：《杜溪文稿》卷三《告同郡征纂皖江文献书》，清乾隆元年（1736）梨云阁刻本。

② 吴汝纶著，施培毅、徐寿凯校点：《吴汝纶全集・文集》卷一《黄氏族谱叙》，合肥：黄山书社，2002年，第19页。

③ 马其昶著，毛伯舟点注：《桐城耆旧传》卷一，合肥：黄山书社，1990年，第9页。

④ 钱澄之著，诸伟奇等辑校：《钱澄之全集・田间文集》卷十三《吴越钱氏支谱序》，合肥：黄山书社，1998年，第254页。

⑤ 刘楷模纂修：《桐城陈洲刘氏暄公支谱》卷一《世系源流说》，民国七年（1918）木活字本。

⑥ 姚联奎修，姚国桢纂：《麻溪姚氏宗谱》卷一《胜三》，民国十年（1921）木活字本。

⑦ 马其昶著，毛伯舟点注：《桐城耆旧传》卷二，合肥：黄山书社，1990年，第63页。

⑧ 马其昶著，毛伯舟点注：《桐城耆旧传》卷五，合肥：黄山书社，1990年，第168页。

⑨ 江梅春纂修：《江氏宗谱》卷首《江氏支谱序》，清同治八年（1869）木活字本。

⑩ 项寅等纂修：《桐城项氏重修宗谱》卷首《桐城桂溪项氏重修宗谱序》，清道光二十八年（1848）木活字本。

⑪ 许鸿昌：《许氏宗谱》卷一《许氏宗谱原序》，清同治三年（1864）年木活字本。

东树家族:“上世明洪武间,由婺源迁桐城鲁瑺,代有潜德。”[①]戴名世家族:“先世洪武初自徽之婺源徙居桐。”[②]戴完家族:“其先元至正年间有讳智富者,由新安来迁。”[③]徐宗亮家族:“元末自徽州迁桐城。”[④]高甸吴氏:“明初始祖泰自婺源来迁。”[⑤]高林汪氏:“厥初先人于元季由鄱迁桐。”[⑥]桂氏始迁祖昌龄公:“元季兵燹,由鄱迁桐,土著于兹。”[⑦]横山张氏:“其迁横山始祖长乙公,由元明鼎革时自饶州鄱阳瓦屑坝来桐。”[⑧]木山潘江家族:“自元末荥二公偕其昆弟由鄱阳来迁于桐。”[⑨]张淳家族:“其先洪永间自鄱阳来迁。”[⑩]大批的移民事例表明:桐城先民大都来自饶州、吉安、徽州等地。这个情况在把元末明初宿松县外来移民人口作为安庆府移民人口的样本统计分析结果中得到进一步验证:“元末明初,宿松县迁入的氏族人口占当时总人口的近80%,扣除其中由本区迁入的氏族(这些游本区迁入者应当视作土著),外来的移民氏族人口约占总人口的77%左右。在概率把握度95%的条件下,推知安庆府同期移民占总人口的75%~80%,移民总数约为32.6%。其中,江西移民占87%,约为28.3万;安徽移民仅占6%,约为2万。余为其他。”[⑪]由这个研究结果,我们可以推断元末明初迁桐移民中来自江西地区的比重应该比较大。

在这些江西移民中,尤以来自饶州府鄱阳县瓦屑坝的民众比较显眼。外国学者比阿蒂曾对桐城县的人口由来作过研究,他指出桐城一地有“20%以上的氏族始祖来自(鄱阳)瓦屑坝这个村庄,并且有差不多比例的氏族来自鄱

① 郑福照编:《方仪卫先生年谱》,见《北京图书馆藏珍本年谱丛刊》第134册,第151页。

② 戴名世著,王树民编校:《戴名世集》卷六《先君序略》,北京:中华书局,1986年,第173页。

③ 马其昶著,毛伯舟点注:《桐城耆旧传》卷三,合肥:黄山书社,1990年,第77页。

④ 姚永概:《慎宜轩文》卷九《徐茮岑先生墓志铭》,民国间刻本。

⑤ 马其昶著,毛伯舟点注:《桐城耆旧传》卷三,合肥:黄山书社,1990年,第88页。

⑥ 汪淡如纂修:《高林汪氏宗谱》卷首《高林汪氏重修华乘序》,民国七年(1918)木活字本。

⑦ 桂枝润纂修:《桐城桂氏族谱》卷首《桂氏族谱序》,清光绪三十三年(1907)木活字本。

⑧ 张轩纂修:《横峰张氏重修宗谱》卷首《横山张氏谱序》,清道光十八年(1838)木活字本。

⑨ 潘江:《木厓文集》卷一《族祖怀德翁九十序》,民国元年(1912)梦华仙馆铅印本。

⑩ 马其昶著,毛伯舟点注:《桐城耆旧传》卷三,合肥:黄山书社,1990年,第96页。

⑪ 曹树基:《中国移民史》(第五卷明时期),福州:福建人民出版社,1997年,第68页。

阳县其他地方”[①]。如前面提到的横山张氏就是来自瓦屑坝。广为流传的桐城歌《就此扎根不再移》亦唱道:“瓦屑坝,发源地,元末明初大迁徙,顺水而下安庆港,北上各地把家跻。我宗落在大山里,大山里,人丁稀。开出土地沃而肥,五谷杂粮够吃喝,牛羊挣钱够花的,就此扎根不再移。”[②]这首民歌唱出了瓦屑坝民众移民桐城的史实。

当然,这一时期移民潮中也有一些非江西或徽州地区的民众,如明代孙晋家族“始祖福一自扬州迁居桐城”[③],明代齐之鸾家族“先世居凤阳”,“元末避祸迁桐城”[④],清代马其昶家族“初姓赵氏,为六安州学生,永乐时赘桐城马氏,遂承马氏”[⑤],等等。

总而言之,元末明初之际,桐城地区涌进了大量来自江西、徽州等地的移民。他们迁入桐城,增加了当地的人口数量,促进了桐城经济的发展,改变了当地的文化生态,影响着桐城此后的文化发展。

二、移徙之由

论及移民的原因,从移民时间推测,可能与元末长年的战乱有较大关系。在中国历史上,大规模移民高潮的产生,“无不发生在严重的自然灾害、剧烈的社会动乱和战争的过程之中以及平息以后,尤其是天灾人祸同时爆发的时候”[⑥]。元朝末年,政治腐败严重,官贪吏虐,民不聊生,纷纷起兵反抗。至正十一年(1351),全国性的农民起义大爆发,战火也波及了江淮之地以及长江中游一带。

元末改朝换代之际,徽州、饶州、安庆等地都曾遭受兵燹之灾。如徽州地

---

① 曹树基:《中国移民史》(第五卷明时期),福州:福建人民出版社,1997 年,第 61 页。
② 叶濒、张志鸿:《桐城歌·风情卷》,合肥:黄山书社,2012 年,第 73 页。
③ 马其昶著,毛伯舟点注:《桐城耆旧传》卷五,合肥:黄山书社,1990 年,第 181 页。
④ 马其昶著,毛伯舟点注:《桐城耆旧传》卷二,合肥:黄山书社,1990 年,第 44 页。
⑤ 马其昶著,毛伯舟点注:《桐城耆旧传》卷二,合肥:黄山书社,1990 年,第 55 页。
⑥ 葛剑雄:《中国移民史》(第一卷导论),福州:福建人民出版社,1997 年,第 48 页。

区，红巾军曾由婺源进犯休宁，军民皆遁，遂陷徽州，以致群盗蜂舞，残毁尤甚[①]。饶州地区，战乱频仍，元至正十二年(1352)，彭莹玉、项普略率红巾军攻克江州、南康路、袁州、瑞州、饶州等地；同年十二月，信州、饶州、江州等地又被元兵攻陷；元至正十五年(1355)，陈友谅遣兵陷饶州；蕲州、黄州两地红巾军焚掠乐平州治，居民溃奔，逃岩穴中，多有困毙；至正十六年(1356)，苗獠万余至进贤，掠饶州余干县；明洪武元年(1368)，方丑仁自闽犯饶州，后转掠余干，继掠德兴，杀戮惨重[②]。安庆也是兵家必争之地，战火屡燃，元至正十一年(1351)十一月，徐寿辉等兵掠潜山，屠宿松；至正十三年(1353)五月，卜颜帖木儿与红巾军战于望江，又战小孤山、彭泽、龙开河；至正十七年(1357)冬十月，陈友谅又与伯颜激战于小孤山；次年(1358)春正月，陈友谅破安庆，元淮南行省右丞余阙殉难；至正十九年(1359)九月，朱元璋遣徐达、廖永忠、张德胜等攻赵普胜于安庆[③]。至正二十年(1360)闰五月，朱元璋复太平，下安庆；元至正二十一年(1361)秋七月，陈友谅遣将张定边攻陷安庆，八月，朱元璋亲率舟师伐陈，克复安庆；次年(1362)，陈友谅又遣兵复陷安庆，朱元璋领军讨伐，收复安庆；至正二十三年(1363)夏七月，朱、陈两方在鄱阳湖展开决战，陈败身亡[④]。

经年频繁的战争给当地民众带来深重的灾难和巨大的伤害。以饶州为例，据记载，元时饶州户口计有六十八万二百三十五户，四百零三万六千五百七十口人。但在经过元末明初战乱后，直到洪武二十四年(1391)统计时饶州户口也才十六万三千一百六十四户，八十二万一千一百一十一口人[⑤]。可见，从元到明初这段时间里，饶州户口锐减。推究其因，与这一地区饱受战火

① 赵汸：《赵征君东山先生存稿》卷五《克复休宁碑》，清康熙二十年(1681)刻本。

② 锡德修、石景芬纂：同治《饶州府志》卷八《武备志》，《中国方志丛书》本，第876页。

③ 张楷等纂修：康熙《安庆府志》卷六《兵氛》，《中国地方志集成》本，第132页。

④ 俞庆澜、刘昂修，张灿奎等纂：民国《宿松县志》卷二十七《武备志》，《中国地方志集成》本，第565～566页。

⑤ 陈策修、刘录纂：正德《饶州府志》卷一《户口》，《天一阁藏明代方志选刊续编》本，第58页。

摧残有关。当然,饶州人口的减少也与这一时期民众迁徙他乡有所关联,如鄱阳县大量居民迁徙到安庆桐城、宿松、怀宁等地就是明证。

迁移距离往往是移民迁徙时要考虑的一个重要问题。一般来说,迁徙距离包括地理距离和社会文化距离两个方面。如果迁出地与迁入地两者之间的地理距离较远,这就意味着迁徙途中风险就会加大。同样,如果迁出地与迁入地两者之间的社会文化距离相差较大,这也就意味着移民融入迁入地社会文化圈的障碍较多。来自饶州、徽州等地的移民之所以选择包括桐城在内的安庆地区,是因为这个地区无论在空间距离上还是在社会文化距离上都相差不太远。他们颠沛播迁至此,容易安居乐业。

桐城相对偏僻安全的山川环境是吸引移民徙居的一个重要因素。桐城位居长江之北,“北峡、南峡阻其北,横山、二龙障其前,沙河、挂车控其右,长江限其东,表里江湖,周环山泽”①。据《桐城县志》记载,桐城之山有五十三,有投子山、华岩山、龙眠山、屏风山、挂车山、王屋山、南峡山、北峡山、鲁褀山、盛唐山、大龙山、小龙山、松山、横山等。桐城县治也处在山峦叠抱之中:“左右诸山护卫,华崖障其后,乌石峙其右,乌石冈列其左,金神墩在其前,桐溪环绕于内堂,龙溪口收之于蟢子,沉静于中堂,榆树嘴与姥山束之菜子,汪洋于外堂,花山与连城山开之,而黄连嘴怪石巉岩,塞众水于下流,使清淑之气,聚而不洩,此山城第一形胜也。”②(胡廉《县治说》)重峦叠嶂的地形可为民众躲避战乱提供较为安全的保障③。如桐城黄氏家族其先为江西人,因为元末徐

① 廖大闻修,金鼎寿纂:道光《桐城续修县志》卷一《舆地志》,《中国地方志集成》本,第277页。

② 廖大闻修,金鼎寿纂:道光《桐城续修县志》卷一《舆地志》,《中国地方志集成》本,第278页。

③ 按:元末战火也曾波及桐城境内,如元至正十九年(1359),廖永忠率军攻克枞阳;同年九月,徐达击赵普胜于浮山(廖大闻修,金鼎寿纂:道光《桐城续修县志》卷二十三《兵事》,《中国地方志集成》本,第773~774页),等等。不过,这都发生在桐城东南枞阳一带,此地滨江,四通八达,易引烽火;桐城西北多山,叠嶂重重,利于避乱。

寿辉之乱，他们不得不避乱迁到桐城落户[①]。

此外，桐城山川灵淑，景色秀美，这也是吸引外来移民的重要原因[②]。戴名世对桐城山水多有称誉："江北之山，蜿蜒磅礴，连亘数州，其奇伟秀丽绝特之区皆在吾县。"[③]"吾桐山水奇秀，甲于他县。"[④]姚兴泉亦说："环桐皆山也，而河流则目东北以旋绕西南，若城垣，若关梁，悉附以立风水，固秀绝人寰。"[⑤]桐城知县江夏李肯堂亦说："桐邑山媚川辉，灵秀甲大江南北。"[⑥]秀美奇绝的风光景致容易抚慰流离失所的移民们的疲惫心灵，吸引着他们休养生息，并定居繁衍。如井头刘氏先祖刘胜贵在明初由鄱阳迁居桐城，因"见西乡井头山川秀丽，遂家焉"[⑦]；横山张氏迁居桐城，因"爱其负山面湖，山水秀丽，足以谋斡止长子孙，遂卜居焉"[⑧]；潘江先祖因"悦（桐城）木山风土醇厚，遂占籍家焉"[⑨]。

三、文化迁播

移民不仅是人口的迁移，也是文化的迁移与传播。迁出地的民众移徙到迁入地后，带来的不仅仅是人口的增加，更是文化的渗透与交融，会刺激迁入地的文化产生新变。"有些移民只是普通百姓，但因迁自较先进的地区，迁出地有读书的风气，也会对迁入地产生潜移默化的影响；或者因移民的迁入而促进了经济的发展，为文化的进步提供了物质条件。如明初迁入安庆地区的

① 吴汝纶著，施培毅、徐寿凯校点：《吴汝纶全集·文集》卷一《黄氏族谱叙》，合肥：黄山书社，2002年，第18页。

② 周中明先生谈及移民迁桐原因时，亦认为"桐城优美的自然风光吸引了外地人才的荟萃"。参见周中明：《桐城派研究》，沈阳：辽宁大学出版社，1999年，第6页。

③ 戴名世著，王树民编校：《戴名世集》卷十《河墅记》，北京：中华书局，1986年，第280页。

④ 戴名世著，王树民编校：《戴名世集》卷十《数峰亭记》，北京：中华书局，1986年，第283页。

⑤ 姚兴泉：《龙眠杂忆》卷二《山水类》，清刻本。

⑥ 桂枝润纂修：《桐城桂氏族谱》卷首《桂氏族谱原序》，清光绪三十三年（1907）木活字。

⑦ 刘梓培等修：《刘氏族谱》卷首《刘氏六修族谱序》，民国三年（1914）木活字本。

⑧ 张轩纂修：《横峰张氏重修宗谱》卷首《横山张氏谱序》，清道光十八年（1838）木活字本。

⑨ 潘江：《木厓文集》卷一《族祖怀德翁九十序》，民国元年（1912）梦华仙馆铅印本。

是来自文化水准更高的徽州和江西籍移民”[①]。有鉴于此，我们先来看看移民来源地的文化水准情况。

江西地区在宋元时期人文蔚兴、教育发达。赵宋一代，江西已在全国文化版图上流光溢彩，涌现出大量的名人才士、硕学通儒，如晏殊、黄庭坚、王安石、欧阳修、文天祥等皆可谓典型代表。逮至元代，江西文化在前代基础上继续发展，保持了相对领先的优势。文化的发达与教育有着密切关系，书院是衡量一个地区教育发达与否的重要指标。据统计，元代江西的书院数量居全国首位，计 95 所，占全国总数 227 所的 41.85%[②]。这其中，饶州路就占 14 所，有鄱江书院、忠宣书院、白云书院、忠定书院、东山书院、石洞书院、南溪书院、慈湖书院等。这些书院的数量足可表明：元代江西文教之发达、学风之炽盛。

徽州地区宋元以来亦文教发达、学风昌盛、人才辈出。大约在 12 世纪中叶以后，徽州已成为学术文化发达的地区[③]，有“东南邹鲁”之称。“当其时，自井邑田野，以至于远山深谷，民居之处莫不有学、有师，有书史之藏”[④]。据学者统计，徽州地区的书院，在宋代有紫阳书院、桂枝书院、梧冈书院等 25 所[⑤]，在元代有紫阳书院、翚阳书院等 41 所[⑥]，这些数量足以表明徽州讲学风气浓厚、文教事业发达。由于徽州为朱熹阙里，故当地奉朱子之学为圭臬，传扬尤力，人才亦辈出不穷。以祁门县为例，“宋以后由选举起家者，如方岳以经济著，汪克宽以理学名，卓卓声施，在人耳目。而其他风采勋业表见不虚者，比肩接翼，济济莪莪如也”[⑦]。它县还有祝穆、吴昶、程洵、滕璘、滕珙等名儒。

---

① 葛剑雄：《中国移民史》(第一卷导论)，福州：福建人民出版社，1997 年，第 108 页。

② 许怀林：《论元朝的江西地区》，见《元史论丛》第七辑，南昌：江西教育出版社，1999 年，第 120 页。

③ 周晓光先生对徽州学术文化区的形成有所论述，参见其专著《徽州传统学术文化地理研究》，合肥：安徽人民出版社，2006 年，第 16～28 页。

④ 赵汸：《赵征君东山先生存稿》卷四《商山书院学田记》，清康熙二十年(1681)刻本。

⑤ 周晓光：《徽州传统学术文化地理研究》，合肥：安徽人民出版社，2006 年，第 24～25 页。

⑥ 陈瑞：《元代安徽地区的书院》，载《合肥师范学院学报》，2009 年第 1 期，第 101 页。

⑦ 汪韵珊纂、周溶修：同治《祁门县志》卷二十二《选举志》，清同治十二年(1873)刻本。

与徽州、饶州等地相比,宋元时期的桐城在文化建树上实在难以企及。桐城自建治以后至元代,进入史册的文人寥寥无几,名气稍显的有唐末诗人曹松(约830—903)、北宋著名画家李公麟(1049—1106),之后偶有文人,皆不著声于世,呈现出沉寂稀落的状态。桐城马树华就说:“桐城人物,曩者唐曹校书(曹松)、宋‘三李’(李公麟、李公权、李公寅)及朱教授舍人(朱翌)外,罕可考见。”[①]这道出了桐城文化在唐宋元时期不发达的状况。

桐城人文冷清局面的改变,则要等到大批来自徽州、饶州等地文化素养较高的移民如潮水般涌入桐城之后。一般来说,移民迁徙的过程就是一个不断淘汰与选择的过程。“当他们移徙的时候,自然淘汰的势力一定很活动,逐渐把懦弱的、重保守的分子,收拾了去,或是留在后面,所以凡是能够到达新地方的分子,都是比较有毅力的、有才干的”[②]。迁桐移民应该说也“都是比较有毅力的、有才干的”。如刘氏迁桐始祖刘承仕出自饶州望族,元末时以明经擢宣城令[③];姜氏迁桐始祖关住公本是婺源人,因教谕皖江而卜居于桐[④];浮山江氏始迁祖受三公元季任安庆别驾,尝摄桐篆[⑤],等等。这些移民“精英”出自文化教育发达之区,因迁徙流动,其思想更为开放,眼界更加开阔,他们所继承的伦理道德、文学艺术、文化习俗等也随之落户桐城,与土著文化涵化、融合,逐渐改变和刷新桐城原有的文化生态。桐城人文也由此开始蔚起,才俊辈出,光耀江淮。马树华赞誉桐城人物“入明初而甲乙科渐起,至中叶而遂盛,洎我朝而大盛”[⑥];方宗诚亦称颂桐城“及明三百年,科第、仕宦、名臣、循吏、忠节、儒林,彪炳史志者,不可胜书……逮于我朝,人文遂为海内宗”[⑦]。

---

① 马树华:《可久处斋文抄》卷三《桐城选举记序》,清同治间刻本。

② 潘光旦著,潘乃穆、潘乃和编:《潘光旦文集》第三卷《民族特性与民族卫生》,北京:北京大学出版社,1995年,第170页。

③ 刘来璋纂修:《刘氏宗谱》卷三,清光绪八年(1882)活字本。

④ 姜显名纂修:《皖桐姜氏宗谱》卷一《麻子岭姜氏重修宗谱序》,清光绪十九年(1893)活字本。

⑤ 江国柱纂修:《浮山江氏宗谱》卷一《江氏宗谱序》,清光绪五年(1879)木活字本。

⑥ 马树华:《可久处斋文抄》卷三《桐城选举记序》,清同治间刻本。

⑦ 方宗诚:《柏堂集次编》卷一《桐城文录序》,《柏堂遗书》本。

“大盛”“为海内宗”这类充满自豪感的语言皆表明桐城文化衍传至清代更是声光四射，流播海内。发源于斯的桐城派更是阵容庞大，声势浩荡，名扬天下。郭绍虞先生就说过，“有清一代的古文，前前后后殆无不与桐城发生关系……由清代的文学史言，由清代的文学批评言，都不能不以桐城为中心”[①]。可见，清代的文学版图上倘若缺少桐城板块，是不完整的，其分量必将大打折扣。

当然，桐城人文繁盛局面的形成并不是一蹴而就的，需要长时间的积淀、酝酿。一般来说，“从文化水准较高地区向较低地区的移民对迁入地的影响，并不一定立即产生直接效果，更多地表现在经过若干代以后迁入地文化水准的总体提高”[②]。这些来自徽州、饶州等文化水准较高地区的移民定居桐城后，对桐城地域文化的影响效果并不是直接显现的，而是经历若干代郁积酝酿后才喷薄而出。以皖桐祝氏家族为例，清代乾隆年间刘见龙称述祝家发迹史：“有胜一公居豫章，因元末兵乱，渡江而比越皖之怀宁，而徙居桐之枞阳，清白肇基，忠厚贻谋，传六世梅山公积累醇笃，富甲乡邑，义声远播，当事旌之。七世高峰、南洲、静庄诸公世业殷厚，创造恢宏。八世守峰、爱峰、达轩、恒轩诸公振藻诗书，唤起人文，嗣是蜚声黉序，接踵多贤。”[③]祝氏历经八代才“唤起人文”的历史，表明移民转变为望族需要长时间积淀，这个过程也是桐城人文蔚盛酝酿准备的过程。那些由移民后裔繁衍形成的著姓望族，推动了桐城地域文化的繁盛进程。

四、望族递兴

潘光旦先生在探讨明清时期嘉兴的望族时，曾注意到移民与世家大族的

① 郭绍虞：《中国文学批评史》（下卷），天津：百花文艺出版社，1999年，第374页。

② 葛剑雄：《中国移民史》（第一卷导论），福州：福建人民出版社，1997年，第107页。

③ 祝柏友等纂修：《皖桐祝氏宗谱》卷首《祝氏续修宗谱序》，清嘉庆二十年（1815）木活字本。

形成之间有着一定的关系[①]。不过，他并未具体回答移民何以能形成世家大族这个较为复杂的问题。实际上，就明清时期的文化望族而言，科举入仕是家族发达的关键因素。只要家族成员在科第仕宦方面形成一定的规模效应，并且数代簪缨不绝，那么这个家族的望族地位就基本上稳固下来。同理，这些外来移民要想发展成为地方上的文化望族就必须要走科举入仕之路。

清代方东树谈及桐城望族兴起时，曾说："惟明初姚氏、方氏始大，中叶以后遂有吴氏、张氏、马氏、左氏数十族，同盛递兴，勃焉浚发。"[②]这段话描绘出桐城姚氏、方氏、吴氏、张氏、马氏、左氏等族在明代尤其是明中叶以后蓬勃兴起的壮观景象。这些新兴望族，其先祖也都是移民而来，那么他们是如何从普通的移民之家发展成为地方文化望族的呢？兹以素有"桐城五大世家"之称的以方氏、姚氏、张氏、左氏、马氏为例，对其崛起情形略作阐述。

桐城方氏，主要有桂林方、会宫方、鲁谼方三支，皆自徽州迁入，各自为宗。其中尤以桂林方氏最著，昌盛四百余年。兹对桂林方氏家族情况略作介绍。桂林方氏宋末迁居桐城，始祖为方德益。传至五世方法，中建文元年(1399)举人，授四川按察司断事。他受知于方孝孺，因不肯依附明成祖，被逮投江死。其忠贞之节对方氏家族影响深远，"厥后忠孝贤杰，迭起代兴"[③]。方法长子方自勉，有五子：长子廷献，称中一房；次子廷瑞，二房；三子廷辅，三房；四子廷实，四房；五子廷璋，称六房。因廷辅成进士，廷璋举于乡，故都谏王瑞题其门曰"桂林"，方氏之族由此乃大[④]。传至十一世方学渐，学行名扬四方，文运开始肇兴。其后十二世，方大美、方大镇、方大铉、方大任先后于万历十四年(1586)、十七年(1589)、四十一年(1613)、四十四年(1616)中进士。方大镇子方孔炤亦在万历四十四年(1616)中进士。孔炤子方以智，亦在崇祯十三年(1640)中进士。祖孙三代进士，方氏门庭由此显贵。十三世除孔炤

---

① 潘光旦著，潘乃穆、潘乃和编：《潘光旦文集》第三卷《明清两代嘉兴的望族》，北京：北京大学出版社，1995 年，第 391 页。

② 马树华：《桐城马氏诗钞》卷首《序》，清道光十六年(1836)刻本。

③ 方昌翰辑：《桐城方氏七代遗书·刻〈方氏七代遗书〉缘起》，清光绪十四年(1888)刻本。

④ 马其昶著，毛伯舟点注：《桐城耆旧传》卷一，合肥：黄山书社，1990 年，第 14 页。

外，还有方大铉子方孔一(大钦子，过继给大铉)、方文、方孔矩、方孔性，方大钦子方若洙、方仲嘉、方孔时，或以宦著，或以诗名。十三世中六房方廷璋七代孙方大美五子方体乾、方承乾、方应乾、方象乾、方拱乾亦可标举，尤以方拱乾父子在仕宦、文艺上声名最显。方拱乾及其次子方亨咸、长子方孝标先后中进士，方育盛、方膏茂、方章钺诸子亦皆举于乡，他们皆有诗文创作。其后，方氏于仕途、文学方面仍有继起之秀。以仕宦而言，出现了“一门三秉节”的盛况[①]，方观承、方受畴、方维甸先后官至总督。就文学而言，以文称者当推桐城派的创始人方苞；以诗名显者有二：方贞观、方世举。概而言之，桂林方氏自方佑于天顺元年(1457)中进士后，以科名仕宦、道德文章称名于世者，代不乏人，影响深远。梁实秋就说：“桐城方氏，其门望之隆也许是仅次于曲阜孔氏。”[②]

桐城姚氏，主要有三：曰麻溪，曰苓涧，曰官庄。这三支姚氏，尤以麻溪姚氏家族影响最著。姚氏自始祖姚胜三在元代迁居桐城麻溪，传至五世姚旭，科第有声，官至云南布政使司右参政。其后，科第绵延，簪缨相继。尤其是八世葵轩公姚希廉这一房表现得最为引人注目，“自明季以来，读书仕宦，人物称盛者，皆葵轩公后也”[③]。这一支九世有姚承虞、姚自虞。姚承虞传至姚柬之、姚元之为十八世。姚自虞传至姚文然为十二世，传至姚范为十五世，姚鼐为十六世，姚景衡为十七世，姚莹为十八世，姚濬昌为十九世，姚永楷、姚永朴、姚永概、姚倚云为二十世。这是姚氏在仕宦、文学、学术方面最负盛名的两支。姚氏作为文化世家，洵可谓源远流长。

桐城张氏，明初自鄱阳瓦屑坝徙于桐，始祖为贵四公。传至六世张淳，中隆庆二年(1568)进士，官至陕西布政使司参政，家族因其始显。张淳有子四：士维、士缙、士绣、士纲，科举皆无闻。不过，张淳之孙张秉文、张秉贞两人又

① 陈康祺撰，晋石点校：《郎潜纪闻初笔》卷四《桐城方氏仕宦之盛》，北京：中华书局，1984年，第78页。

② 梁实秋：《梁实秋怀人丛录·方令孺其人》，北京：中国广播电视出版社，1991年，第225页。

③ 姚莹：《姚氏先德传》卷首《叙》，《中复堂全集》本。

创辉煌，由此拉开了张家荣登天下望族的序幕。张秉文是张士维长子，中万历三十八年(1610)进士，官至山东左布政使。张秉贞中崇祯四年(1631)进士，授户部郎中，擢浙江巡抚，入清后，官至兵部尚书。明清易代，以九世张英、十世张廷玉父子为代表的两代人，再谱新篇，使得桐城张氏成为声震天下的巨姓望族。张英中康熙六年(1667)进士，官至文华殿大学士兼礼部尚书。张英有子六：廷瓒、廷玉、廷璐、廷瑑、廷瑑、廷瓘。尤以张廷玉最为出众。张廷玉，康熙三十九年(1700)进士，历官内阁学士、吏部侍郎。张廷玉雍正朝官至大学士兼军机大臣。卒后谥"文和"，钦准配享太庙，清代汉大臣配享太庙者，仅他一人。张英其他诸子亦有功名。总而言之，桐城张氏自张英起，运势昌隆，显赫异常，有"父子翰林""兄弟翰林""祖孙翰林"之美誉[①]。自张英、张廷玉父子相继为相后，张家的后裔子孙入仕为官者，数以百计，遍及中央各衙署及全国各省区[②]。张家之势大根深、门庭焜燿，由此可见一斑。在诗文方面，张元裕说："吾家自高祖(张英)有《笃素》《存诚堂集》，曾祖宗伯公(张廷璐)有《咏花轩诗集》，祖侍讲公(张若需)有《见吾轩集》，考少詹公(张曾敞)有《瑞荚亭集》，伯叔父(张曾敔)有《讷堂诗集》《秋浯诗集》《蠡秋诗集》，四世相承，均有诗集，脍炙人口，称扬远近。"[③]张家文采，于此可见一斑。在书画方面，具有影响者有张英、张若霭、张若澄、张若渟、张若骕、张若驹、张寅、张敔、张乃轩、张乃耆等人。可见，桐城张氏不仅是显宦世家，也是著名的艺文

① 陈康祺云："桐城张氏六代翰林，为昭代所未有。太傅文端公英康熙丁未，子少詹事廷瓒(英长子)乙未、文和公廷玉(英次子)庚辰、礼侍廷璐(英三子)戊戌、阁学廷瑑(英六子)雍正癸未，孙检讨若潭乾隆丙辰、阁学若霭(廷玉长子)雍正癸丑、阁学若澄(廷玉次子)乾隆乙丑、侍讲若需(廷璐子)丁丑，曾孙少詹事曾敞(若需子)辛未，玄孙元宰嘉庆壬戌，来孙聪贤辛酉。自祖父至曾玄十二人，先后列侍从，跻鼎贵，玉堂谱里，世系蝉联，门阀之清华，殆可空前绝后已。"参见陈康祺撰，晋石点校：《郎潜纪闻初笔》卷五《桐城张氏六代翰林》，北京：中华书局，1984年，第93页。

② 关于张氏科举情形，可参见张杰：《清代科举家族》第七章第一节《与清朝相始终的桐城张氏》，北京：社会科学文献出版社，2003年，第259～275页；王育济、党明德：《世系蝉联门阀清华——中国一门出进士最多的桐城张氏家族》，见汪军主编：《皖江文化与近世中国》，合肥：合肥工业大学出版社，2004年，第177～190页。

③ 徐璈编：《桐旧集》卷二十三《张元袭》，清咸丰元年(1851)刻本。

世家。

桐城左氏，先祖为徽州泾县人，后迁潜山。明洪武初有曰代一者，复迁居桐城横埠河。五传至成化时左麟，有义侠行。再传至左出颖，出颖有九子，其中声名较显者有三子光前、五子光斗、七子光先、九子光明等人，左氏能跃居桐邑望族与他们有重要关联。左光前以孝闻于世，卒后祀"乡贤"。左光斗中万历三十五年(1607)进士，任左佥都御史时因参与弹劾阉首魏忠贤而遇害，忠直之名闻于海内。左光先历官福建建宁令、两浙巡按御史，皆有政声。左光明任福建武平令亦有循声。清末民初马其昶说："忠毅(光斗)之后，自明末以逮我朝嘉道间，文儒、吏绩时时有闻……而孝子(光前)、侍御(光先)、武平(光明)后，又代有兴者。"[①]光前七世孙左德慧，授吴江教谕，矜重名节，文辞博赡，时与闽人郑兼才并称"二教谕"[②]。光斗有四子：国柱、国棅、国材、国林，以学行著，号称"龙眠四杰"。到光斗曾孙辈时，左氏依然硕儒辈出，簪缨不绝。如左文韩、左文言、左文高等俊彦可谓代表。光先有子三：左国鼎、左国昌、左国治，皆有诗文。其后裔亦能承继家风，文行、仕宦皆有可称者，如左岳、左微、左世琅、左世经、左世容、左正谊、左敩等。光明之后，在乾隆朝多有宦达者，如玄孙左衢，乾隆十七年(1752)进士，任宗人府主事；五世孙左周，乾隆三十四年(1769)进士，官至浙江宁绍台道；六世孙左坚吾，幼学于外祖父刘大櫆，古文具有法度，与姚莹、方东树等人交好，列属桐城派阵营。可见，左氏也是久负盛名的文化世家。

桐城马氏，始迁祖为马骥，初姓为赵氏，为六安州学生，明永乐时入赘桐城马氏，遂承马祀。传至四世祖肇兴文学，六世太仆公马孟祯始显。马孟祯中万历二十六年(1598)进士，官至太仆寺卿，由此开启马氏步入仕途之门。他与左光斗以气节自重，敢于抨击朝政，声震朝野，桐城马氏之名亦因他而流播海内。马孟祯之后，马氏一门科宦、文学均蒸蒸日上，成为桐邑最著名的科举望族、文化世家之一。七世马懋勋、马懋学、马懋德、马懋赞与八世马之瑛、

---

① 马其昶著，毛伯舟点注：《桐城耆旧传》卷七，合肥：黄山书社，1990年，第257页。

② 马其昶著，毛伯舟点注：《桐城耆旧传》卷七，合肥：黄山书社，1990年，第257页。

马之瑜并称"怡园六子",竹林骚雅,盛极一时①。尤其是马之瑛,不仅中崇祯十三年(1640)进士,而且尤工诗歌,其《秋庄集》尤为巨制,体格高迈,方东树"谓足与江左三家方驾"②。传至九世,风雅不歇,赓唱迭和,诗人满门,最著者当推马之瑛一门。马之瑛有六子:马敬思、马孝思、马继融、马教思、马日思、马方思,皆擅诗文,玉友金昆,照耀寰海,以之视钱谦益《列朝诗集》中所载皇甫子浚诸兄弟,亦无须多让③。九世之后,马氏依然簪缨不绝,且多以诗文著称,如有十世马源、马濂兄弟,十二世马翮飞,十三世马春生、马春田兄弟,十四世马宗琏,十五世马瑞辰、马树华,十六世马三俊、马起升,等等。十七世马其昶更是博通经史,谨守义法,足殿清代桐城古文而无愧。总之,明清两代马氏家族的政治声望、文化地位不容小觑。

桐城其他望族也是历经几代人努力奋斗后才形成声势。如桐城柳峰江氏,在洪武初由婺源迁居桐之东乡柳峰,嗣后支派繁衍,"其间峨嵋公(江之湘)、陶岑公(江皋)及大参磊斋公(江之泗)昆季三凤科第蝉联,名显仕籍者指不胜屈,而文人硕士、孝子顺孙绳绳振振,称桐邑望族"④;又如井头刘氏,"历五百余年,传二十余世,椒衍瓜绵,朴耕秀读,或以科甲,或以宦绩,或以孝友文章称于乡,见于郡邑者代不乏人"⑤。这些望族与桐城五大家族共同构成了桐城社会的中坚力量。

这些世家巨族鼎立桐城,通过师友、姻娅等关系,相互沟通,往来频繁。他们凭借拥有较多的社会文化资本,会对桐城文化的演进投入各种能量与资源,对地域文化的形塑与建构起着重要作用。明清时期的桐城文化气象也因为他们的存在而显得云蒸霞蔚,辉映海内。

---

① 姚通意《赖古居诗话》云:"外家扶风世传文学,天启时有怡园六子。怡园,太仆公别业。六子,懋勋四铭、懋学尔升、懋德尔常、懋赞子翼、之瑜君璧、之瑛正谊也。竹林骚雅,盛极一时。"参见徐璈编:《桐旧集》卷二十四,清咸丰元年(1851)刻本。

② 马其昶著,毛伯舟点注:《桐城耆旧传》卷七,合肥:黄山书社,1990年,第230页。

③ 潘江编:《龙眠风雅》卷六十一《马孝思》,见《四库禁毁书丛刊》集部第99册,第188页。

④ 江梅春纂修:《江氏宗谱》卷首《江氏支谱序》,清同治八年(1869)木活字本。

⑤ 刘梓培等修:《刘氏族谱》卷首《刘氏六修族谱序》,民国三年(1914)木活字本。

第二节 世家望族与明清桐城文化气象

一个地区的文化发展水平，是由一地的政治、经济、社会等诸多因素综合决定的。倘若要衡量一地的文化发展程度，必须要考虑这些因素，但这些因素有时并不能最直观地反映出该地区的文化发展状况。有学者提出考量文化的发展程度可以文化强度为依据，文化强度的衡量标志主要有二：科举、文献。“对科举竞争的考察可以成为我们对地域文化进行强度分析、比较的根据；文献的量则在相当程度上反映了某个地域文化创造的能力。”[①]这个思路对我们衡量明清时期桐城文化的发展水准颇有启示。众所周知，明清时期的桐城，是皖江地区的文化高地，在文学、学术、书画等方面声誉显著。问题是一直以来我们尚未详细地、全面地丈量和考察这块文化高地。兹拟从科举、学术、文学三个方面来考量，以助于我们了解桐城文化在迈向繁盛的恢弘史程中，包括姚氏在内的著姓望族发挥了怎样的作用。

一、科举强县

科举是评判古代各地区教育水平的重要标尺，也是衡量地区文化强度的一个重要指标[②]。在明代以前，桐城科举得第者寥若晨星，据康熙《桐城县志》记载，桐城进士，宋代仅有朱翌一人，元代只有刘让、刘详、徐良佐三人。这时期，桐城在科举版图上的地位无足轻重。逮至明清，桐城在科举取士方

① 罗时进：《地域·家族·文学：清代江南诗文研究》上编《太湖环境与江南文化家族的演变》，上海：上海古籍出版社，2010年，第28页。

② 按：明清科举考试中，最重要的是进士考试。由于进士为士人通籍之始，故赢得社会普遍看重。进士堪称人才，著名史学家何炳棣先生就认为：“所谓的人才，最主要的是指考试制度中最高层的成功者——进士。”参见何炳棣：《明清进士与东南人文》，见刘海峰编：《二十世纪科举研究论文选编》，武汉：武汉大学出版社，2009年，第537页。兹处拟以进士数量为标准来衡量一地的科举实力。

面异军突起，捷报频传，成为“仕国”[1]。与众多桐城进士脱颖而出相伴随的，是诸多文化望族的脱颖而出，他们椒衍瓜绵，文风不坠，渐成世家。

(一)明代桐城进士的分布与望族的形成

有明一代，桐城前代科举不振的萧条之况得以彻底扭转。这种态势的转变实际上在明初已显出端倪。其时，朱明王朝建都南京，桐城地属南畿，科举上易得近水楼台之利。洪武十七年(1384)，刘俨乡试中举；二十三年(1390)，钱时秋闱中式；建文元年(1399)，方法、罗寅中举。永乐元年(1403)年，刘莹首登春榜，高中进士。这接二连三的春秋两闱喜讯，预示着桐城科举迎来了发展的春天。此后，桐城的确在进士科榜上屡屡题名，渐趋辉煌。参见下表：

明代历朝桐城科举进士人数

年号 数量	洪武	建文	永乐	宣德	正统	景泰	天顺	成化	弘治	正德	嘉靖	隆庆	万历	天启	崇祯	总计
进士	0	0	1	0	2	1	4	3	4	5	16	1	33	4	10	84

资料来源：道光《桐城续修县志》[2]。

由上表可知，自明洪武开国到正德150余年间，桐城进士数量并不多，仅20人。不过，从嘉靖到崇祯这120余年间，人数猛增，达到64人，是明前中期进士数的3倍。这表明，自嘉靖时起桐城科举渐兴，而嘉靖之前可视为崛起前的积淀期。

明代桐城出了84个进士，这个数量所显示的实力和地位可从下表得到

---

① 康熙《桐城县志》卷之三《选举》云：“桐，仕国也。人文秀出，炳炳麟麟，或列名容台，或观光上国，以至韬略素娴、奋迹鹰扬者代不乏人。”(第84页)

② 按：嘉靖癸丑科进士陈麟寄河南卫军籍；万历庚辰科进士贾一鹗寄霸州籍。

验证[①]：

府名	县名	数量	府名	县名	数量
安庆府	桐城	84	徽州府	歙县	166
	怀宁	41		婺源	98
	太湖	11		祁门	48
	潜山	12		绩溪	18
	宿松	4		休宁	64
	望江	5		黟县	11
苏州府	长洲	190	苏州府	吴县	191
	常熟	187		太仓州	84
	昆山	199		吴江	124

从上表可知，与安庆府所辖其他县邑相比，明代桐城的进士数量超过其他五邑数量之和，名列第一，这反映出桐城一县的文化强度在安庆境内一枝独秀，无与伦比。与处于文化发达之区的徽州府辖各县相比，桐城进士数虽差于歙、婺源两县，但远强于祁门、休宁、绩溪、黟县四县。与处于江南文化中心的苏州府辖各县相比，桐城进士数已与太仓州持平，但与其他五县尚有较大差距。尽管如此，桐城已堪称科举强县。

明代桐城科举佳绩的获得，与当地一些家族的倾力贡献有关。桐城方、姚、齐、张、马、吴等族，凭借持续投入文化教育，开始在科举考试中崭露头角，逐渐成为桐邑的科举望族。相关情况，参看下表：

① 数据来源：乾隆十一年《清朝历科题名碑录》附《明历科进士题名碑录》。徽州、苏州府县进士数据，取自吴建华：《明清苏州、徽州进士数量和分布的比较》，载《江海学刊》，2004年第3期，第155～162页。按：学界对明清时期苏州、徽州两地的进士数量皆有研究，如范金民：《明清江南进士数量、地域分布及其特色分析》，载《南京大学学报》，1997年第2期，第171～178页；叶显恩：《明清徽州农村社会与佃仆制》第五章《徽州的封建文化》，合肥：安徽人民出版社，1983年，第192～193页；李琳琦：《明清徽州进士数量、分布特点及其原因分析》，载《安徽师范大学学报》，2001年第1期，第32～36页等。由于学者对两地进士数量、分布使用的统计范围和方法不同，故所得进士数量亦大相径庭。笔者考虑到吴建华先生是综合比较这两地进士群体数量及其分布，与本文论证要求较为契合，故采用吴先生的研究数据。

家族	科举＼年号	洪武	建文	永乐	宣德	正统	景泰	天顺	成化	弘治	正德	嘉靖	隆庆	万历	天启	崇祯	总计	
桂林方氏	进士							1	1			1		6		2	11	19
	举人		1						2			3		1		1	8	
麻溪姚氏	进士						1							3	1	2	7	8
	举人													1			1	
齐氏	进士										1	2		1	1		5	5
	举人																	
马氏	进士													1		1	2	2
	举人																	
张氏	进士												1	1		1	3	3
	举人																	
麻溪吴氏	进士											1		3			4	7
	举人												1	1	1		3	

资料来源：道光《桐城续修县志》

显然，桂林方氏家族无疑是明代桐城第一大科举世家。仅进士人数就多达 11 人，占明代桐邑进士总人数的 13%。除桂林方氏外，姚氏对桐城科举的贡献亦足称道，家族进士数达到 7 人，占桐邑进士总人数的 8.3%。此外，像齐之鸾家族、麻溪吴氏等亦有不俗表现。当然，我们也注意到，在清代声震天下的张廷玉家族此时声势、名望、地位尚不及方、姚两族，不过在明后期科第有人，渐露头角，这为张氏在有清一代的焜耀显扬拉开了序幕。

(二)清代桐城进士与望族的贡献

马树华云："桐城人物……洎我朝而大盛，非惟科第仕宦烜耀赫奕也，盖内而公卿，有硕辅之望；外而镇抚，有重臣之猷。郡邑则奏绩循良，馆阁则擅誉儒雅，良以遭际清时，乐育天下之才，涵濡浸润，历久弥滚。"[①]由此看出，入清后，桐城科举实力进一步增强，人才之势更加强劲，名宦硕儒辈出。

据光绪《重修安徽通志》记载，自顺治至同治朝，桐城进士共有 141 名，而怀宁仅有 45 名，太湖有 28 名，望江有 14 名，潜山有 6 名，宿松有 11 名，五县进士数总和不及桐城一县。据统计，有清一代，桐城进士数多达 152 人[②]。这个数量在安庆府六县中独占鳌头，安庆府其他县邑难以望其项背。即便是在安徽全省范围内，桐城的科举进士数也是名列前茅。清代安徽，共管辖 8 个府、5 个直隶州、4 个散州、51 个县。据光绪《重修安徽通志》记载，安徽自顺治至同治朝共考取进士 1106 名，桐城进士数量占全省的 12.74%。我们再看下表[③]：

府名	县名	数量	府名	县名	数量
徽州府	歙县	116	苏州府	吴县	203
	休宁	61		长洲	146
	婺源	38		常熟	105
	绩溪	14		元和	60
	黟县	8		昆山	50
	祁门	7		吴江	50

从上表可知，清代徽州所辖六县各自进士数量已不及桐城，就与苏州府

① 马树华：《可久处斋文抄》卷三《桐城选举记序》，清同治间刻本。

② 方旭玲：《清代桐城进士数量考》，载《安庆师范学院学报》(社会科学版)，2010 年第 5 期，第 17～20 页。

③ 按：徽州、苏州府县进士数据，来自吴建华：《明清苏州、徽州进士数量和分布的比较》，载《江海学刊》，2004 年第 3 期，第 155～162 页。

所辖县邑进士数量而言，桐城也可与之抗衡了。这些意味着桐城的文化强度在清代进一步加强，科举强县的地位得到进一步巩固。

世家望族对桐城科举的贡献尤巨，最典型的莫过于张、姚、方、吴、马等族。据统计，清代桐城张氏族人获取功名者达 554 人，中进士者多至 24 人，在清代进士总人数中，接近 1%[①]。且涌现出 3 名巍科人物[②]。姚氏有 14 名进士[③]，桂林方氏有 9 名进士。这些都充分反映出世家望族与科举之间的密切关系。

综上言之，桐城在成为科举强县的历史进程中，地方家族的贡献不容忽视。实际上，两者之间密切关联。一些家族通过科举取士获得功名，成为地方上的望族。他们为了保持家族利益、权势的可持续性，往往会高度重视对家族子弟的教育。由于享有师资、书籍、人际资源等诸多社会资本和文化资本，这些家族子弟在科举考试中又容易登科，从而维持了家族科举簪缨的连续，由此也就形成了显赫一方的科举世家、文化望族。像桂林方氏、张氏、姚氏等家族，皆是如此。

二、理学重镇

明初以来的桐城，名儒贤哲辈出，讲学之风益炽，出现了理学兴乡的壮观景象，并由此奠定了在学术史上的重镇地位。

（一）明代桐城理学

明代理学先后经历三个阶段：国初尊崇程朱道学，中叶信奉阳明心学，末造反思理学，实学渐兴。与之相应的是，桐城理学在不同历史时期也呈现出

① 张杰：《清代科举家族》，北京：社会科学文献出版社，2003 年，第 263 页。

② 按：张廷璐为康熙五十七年戊戌科（1718）榜眼；张廷珩为雍正元年癸卯科（1723）传胪；张廷玉子张若霭，本被雍正点为十一年癸丑科（1733）探花，但经张廷玉再三恳请，改为传胪。

③ 他们是十二世姚文燮、姚文燕、姚文熊，十三世姚士藟，十四世姚孔鈵，十五世姚范，十六世姚棻、姚鼐，十七世姚原绂、姚乔龄，十八世姚元之、姚莹、姚柬之、姚维藩。

复杂多变的演进态势。[①]

论及桐城理学，首推何唐[②]。在他之前的桐城理学情形，史料罕载，殊难知悉。何唐，字宗尧，世居县北洪涛山。正德十六年(1521)进士，授南京兵部主事，擢郎中，未几，称疾归里。他卓然高厉，耻为世儒之学，尝慕曾子"三省"之学，以"省"名斋，人称"省斋先生"。嘉靖年间，他辞官归里后，著述讲学，"以居敬穷理为要"[③]，"凡从游者每谕以稽古明道、立法善俗为先"[④]。著有《日省录》《艮辅录》《壮行录》《闻见录》，皆散失[⑤]。"桐人知学自唐始"[⑥]，得其传者众多，如陶谌、赵锐、彭宝、张夔、江鲸、朱杲等皆出其门[⑦]。何唐的贡献在于始开桐城讲学之风，有力推动了程朱理学在桐城的传播[⑧]。

明中叶以后，阳明心学逐渐兴起，四处流播，桐城一地也受到浸染。继何

---

① 李波《明代桐城理学文化述论》(见牛继清主编:《安徽文献研究集刊》第四卷，合肥:黄山书社，2011年)对明代桐城理学发展历程作过详细梳理，认为明代桐城理学大致经历了四个阶段:"始于方学渐，兴于方大镇、吴应宾(方以智外祖)、王宣(方以智老师)等人，到方孔炤、方以智时达到了高潮，盛极一时。而方中德、方中通、方中履兄弟等人则对明代桐城理学作了一个较好的收结。"他的划分虽是立足于桐城桂林方氏家族而言，但其划分方式对笔者仍很有启发。另，陈来先生认为:"明代，理学成为专指宋代以来形成的学术体系的概念，包括周程张朱的道学，也包括陆九渊等人的心学。"参见其专著《宋明理学》第二版，上海:华东师范大学出版社，2004年，第8页。故本文所论理学，从广义而言，包括道学与心学。

② 按:康熙《桐城县志》卷四《人物·理学》、道光《桐城续修县志》卷第十四《人物志·理学》，皆首列何唐。

③ 马翩飞:《翊翊斋文钞·何省斋先生家传》，见《翊翊斋遗书》，清道光间刻本。

④ 胡必选修，王凝命增修:康熙《桐城县志》卷四《人物·理学》，《中国地方志集成》本，第113页。

⑤ 马其昶著，毛伯舟点注:《桐城耆旧传》卷二，合肥:黄山书社，1990年，第53页。

⑥ 胡必选修，王凝命增修:康熙《桐城县志》卷四《人物·理学》，《中国地方志集成》本，第113页。

⑦ 马其昶著，毛伯舟点注:《桐城耆旧传》卷二，合肥:黄山书社，1990年，第53页。

⑧ 马翩飞:《翊翊斋文钞·何省斋先生家传》云:"吾乡讲学之绪，先生为之倡。"马其昶亦说:"(何唐)先生勇毅任道，不顾众嘲，风声流播，竟亦克变俗习，吾乡讲学之绪由此起。"参见马其昶著，毛伯舟点注:《桐城耆旧传》卷二，合肥:黄山书社，1990年，第53页。

唐而起的赵钍、赵锐兄弟[1]，有力推动了阳明心学在桐城的传播。赵钍生有异禀，举嘉靖十九年(1540)乡试第一，中二十三年(1544)进士，官至贵州巡抚。他在嘉靖文坛颇有声名，与陆树声、余文献、朱日藩号称"嘉靖四杰"。他在学术上，尊奉阳明心学，"以致良知为宗，适用为辅"[2]，尝新葺阳明书院于滁州。他还与王学门人罗汝芳、王慎中有书信往还，多言"存省"之要，著《省吾录》。辞官归家后，辟宜秘洞，聚诸生讲习，兴起甚众，远近闻名[3]。赵锐，与兄钍同举于乡，尝任建宁知县、均州知州，学者称"恒庵先生"。他少时虽师从何唐，但思想脱俗卓异，何唐称其为圣门之狷[4]。他任均州知州时，巡抚章焕曾与其畅论良知至善之说，结契甚深[5]。这说明赵锐思想有所变化，受王学之风熏陶而接受心学。除赵氏兄弟外，同时的户部主事戴完亦研究性命之趣，"独宗新建，与张甑山、罗近溪、耿楚侗、王龙溪往复论难性命之旨，多所发明"[6]。

传播心学之功，汉阳人张绪不容忽视。他学宗王阳明，衍良知之宗旨[7]。曾任桐城教谕，对桐城学风有较大影响：诱导诸生，大畅心学之风，诸生翕然向慕；熏染小民，诗歌之声，四彻里巷[8]。桐邑名儒童自澄、赵鸿赐、方学渐等人得其真传。以童自澄为例，他初见张绪，即毅然志学，又曾受教于罗汝芳。

---

① 姚永朴说："何省斋兵部嘉靖中谢病归……而讲道日精。赵都宪(钍)及其弟知均州(锐)继之，吾邑学风盖肇如此。"参见姚永朴著，张仁寿校注：《旧闻随笔》卷四，合肥：黄山书社，1989年，第170页。

② 马其昶著，毛伯舟点注：《桐城耆旧传》卷三，合肥：黄山书社，1990年，第74页。

③ 马其昶著，毛伯舟点注：《桐城耆旧传》卷三，合肥：黄山书社，1990年，第74页。

④ 马其昶著，毛伯舟点注：《桐城耆旧传》卷二，合肥：黄山书社，1990年，第53页。

⑤ 马其昶著，毛伯舟点注：《桐城耆旧传》卷三，合肥：黄山书社，1990年，第77页。

⑥ 廖大闻修，金鼎寿纂：道光《桐城续修县志》卷十四《人物志·理学》，《中国地方志集成》本，第522页。

⑦ 按：张绪曾与耿定向、耿定理兄弟有所议论，主张："为学，学为人也。为人须求为真人，毋为假人。"参见黄宗羲著，沈芝盈点校：《明儒学案》卷三十二《泰州学案》，北京：中华书局，2008年，第720页。

⑧ 廖大闻修，金鼎寿纂：道光《桐城续修县志》卷九《人物志·名宦》，《中国地方志集成》本，第402页。

明万历二十一年(1593),他在枞阳创建辅仁会馆,"朝夕于斯,洁身理性,与二、三子阐发良知,垂五十年","枞阳之民半出门下,江之南北咸敬慕之"[①]。辅仁会馆的创建,有力促进了桐城学风的炽盛,扩大了王学在桐邑及周边地区的传播与接受。

阳明心学在传播与演变的进程中,逐渐坠于空虚、支离之流弊[②],对此,桐城学人也有清醒的认识。胡孝才是桐城地区首辟良知之人[③],他教导诸生,王守仁倡教良知,"其说主张太过,流弊遂至混儒释,以格物致知为赘。天下小人窃之,益肆为无忌惮,不可止矣"[④]。他的这番认识,明辨得失,鞭辟入里,"一言而尽其本末,当物不过"[⑤],可谓知言者。他的讲学吸引了四方学者来游,同邑方学渐得其传授。[⑥] 除了胡氏外,赵钍之子赵鸿赐也能戒心学之弊。他曾师事张绪、耿定向、罗汝芳,与焦竑辈俱称高弟弟子。耿氏、罗氏皆是泰州学派门徒,其学说已与阳明之原旨有所不同,在一定程度上补救了心学之弊。受师友影响,赵鸿赐虽奉王学,但能戒其病,"因开宜秘洞会,延集多士,为陋巷会,戒约衍新建良知之旨,桐川之士奉为典型"[⑦]。

---

① 童鉴泉等纂修:《枞阳童氏宗谱》卷三十八《辅仁会馆碑记》,清宣统元年(1909)木活字本。

② 按:黄绾曾经批评阳明良知之学"空虚之弊,误人非细"。参见黄绾著,刘厚祜、张岂之标点:《明道编》卷一,北京:中华书局,1959年,第11页。

③ 廖大闻修,金鼎寿纂:道光《桐城续修县志》卷十四《人物志·理学》:"首辟良知,教人不外谨独二字",《中国地方志集成》本,第525页。

④ 马其昶著,毛伯舟点注:《桐城耆旧传》卷三,合肥:黄山书社,1990年,第91页。

⑤ 马其昶著,毛伯舟点注:《桐城耆旧传》卷三,合肥:黄山书社,1990年,第92页。

⑥ 廖大闻修,金鼎寿纂:道光《桐城续修县志》卷十四《人物志·理学》云:"同里方学渐独得其宗,其以明善之旨提唱海内,悉本师承渊源之自。"《中国地方志集成》本,第525页。

⑦ 廖大闻修,金鼎寿纂:道光《桐城续修县志》卷十四《人物志·理学》,《中国地方志集成》本,第522页。

逮至万历后期，桐城理学发展至方学渐，境界为之一变，趋向昌大[①]。方学渐青年时曾拜入桐城教谕张绪门下，后又从邹守益、吕坤、冯从吾、顾宪成、高攀龙等名士游，赢得江南大儒的推崇与赞誉。他的思想，简言之是："揭性善以明宗，究良知而归实。"[②]其核心实际有二：一是"性至善"说，他认为："善者，性之本体，止于至善。"[③]他的"善"论建立在诸多前贤学说基础之上，主要受阳明心学的影响[④]；二是崇实论，他写有《崇实论》，认为汉唐之儒有空谈而无实行，宋儒有袭行而无实心，故王阳明起而絜良知，不善学者往往依附灵明而有虚无之弊，故惩虚者尚其实。[⑤] 方中通称其"崇实所以救天下之虚无也"[⑥]。概言之，方学渐的思想与阳明心学既有联系又有区别，其说虽同为良知之学[⑦]，但较之龙溪诸家，"尤为近正"[⑧]；不过，其思想中又含有"藏陆于朱"的成分，显示出不同于心学的异色。方学渐还在万历二十一年(1593)创建了桐川会馆，"日与同志披剥性善、良知之旨"[⑨]，每月两次会讲，每年一次大会，

---

① 马其昶就说桐城讲学之绪由何唐起，"至方明善先生益昌大矣。"参见马其昶著，毛伯舟点注：《桐城耆旧传》卷二，合肥：黄山书社，1990年，第53页；李德膏说："盖桐人知学，始何省斋(唐)，至方明善(学渐)而极盛。"参见枞阳县地方志编纂委员会编：《枞阳县志》附录《答枞阳国民学校教习汪朗溪书(论桐城文化起于枞)》，合肥：黄山书社，1998年，第749页。"昌大""极盛"等字眼，无不表明方学渐在桐城学术史上具有里程碑式地位。

② 叶灿：《方明善先生行状》，见方昌翰辑：《桐城方氏七代遗书》，清光绪十四年(1888)刻本。

③ 方昌翰辑：《桐城方氏七代遗书》，清光绪十四年(1888)刻本。

④ 方学渐《善论》云："或问：'今之学者皆曰人心之体无善无恶，子何独言心之为善乎？'答曰：'人心之善也，标于孔子之继善，翼于曾子之止善，颜子之择善，子思之明善，砥柱于孟子之性善，流衍于宋儒之人性皆善。纯粹至善诸论至我新建先生，曰吾心纯乎理而无人为之私谓之善；又曰至善，心之本体；又曰性元无一毫之恶，故曰至善。'"参见方昌翰辑：《桐城方氏七代遗书》，清光绪十四年(1888)刻本。

⑤ 方昌翰辑：《桐城方氏七代遗书》，清光绪十四年(1888)刻本。

⑥ 方中通：《心学宗续编》卷二，清康熙继声堂刻本。

⑦ 按：黄宗羲《明儒学案》将方学渐列入《泰州学案》，视为心学之一支。

⑧ 永瑢等撰：《四库全书总目》卷九十六子部六儒家类存目二，北京：中华书局，1987年，第814页。

⑨ 焦竑著，李剑雄点校：《澹园集》续集卷四《桐川会馆记》，北京：中华书局，1999年，第829页。

“乡荐绅、孝廉、文学、父老子弟，以及邻邑之贤豪，皆以时至。自是东之枞川，西之陡冈，精舍相望，而一以桐川为宗。兴起者矣彬彬矣”①。他由此俨然成为桐城乃至周边地区的学术领袖，“东南学者推为职志焉”②。陈嘉猷云：“维时东林、桐社若岱宗、华岳，相望于千里之外，而中分大江以为重。”③可见，桐城在晚明时期业已成为江淮之间的一座学术重镇，与学术中心江南地区遥相呼应。方学渐的思想对方氏家族亦有深远影响，方家中方大镇、方孔炤、方以智等人皆是理学名家，对桐城理学建树殊多。此外，方学渐门人叶灿、王宣以及方以智的外祖吴应宾等，也都是当时桐城较有影响力的理学名儒。

明清之际，方以智成为方家最为出色的理学名儒。他在继承家学的基础上，批判地吸收了众家之说，建立了一套融合各家之长的理学体系。这主要表现在：其一，提出“心体至善”说。他认为，心之本体至善，至善就是无善无恶。这继承了曾高祖方学渐的“性至善”说，并有所突破和创新④。其二，不辨朱王，主张融会贯通。他认为朱子以实救天下之病虚，阳明以虚救天下之病实，“虚实本一致也，当合汉、宋及今参集大成焉”⑤。其三，力避虚无，探究

① 焦竑著，李剑雄点校：《澹园集》续集卷四《桐川会馆记》，北京：中华书局，1999年，第829～830页。

② 朱彝尊著，姚祖恩编，黄君坦校点：《静志居诗话》卷十四《方学渐》，北京：人民文学出版社，1990年，第425页。

③ 方学渐：《东游记》，见方昌翰辑：《桐城方氏七代遗书》，清光绪十四年(1888)刻本。

④ 按：方以智《东西均·公符》云：“新建曰：‘无善无恶心之体，有善有恶意之动。’或驳之，非也。无善恶可言者，善至矣。”参见方以智著，庞朴注释：《东西均注释》，北京：中华书局，2001年，第99页。《东西均·颠倒》又曰：“无善无恶乃至善也，有善可为，即兼恶德矣。”(第115页)。方学渐的“性至善”说虽承认人性本善，但不承认人性有恶，即“性元无一毫恶”。而方以智则不同，他认为心有善恶之分，“有先天之善恶，有后天之善恶；有未生前之善恶，有已生后之善恶。圣人尊阳为善，故一以阳为主”(《东西均·颠倒》)。善同恶不是绝对的，而是可以相互变化的。方以智的观点更显通达、辩证。

⑤ 方以智：《通雅》卷首之二《读书类略》，北京：中国书店，1990年影印浮山此藏轩刻本，第36页。

物理。针对晚明理学和禅学空谈心性、堕于空虚之流弊，他予以尖锐的批评[①]，这也是其继承家学中"黜虚崇实"思想的体现。由于理学家大多注重探讨心性、理气等纯粹学理问题，而忽视关注自然科学问题，这使得他们过于务虚，不能求实，不能探究天地万物之理[②]。因此，方以智又提出了"欲挽虚窃，必重实学"[③]的主张。要言之，方以智是桐城理学史上的一座高峰，其思想宏通赅博[④]，包罗万象，前无古人，后无来者。在他之后，其子方中德、方中通、方中履等人在理学上亦有建树。

在方氏光耀桐城理学的同时，姚氏也不是寥落无闻，亦散发出声光。姚氏八世祖姚希颜，是这个家族首位载入县志的理学名家。他好谈名理，为学重躬行，"晚与方明善讲学桐川会馆"[⑤]，教授子弟甚众。他与方学渐还有通家之谊，曾将次女嫁与学渐长子大理寺卿方大镇。方、姚两家的学术交流也因姻亲关系而更加便利、频繁。在他之后，姚氏理学传统相传不坠，如十世姚之莲尊奉理学，躬行实践，人称"克斋之孙真理学也"[⑥]；十一世姚孙枝专心濂洛之学，家居讲授，人称大师[⑦]。

康熙《桐城县志》对明代桐城理学发展有过简要的总结，说："桐自省斋倡始于前，姚方诸君接踵于后，大抵以性善为宗，致知为极，天根月窟，直探渊

① 方以智说："理学怒词章、训故之汨没，是也；慕禅宗之玄，务偏上以竞高，遂峻诵读为玩物之律，流至窃取一橛，守臆藐视，驱弦歌于门外，六经委草；礼乐精义，芒不能举；天人象数，束手无闻。俊髦远走，惟收樵贩。由是观之，理学之汨没于语录也，犹之词章训故也。"方以智著，庞朴注释：《东西均注释》，北京：中华书局，2001 年，第 177 页。

② 方以智说："宋儒惟守宰理，至于考索物理时制，不达其实，半依前人。"（方以智：《通雅》卷首一《音义杂论·考古通说》，北京：中国书店，1990 年影印浮山此藏轩刻本，第 21 页）；"历数律度是所首重，儒者多半勿问，故秩序变化之原，不能灼然"。参见方以智：《物理小识》卷之一《天类历类》，上海：商务印书馆，1937 年，第 1 页。

③ 方以智著，庞朴注释：《东西均注释·道艺》，北京：中华书局，2001 年，第 182 页。

④ 《桐城耆旧传》卷六《方密之先生传弟六十》云："方氏自先生（方以智）曾祖明善先生为纯儒，其后廷尉（方大镇）、中丞（方孔炤）笃守前矩，至先生乃一变为宏通赅博。"（第 209 页）

⑤ 胡必选修，王凝命增修：康熙《桐城县志》卷四《理学》，《中国地方志集成》本，第 116 页。

⑥ 姚莹：《姚氏先德传》卷六《汝茂公之莲》，《中复堂全集》本。

⑦ 姚莹：《姚氏先德传》卷六《蓬庵公孙枝》，《中复堂全集》本。

源，不惟有功新建，而邹鲁薪传将在是也。”[1]可以说，在何氏、赵氏、方氏、姚氏等家族倾力传承下，他们涂画出了明代桐城理学云霞满天的壮丽景观。

（二）清代桐城理学

清代桐城理学的境况与清代理学的整体状况相一致。众所周知，清代理学，虽承沿宋明理学，但无主峰可指，无大脉络可寻。反映在学理上，也无多少创新之处，此时陆王心学一系已趋于衰颓，程朱理学一脉则多是护卫、弘扬程朱之说，并努力躬行实践[2]。最能代表清代桐城理学状况的是桐城派中人物。桐城派中的方苞、姚鼐、姚莹、方东树、方宗诚、马其昶、姚永朴等人皆尊崇理学，不过他们所尊奉的都是理论和实践上都已简化了的理学，他们在理论建树上是匮乏的，主要是躬行实践。即使在乾嘉汉学兴盛之际，以姚鼐为代表的桐城学人也都坚持以理学为本位，在此基础上才适当地吸收汉学之精华。《清儒学案》云：“桐城学派始于望溪，至惜抱标义理、考据、辞章三者并重为宗旨，当乾嘉汉学极盛之际，断断以争，为程、朱干城，久之信从始众。湘乡继起，表章尤力，其说益昌。汉、宋门户之见虽难尽化，持平之论终犁然有当于人心焉。”[3]道咸以后，面对经世思潮的兴起和西方文化的闯入，桐城学人虽有不同程度地熏染与调整，但大抵不改程朱道统，理学底色犹在。

综观明清桐城理学演变情况，我们毫不讳言桐城的确是理学重镇。崇尚理学已深深地渗透于桐城学人的文化性格之中。这对桐城文化的结构、形态、衍变都有着深远的影响。

三、文章名邦

明清以前，桐城难称人文渊薮之地。清末著名学者萧穆说桐城：“六代以

---

① 胡必选修，王凝命增修：康熙《桐城县志》卷之四《理学》，《中国地方志集成》本，第 113 页。

② 龚书铎：《清代理学的特点》，载《史学集刊》，2005 年第 3 期，第 90～96 页。

③ 徐世昌等编，沈芝盈、梁运华点校：《清儒学案》卷八十八《惜抱学案》上，北京：中华书局，2008 年，第 3451 页。

前，人文无考。唐之中叶，有曹公松，宋之北有朱公戴上洎其子翌，始以文学著名于世，同时又李氏公麟、公寅、元中昆弟三人，与王荆公、苏文忠公、黄文节诸公同游，风流文采，照耀一时，号称‘龙眠三李’。或疑龙眠山阳为桐城，龙眠山阴为舒城，李氏昆弟既有龙眠之称，实非桐城所得而私焉。”[①]这段话中肯、审慎，勾勒出桐城自唐宋以来的文艺发展脉络，其间可称扬者确实不多，即便是赫赫有名的“龙眠三李”，其籍贯也难确证。逮至明清，桐城人文一改颓势，勃然兴起，号称“文献之邦”“诗文渊薮”。

（一）明代龙眠诗学的勃兴

明代桐城，人文蔚起，诗人林立，诗集夥颐。方孝标《龙眠诗传序》云：“吾乡自有明三百余年来，诗人林立，其专稿、选稿行世者多。”[②]此话反映出明代桐城诗人辈出、诗作宏富之境况。实际上，就明代桐城文学而言，最有影响、最有分量的还是诗歌创作。明代桐城诗歌的创作情况及其艺术成就，可从明末清初桐城文士潘江编选的《龙眠风雅》中窥知。这是一部大型的地方性诗歌总集，通过阅读它，我们可以纵览明代桐城诗歌勃兴、流变之概况。

明代桐城诗歌在不同历史时期呈现出不同的发展态势。明末清初桐城人吴道新说：“吾桐先哲诗比于唐有三盛：以洪永宣成为初，弘正嘉隆万五朝为中，启祯两朝为晚。”[③]他的“三盛”论，把天启、崇祯两朝的桐城诗歌对应于晚唐诗，并不合适。实际上从整个明代桐城诗歌的创作情况来说，启祯两朝的诗歌创作盛况空前，远胜明中前期。当然，吴氏的时段划分可资借鉴。这里我们把明代桐城诗歌的发展也分为三期，以洪武、永乐、宣德三朝成为初始期，以弘治、正德、嘉靖、隆庆、万历五朝为发展期，以天启、崇祯两朝为兴盛期。

初始期，桐城诗人并不多，有方法、谢佑、姚旭、方佑、江弘济、方向、章纲

---

① 萧穆撰，项纯文点校：《敬孚类稿》卷二《国朝桐城文征约选序》，合肥：黄山书社，1992年，第47页。

② 方孝标撰，石钟扬、郭春萍校点：《方孝标文集 · 光启堂文集》，合肥：黄山书社，2007年，第11页。

③ 潘江编：《龙眠风雅》卷首《龙眠风雅序》，见《四库禁毁书丛刊》集部第98册，第3页。

等人。其中方法、姚旭值得称说。潘江说:“断自洪(武)永(乐),渐有闻人,方断事踵汨罗之躅,姚参知流渤海之膏,狎主吟坛,允推鼻祖。”[①]方法虽沉江殉节,但“含芳履洁,雅有文学”[②],所作《绝命辞》二首,质朴沉郁,忠贞刚烈之气、视死如归之态溢于言表[③]。姚旭现有《菊潭集》三卷[④],诗以宗唐为主,诗风婉丽清逸。

发展期,桐城诗人明显增多,颇有一定的声势和影响。萧穆说:“(桐城)中叶以还,名臣硕儒,应运而兴,颇有文编,流传寰宇。”[⑤]这一时期首先值得称说的当推齐之鸾(号蓉川)。他有《蓉川集》,诗多遒劲之气,文藻丽而不尚奇滥,语意新妙[⑥]。因他当时所处文坛正是前七子复古运动炽热之时,故其诗文的独特价值在于能保持真我性情,不盲目附从,显示独树一格的艺术个性。钱澄之就称其“文绝去枝蔓,直摅所欲言;诗有气力精思,往往造语出人意表:大抵皆一路孤行,无所依附,即立朝之风裁,凛然于此见之矣”[⑦]。他在桐城文学史上的贡献,钱澄之认为是“开吾乡风气之始”[⑧],马其昶亦说“桐城文学推公(齐之鸾)先导”[⑨]。除齐之鸾外,这一时期的其他诗人亦可称举。

---

① 潘江编:《龙眠风雅》,见《四库禁毁书丛刊》集部第98册,第8页。

② 萧穆撰,项纯文点校:《敬孚类稿》卷二《国朝桐城文征约选序》,合肥:黄山书社,1992年,第47页。

③ 方法《绝命词》:“休嗟臣被逮,是报主恩时。不草归降表,联吟绝命辞。身当殉国难,死岂论官卑?千载波涛里,无惭正学师。”“闻到望江县,知为故国滨。衣冠拜丘垅,爪发寄家人。魂定从高帝,心将媿叛臣。相知当贺我,不用泪沾巾。”参见徐璈编:《桐旧集》卷一,清咸丰元年(1851)刻本。

④ 姚旭:《菊潭集》卷首《菊潭集跋》,清光绪十五年(1889)刻本。

⑤ 萧穆撰,项纯文点校:《敬孚类稿》卷二《国朝桐城文征约选序》,合肥:黄山书社,1992年,第48页。

⑥ 徐璈编:《桐旧集》卷十一《齐之鸾》,清咸丰元年(1851)刻本。

⑦ 钱澄之著,诸伟奇等辑校:《钱澄之全集·田间文集》卷十二《齐蓉川先生集序》,合肥:黄山书社,1998年,第218页。

⑧ 钱澄之著,诸伟奇等辑校:《钱澄之全集·田间文集》卷十二《齐蓉川先生集序》,合肥:黄山书社,1998年,第218页。

⑨ 马其昶著,毛伯舟点注:《桐城耆旧传》卷二,合肥:黄山书社,1990年,第45页。

如刑部尚书钱如京，与其弟如畿、如景，子元善、元鼎，孙可久，皆能诗，一门风雅[①]。陕西参政吴檄，在嘉靖诗坛享有盛誉，他与“嘉靖八子”同游海淀赋诗一事，颇能显示其诗才[②]。他作诗思致清新，词锋警丽，《兵部集》“足为大雅赤职”[③]。阮自华，是戏曲家阮大铖的叔祖，也是万历后期诗坛上颇具影响力的诗人。著有《雾灵诗集》《石室蹇语》，“为诗文振奇侧古，刿心刻肾，力去陈言”[④]。他热衷集会举社，任福州推官时，“尝大会词客于凌霄台，推屠长卿为祭酒，丝竹殷地，列炬熏天，宴集之盛，传播海内”[⑤]。归里后，曾组建海门诗社、中江诗社，对明末桐城诗社发展以及诗坛格局有积极影响。

万历以后，桐城诗歌步入发展的快车道，呈现出兴旺昌盛的壮观局面，凸显出在诗坛上的不俗实力。具体而言，以下两方面可以体现出来：

其一，诗歌名家众多。启祯以后，桐城一邑涌现出了一批在诗坛上颇有影响力的诗人。如方以智、方文、钱澄之、方直之、陈焯、周岐、方拱乾、齐维藩、姚康、蒋臣等。明末清初梁佩兰就说：“桐户读书，以故文人叠起，其主持坛坫为海内宗匠如方药地（方以智）、钱饮光（钱澄之）、齐价人（齐维藩）……”同时代的陈式也说：“余生天下好言诗之日，而天下称能言诗莫桐城为最著。”[⑥]他们的话无不表明：在明季诗坛，桐城诗人声势渐广，驰名于海内。这些诗人中尤以桂林方氏家族诗人群最为引人注目，其中最突出者当推方以智。张英说：“海内宗密之先生，盖五十余年。博闻大雅，高风亮节，为近代人

---

① 马其昶著，毛伯舟点注：《桐城耆旧传》卷二，合肥：黄山书社，1990年，第32页。

② 《静志居诗话》卷十一《吴檄》云：“王道思（王慎中）官司封郎，为当国者所不悦，谪判毗陵。嘉靖乙未三月之望，朝士出饯于海淀者八人，唐顺之应德、陈束约之、张元孝少室、李遂邦良、李开先伯华、熊过叔仁、吕高山甫，其一则用宣也。海淀在阜成门外，其地为张昌国园林，昌国罹祸之后，亭台悉圮，诸公置酒，为之不乐。惟用宣诗先成，所云‘弦管不随流水奏，绮罗应化暮云飞’者，是也。”参见朱彝尊著，姚祖恩编，黄君坦校点：《静志居诗话》，北京：人民文学出版社，1990年，第301页。

③ 徐璈编：《桐旧集》卷十二《吴檄》，清咸丰元年（1851）刻本。

④ 潘江编：《龙眠风雅》卷十一《阮自华》，见《四库禁毁书丛刊》集部第99册，第134页。

⑤ 钱谦益：《列朝诗集小传》丁集下，上海：上海古籍出版社，1959年，第646页。

⑥ 姚孙棐：《亦园全集》卷二《亦园六集序》，见《四库禁毁书丛刊》集部第86册，第628页。

文之冠。”[1]可以说，正是在明清之际，桐城诗人发挥才智，逞其诗情，从而奠定了桐城诗歌在诗坛上的重要地位。

其二，女性诗人辈出。晚明时期，大量闺门女性参与文学创作，骈萼连珠成为一道靓丽的文学风景线。其间，桐城的才媛淑女亦有贡献。清初桐城文人潘江曾谈及明末清初“龙眠彤管之盛”的情形，称当时方孟式、方维仪、方维则、姚凤仪、章有湘、吴令则、吴令仪、左如芬、姚宛等闺阁才媛咸琢词章，云笺赓唱，才名远播[2]。这其中尤以方氏、吴氏女性表现卓异。朱彝尊说：“龙眠闺阁多才，方吴二门称盛。”[3]方氏名媛主要以方孟式、方维仪、方维则为代表，吴氏名媛以吴令则、吴令仪姊妹为代表。由于方、吴两家存在姻亲关系，故这两家的才女名媛常常相聚，集会于“清芬阁”，吟诗唱和，结社联吟[4]。她们与其他女性诗人共同推动了明清之际桐城女性文学的发展。

综上观之，明代桐城诗歌创作的兴盛应无疑问。需要指出的是，桐城诗歌创作的兴盛与地方文化家族关系密切。我们通过《龙眠风雅》所收家族诗人的数量，即可明白此点[5]。

家族	人数	比重
方氏	74	13%
吴氏	47	9%
齐氏	20	4%
钱氏	14	3%
姚氏	18	3%
马氏	8	1%

① 方昌翰辑：《桐城方氏七代遗书》，清光绪十四年(1888)刻本。

② 潘江编：《龙眠风雅》发凡八，见《四库禁毁书丛刊》集部第98册，第10页。

③ 朱彝尊著，姚祖恩编，黄君坦校点：《静志居诗话》卷二十三，北京：人民文学出版社，1990年，第725页。

④ 关于方氏名媛的文学活动，可参看许结：《明末桐城方氏与名媛诗社》，见张宏生编：《明清文学与性别研究》，南京：江苏古籍出版社，2002年，第362页。

⑤ 据笔者统计，《龙眠风雅》《龙眠风雅续集》两书共收录诗人551人。

由上表可知，方、吴、齐、姚、钱、马等世家望族在桐城诗歌发展演变进程中确实贡献突出。

(二)清代桐城文章的传扬

步入清代，桐城诗歌依旧延续明代勃发之态，诗坛景观热闹非凡。姚莹说："(桐城诗歌)自齐蓉川给谏之诗著有明中叶，钱田间振于晚季，自是作者如林。康熙中，潘江有《龙眠风雅》之选，犹未及其盛，海峰出而大振，惜翁起而继之，然后诗道大昌，盖汉魏六朝三唐两宋以及元明诸大家之美，无一不备矣。海内诸贤谓古文之道在桐城，岂知诗亦有然哉?"[①]在刘大櫆、姚鼐的影响下，桐城诗歌俨然形成一个重要的诗歌流派，即桐城诗派[②]。此派绵延至清末民初，影响深远，清代的宋诗运动与之有着千丝万缕的联系。像姚莹、姚濬昌、姚永概、姚永朴、徐璈、方东树、方宗诚、方守敦、方守彝、徐宗亮、吴汝纶、吴闿生等桐城诗人皆是此派中人物。考虑到清代桐城主要以古文称雄于世，这里对诗歌不再详述，重点描述"天下高文归一县"的壮丽景观。

谈及清代桐城古文，首应提方苞、刘大櫆、姚鼐。他们三人，世称"桐城派三祖"。徐宗亮《南山集后序》云："桐城古文之学，自望溪、海峰、惜抱三先生相继兴起，区区一邑间，斯文之绪，若流水续于大川，莫之或息，抑云盛矣。"[③]其实，在他们之前，戴名世不容忽视，他因文字得祸，但理论建树与文章创作价值巨大。梁启超称"桐城派古文，实应推他为开山之祖"[④]。当然，在戴氏之前，桐城古文实际上已有些气候。清初桐城李雅、何永绍曾经编辑《龙眠古文》，收录文家 93 人，载文 335 篇，基本上反映了明代及清初桐城古文的创作面貌。不过，论及桐城之文，还是以清代为最盛。马其昶说："圣清受命，吾县

---

① 姚莹:《中复堂遗稿》卷一《桐旧集序》，见《续修四库全书》第 1513 册，第 119 页。

② 参见刘世南:《清诗流派史》第十四章《桐城诗派》，北京:人民文学出版社，2004 年，第 314～376 页。

③ 戴名世著，王树民编校:《戴名世集》，北京:中华书局，1986 年，第 459 页。

④ 梁启超:《中国近三百年学术史》，石家庄:河北人民出版社，2004 年，第 198 页。

人才彬彬，称极盛矣。方姚之徒出，乃益以古文为天下宗。”[①]

尤可注意者，谈及桐城古文，我们不能仅提方、刘、姚三人，否则可能会产生桐城古文只有他们三人可说的错觉。关于这一点，萧穆有公允之论：

> 其实，与方、刘、姚三公先后同时仕宦，则内自卿相以及庶僚，外自节镇以至佐贰，下逮荜门之士，山泽之癯，亦多抗心希古，扬风扢雅，蜚声坛坫，特其专集不尽行世，多为外间贤士大夫所未睹，故第曰“方刘姚”云尔，若以为微此三公，桐城几无人文焉。[②]

除方、刘、姚之外，桐城文家在不同时期都有可称颂之人。如康雍乾时期有方苞之兄方舟、姚范、王灼、叶酉、江若度、吴直、张若瀛、马翮飞、姚兴洁、姚棻等人。嘉道时期，则有方东树、刘开、姚莹、张聪咸、汪志伊、钱白渠、吴画溪、胡虔、许春池、方展卿、左良宇、章子卿、姚通意、方墨卿、许问皂、左祖山、李海帆、吴理庵、吴正行、左朝第、张睦生、张敏求、吴士表、马公实、徐璈、光聪谐、马瑞辰、姚柬之、江铁庸、胡克生、张愧农、朱鲁岑等人。咸同光宣时期又有方宗诚、戴钧衡、吴汝纶、马树华、姚濬昌、徐宗亮、马其昶、姚永楷、姚永朴、姚永概、吴闿生、陈澹然、方守彝、方守敦、潘田等。由此可见，清代桐城出产文家之多。咸丰年间，方宗诚、戴钧衡编辑的《桐城文录》就收录作家 83 人，而民国初年，刘声木编纂《桐城文学渊源考》，则收录了 129 位桐城籍的桐城文家，占所收人物总数的 11.4%。虽然这些数字并不能穷尽有清一代桐城文家之数量，但至少传达出这样一个信息：清代桐城确实是文星荟萃，“天下高文归一县”[③]，信不诬也。

我们在考察桐城派桐城籍作家时，会发现为数不少的桐城望族位列其中。像姚、方、钱、刘、张、徐、左、马、吴、苏、萧、戴等家族都出现了一定数量的

---

① 马其昶著，毛伯舟点注：《桐城耆旧传》，合肥：黄山书社，1990 年，第 1 页。

② 萧穆撰，项纯文点校：《敬孚类稿》卷二《国朝桐城文征约选序》，合肥：黄山书社，1992 年，第 48 页。

③ 吴汝纶著，施培毅、徐寿凯校点：《吴汝纶全集·诗集》卷四《马通伯出示所藏姚惜抱手迹属题一诗》，合肥：黄山书社，2002 年，第 473 页。

桐城派作家。这在刘声木《桐城文学渊源考》中可追索到他们的身影。这些作家通过交游、师承、姻亲等关系，彼此之间相互交流影响，共同推动了桐城文学的繁荣以及桐城派的发展壮大。

第二章　姚氏崛起:从移民之家到文化世家

姚氏得姓历史久远,源远流长,可追溯至上古时期。南宋郑樵说:“姚氏,虞之姓也。虞舜生于姚墟,故因生以为姓。”[①]明代姚氏五世祖姚旭亦说:“姚之得姓自虞舜,舜生姚墟,故谓姚虞。子姓因以为氏,延及唐宰相文献公崇,皆虞帝之裔。当时三子俱爵上卿,自是瓜瓞既繁,子孙星处,迁徙不常。”[②]可知,姚之得姓与舜有关,因舜生于姚墟,其子孙便以其出生地为姓,故有姚姓。此后,姚姓子孙繁衍不息,南北播迁。到西汉之后,形成了“吴兴姚”和“南安姚”的南北两大支系。北魏之时,吴兴姚八十五世姚纲仕魏,举家迁居陕州硖石,成为陕州姚氏始祖,自姚纲至唐代中叶,陕州姚瓜瓞绵绵,代出显宦,传至九十世姚崇,门庭显赫,名满天下。自姚崇再传十八世,有自余姚仕于安庆

---

① 郑樵:《通志》卷二十七《氏族三》,北京:中华书局,1987年,第459页。

② 姚联奎修,姚国祯纂:《麻溪姚氏宗谱》序目《大参公修族谱旧序》,民国十年(1921)木活字本。

者，因悦桐城山川秀丽，俗厚人淳，遂家焉[①]。其季子姚胜三由此成为麻溪姚氏始祖，并奠定了这个家族的发展之基。

自姚胜三至清末民初姚永朴、姚永概兄弟及其诸子，姚氏在桐城历经二十一世，长达六百余年。这个家族在仕宦、儒林、文苑、忠义等方面，均是代不乏人，声名显赫。尤可称道者，姚氏一门风雅，在文艺上造诣卓越，作家辈出，著述林立。毫无疑问，这个家族是名副其实的文学世家，也是享誉海内的文化望族。

作为世家，一要"世其官"，二要"世其科"，三要"世其学"[②]，即要在政治地位、文化学术上世代相承。姚氏作为世家望族，在科举、仕宦、文学等方面也具备世代相承之特性。不过，姚氏这一特性的形成，并非自移民桐城伊始就已具备，而是在其后裔子孙繁衍生息的进程中逐步形成的。那么，姚氏是如何从一个外来的移民家庭逐步发展成声震一方的显赫家族，又如何成为百年不衰、代有文星、享誉海内的文化世家呢？对此，本章将着重从科宦、文学等方面来予以回应，从而展现姚氏纵横跌宕、波澜壮阔的繁衍图景。

---

① 五世姚旭说："我曾祖文二公处士尝重修家乘，自唐祖崇派传一十八世至高祖而上，纸敝墨渝，莫考名讳，但末简云元之德祐癸巳间十八世祖某者，自姚江仕于安庆，因见桐城山川秀丽，俗厚人淳，遂家焉。胜三府君则始居桐城之祖也。"（姚旭《大参公修族谱旧序》）十八世姚元之亦说："自唐祖崇派传一十八世，有仕安庆者，悦桐城山水，居焉。"（《道光己亥修谱旧序》）按："元之德祐癸巳间"，这个时间有误。德祐（1275—1276）为南宋恭帝赵显之年号，元代并无此年号。公元1275年，恭帝立。德祐二年（1276年），蒙古军陷临安，恭帝赵显被俘北去，这一年为元至元十三年。至元年间的"癸巳"年则为1293年，时为至元三十年。可以说，这个姚氏十八世祖仕宦安庆时间相当模糊。实际上，麻溪姚氏子孙对姚氏迁桐时间的表述亦不一致。十七世姚烺在写给族侄姚元之的书信中说"吾家自元大德（1297－1307）、延祐（1314—1320）间由浙之余姚迁桐，今且五百年"（姚元之《道光己亥修谱旧序》），而十九世姚联奎说"吾族自余姚迁桐城在宋元之交"（《民国己未重修族谱序》）。两者时间相差甚大，之所以如此，皆因谱牒散失，无从考证。不过，据家谱记载，三世祖姚仲义"元末兵起，避依妻族，每遇艰险，处之夷然。明定天下，乃返麻溪"。自麻溪姚氏始祖姚胜三到元末才至三世，据此推知，姚氏迁桐时间似乎应在十三世纪末十四世纪初，即元初。

② 薛凤昌：《吴江叶氏诗录序》，见《邃汉斋文存》，清稿本。

第一节 明代姚氏文化世家的形成与发展

自落户桐城麻溪以来,姚氏历经几代人的拼搏奋斗,终于由移民之家发展成为科举望族、文学世家,并奠定了嗣后枝繁叶茂、名满天下的重要基础。从迁桐始祖姚胜三到十一世姚孙棨、姚孙棐、姚孙森诸兄弟,姚氏经历了不同的发展阶段,每一阶段皆展现了他的新风貌、新气象,也显示出其旺盛的生命力与强烈的进取心。

一、从四代耕读到五世始显

始祖姚胜三迁居桐城麻溪(今枞阳县钱桥镇)后,开启了姚家在桐邑生根、成长、壮大的历程。

姚氏始祖姚胜三的事迹留存不多,从其行迹看,他绝非一介村野陋夫。这主要表现在:其一,他出身宦门。其父曾仕宦安庆,他作为官员之子,应当有良好的教育背景与文化修养;其二,他"为人敦厚正直,喜为人解纷息难"[①],在乡邑颇有声望;其三,他重视教育,临终时还谆谆告诫子孙要孝友忠厚,子孙能守其遗训[②]。由此可推知,姚胜三移民桐城伊始,姚家就在社会文化资本方面占有一定优势,在乡邑有一定的影响力,境况胜于普通的农耕之家,这为他在桐城的发展奠定了良好的基础。

姚胜三生有三子,其中文一、文三公之事皆逸,文二公(本名子华)行迹有文字记载。他有文化知识,"好学,寒暑不释卷"[③];他家境较好,"家殷而布衣蔬食自处"[④];他性孝友,品行高尚,"尤好施予,恤匮周贫,乡里德之"[⑤];他懂礼节,有风度,"每岁乡饮,宽衣博带,雍容尊俎之间,望之翼然,人莫敢怠,士

① 姚联奎修,姚国桢纂:《麻溪姚氏宗谱》卷一,民国十年(1921)木活字本。
② 姚莹:《姚氏先德传》卷一《行义》,《中复堂全集》本。
③ 姚联奎修,姚国桢纂:《麻溪姚氏宗谱》卷一,民国十年(1921)木活字本。
④ 姚联奎修,姚国桢纂:《麻溪姚氏宗谱》卷一,民国十年(1921)木活字本。
⑤ 姚莹:《姚氏先德传》卷一《行义》,《中复堂全集》本。

林则之”[①]。可见，姚氏二世祖秉守父训，门庭有书香之气，儒教之风。

文二公有三子，次子释迦、三子回哥两人因无后而事佚，长子仲义不坠家风，文行俱佳。他“善诗赋，谨言行，以孝闻”[②]；他“乡党交游必以和信，尤豁达”“好施予，人皆呼为好善”[③]。姚氏传至仲义，已历三世，耕读传家，门风不改，文化积淀较深。这种积淀达到一定程度必将生发出一些新变。

姚仲义有二子：姚显、姚达。由这两人可以看出姚氏第四代出现了一些新气象。姚显明理尚德，居家以友爱称，“待族人以恩，颠困必扶，乡邻有急必赴”。他还是目前可知姚家最早有诗集的人，有《金凤楼诗集》，《桐旧集》中存其诗 3 首[④]。他还因第四子姚旭而显贵，卒后，太子赞善少詹事司马恂作行状，翰林院学士吕原作墓志铭，吏部尚书李贤作墓表，尚宝少卿柯潜作挽诗，皆盛称之[⑤]。姚达是邑庠生，治《礼》，是目前可知姚氏脱离庶民、步入生员阶层的第一人，这意味着姚家在当地已拥有一定的政治地位和教育声望。姚达是否有诗集虽难以考知，但也应该谙熟诗文，有文学才艺。

总体而言，姚氏传至四世，虽如姚莹所说“四代皆有隐德，孝友力田，读书好义，施予无吝”[⑥]，但书香之气渐浓，乡土之息趋淡，已拥有一定的文化声望和政治地位，跻身桐城望族之列指日可待。

到了第五世，出现了家族发展史的一个重要人物——参政公姚旭。姚旭(1405—1474)[⑦]是姚显第四子，在姚氏家族史上可说是里程碑式人物，影响深远。这主要体现在：

其一，他首开家族仕宦之门。姚氏自迁居麻溪，虽四代氤氲书香之气，却

---

① 姚莹：《姚氏先德传》卷一《行义》，《中复堂全集》本。

② 姚莹：《姚氏先德传》卷一《行义》，《中复堂全集》本。

③ 姚莹：《姚氏先德传》卷一《行义》，《中复堂全集》本。

④ 徐璈编：《桐旧集》卷五《姚显》，清咸丰元年(1851)刻本。

⑤ 姚莹：《姚氏先德传》卷一《行义》，《中复堂全集》本。

⑥ 姚莹：《姚氏先德传》卷一《行义》，《中复堂全集》本。

⑦ 按：《麻溪姚氏宗谱》云其“永乐丁酉(1405)六月十三日生，成化丙午(1486)六月二十日卒，年七十”。姚旭卒年有误。年七十而卒，当在成化甲午(1474)。宗谱中的“成化丙午”应为讹误。《桐城耆旧传》云其“年七十八卒”，亦误。

一直未有科举入仕之人。姚旭改写了家族历史，拉开了姚氏因科举仕宦而成为地方望族的华彩序幕。他在景泰元年（1450）乡试中举，次年又顺利高中进士，先后历任刑科给事中、郑州判、南安府知府、云南布政使司右参政等职。

其二，他为官廉敏仁恕，树立从政典范。姚旭为人正直刚介，敢于抗争。他曾因上书讼于谦之冤而忤逆过权贵。天顺初，又因与御史争座次，左迁郑州判。他任地方官期间，多有惠政。任郑州判，有惠爱，秩满离任时，百姓遮道相送。除南安知府时，以教化为先，修葺郡学，扩新廊庑，并选诸生就学其中；郡内夏枯旱，祷告求雨，澍雨沾足，秋获丰收。任云南布政使司右参政期间，昌明蛮夷结土寇为乱，姚旭会同三司指挥进剿，平乱，威惠大著[①]。岭南张泰赞姚旭云："浩然之气，伟然之姿，其赋性也刚而直，其宅心也坦而夷，廉公以莅官，而德足以有守，平易以近民，而才足以有为。"[②]他的从政务实干练之风为姚氏后裔仕宦树立了榜样。

其三，他首修姚氏族谱，尊祖收族，维系人心。修谱是衡量家族旺盛与否的标志之一，世家大族皆注重修谱。姚氏立足桐城后，瓜瓞绵绵，逐渐壮大，尤其是姚旭金榜题名、光耀门楣之后，姚家修谱之事愈显迫切而必要。姚旭任南安知府期间，公事之暇，完成其父修谱之命[③]。这次修谱为后世子孙屡修族谱奠定了基础。

其四，他有诗文创作，肇兴家族文运。姚旭之父姚显虽有诗集，但声名不显，诗作对后世影响不大。姚旭则不然，他"狎主吟坛，允推鼻祖"[④]。现存《菊潭集》三卷，名作有《郑州怀古十咏》《征昌明蛮贼凯还而作》等。朱彝尊《明诗综》卷二十一选其诗《管叔城》[⑤]。

除姚旭外，据《桐旧集》记载，其长兄姚昱有《野茧园诗集》，五弟姚昭有

---

① 马其昶著，毛伯舟点注：《桐城耆旧传》卷一，合肥：黄山书社，1990年，第22页。

② 姚联奎修，姚国桢纂：《麻溪姚氏宗谱》序目《姚侯像赞》，民国十年（1921）木活字本。

③ 姚联奎修，姚国桢纂：《麻溪姚氏宗谱》序目《大参公修族谱旧序》，民国十年（1921）木活字本。

④ 潘江编：《龙眠风雅》，见《四库禁毁书丛刊》集部第98册，第8页。

⑤ 朱彝尊编：《明诗综》，清康熙四十四年（1705）刻本。

《𠀌山诗集》。姚达之子姚曬也是一介儒生,入郡庠,治《尚书》。

清末民初马其昶说:"姚氏之族,至参政始大,有循良之誉,名哲继踵,遂为世家。"[①]姚氏发展至第五世姚旭等人,历经几代人的诗书积累,终于迈入新兴科举望族、文化世家之列。

二、从书香不坠到十世再振

五世姚旭之后,六、七两代也都能承继家风,吟咏不辍。姚旭有五子:相、机、楫、栗、采。其中姚相、姚机、姚采皆有诗集,徐璈《桐旧集》也收录其诗。三子姚楫是邑庠生,治《尚书》,可惜乡试屡屡不售。虽未知有诗集,但亦能赋诗,其《读书》诗云:"空庭萧寂对林塘,一榻琴书引兴长。自笑未谙高枕趣,何曾白昼梦羲皇。"写出了他平居读书的状态与趣味。姚氏第七代以姚楫三子姚璧、姚琛、姚珂三人较为出色。长子姚璧是邑庠生,治《尚书》,为人脱落不羁,"独好图书,百家诸子及阴阳医卜之说,靡不殚究"[②]。此外,他教授生徒甚多。姚琛虽难知诗文之名,却以子姚希廉而显。四子姚珂耽于吟咏,姚楫五子中现仅知他有诗集——《养兰庄诗集》。作有《送别归震川之吴门》四首[③],可见他与明代著名散文家归有光还有交谊。姚珂娶吏科给事中望江王瑞孙女,生六子:希古、希衮、希察、希莱、希颜、希俞。这六子对姚家繁衍发展起到非常重要的作用。

姚氏第八代以姚希廉、姚希颜两人比较出众,地位重要。姚希廉是姚琛长子,他少习举业,尤精六艺;他为人忠厚慈祥,积善于乡;他交游广泛,与文坛名家张九一、陈大士等人皆有往来[④];他重视子女教育,千里延名师教子,

---

① 马其昶著,毛伯舟点注:《桐城耆旧传》卷一,合肥:黄山书社,1990 年,第 22 页。

② 姚莹:《姚氏先德传》卷一《行义》,《中复堂全集》本。

③ 徐璈编:《桐旧集》卷五《姚珂》,清咸丰元年(1851)刻本。

④ 按:姚希颜有诗《葵轩兄招同张助甫陈大士集饮》,诗题中的"张助甫"(1533—1598),名九一,号周田,河南新蔡人。明嘉靖三十二年(1553)进士,授黄梅知县,累迁都察院右佥都御史,巡抚宁夏。诗词歌赋,无所不能,诗高华雄爽,豪宕不羁,时称文坛"后五子"之一;"陈大士",与"江西四家"中的"陈大士"(1567—1641)不是同一人,生平事迹不详。

督子为学甚勤,“见文儒敦行有道之士,必欵洽竟谈,以饫诸子闻见;每宵分篝火,潜携杖,听诸子诵书声”[1]。他现存的七律《感怀诗》也是一首诫子诗,旨在告诫诸子务以恤族为念。姚希廉生有六子:承虞、祖虞、自虞、本虞、宾虞、昉虞。他在世时,诸子童试率黜。去世后,诸子甫释服,祖虞、自虞、本虞、宾虞一年间分别入郡县学。其后,姚希廉之孙之骐和之兰先后成进士,仕为名宦,遂世其家为显族。姚莹说:“姚氏科名人物至今称盛者,皆公后也。”[2]姚希颜是姚珂第五子,治《尚书》,邑廪生,有《养性斋集》。他“为学重躬行,与方明善倡讲学之会”,教授子弟甚众,在明代桐城理学发展史上占有一席之地。此外,姚希颜的长兄姚希古,是邑庠生,治《尚书》,有《沧海集》;其六弟希俞,是万历间岁贡生,有《云峰居士集》。

姚氏第九代可称说者为姚承虞、姚自虞、姚实虞。姚承虞为姚希廉长子,在父殁后,严格督教诸弟学业,昼夜不怠。诸弟(除昉虞外)均治《易》,皆入郡县学庠,承虞之功大焉;他还生之彦、之骐两子,且以子贵。姚自虞是姚希廉第三子,治《易》,邑廪生,“善文艺,授徒以自给”[3];有之兰、之蕙、之蔺三子,以子贵,明朝封文林郎海澄县知县,赠中宪大夫汀州府知府,清朝赠光禄大夫都察院左都御史。姚实虞是姚希颜之子,廪生,是这一辈人中才学兼具之人。他有《四箴堂集》,从现存六首诗来看,他与金声、陈际泰、邓以谶等名士皆有交游往来[4]。其《田园杂诗》云:“素心二三人,读我新著书。有蔬亦可摘,有酒不用沽。”(五首之二)亦反映出他平日家居读书、著书之生活状况。他钻研学术,颇有成就,一些学术著作如《四书折衷》《易经辨伪》《三礼辨通》等即是例证。

如前所述,姚氏六世至九世虽未有科举题名者,但历代都没有中断科举投入,非常注重文化教育。他们吟咏不倦,保持着文化家族的儒雅本色。这

① 马其昶著,毛伯舟点注:《桐城耆旧传》卷四,合肥:黄山书社,1990年,第105页。

② 姚莹:《姚氏先德传》卷一,《中复堂全集》本。

③ 姚联奎修,姚国桢纂:《麻溪姚氏宗谱》卷一《姚自虞》,民国十年(1921)木活字本。

④ 按:《桐旧集》卷五《姚实虞》,收其诗《秋日感怀赠金正希》《喜晤邓以谶即次见怀韵》(二首之一)《答陈大士即用赠韵》等六首。

是文化的传承与坚守，也是家族精神的形塑与彰显，这必将对后世产生积极的影响。

姚氏在第十世迎来了发展的春天，这与科举入仕有关。经过漫长的等待、准备之后，姚氏十世子弟重振家声，科举题名，簪缨蝉联，打破了六至九世科宦沉寂的局面。姚之兰、姚若水、姚之骐、姚之蔺等人可谓典型。先是姚之兰于万历十六年(1588)乡试中举，开姚氏十世科举中第之先河。诚如姚之骐《喜汝芳弟秋捷》诗云："锦丛堂上秋花发，为报孙枝次第妍。"紧接着姚若水、姚之蔺又在万历十九年(1591)乡试同时中举。更堪称佳话的是姚之兰、姚若水二人又在万历二十九年(1601)联袂而起，同中进士，声震桐邑。姚之兰诗有"烧尾群歌节候殊，誉髦今日庆孪如。太邱垂教芳能远，小谢偕登调不孤"之句[①]，自豪之情溢于言表。万历三十五年(1607)，姚承虞第二子姚之骐再谱家族科第新篇，高中进士三甲第四十九名。

姚氏十世，虽科举有声，但在仕宦职位上却并不显赫。即便如此，他们为官大抵兢兢业业，恪尽职守，颇有惠政，堪称循吏典范。如姚之兰曾任福建海澄县知县，此地九都田地贫瘠，他疏浚河渠三百丈，九都皆为沃壤，民称之曰"姚浦"。姚之兰由此也被举循良第一。后因丁父忧归。服阙，补博野知县，擢南礼部祠祭司主事精膳司郎中，杭州府知府，调汀州府知府，皆有惠政。杭州及海澄民皆祠祀之，又入祠名宦及本县乡贤祠[②]。又如姚之骐官湘潭知县时，敢于率健卒擒捕洞庭湖盗，使得湘潭远近皆安，民心泰然。他卒于官后，入桐城乡贤祠与湘潭名宦祠。马其昶评价姚之兰、姚之骐二人宦绩时，认为"二公之从政，清操感物，才施裕如，要以仁心为质。姚氏惟葵轩后为盛，自湘潭、副使同时名宦，其后两公子姓成进士者，半由州县外官起家，以故，姚氏亦往往多循吏焉"[③]。

---

① 徐璈编：《桐旧集》卷五《恩荣宴步王父感怀诗韵是科同弟若水偕成进士》，清咸丰元年(1851)刻本。

② 马其昶著，毛伯舟点注：《桐城耆旧传》卷五，合肥：黄山书社，1990年，第153～154页。

③ 马其昶著，毛伯舟点注：《桐城耆旧传》卷五，合肥：黄山书社，1990年，第155页。

与科举有声相映衬的是,姚氏在文学方面亦有所进展。如姚之蔺撰《清晖堂集》,姚若水撰《崇德堂诗集》。姚之兰也有诗集,诗有百余首,可惜散逸[①]。姚之骐亦有诗文,大多散落无存,《龙眠风雅》仅存诗 4 首。姚之莅撰《来青诗集》。姚实虞第二子姚之莲撰《过江诗集》《易释义》《四书旁通》《漱艺堂古文》等著述。可以说,明代万历年间,姚氏第十世在科举与文学方面的双丰收,预示着家族科举、文学繁荣的运势已为期不远了。姚氏文学世家的声名必将得到进一步的传播和显扬。

姚氏十一世,承继门风,在科宦与文学方面,与父辈相比,更是青出于蓝,家族文化实力显著增强。在科举仕宦上,姚孙棨、姚孙棐、姚孙森等人挺身而出,撑起姚氏科举不坠之局。不仅如此,这一代人的文学才能更是大力渲染了姚氏的书香气息,提高了姚氏家族文学的声誉。姚孙棨、孙棐这二人分别是姚之兰的第三子、第四子。姚孙棨中天启二年(1622)进士,累官至尚宝丞,有《石岭集》。姚孙棐中崇祯十三年(1640)进士,官至兵部职方主事。他有《亦园全集》,时人多有的评,如吴道新《读亦园四五集偶题》评其诗"情境尚真而不必填古,无郊寒岛瘦之嫌;标格任质而不必绘奇,无元轻白率之病"[②];方拱乾《戊生诗集序》称其诗"标俊驾钱刘,疏宕胜元白"[③]。姚孙森中天启四年(1624)副榜,崇祯八年(1635)举贤良方正,后官龙泉训导。他"与书无所不窥,诗文无所不能"[④],有《可处堂集》[⑤],其诗善炼句,对仗工整,佳句颇多,虽受晚明诗坛风气之影响,但未堕于竟陵、七子之流弊。钱澄之称其诗"初学竟

---

① 徐璈编:《桐旧集》卷五《姚之兰》,清咸丰元年(1851)刻本。

② 姚孙棐:《亦园全集》,见《四库禁毁书丛刊》集部第 86 册,第 532 页。

③ 姚孙棐:《亦园全集》,见《四库禁毁书丛刊》集部第 86 册,第 578 页。

④ 方孝标撰,石钟扬、郭春萍校点:《方孝标文集·光启堂文集》卷首《可处堂集序》,合肥:黄山书社,2007 年,第 11 页。

⑤ 按:此集之名据《龙眠风雅》以及方孝标《可处堂集序》。而《桐旧集》、道光《桐城续修县志》皆著录为《可处堂诗集》。据方序知,此集为姚孙森之遗稿。可处堂,其读书之地也。是集为孙森殁后十六年,由其子姚文燮刻之于建宁官署。

陵,喜刻露,久乃渐臻高老,要以性情为主,终不欲袭王李肤调也”①。这样的艺术个性在晚明诗坛颇为难得。

除了上述三人外,其他成员在文学、学术方面也颇有造诣。如姚孙李(1592—1651)治《书》,撰《藕舫诗集》;姚孙林(1596—1637)治《易》,撰《翠柏山房集》;姚孙植(1601—1645)治《易》,撰《槐荫轩诗集》《有闷草》;姚孙柱(1601—1672)治《春秋》,撰《世麟堂集》《闽粤游草》;姚孙枝(1629—1696),撰《漱怀堂集》;姚孙枚(1632—1699)治《易》,著述丰富,撰《虚受轩文集》《白鹿山樵诗集》《涵春阁子史辨正》《敬笃堂四书制义》《诚意斋四书补义》《松鹤居易经衷说》等。

晚明之时,姚氏十、十一世两代人既科宦有声,又诗文有名,创造了家族史上前所未有的辉煌业绩。这不仅有效提升了家族自身的政治地位,也明显增强了家族的文化实力与社会声望。姚氏在桐邑望族之林的地位,也由此显得举足轻重。

第二节　清代姚氏文化世家的兴盛与转型

明清易代,战火纷飞,众多著姓望族被摧残,元气大伤,一蹶不振,如云间夏允彝家族、吴江叶绍袁家族、山阴祁彪佳家族,等等。而桐城姚氏能审时度势,并未伤筋动骨,元气得以葆涵,故能在政权更迭的社会环境中持续繁衍、壮大,在仕宦、儒林、文苑等诸方面开创着更加灿烂的辉煌,并将其文化声望与影响从地方扩散到全国。

一、十二世至二十世人文屡盛

入清后,姚氏一门族运蒸蒸日上,蔚为大观。自十二世至二十世,姚氏在科宦、文学等方面代有传人,呈现出高潮迭起的旺盛景象。

---

① 钱澄之著,诸伟奇等辑校:《钱澄之全集·田间文集》卷十六《姚珠树诗引》,合肥:黄山书社,1998年,第297页。

(一)十二世

姚氏第十二世在继承父辈功业的基础上,于清朝开国之初,延续了家族繁盛的景象。不仅科宦有声,而且文学成就也非常突出。

姚孙棐诸子的表现最为亮眼、成就最为卓异。姚孙棐妻生有六子:文烈、文勋、文然、文鳌、文燕、文烝;侧室又生有二子:文熫、文奂。这八子中以姚文然为宦最有声名。姚文然(1620—1678)是姚孙棐第三子,中崇祯十六年(1643)进士,国变时隐居养亲。顺治三年(1646),以安庆巡抚李犹龙荐,授国史院庶吉士。五年(1648),改礼科给事中。后又历任兵科都给事中、副都御史、刑部侍郎、左都御史、兵部督捕侍郎等职,官至刑部尚书。在姚氏家族史上,官职最高者当推姚文然,他由此成为姚氏后裔仕宦的典范。姚文然著述甚夥,有《文集》十八卷、《诗集》十二卷、《白云语录》六卷、《舟行日记》一卷等。他与当时诗坛方文、宋征舆、方孝标、施闰章、王士禛等人皆有交游。韩菼评其诗"蕴藉醇厚,有古风"[①]。所拟古诗,往往直轶三唐而上,有汉魏之风。姚文然之文有奏疏、书信、祭文等类,尤以奏疏之文引人注目。这类文章多涉及民生利病、政事得失等事,敷陈条对皆切实详明,务中要害,徐乾学就称文然"于奏疏论事之文特工"[②],甚至有人谓其奏议可匹唐代陆贽[③]。

姚孙棐其他诸子亦或有功名,或以诗文鸣。长子姚文烈(1616—1684),顺治八年(1651)顺天举人,官至楚雄知府,《龙眠风雅》存其诗 44 首。次子姚文勋(1618—1699),顺治八年(1651)拔贡,撰《丹枫诗集》。四子姚文鳌(1629—1680),诸生,治《易》,撰《宝闲斋集》《雉艺集》《同声堂集》《左传疏解》《春秋题义》等。五子姚文燕(1633—1678),顺治十八年(1661)进士,撰《春草

---

① 姚文然:《姚端恪公文集》卷首《姚端恪公文集序》,清康熙二十二年(1683)姚士塈等刻本。

② 姚文然:《姚端恪公文集》卷首《光禄大夫刑部尚书谥端恪姚公墓志铭》,清康熙二十二年(1683)姚士塈等刻本。

③ 姚文然:《姚端恪公文集》卷首《姚端恪公文集序》,清康熙二十二年(1683)姚士塈等刻本。

园诗钞》。六子姚文烝(1635—1681),附监生,考授州同知,与施闰章、龚鼎孳等诗坛巨匠有交游[①],诗集不详。七子姚文燋(1636—1661),诸生,撰《竹斋集》。八子姚文奂(1642—1664),诸生,撰《瑞隐草》。

姚孙森的两个儿子的文学成就也值得称道。长子姚文焱(1623—1690),自幼聪颖,年十二,赋《金陵感怀诗》,人目为仙童。康熙八年(1669)举人,授长洲教谕,再聘浙江同考官,后迁峡江知县。撰《超玉轩诗集》《楚游草》等,魏惟度《诗持》、沈德潜《清诗别裁集》皆选其诗。次子姚文燮(1627—1692),中顺治十六年(1659)进士,官至云南开化府同知,亦是姚氏十二世中诗文才艺较为突出者,这主要表现在:其一,他工诗,论诗亦有灼见真知。他认为诗歌是性情之物,可用来宣泄人之性情,有真性情者,必有真诗[②]。他还重视"才""理""法"三要素在诗歌中的作用,提出诗不必言理而理自具,情能藏法,法能宣情,惟有才能用情与法[③]。他在诗歌创作上,于诸家体无不学,学即无不似。所著有《雄山草》《滇游草》《雉篚吟》《羹湖诗选》《黄柏山房集》等。施闰章评其"乐府、歌行,周秦钟吕宛然在焉,而意旨深远温厚,人莫能测其涯际,皆征题系事,不仅伐毛洗髓而已也。五言古,则深夜鼓琴,远天倚笛,明月正高,南山欲出,三谢携杖而前,五臣挥麈而退。近体及排律则主少陵,而衙官初盛,奴隶中晚,合十余万言无一懈语"[④]。其二,他以史注李贺诗。他嗜好李贺诗,忧其不注难以久传,故综合各家注释,钩稽唐史,以史注诗,成《昌谷集注》四卷。虽有穿凿附会之处,但亦如诗注家王琦所说"至其当处不可易也"[⑤]。其三,他与诗坛名家往来,颇有影响力。诗坛巨匠王士禛与他有交游

---

① 按:潘江《龙眠风雅续集》存其诗44首,其中有《就亭歌赠愚山使者因步龚芝麓年伯韵》《赠湖北兵备施愚山先生东归》等诗。

② 姚文燮《无异堂文集》卷二《潘伾思诗序》云:"夫诗以道性情也。是故有真性情者,必有真诗。后之能诗者,类多情至之语,而以语性则未也。"卷五《牧云子诗序》亦云:"诗者,性情之物也。"民国五石斋钞本。

③ 姚文燮:《无异堂文集》卷一《壬寅诗自序》,民国五石斋钞本。

④ 徐璈编:《桐旧集》卷五《姚文燮》,清咸丰元年(1851)刻本。

⑤ 王琦等注:《李贺诗歌集注·评注诸家姓氏考略》,上海:上海人民出版社,1977年,第366页。

关系。康熙二十三年(1684)冬，当时王士禛奉诏赴南海祭南海神庙，路过桐城，与陈焯、张英、姚文燮等人相聚甚欢。姚文燮甚至想挽留王士禛在家度岁，不果，只好作画赋诗相送[①]。王士禛的诗集亦有"岁晚龙眠路，曾过竹叶亭""妙画樽前作，新诗灯下论"之句[②]。此外，他还与龚鼎孳、施闰章等人皆有交游往来，钱谦益、龚鼎孳、周亮工、方拱乾等人亦亟推其诗[③]。其四，他保存乡邦文献有功。他曾辑《龙眠诗传》，搜采甚勤，惜未传书。不过，这为清初潘江编纂《龙眠风雅》打下了文献基础。他还曾刻方以智《通雅》、方中德《古事比》及方鲲《〈易〉荡》诸书，可谓艺苑之鸿功。

在十二世文字辈成员中，还有一些才俊表现不凡。姚文棨(?[④]—1714)，本为姚孙森三子，后为姚孙林嗣子，康熙间监生，考授州同知，撰《花岑集》；姚文默(1654—1742)，姚孙枚长子，康熙间岁贡生，官来安训导，与王士禛、方苞等人亦有交游往来[⑤]，撰《松舫诗集》《含翠亭诗集》《清迥堂文集》《存朴堂经解》《地理纂要》《南崖杂俎》等；姚文熊(1640—1690)，姚孙榘子，康熙六年(1667)进士，官至陕西阶州知州，撰《红雨轩诗集》，梁佩兰、戴百柽、方正玉等人皆为之作序[⑥]；姚文点(1662—1745)，姚孙枚次子，监生，撰《勉斋诗集》；姚文黛(1668—1740)，姚孙枚四子，考授州同知，撰《芳润轩诗集》；姚文黔(1670—?)，姚孙枚五子，撰《晓峰诗草》。

---

① 王士禛：《带经堂集》卷五十四蚕尾诗二《送姚绥仲编修归省因寄羹湖二首》后附自注："甲子冬，奉使东粤，过桐城。羹湖欲留余竹叶亭度岁，不果，作画赋诗相送。"清康熙五十年(1711)程哲七略书堂刻本。

② 王士禛：《带经堂集》卷五十四蚕尾诗二《送姚绥仲编修归省因寄羹湖二首》，清康熙五十年(1711)程哲七略书堂刻本。

③ 方孝标撰，石钟扬、郭春萍校点：《方孝标文集·光启堂文集》序之《姚经三诗集序》，合肥：黄山书社，2007年，第37～38页。

④ 按：《麻溪姚氏宗谱》卷五载《姚文棨》："崇正[祯]甲寅十月十五日生，康熙甲午十二月二十二日卒。"查明崇祯年间并无"甲寅"年，故其生年存疑。

⑤ 按：姚文默有《怀王阮亭途中遇雨》《雨后同方望溪闲步松舫》《同王渔洋、张敦复、家羹湖游敬亭山二首之一》等诗。参见徐璈编：《桐旧集》卷五《姚文默》，清咸丰元年(1851)刻本。

⑥ 徐璈编：《桐旧集》卷五《姚文熊》，清咸丰元年(1851)刻本。

清代袁枚说过："闺秀能文，终竟出于大家。"[①]他指出了闺阁文学与世家望族之间的关系。考察明清文学世家的文学创作活动时，我们往往会发现闺阁女性的靓丽身影。姚氏作为桐城颇有声势的文学世家，十二世中也有一些喜弄笔墨、热爱吟咏的闺阁诗人。姚含章，姚孙森之女、大学士张英妻，博学多才，撰《含章阁诗钞》，其诗清新典雅，含蓄蕴藉。姚宛，姚孙棨之女、张茂稷之妻，好吟咏，撰《缄秋阁遗稿》一卷，其《病中呈子菽》颇为凄怆感人，最为艺林传诵[②]。姚凤仪，姚孙棐长女、方于宣之妻，幼敏慧能诗，方维仪诗云："深嗟吾侄女，慧质乃天姿。闺阁十余岁，兰柬能咏诗。"[③]其夫早卒，她守志以终，这对其诗歌创作影响至深。撰《蕙纫阁诗集》一卷。姚凤翙，姚孙棐次女、方云旅之妻，幼受业于伯母方维仪，方维仪"教之以《内则》《女训》琚瑀珩璜之节，以暨经史诗赋书画之学"[④]。存诗不多，其夫方云旅尝梓《梧阁赓噫集》传世，潘江作序，称其诗"清真婉秀，别出机杼，即置之唐才媛如鲍君徽、张夫人诸集中，何多让焉"[⑤]。

马其昶说："阶州（文熊）、峡江（文燚）同时并峙，姚氏人文蔚然盛矣。"[⑥]综上所言，十二世延续十一世在科第、文学上的辉煌，姚氏家族文运勃兴之势确实蒸蒸日上。

（二）十三世

姚氏十三世，依然延续着十二世的荣光，在科举方面，有1人中进士，是姚文燮次子姚士藟，康熙二十七年（1688）进士。姚士堂、姚士基、姚士黉

① 袁枚著，王英志校点：《随园诗话》卷三，南京：凤凰出版社，2000年，第64页。

② 姚宛《病中呈子菽》诗云："强下匡床曳布裙，颓然一拜道殷勤。今生未必能偕老，有子须知不负君。好树著花花著雨，韶光如梦梦如云。哀鸣欲学辞巢鸟，先自悲凉不忍闻。"参见潘江编：《龙眠风雅》卷二十《姚氏宛》，见《四库禁毁书丛刊》集部第98册，第239页。

③ 潘江编：《龙眠风雅》卷十六《赠方侄女凤仪》，见《四库禁毁书丛刊》集部第98册，第193页。

④ 潘江编：《龙眠风雅续集》卷二十《姚凤翙》，见《四库禁毁书丛刊》集部第99册，第674页。

⑤ 潘江编：《龙眠风雅续集》卷二十《姚凤翙》，见《四库禁毁书丛刊》集部第99册，第674页。

⑥ 马其昶著，毛伯舟点注：《桐城耆旧传》卷七，合肥：黄山书社，1990年，第250页。

(1657—1701)、姚士陛等4人分别在康熙八年(1669)、十一年(1672)、二十九年(1690)、三十二年(1693)中举。这些科举幸运者在文学方面亦有称扬之处。姚士藟(1648—1708)于诗好苦吟,音调、词义备极简练。钱澄之说:"观其诸作,浏漓浑脱,皆自苦吟而得,不恃其才情之敏赡也。"[①]唐华孙序其《南归草》,亦称其"本乎性情,原乎孝悌,含英咀华,金春玉应,深厚雄杰之气,隐然行墨之外,非世之剽窃采掇者所能涉其藩篱,窥其潭奥也"[②]。姚士堂、姚士基二人都是姚文然之后。姚士堂(1639—1687)中举后,任内阁撰文中书舍人,"于一切章奏,字疏句晰,不敢稍懈,同事满汉诸公咸服其敏练淹通";善诗,曾扈从康熙出游,"历览山川名胜,谱为诗歌,京师传诵,脍炙人口"[③];姚士基(1649—1702)其为学于五经皆有训释,尤好《通鉴》,披览贯穿。为诗触景入情,才高而不炫奇,学富而不务华,长篇短咏,委折尽致,尤非等闲之士所可及[④]。除了士堂、士基外,除了士堂、士基外,文然其他诸子在文学上也有一定的表现,皆有诗文作品。姚士塈(1636—1703),文然长子,廪贡生,后官至刑部贵州司员外郎,撰《兹园诗集》二十四卷;姚士坚(1640—1687),文然三子,廪贡生,候选训导,师从同邑张度,幼颖异,勤于考史。著有《不可不可录》《静斋诗草》《历代年表》《历代世系考》等书。姚士塾(1650—1697),文然五子,廪贡生,官陕西朝邑知县,有惠政。撰《眉阁集》数卷,子姚孔矩等藏于家。

姚士陛的诗在姚氏家族诗人群中也有重要一席。姚士陛(1664—1699),姚文熊第二子,丰标玉立,有光明磊落之概,负异才,聪颖绝世。他九岁能诗,兼多才艺,年少时曾随父官秦越,故又能得朋友、江山之助。撰《空明阁集》四卷、《空明阁诗余》一卷。张廷玉说他"于书无所不读,古文则取法于太史公,骈体文则沐浴于庾子山,楷书则师赵文敏而得其神似。其为诗也,不名一家,而缘景绘情,曲折善肖,灵心浚发,藻采横流,按之古人又靡所不合,诗余则以

---

① 钱澄之著,诸伟奇等辑校:《钱澄之全集·田间文集》卷十五《姚绥仲诗序》,合肥:黄山书社,1998年,第283页。

② 徐璈编:《桐旧集》卷六《姚士藟》,清咸丰元年(1851)刻本。

③ 潘江编:《龙眠风雅续集》卷二十三,见《四库禁毁书丛刊》集部第100册,第16页。

④ 徐璈编:《桐旧集》卷六《姚士基》(引朱陖《松岩集序》),清咸丰元年(1851)刻本。

姜柳之风华兼苏辛之豪迈,今之词人或未之能先也”[①]。泽州陈廷敬、静海励杜讷、华亭王鸿绪见其诗皆击节称才子[②]。其《西泠感旧》四章,徐璈说写得“柔情百结,幽恨千端。蚕尽烛灭,莫名郁塞。逝者可以无怨,读者殊难为怀也”[③]。梁绍壬亦说“哀艳之音,令人酸鼻”[④]。

此外,在士字辈中,还有一些俊彦表现不俗。姚士珍(1679—1765),姚文默长子,好治经,尤专长于《左传》,撰《咏花轩诗集》《长啸草堂文集》等;姚士重(1637—1694),姚文勋长子,撰《无狭居诗文集》;姚士对(1677—1729),姚文熊第五子,与兄士升、士在、士封、士隆俱有声艺林,时人有“姚氏五虎”之目,撰《余山堂文集》;姚士坙(1648—1666),姚文烈第三子,撰《如舫斋诗存》。

十三世还有两个值得关注的女性诗人。她们都是姚文然之女。长女姚陆舟(1662—1735),桐城马方思之妻。著有《玉台新咏》《闺鉴》《陆舟日记》《凝晖斋诗存》等书。次女姚鹿隐,邳州学博左之柳之妻,撰有《鹿隐阁集》。

(三)十四世

姚氏传至第十四世时,依靠家族长期积淀下来的政治、经济、文化等方面的资本,家族成员在仕宦、文学等方面依然有着一定的影响力。这其中,姚士黉的四个儿子孔钠、孔锌、孔锏、孔鋠,无论是在仕宦还是在文学上都可谓出类拔萃。

姚孔钠(1687—1750),字象山,号铁崖。姚士黉长子,雍正六年(1728)举孝廉方正科,引见命作《清慎勤论》,授滑县知县,擢苏州府知府,大计卓异,升苏松常镇太督粮道,署江苏按察使,调广东惠潮嘉兵备道。撰《客游》《宦游》《迁粤》《念劬》等诗。著名诗人沈德潜对姚孔钠诗认为“其为诗将之以至性,达之以至情,可以劝忠,可以教孝,皆有关名教之作,而非寻常嘲风雪弄花月

① 张廷玉:《澄怀园文存》卷九《空明阁诗序》,清乾隆间刻本。

② 张廷玉:《澄怀园文存》卷九《空明阁诗序》,清乾隆间刻本。

③ 徐璈编:《桐旧集》卷六《姚士陞》,清咸丰元年(1851)刻本。

④ 梁绍壬:《两般秋雨盦随笔》卷一《西泠感旧诗》,上海:上海古籍出版社,1982 年,第 8 页。按:此书误录姚士陞为“姚士陞孝廉,江苏人”。

者可同日语也"[①]。姚孔钘生于康乾盛世,加上官居高位,作诗自然要契合温柔敦厚之诗教,其调和平而不涉怨怼,其辞真率而不屑藻绘。

姚孔锌(1691—1757),字道冲,号归园。姚士黉次子,雍正六年(1728)以保举人才引见,发往广东,补保昌县知县,官至江西赣州知府。他论诗"以缘情为主,而音归于成文"[②],其诗大多温厚至性,不啻探诸人人肺腑而出。他与刘大櫆有交游,刘大櫆诗集中有《送姚道冲归里》一诗。著有《抱影轩诗选》二卷、《心香斋诗选》二卷、《南陔诗选》二卷、《叱驭集》一卷等,颇有诗名,王怀坡言其"称诗江介者三十年"[③]。

姚孔锏,(1694—1738),字梁贡,号于巢。姚士黉三子,雍正廪贡生。天性纯诚,平素孝于亲,友于兄弟,笃于宗族,有荐以应诏者,力辞不就。撰《华林庄诗集》四卷。姚孔锏兄弟皆爱吟咏,能诗,但以姚孔锏颇有天分。方世举《华林庄诗钞序》云:"于巢之诗,各体具备,上而汉魏晋宋,下而唐宋元明,皆得其声响、节簇、范围、规杌,其取材经疏、史传、说部、诗话,莫不网择而弋取,其变化以杜为主。"[④]其诗七言绝句工于写景,如"垂杨枝上莺捎蝶,撼得飞花破水痕"之类,殊有晚唐风味。不过,亦有刻画太甚,无情景交融之致,如所谓"黄云白雪门前路,蒿麦田中作菜花"之类[⑤]。姚孔锏作文,"简洁廉悍,得先正大家风骨"[⑥]。

姚孔鋠(1700—1780),字范冶,号三崧。姚士黉四子,中雍正十一年(1733)进士,翰林院庶吉士,授编修,纂修国史。乾隆三年(1738)顺天乡试同考官,以终养告归。著《小安乐窝诗集》十五卷。姚孔鋠与刘大櫆亦有交游,《刘大櫆集》中的《听姚范冶弹琴》《送姚范冶归里》等诗即是明证。

---

① 徐璈编:《桐旧集》卷六《姚孔钘》,清咸丰元年(1851)刻本。

② 徐璈编:《桐旧集》卷六《姚孔锌》,清咸丰元年(1851)刻本。

③ 徐璈编:《桐旧集》卷六《姚孔锌》,清咸丰元年(1851)刻本。

④ 徐璈编:《桐旧集》卷六《姚孔锏》,清咸丰元年(1851)刻本。

⑤ 永瑢等撰:《四库全书总目》卷一八四集部别集类存目一一,北京:中华书局,1987年,第1674页。

⑥ 姚孔锏:《华林庄诗集》,清乾隆刻本。

除了以上四人外，孔字辈中还有其他成员在仕宦或文学上也有一些声名。姚孔镔（1675—1724），姚士蕃第三子，夙承家学，工诗，撰《尺蠖轩诗钞》。姚钤（1670—1734），姚士塾长子，附贡生，先后官贵州湄潭县知县、顺天府通判、户部广东司郎中、浙江绍兴府知府、处州府知府、户部广东司员外郎等职。姚孔镛（1665—1751），姚士堂第二子，治《春秋》，贡生，河南罗山县知县，丁忧，服阙，补湖广保康县知县，升四川合州知州，著有《西畴诗集》《陟冈吟》。姚孔锩（1710—1781），姚士珍长子，附监生，撰《五经源流类纂》《履谦堂诗文集》《醒世箴言》《吴兴续增家训》等。姚孔镃（1712—1777），姚士珍次子，嗣士珍弟士斑，国子监生，援例补奉贤县尉，著有《守谦堂诗集》《锦亭文集》《劝善录》。姚孔硕（1727—1785），姚双楚子，治《易》，邑庠生，乾隆二十五年（1760）庚辰恩科举人，任芜湖县教谕，有《黄鹤山樵集》。姚孔銮（1692—1741），姚士封长子，字道南，号雷崖，治《诗》。监生。以保举人才引见授湖广应山县知县，擢沅州府通判，保举引见，命以知州用，例授奉政大夫。姚孔铖（1690—1763），姚士藟第四子，治《书》，廪贡生，保举贤才，授福建长乐县知县，历任罗县知县、太康知县，中牟知县、郑州知州等职。工古诗文词，兼长青鸟术，撰《蛟余集》《形家汇览》。

（四）十五、十六世

姚氏十五世中，于科举仕宦、文学学术上最为出色的当推姚范。姚范（1702—1771），姚孔锳长子，姚鼐伯父。他是乾隆七年（1742）进士，为翰林院庶吉士。乾隆九年（1744）充顺天乡试同考官；十年（1745）散馆授编修，充武英殿经史馆校刊官兼三《礼》馆纂修官，遭母丧，服阕，起原官，兼《文献通考》馆纂修官；十五年（1750）京察一等，后乃以病自免，遂不复仕。他于书无所不窥，与齐召南、杭世骏、胡天游、方世举、卢见曾等人多有交往，为学涉猎博雅，精湛周密。“盖自经史百家，天文地志，小学训诂，以逮二氏之说，无不贯综。"[1]姚范生前并无著述,现存《援鹑堂笔记》《援鹑堂诗集》《援鹑堂文集》,都是其曾孙姚莹掇拾余绪编辑整理而成。

除了姚范外,还有三人亦有中举记录。姚兴涌(1711—1746)、姚溱(1720—1776)、姚兴泶(1740—1788)分别在乾隆三年(1738)戊午科、二十五年(1760)庚辰恩科、三十九年(1774)甲午科乡试中举,振起家声。

姚孔锩、姚孔铢的几个儿子也比较优秀,多在文学、学术等方面有所成就。姚兴书(1795—1805),孔锩次子,监生,善书画,撰《琴川诗集》;姚兴麟(1741—1795),孔锩四子,县学增生,长于经史,考证精核,撰《五经解》《春秋经义》《子史释疑》《梦笔山房诗文集》;姚兴礼(1742—1822),孔锩五子,岁贡生,宁国县训导,撰《海藏诗集》;姚兴沆(1750—1819),孔铢长子,附贡生,撰《桐花轩诗集》《梁园游草》;姚建(1758—1815),孔铢次子,乾隆间监生,撰《汲华轩诗集》《芳草吟》《养疴山房诗钞》。

姚兴泉、姚兴滇、姚兴洁等人在文学或仕宦上也有不俗表现。姚兴泉(1726—1806),孔鍊子,诸生,自幼能诗,"其诗以杜陵为宗"[2]。曾以落花诗而得名,人称"姚落花"。撰《虚堂集》《一枕窝诗钞》《雨中消夏录》《龙眠杂忆》等。姚兴滇(1695—1759),孔錧子,官至曹州知府,撰《基城集》。姚兴洁(1756—1819),文燮曾孙。监生,候选布政司理问。后投笔从军立功,官至辰沅永靖兵备道。

姚氏十六世,无论是科举还是文学都可谓表现上佳。就科举而言,共有2名进士,4名举人。中进士者为乾隆二十六年(1761)辛巳科的姚棻、乾隆二十八年(1763)癸未科的姚鼐;中举者为乾隆三年(1738)戊午科的姚培叙、乾隆十五年(1750)庚午科的姚肇修、乾隆十八年(1753)癸酉科的姚羲轮、乾隆二十一年(1756)丙子科的姚登。就仕宦而言,亦以姚棻最为显达。姚棻(1726—1801)中进士后,历任甘肃靖远县知县、皋兰县知县、固原州知州、广东按察使、江西布政使、江西巡抚、广西巡抚、贵州巡抚、云南巡抚、福建巡抚。

---

① 马其昶著,毛伯舟点注:《桐城耆旧传》卷九,合肥:黄山书社,1990年,第342页。

② 姚莹:《姚氏先德传》卷五,《中复堂全集》本。

地位相当显赫。当然，姚鼐、姚培叙、姚肇修、姚羲轮等人在仕途上也有声名。

在文学成就方面，毫无疑问当首推姚鼐。他可说是桐城派立派的关键性人物，对清中后期的文学发展有着深远的影响。除了姚鼐外，姚棻、姚恺(1757—1821)、姚支莘(1721—1786)等人亦有文学声名。姚棻撰《恭寿堂诗文全集》，姚恺撰《石笏山房诗集》，姚支莘撰《尧民诗抄》。

(五)十七、十八世

姚氏十七世在科举上再创辉煌，共有2名进士，8名举人。中进士的为嘉庆十年(1805)乙丑科的姚麟绂、嘉庆十六年(1811)辛未科的姚乔龄；中举者为乾隆五十七年(1792)壬子科的姚景衡、乾隆六十年(1795)乙卯恩科顺天文魁的姚宋才、嘉庆九年(1804)甲子科的姚星纬、嘉庆十三年(1808)戊辰科的姚长煦、道光元年(1821)辛巳科的姚荦、道光二年(1822)壬午科的姚长庆、道光十七年(1837)丁酉科的姚焘、道光十一年(1831)辛卯恩科的姚赓庆。在仕途方面，以姚麟绂(1773—1831)官职较高，权位较重。他中进士后，选庶常，后改北河同知，历任直隶、顺德、河间、天津等府同知，调天津盐运分司运同署长芦盐运使。其他如姚乔龄、姚景衡、姚长煦、姚赓庆大多为教谕、知县等职位。

在文学方面，这一代人中尤以姚景衡为著。姚景衡是姚鼐长子，管同说姚景衡"自义理、经济、考证下逮阴阳、星命皆精究焉"[①]。姚景衡亦对诗文尤为用意，生平为诗数百篇，手编四卷，文亦有二卷[②]。其文悉有法度，才笔超轶，雄气过于其父；其诗亦能自达其意，不蹈袭，不尽守其父说[③]。

此外，姚通意(1762—1811)，姚支莘次子，曾师事从父姚鼐，长期从居钟山书院，得闻姚鼐论诗要旨，益深于诗[④]。诗亦清隽不群，有《赖古居诗

---

① 管同:《因寄轩文集二集》卷五，《续修四库全书》影印清道光十三年(1833)管氏刻本，第486页。

② 姚濬昌:《五瑞斋遗文·思复堂诗文存跋尾》，民国元年(1912)铅印本。

③ 刘声木撰，徐天祥点校:《桐城文学渊源考》卷四，合肥:黄山书社，1989年，第65页。

④ 蒋寅撰:《清诗话考》，北京:中华书局，2005年，第185页。

草》《赖古居诗话》。姚超恒(1742—1814)，撰《雪塘诗钞》，尤擅七言歌行，其《短歌行寄吴晴圃》被徐璈评为："一弹再鼓，其声清越，犹是高李遗响。"[①]姚觐闾(1769—1826)，姚棻子，性旷达，尝仿司空图筑生圹，仿陶渊明作《生挽诗》，仿刘伯伦作《荷插图》以自适[②]。他工诗，吴画溪说其诗："较之时贤已加一等，而于古人亦入其藩而历其堂矣。"[③]撰《卿门诗稿》《写山楼诗存》等。姚銮坡(1792—1824)，姚毓椙子，撰《湘筠楼诗稿》。

姚氏传至十八世，依然延续十七世科举的辉煌，共有 4 人中进士，2 人中举人。中进士者分别为嘉庆十年(1805)乙丑科的姚元之、嘉庆十三年(1808)戊辰科的姚莹、嘉庆十六年(1811)辛未科的姚维藩、道光二年(1822)壬午科的姚柬之；中举者分别为道光十二年(1832)壬辰科的姚赐履、道光十九年(1839)己亥科的姚翔之。这些人在仕途方面大多位高权重，这无疑抬高了姚氏家族在政治方面的优势地位。最值得称说的是姚莹，其抗英保台之政绩彪炳青史，名垂千古，可谓民族英雄。当然，仕宦权位最高者当是姚元之。他中进士后，入选翰林院庶吉士，嘉庆十三年(1808)授编修，后累官至都察院左都御史。此外，姚柬之以及姚原绶三个儿子的仕宦之路也较通达。姚柬之(1785—1847)中进士后，历任河南临漳知县、广东揭阳知县、连州绥瑶同知、肇庆府知府、贵州大定府知府等职。姚原绶有三子：润之、延之、赓之。姚润之(1809—1873)，姚原绶长子，监生，历任山西、广西等地知县，后署广西宁明州知州；姚延之(1779—1854)，姚原绶次子，监生，官至澄江、昭通知府；姚赓之(1782—1838)，姚原绶三子，监生，广东候补府经历，署增城县知县。

姚氏十八世在文学艺术等方面，尤以姚元之、姚柬之、姚莹三人最为引人注目。鉴于姚莹诗文为大家所熟识，这里仅介绍下姚柬之、姚元之二人。姚柬之幼有异质，五岁能赋诗，十岁而读十三经毕。早年曾受学于族祖父姚鼐，于诗文多有所得，著述甚多，有《伯山文集》八卷，《诗集》十卷，《伯山日记》一

---

① 徐璈编：《桐旧集》卷七《姚超恒》，清咸丰元年(1851)刻本。

② 谢堃：《春草堂诗话》卷四，清刻本。

③ 徐璈编：《桐旧集》卷七《姚觐闾》，清咸丰元年(1851)刻本。

卷,《易录》七卷,由门人王检心校刊传世,总题《姚伯山先生全集》。此外还有《漳水图经》《绥瑶厅志》等。姚柬之的诗在艺术上各体兼擅,自具特色,深受好评。他的五古作品尤为引人注目,作和陶之作多达155首,如《怀程吉人同年和陶赠羊长史韵》《遣兴和陶始作镇军参军经曲阿原韵》《烹鱼和始作镇军参军经曲阿》《弹琴和陶和郭主簿韵二首》等诗,这充分反映了姚柬之对陶诗的痴迷与效仿。故王检心评姚柬之"雅爱渊明,其和陶亦神似",不为虚言[①]。至于律诗,张维屏称其五律"得少陵之神,非同貌似"[②];张琦评其七律"沉郁高亮,情文相副,质厚而气清,句练而格浑"[③]。姚柬之在古文理论与创作方面,亦承继了惜抱家法。文论上,他在《童云逵文集序》中提出文之佳者要有四要素:声、色、气、味,这显然得自于姚鼐之说;在创作上,其文"如长江大河,滔滔不竭,而法度绳墨皆天然凑泊,不假雕琢"[④]。

姚元之,字伯昂,号廌青,又号竹叶亭生,晚号五不翁。曾师事族祖姚鼐,受其古文法,是桐城派阵营中的一员。工诗,有诗集《使沈草》《廌青集》。关于姚元之诗歌风格,姚莹的评价甚为精到,他称姚元之"古近著作,雅托唐音,绵邈其思,俊逸其气,清辞丽句,不绝于篇"[⑤]。不过,姚元之并不以诗鸣,而是以书画著称。他工行草,深得赵孟頫之神髓。在隶书上更是别具风格,他重视汉碑,宗法《礼器碑》《汉鲁相乙瑛置百石卒史碑》《曹全碑》等。尤其对汉代《曹全碑》,他能汲取其波磔用笔之风神,且能"复拓而大之,虽畦径有未化处,而纵横挥洒,实有山飞泉立,玉佩绅垂气象"[⑥]。姚元之还是清代十六画

---

① 姚柬之:《伯山文集》卷首《姚伯山先生全集序》,清道光二十八年(1848)刻本。
② 姚柬之:《伯山诗集》卷十《附录题跋》,清道光二十八年(1848)刻本。
③ 姚柬之:《伯山诗集》卷十《附录题跋》,清道光二十八年(1848)刻本。
④ 姚柬之:《伯山文集》卷首《姚伯山先生全集序》,清道光二十八年(1848)刻本。
⑤ 姚元之:《廌青集》卷首《廌青集序》,清道光二十三年(1843)刻本。
⑥ 震钧辑:《国朝画人辑录》卷八,见《清代传记丛刊》第85册,第567页。

人之一[①],在绘画方面有较高的艺术造诣。钱泳就说姚元之:“工于花果翎毛,落笔苍秀如石田翁,亦画山水,近华秋岳,寥寥数笔,精妙入神。”[②]在人物画方面,姚元之擅长白描,曾摹赵孟頫《罗汉十六尊》,名家黄左由叹其为今人不让古人[③]。总而言之,姚元之在绘画方面“均不袭前人窠臼,别具机杼,妙在不经意处,尤得生趣,由其天分胜也”[④]。

此外,姚兆、姚葆恒等人亦有诗集。姚兆(1843—1900),姚裕勤嗣子,著有《匪莪轩诗集》;姚葆恒(1843—1883),姚龄庆第三子,著有《韫珊仙馆诗集》。

(六)十九、二十世

逮至十九世,姚氏家族仅出一位举人姚伯鸾[⑤],这对拥有着数百年科举家风的姚氏家族来说,无疑是一件令人感到非常苦涩、尴尬的事情。十九世在文学上值得称说的当是姚濬昌。姚濬昌是姚莹次子,监生,长期处于官场底层,仕宦之路比较坎坷。先是以军功授江西湖口县知县。后又任安福县知县、湖北竹山县知县、南漳县知县,终卒于竹山任上。可以说,姚濬昌的著述颇多,有《读易推见》三卷、《叩瓴琐语》四卷、《幸余求定稿》十二卷、《五瑞斋续钞》九卷、《慎终举要》一卷、《里俗纠谬》一卷。就文学创作而言,他独喜为诗,“于谢、鲍、子美、退之、义山、山谷,盖无所不学”[⑥]。正因如此,姚濬昌的诗歌

---

① 易宗夔《新世说》卷六《巧艺》载:“乾嘉承平之际,风雅鼎盛,士大夫文酒之暇,娴习画事,时一为之,有十六画人之称。曰朱鹤年野云,曰汤贻汾雨生,曰朱文新涤斋,曰吴大翼云海,曰屠倬琴坞,曰马履泰秋药,曰顾莼南雅,曰盛惇大甫山,曰孟觐乙丽堂,曰姚元之伯昂,曰李秉铨芗甫、秉绶芸甫兄弟,曰陈镛绿晴,曰张问陶船山,曰陈均受笙,曰杨湛思琴山。”上海:上海古籍书店影印,1982年。

② 钱泳撰,张伟点校:《履园丛话》十一下《画学》,北京:中华书局,1979年,第307页。

③ 蒋宝龄、蒋茝生:《墨林今话》卷十一,见《清代传记丛刊》第73册,第300页。

④ 盛淑清辑:《清代画史增编》卷十二,见《清代传记丛刊》第78册,第236页。

⑤ 姚伯鸾(1815－1864),字少梁,号芸孙,监生,道光二十四年(1844)甲辰科举人,直隶候补知县,加同知衔,历署高邑、宁晋、涞水等县知县。见姚联奎修,姚国祯纂:《麻溪姚氏宗谱》,民国十年(1921)木活字本。

⑥ 姚濬昌:《幸余求定稿》卷首《孙衣言题识》,清光绪十七年(1891)刻本。

成就不同一般。孙衣言称其诗沉炼峭拔，“又出乎惜抱之外，非家学所能牢笼也”[1]。徐宗亮曾与马其昶推论桐城文学之绪，认为桐城诗歌自姚鼐、方东树之后，能振之而起的首推姚濬昌，其他作者“皆不能自具体貌”“无望其行远”[2]。姚濬昌的地位由此可见一斑。

除了姚濬昌外，姚声（1814—1890）、姚思赞（1803—1815）、姚润（1808—1854）等人也值得一提。姚声字振之，号湛士，又号寒人。姚鼐曾孙。姚鼐一脉子孙甚微，单传至声，家益贫困。咸丰年间，“会曾文正公克安庆，求惜抱先生后，稍资给之”[3]。他与姚濬昌父子、莫友芝、方宗诚、徐宗亮等皆有往来。有诗名，尝抄录《姚惜抱手阅谢注荀子评点》一卷[4]，“作书爱王羲之”[5]。姚思赞是姚文然之后，著有《酌言炳烛》《怀玉山房诗文稿》《正字发蒙》《问花轩诗帖》等。姚润撰《清远轩诗集》。

姚氏二十世，在科宦上再振家声的局面不复出现。虽然姚永概、姚永朴两兄弟先后乡试中举，但他们都没有在会试中金榜题名，与进士身份无缘。尤其是姚永概，虽在光绪十四年（1888）喜中江南乡试解元，无奈造化弄人，他先后在光绪十五年己丑科（1889）、光绪十六年庚寅科（1890）、光绪十八年壬辰科（1892）三次会试中皆不幸名落孙山。之后，春闱之门对他永久性关闭，姚氏由科举而仕宦的再振家声之路也由此永远隔断。

科举不幸文学幸。姚氏二十世在文学、学术上的成就不容小觑。姚濬昌的三个儿子姚永楷（1860—1896）、姚永朴（1861—1939）、姚永概（1866—1923）都有优异表现，且各具特色。长子姚永楷，虽因体羸多疾而英年早逝，

---

① 姚濬昌：《幸余求定稿》卷首《孙衣言题识》，清光绪十七年（1891）刻本。

② 马其昶：《抱润轩文集》卷三《幸余求定稿书后》，民国十二年（1923）刻本。

③ 姚永朴：《蜕私轩集》卷五《太学生姚君墓志铭》，民国六年（1917）北京共和印刷局铅印本。

④ 阳海清、孙震编：《中南西南地区省市图书馆馆藏古籍稿本提要》，武汉：华中理工大学出版社，1998 年，第 612 页。

⑤ 姚永朴：《蜕私轩集》卷五《太学生姚君墓志铭》，民国六年（1917）北京共和印刷局铅印本。

但他有清才懿德,刻厉向学。尤工诗,所为诗歌,逼似古人[①]。马其昶说“其自为诗绝清朴,无世俗气”[②],吴汝纶读其诗,亦认为“悬悬乎性情,礼法人也”[③]。次子姚永朴,既承家学,又师事方宗诚、张裕钊、吴汝纶等,学与文大进。他自幼好学,于注疏及宋元明清诸儒经说,无不淹贯。丹黄并下,博稽而约取,旁及诸子史及小学音韵。于经有《尚书谊略》《蜕私轩诗说》《周易提纲》《易说》《论语述义》《论语直解》《大学章义》《十三经举要》《群经考略》,于史有《史事举要》《史学研究法》《清代盐法考略》,于诸子百家有《诸子考略》《文学研究法》《小学广》《我师录》《素园丛稿》《蜕私轩杂著》《伦理学》《迩言》《群儒考略》《蜕私轩诗集训纂》《历代圣哲粹语》,自著之书为《蜕私轩集》《蜕私轩续集》[④]。姚永朴专力治经,观念通达,“虽以宋儒为宗,而于汉、唐博稽兼采,无门户之见,是为通儒”[⑤]。世之治朴学者,往往不工于文,而姚永朴受家学影响,颇有不同,诗文俱工。其古文辞承惜抱家法,其文随手起落,不为张皇,坦迤平直,文风质朴。诗歌虽不多为,无意雕琢,然驯雅有法度,但简括坚琢,能以清遒出醲郁。姚永朴可谓是清末民初桐城派学术的代表性人物。三子姚永概,学术虽逊于仲兄,但于诗颇有天赋,幼时就已崭露头角。在他六七岁之时,其兄姚永楷、姚永朴和胡慎思联蕉社吟诗,姚永概亦间作小诗,当时胡慎思见之甚为惊喜,并持其诗以告人[⑥]。姚濬昌亦独奇永概,“以为异日必绍家学无疑也”[⑦]。其《慎宜轩诗》秀爽警炼,沉郁顿挫,“虽无枕经胙史之腴,亦足登大雅之室”[⑧]。同光体代表作家沈曾植曾将姚永概的诗歌与其姊夫马其昶

---

① 姚永概:《慎宜轩文》卷十二《告伯兄文》,民国间刻本。

② 马其昶:《抱润轩文集》卷六《姚闲伯墓表》,清宣统元年(1909)安徽官纸印刷局石印本。

③ 马其昶:《抱润轩文集》卷六《姚闲伯墓表》,清宣统元年(1909)安徽官纸印刷局石印本。

④ 卞孝萱、唐文权编:《民国人物碑传集》卷十一《姚仲实行述》,北京:团结出版社,1995年,第736页。

⑤ 钱仲联编:《广清碑传集》卷十八《桐城姚仲实教授传》,苏州:苏州大学出版社,1999年,第1249页。

⑥ 姚永概:《慎宜轩文》卷八《胡慎思墓碣》,民国间刻本。

⑦ 姚永朴:《蜕私轩集》卷二《慎宜轩诗序》,民国六年(1917)北京共和印刷局铅印本。

⑧ 袁行云:《清人诗集叙录》,北京:文化艺术出版社,1994年,第2790页。

的文章合印成册，誉之为“皖之二妙”[①]。姚永概虽“诗胜于文”，但于文亦精通，《慎宜轩文》谨守惜抱家法，“气专而寂，澹宕有致，不矜奇立异，而言皆衷于名理”[②]。概言之，姚永概是清末民初桐城派阵营中极为重要的一个作家，也是光宣诗坛上颇具影响力的一位诗人。此外，二十世作家还有：姚永锡，有《宜荆草堂诗集》；姚润长子姚庆龄，有《泼翠草堂诗草》；姚廷范，字畴九，姚琨次子，任山东峄县知县，与其兄获鹿知县姚霖皆能诗。他得诗独易而其兄运思深苦，姚永概与这两叔父有诗酒交游[③]。

在姚氏二十世中，还涌现出一位著名的女性诗人——姚倚云（1864—1938）。姚倚云是姚濬昌次女。“顾好读书，日取经史古文诵之，遇有疑滞，就询父兄，为讲说，辄豁然。”[④]姚濬昌隐居挂车山时，她与永楷、永朴、永概诸昆弟侍奉山中，“朝夕承训迪于层岩飞泉间，诗意满前，吟兴益滋”[⑤]。吴汝纶曾于戚家见到姚倚云诗，为之惊喜，并对其诗多有评点。吴氏还为她主媒，嫁与通州名士范当世。“既归南通，入侍姑嫜，抚前室子女。闺中唱和不辍，戚族咸以范氏得贤媛也。”[⑥]姚倚云著有《蕴素轩集》十二卷、《沧海归来集》十卷。其实，姚倚云突出的贡献不仅在于诗才，更主要的是她对近代女子教育的兴起起到了重要的推动作用。她先后投身于南通公立女子学校、安徽女子职业学校的教育管理工作，这种教育实践不仅是范、姚两大家族经世致用的客观反映，也是这两大家族在时代变化面前做出的调整与适应。

二、二十一世的现代转型

光绪三十二年（1906），清廷正式废除科举制度。这虽是对以科举为安身

---

① 姚永朴：《蜕私轩续集》卷二《慎宜轩笔记题辞》，民国二十一年（1932）铅印本。

② 林纾：《林琴南文集·畏庐三集·慎宜轩文集序》，北京：中国书店，1985年。

③ 姚永概：《慎宜轩文》卷十一《山东峄县知县姚府君墓志铭》，民国间刻本。

④ 姚永朴：《蜕私轩续集》卷二《蕴素轩诗稿序》，民国二十一年（1932）铅印本。

⑤ 范当世著，马亚中、陈国安校点：《范伯子诗文集》附录四《范姚太夫人家传》，上海：上海古籍出版社，2003年，第621页。

⑥ 范当世著，马亚中、陈国安校点：《范伯子诗文集》附录四《范姚太夫人家传》，上海：上海古籍出版社，2003年，第622页。

立命之本的传统的文化世家的一次沉重打击,但同时也为传统的文化世家的现代转型创造了契机。特别是随着现代学科的建立与分化,以往具有泛文化传统的文化世家逐步走上文理分科的专业化道路。尤其在当时科学救国、实业救国的鼓动下,许多家庭成员弃文而从理、工、医、军、商等,从而有力地促进了现代文化世家的多元化与丰富性①。姚氏面对社会时局的重大变化,自身也在做着相应的调整与转变。这种调整与转变其实早在第二十世时就已显示端倪。像姚濬昌的子女,他们一方面接受了传统文化的教育,另一方面又受到西学的影响,对西学并不排斥,思想较为开明。如姚永概在写给四侄姚昂的书信中就说:"吾侄欲学工学,此意果诚大佳……总之吾辈今日游学,以公言则岌岌救危亡,以私言则皇皇谋自立,总尚践实,不贵空谈。吾有恒言,吾国士大夫果真是旧学,未有不开通;果真是新学,未有不守法。凡拘蔽固执及浮浅躁妄,皆坐无学故耳。"②

不过,姚氏家族的真正转变还是体现在第二十一世成员身上最为明显,这可从姚永楷、姚永朴、姚永概的子女接受新式教育方面反映出来。

姚永楷有两子,长子姚东彦(1882—?),次子姚茇(1884—?)。他们自幼失怙,后在姚永朴、姚永概的帮助下,"遣之往上海习泰西语言文字,遂分入他国学校。民国肇建,皆毕业归"③。姚东彦充财政部秘书,姚茇任陆军上校室技正。

姚永朴亦有两子,长子姚焕(1885—1914),次子姚昂(1888—1914)。姚焕自幼劬学,年十八,偕弟姚昂赴日本留学,当时姚昂十四岁。逾七年,姚焕毕业于早稻田大学政治经济科,归国后,通过考试以举人授吏部主事,后又该归学部。民国肇建,姚焕退为教授,入法政专门学校。"生徒翕服,他班生争求坐席下,不能得则私写其讲义传习之"④。姚昂留学日本,精熟日语,在日

① 梅新林:《文学世家的历史还原》,载《中国社会科学》,2011年第1期,第188页。

② 姚永概著,沈寂等标点:《慎宜轩日记(下)·复四侄》,合肥:黄山书社,2010年,第1475页。

③ 姚永朴:《蜕私轩续集》卷三《嫂方安人墓志铭》,民国二十一年(1932)铅印本。

④ 姚永概:《慎宜轩文》卷九《兄子焕昂同葬志》,民国间刻本。

本每遇大会,“谈论宏放,大限伯重信博士、有贺长雄、浮田和民等皆拊手惊赞”[①],后以法政经济科毕业,归试,得举人。民国建立后,为审计院核算官。

姚永概有四子,长子姚佐光、三子姚充国、四子姚和森俱早殇,次子姚安国(1910—1993)年寿较高。姚安国,字翁望。青年时期,与方鸿寿一同考入上海美术专科学校,师从黄宾虹,于画学颇有造诣。曾编撰《安徽画家汇编》。特别需要指出的是,他在接受新式教育的同时,也受传古典诗文之学。他在《和马厚文》诗中说:“论交合辙友兼师,偶出新声填旧谱。今人古调多不弹,我却逢君施大斧。欲将此意慰生平,断续斯文存一缕。”[②]姚翁望幼年受学于桐城派传人何养性、殷善夫诸子,亦得伯父姚永朴指教,熟稔桐城诗文家法。自新文化运动兴起之后,以桐城文章为代表的“古调”多不受人青睐,姚翁望却有保存“断续斯文”之心。他可以说是姚家的最后一代桐城文章传人了,见证着桐城文章在20世纪以来的衰变遭际。

此外,二十一世姚纪、姚豫兄弟也值得一提。姚纪(1870—?),字伯纲,姚鼐来孙,姚永椿长子,五品衔候选县丞。工篆、隶草体及金石刻画,亦间作小画,后锐志学文,有《素庵文稿》,姚永朴赞其文“气清词洁,盖卓然成体之文也”[③];姚永概亦称扬其文“清逸之气布于行间,自是门风,若精心为之,便足以进于古”[④]。姚豫(1885—1938),字立凡,姚永椿第五子。工书法、篆刻,笔墨苍健。姚翁望曾有《述怀》诗涉及这两人:“惜抱传经后,于今五世人。风流虽寂寞,书画未全贫。纪擅真行草,豫攻汉魏秦。燕云游子意,一写江南春。”[⑤]他们的书画成就代表着姚氏在古典艺术上的最后辉煌。

---

① 姚永概:《慎宜轩文》卷九《兄子焕昂同葬志》,民国间刻本。

② 姚翁望:《晼晚庐诗词甲稿》,载《新学风》,1946年第1卷第3、4期,第24页。按:马厚文是桐城人,曾入上海光华大学文学系,受业于钱基博、吕思勉等人,也是桐城派传人。著有《鸦山皖水诗稿合选》《桐城文派论述》《增订姚惜抱年谱》等书。参见唐大笠:《马厚文传略》,见陈所巨、杨怀志主编:《桐城近世名人传》,安庆市政协文史委员会、桐城县政协文史委员会1993年内部刊印,第153—154页。

③ 姚纪:《素庵文稿》卷首《题识》,民国铅印本。

④ 姚纪:《素庵文稿》卷首《题识》,民国铅印本。

⑤ 姚翁望:《晼晚庐述怀诗稿》,1983年油印本。

如前所述，通过姚东彦、姚茭、姚焕、姚昂等人的教育经历，我们可以明显感受到，随着科举制度的废除、西学的传入以及新式教育的兴起，姚氏家族也在家族发展作着新的努力与尝试，开始改变其一贯的科举入仕的教育路径，逐步转向新式教育，学习的内容也由传统的儒家经典转变为现代的科学知识、文化艺术。这种教育转型方式深刻地改变着姚氏作为文化世家的特性。

总而言之，姚氏通过在明代两百余年的家族文化积淀，入清后迎来了家族发展的昌盛期。这种繁盛，不仅仅是家族人口的瓜瓞绵绵，更主要的是文化的持续兴盛。从十二世到二十一世，姚家在科举、仕宦、文学、学术、艺术等方面皆取得了优异的成绩。尤其是以姚范、姚鼐、姚莹等为代表的姚氏作家的出现，更是把作为文化世家的姚氏推向了享誉海内的高位。同许多文化世家的命运一样，到了清末民初，由于时代、社会的变迁，此时姚氏开始由重科举入仕的传统文化家族向重理工商法的现代家族转型，最终导致文学世家的光环褪去。

第三节　世家衍续中的重教传统

桐城姚氏家族，经过历代家族成员的不懈努力与奋斗，由一个普通的耕读之家变成声震一方的郡邑文化望族，并最终成为全国颇有声势的文学世家。这其间的过程是漫长的、动态的，交织着地域文化的影响、社会关系的拓展、家族文化的传承、教育资源的投入等诸多因素。其实，每个因素都会对姚氏文化世家的形成与延续有着重要的、或隐或显的影响。不过，最重要的因素还是教育投入。家族教育是文化世家保持长盛不衰的根本所在。教育兴，则家族旺，反之，家族之运则会趋于式微。大凡著姓望族，为家族运势计，皆重子女教育，或兴社学，或开家塾，或办义学。姚氏之所以能成为世家望族并保持经久不衰，重视教育是一个非常关键的原因。这里就明清姚氏家族的施教者及教育内容情况择其要者予以阐述。

父母是子女最早的老师，在子女早期教育中充当着非常重要的角色。尤其是在男孩未正式拜师入塾之前，父母往往会在家里教授一些简单的知识，如辨物识字、属对、口授经文等，这种非正式的、启蒙性的学前教育有利于为孩子今后的教育打下坚实的基础。姚氏家族内部，父母对子女教育非常重视，姚氏家族的崛起与此密不可分。

一、"父子友兼师"

古人云："子不教，父之过。"可见，父亲要对子女的成长、成材承担主要责任。姚氏家族子弟的成材、成功，与父辈的精心教诲是分不开的。兹以姚希廉、姚文然、姚濬昌三人为例。

（一）姚希廉与《感怀诗》

姚氏八世葵轩公姚希廉极为重视子女教育。他因忧家声不振，故督子为学甚勤，甚至鬻田以延师。姚希廉能诗，"酒酣辄赋诗"[①]，现存一首《感怀诗》：

> 四十年来光景殊，蹉跎岁月竟何如。儿童五六饥寒迫，家计萧条事业孤。灶火烟余蒸麦熟，竹篱掩罢听征呼。重重乐事人间有，寥落凄凉似我无。

姚希廉的《感怀》诗收在《龙眠风雅》中。这首诗有序云："予少治章句，长习躬耕，顾以世族之后，恐遂式微，用羞厥绍，训子尊师，既忠且敬。单衣粝食，终窭且贫。詈语盈庭，空怨天高自跼；追呼在野，敢云门设常关。子无马氏之白眉，徒羡鱼而结网；身似曹家之黄雀，甘见鹞以投罗。率尔成章，少宣抑郁，亦以示后世子孙'苟富贵，毋相忘'云尔。"[②]序文交代了作诗背景及其缘由，主要有三层意思：一是忧家族式微，故而要延师教育子弟；二是教育支出致使家境益加困顿，遭人欺凌；三是寄语后世子孙，"苟富贵，毋相忘"。其中，最后一层意思最为重要，此诗最主要的创作动机即寓乎此。尤需注意的

① 马其昶著，毛伯舟点注：《桐城耆旧传》卷四，合肥：黄山书社，1990年，第105页。
② 潘江编：《龙眠风雅》卷二《姚希廉》，见《四库禁毁书丛刊》集部第98册，第40页。

是,姚希廉所讲的“詈语盈庭”“追呼在野”,对理解创作也较为重要。关于这方面的情况,可参看马其昶《桐城耆旧传》记载:“(姚希廉)尝困于徭役,族诸生某例得免役,请之不应,惫甚。值岁除夕,炊麦半升,未熟,追呼已在门,于是慨焉感怀,赋诗一章,贻诸子曰:‘子孙他日有兴者,当厚恤宗人也,吾诗志之矣。’”[①]结合马其昶所记以及《感怀诗》序文与诗歌文本,可知:当时姚希廉一家困于徭役,生计艰难。而姚族内有人是秀才,按例可免役,姚希廉请他施以援手,以求纾解困境,但未能如愿,姚希廉为此疲惫不堪。碰巧又逢除夕,炊麦未熟之际,征役追索至门,以致过年不得安宁。此际此况,让他感慨万分,一首《感怀》油然而生。他赋诗的目的是希望后世子孙如有兴旺发达者,应当“厚恤宗人”。

姚希廉所赋《感怀》诗,因为饱含着不同寻常的训诫意义,故能对姚希廉诸子产生刻骨铭心的激励作用,从而成为家庭教育的重要内容。姚希廉生有六子:承虞、祖虞、自虞、本虞、宾虞、昉虞。在他去世后,长子姚承虞如父,“督诸弟力学甚严,昼夜不怠,或有倦者,则策之曰:‘麦饭之诗,其敢忘诸?’盖葵轩公《感怀》诗句也。由是诵读之声与悲号之声相间,闻者感叹”[②]。受《感怀》诗的驱策,姚家诸子刻苦向学,祖虞、自虞、本虞、宾虞四人在父丧服阕后,竟然在同一年进了郡学或县学。不仅如此,姚希廉的两个孙子姚之骐和姚之兰后来也都考中了进士。姚家自此成为地方显族,列于名族之林。姚莹《姚氏先德传》云:“姚氏科名人物至今称盛者,皆公(姚希廉)后也。”[③]

《感怀》诗问世后,后代子孙传诵于口,铭记于心,并在家族衍递过程中,逐渐形成了赓和《感怀》的家风传统。赓和《感怀》之举,始自姚祖虞兄弟。方拱乾《姚氏感怀步韵诗序》云:“初,似葵兄弟同岁入郡邑庠,而葵轩已前殁,相与酹酒,哭父之墓。已,召族人苦徭役者,曰:‘吾四人例当复役,以复吾族,成

---

① 马其昶著,毛伯舟点注:《桐城耆旧传》卷四,合肥:黄山书社,1990年,第105页。

② 姚莹:《姚氏先德传》卷一,《中复堂全集》本。

③ 姚莹:《姚氏先德传》卷一,《中复堂全集》本。

先君子之志。'又各赋诗一章以和之。"[①]四首和诗,现仅存一首,是姚自虞的《奉和先君子感怀诗》。此后,姚氏子孙继续奉和,姚之兰有《赴鹿鸣宴步王父感怀诗韵有序》《恩荣宴步王父感怀诗韵是科同弟若水偕成进士》,姚孙棐有《秋捷后赴南雍铨部鹿鸣宴用曾祖感怀韵兼怀四兄》《赴恩荣宴用曾祖韵》[②]等。只要姚家有人登科中第,这种步韵赋诗的传统就一直延续着。潘江说:"(姚希廉)作《感怀诗》,嗣子孙相继贵显,自观察公之兰而下,属而和者几二十余人,蕊榜珠联,瑶篇玉缀,一门科目之盛,盖吾桐所未有也。论者以为积善之报云。"[③]姚莹亦说:"吾家自九世祖(姚自虞)以下,入学、得科第,莫不和《感怀》诗。"[④]姚家奉和赋诗之多,以致曾经有过结集之举。马其昶曾说姚家和诗"自明以来盖成帙矣"[⑤],此说并非空穴来风。因为方拱乾曾给姚家编纂的《姚氏感怀步韵诗集》作过序。这次结集,是姚氏子孙对八世祖姚希廉的一次集体记忆,也是他们"慎终追远"的孝道观念的具体实践。

姚氏的和诗传统到十六世姚鼐时,不得不中断。姚永概说:"予家凡得科第,必敬和先八世祖葵轩公《感怀》诗,所以志先泽、勉后昆也。至惜抱先生,乃不肯和诗。"[⑥]马其昶也说:"至姬传先生登第,乃不肯和诗。"[⑦]姚鼐的这种移风易俗,是对姚氏家风文化传统的一次变革。不过,这个断裂的文化传统,到十九世姚濬昌之时,再次得以恢复。恢复原因,与姚氏当时科举不振、姚永概意外高中解元颇有关系。光绪十四年(1888),23 岁的姚永概(1866—1923)在江南乡试中喜登榜首,荣获解元,这是麻溪姚氏家族史上的首个解元。作为父亲的姚濬昌,趁此良辰乐事,情不自禁地赓和了姚希廉的《感怀》诗,从而复兴了消失多年的文化传统。姚濬昌的和诗尾联云:"明年金殿开春

---

① 李雅、何永绍辑:《龙眠古文一集》卷十一,清道光十五年(1835)芸晖馆刻本。
② 姚孙棐:《亦园全集》卷二,见《四库禁毁书丛刊》集部第 86 册,第 494 页。
③ 潘江编:《龙眠风雅》卷二《姚希廉》,见《四库禁毁书丛刊》集部第 98 册,第 40 页。
④ 姚莹:《姚氏先德传》卷一,《中复堂全集》本。
⑤ 马其昶著,毛伯舟点注:《桐城耆旧传》卷四,合肥:黄山书社,1990 年,第 105 页。
⑥ 姚永概著,沈寂等标点:《慎宜轩日记》(上),合肥:黄山书社,2010 年,第 370 页。
⑦ 马其昶著,毛伯舟点注:《桐城耆旧传》卷四,合肥:黄山书社,1990 年,第 105 页。

宴，回首流辉未觉无。”[①]他期待家声重振的拳拳之心溢于言表。虽然姚永概未能实现登赴金殿恩荣宴的愿望，却在光绪二十年(1894)的顺天乡试中金榜题名，多少弥补了姚濬昌的缺憾。姚濬昌又有《概儿之乡举也，吾遵旧规，和先葵轩府君〈麦饭感怀〉诗原韵，今朴儿再举于顺天，欣感先德，再步原韵》一诗[②]。不过，于姚家而言，这短暂的恢复犹如昙花一现。光绪三十一年(1905)后，延续了1300余年的科举制度被清廷废除。姚濬昌赓和《感怀》之举也就成了这个家族科第和诗传统的绝响。

总之，一首诗竟然影响了一个家族数百年，这在文学世家中颇不多见。显然，姚希廉《感怀诗》已成为姚氏家族文化精神的象征物，不断激励着姚氏子弟刻苦向学、奋发向上，以期光耀门楣。姚希廉后裔的成功，不能说与姚希廉的《感怀诗》毫无关联。姚希廉对姚氏家族教育、恤宗睦族等文化传统的形成居功至伟。

(二)姚文然

姚氏十二世祖姚文然虽官居高位，平日也非常重视子女教育。这与其父姚孙棐的教导不无关联。姚孙棐是崇祯十三年(1640)进士，有成功的科举经验，亦擅诗。他赋闲在家，亲自课读诸子，其诗《清聚山房课儿烈、勋、然，文毕，月夜小饮》云：“构室才容膝，看书自解颐。文章共山水，父子友兼师。月色秋中夜，溪声雨四时。陶然命尊酒，还可细论诗。”[③]在清聚山房，他指导姚文烈、姚文勋、姚文然诸子作文。文事结束，他还与诸子饮酒论诗。父子之间关系融洽，亦友亦师。姚文然是姚孙棐的第三子，亦能诗，父子之间多有唱和，姚孙棐就有《和文然望采石韵》《江村月步和文然韵》等诗。

受此良好家风之熏染，姚文然亦倾心教育子女。在作诗上，他对诸子诗歌多有指评，如《儿辈乞论诗》说：“白眼青山病长卿，无端高论健纵横。酒杯

---

① 姚濬昌：《幸余求定稿》卷十一，清光绪十七年(1891)刻本。

② 姚濬昌：《五瑞斋诗续钞》卷四，清光绪刻本。

③ 姚孙棐：《亦园全集》卷二，见《四库禁毁书丛刊》集部第86册，第501页。

容易将寒夜，诗律艰难到老成。逸气先锋看的破，妙姿微步欲尘生。强教重定钟嵘品，多少风流浪得名。”[①]《口占命儿坚读史戒诗》说：“相期读史非今日，莫浪谈诗在少年。”[②]《堂儿乞细论诗不答口占示之》说：“年较陆机作赋早，庭依匡鼎学诗迟。兴来随意飞腾入，妙处他年子细知。蜃气为楼开浩渺，龙媒若鬼合权奇。会须万紫千红过，渐见霜清叶脱时。”[③]这些论诗诗，不仅可见姚文然的诗学主张，还可反映他指点诸子作诗之频繁。

此外，姚文然集中还有一些示姚士塈、姚士坚、姚士堂、姚士基等诸子书，这些书信涉及祖德家风、守身律己、治家方略、处世之道、读书作文等方面内容。因为是家书，言语情真意切，通俗晓畅，启人深思。方亨咸读后感言：“家庭常语，垂训成经，相在尔室，不愧古人忠君爱国、恤友敦伦。”[④]正是在姚文然的严格教育下，姚氏家风谨严，子弟安分守己，“皆谨饬里中，绝不知为绅家退让之状，一点声音气息也不听见，也无出游者，也无书干求祖父母者，首推为江南善人家，一时声誉满于阙廷”[⑤]。到十九世姚濬昌之时，他对姚永概兄弟亦说：“人家各有家风，子孙宜谨守勿失，方与祖宗之气相连续不绝……吾家累世以谨厚为风，故吾子孙如无才者，固谦退敬慎，常吃小亏，即有才者，亦当法端恪公之聪明缜密，按察公之含宏利济，方能永保世泽也。”[⑥]

（三）姚濬昌

姚氏十九世姚濬昌亦重视子女教育，三子姚永楷、姚永朴、姚永概及次女姚倚云皆有诗文名，这都与姚濬昌的家教有关。德教方面，姚濬昌本人是程朱理学的信奉者，在日常生活中一以程朱思想为准的，躬行践履。这种理念亦渗入对子女教育之中，他非常注重子女的道德修养。他对儿辈言：“汝等平

---

① 姚文然：《姚端恪公诗集》卷八，清康熙二十二年（1683）姚士塈等刻本。
② 姚文然：《姚端恪公诗集》卷九，清康熙二十二年（1683）姚士塈等刻本。
③ 姚文然：《姚端恪公诗集》卷十，清康熙二十二年（1683）姚士塈等刻本。
④ 姚文然：《姚端恪公外集》卷十八，清康熙二十二年（1683）姚士塈等刻本。
⑤ 姚文然：《姚端恪公外集》卷十八，清康熙二十二年（1683）姚士塈等刻本。
⑥ 姚永概著，沈寂等标点：《慎宜轩日记》（上），合肥：黄山书社，2010年，第487页。

居皆志在为人，欲为人先须治心，欲治心先须变化气质，欲变化气质，先须自视必不忠必不仁必无礼，若有一毫自以为是非之心根于中，则其几之偶动，不觉入于恶道而难拔，此关不过，步步崎岖，而一生遂无受用之日也。"[1]在姚濬昌看来，德业甚至比科举更重要，他对永朴兄弟说："人所恃以振家声者，德业也，如徒论科第，世之状元宰相多矣，荣耀一时，转瞬寂然，以汾阳之大名，不三世而故宅再更主姓……且一第何足为大事，得一第一科而自矜者，其器小也。"[2]姚濬昌重德业、轻科名的观念，对其子女的人生观、价值观无疑会有重要的影响。

文教方面，姚濬昌专门延师教导诸子时文以备科举应试。秦汝楫是姚永朴兄弟幼年业师之一。他是桐城岁贡生，为人恭谨和粹，精制举文，后生多相从问业，著籍门下者尝数百人。同治十三年(1874)，姚濬昌辞官自安福归，为诸子延师而不得。其后，濬昌好友阮仲勉冒风雪登门造访秦汝楫，晓以礼义，终于让他答应教授姚永朴兄弟。秦汝楫在姚家坐馆两年，姚氏三兄弟受益良多，时文、为人等方面皆精进不少[3]。为能博得一第，重振家声，姚氏兄弟在八股制艺上亦倾注大量心血。姚永概的《慎宜轩日记》中，就大量记录了自己平时读时文、作时文、考试的情况。如光绪七年(1881)，他全年共作时文 24 篇，试帖诗 16 首。姚氏兄弟的艰辛付出，获得了较为丰厚的回报。姚永楷成为县学生。姚永概在光绪十四年(1888)高中江南乡试解元。姚永朴亦在光绪二十年(1894)中顺天乡试举人。当然，这也是姚氏在科举考试上最后的辉煌了。

姚濬昌还注重培养子女的文学才艺。姚濬昌能诗，无论是仕宦还是赋闲在家，都乐于与子女诗酒唱和。同治十三年(1874)，姚濬昌自安福县令任上引疾归寓郡城安庆。光绪三年(1877)春至光绪十年(1884)年冬，姚濬昌一家

---

① 姚濬昌：《叩瓴琐语》卷一，民国元年(1912)铅印本。

② 姚濬昌：《叩瓴琐语》卷一，民国元年(1912)铅印本。

③ 姚永朴：《蜕私轩集》卷五《秦吉帆先生墓志铭》，民国六年(1917)北京共和印刷局铅印本。

在桐城挂车山隐居八年[①]。期间,姚濬昌以地僻罕人事之扰,时时为诗自娱,姚永楷、姚永朴、姚永概、姚倚云等亦从事吟咏[②]。姚氏子女的诗文亦时常得到姚濬昌指点。光绪七年(1881)八月十五日,姚濬昌命姚永概作诗,姚永概得一绝,姚濬昌评其诗"尚老到,有野趣",并作一绝示姚永概,还对姚永概强调作诗须知"寄托"二字[③]。光绪十三年(1887),姚濬昌再赴安福任职知县,了却官事之余,与子弟亲友多有唱和。尤其是光绪十四年(1888)冬,南通著名诗人范当世来安福与姚濬昌次女姚倚云缔姻,更是助推了安福官署内的诗酒酬唱气氛。姚永朴说:"通州范肯堂是冬就婚安福,肯堂才气锐发,老宿莫敢当其锋。既至,献五言古诗一篇,媵以旧作。府君览之大喜,自是吟咏无虚日。"[④]安福唱和盛况,被集为《三釜斋唱酬小录》一卷[⑤];后又有《唱酬续录》一卷[⑥]。由此可见,在安福官署,以姚濬昌为主导的文学氛围极为浓厚,赋诗酬唱颇为频繁。在这样良好的诗歌氛围中,姚氏兄弟的诗艺无疑会得到进一步的提升。

上述父教现象表明,姚氏家族父辈们教育子弟用心良苦,在伦理道德、文学艺术等方面倾心培育子弟,有力促进了家风、家学的传承。他们之间的关系在一定程度上已不仅仅限于亲情,还包含着亦师亦友的关系。这种复杂、混合的情感亦助推了姚氏家风、家学的传承。而这种家学传承在一定程度上又是桐城派学术传承的一个重要表现。

---

① 姚永概:《慎宜轩文》卷十一《西山精舍记》,民国间刻本。

② 姚永朴:《蜕私轩续集》卷二《蕴素轩诗稿序》,民国二十一年(1932)铅印本。

③ 姚永概著,沈寂等标点:《慎宜轩日记》(上),合肥:黄山书社,2010年,第22页。

④ 姚永朴:《蜕私轩集》卷五《斗影图记》,民国六年(1917)北京共和印刷局铅印本。

⑤ 按:相关唱和成员,姚濬昌《三釜斋唱酬小录序》有详细记载:"武陵陆嘉谷蒲仙,山阴诸祖望研斋,予子婿通州范当世无错,侄孙遇龙康平、廷璋士宜、钟英笃生,及予子永楷、永朴,闺中则予次女韫素,及长女之女马君挺。而楷之子东彦,年方八岁,见长者所为,亦偷学甚勤,因亦附数首,以鼓舞之云。"(《五瑞斋遗文》)

⑥ 按:此集由姚永概编次,搜辑百余篇作品,唱酬者有:"大人暨予兄弟四人、蒲仙、砚斋、康平、笃生、士宜,新入者田孙、伯纲二人。"参见姚永概著,沈寂等标点:《慎宜轩日记》(上),合肥:黄山书社,2010年,第412页。

二、"母氏更操心"

古人云："闺阃乃圣贤所出之地，母教为天下太平之源。"一语道出母教在家庭教育中的不可或缺性。人之幼时，日在母侧，母亲的言行举止、知识结构、品行道德对儿童都有极大的熏染陶冶，正所谓"贤母使子贤也"。清人董士锡曾说："夫自唐以来，母之教往往过于父。非父之拙于教子也，富贵之家无论以，其贫贱者则常奔走衣食。夫士之不能家居者多矣！投其身于数千里之外，衣服饮食，一己所给，岁且廑具。居数年有成，而此数年以不复能内顾；即无成，更有不忍言者。乌呼！此真士之不幸。独赖室有贤妇而已。"[①]他深刻地揭示了古代家庭教育中"母之教往往过于父"的重要现象。的确，为谋求生计或追寻科名，父亲往往要出门远游，或游学、或游宦、或入幕、或教馆，这就使得教子之责就要分担到女性身上。

逮至清代，随着女性知识文化水平的提高，母教现象更为普遍。桐城地区亦如此，姚兴泉就说："吾乡宦游与远幕者，十居八九，故幼稚得力于母教者尤多。"[②]其《桐城好》亦云："桐城好，母氏更操心。有父作官还作客，教儿宜古更宜今，宵共补衣灯。"[③]他指出了古代桐城教育文化中一个非常重要的现象——母教传统。这种传统对桐城的人才培养、家族文化传承、地域风习养成等都有重要的积极影响。母教现象在姚氏家族中也大量存在，姚家在一定程度上依靠母教，家学得以传承，家风得以不坠。

就姚氏母教的内容而言，大致不外乎两端：一是重德教，一是重为学。就前者而言，孝悌、忠信、勤俭、积善去恶等价值观念成为家庭道德教育的核心内容。姚家母氏极为注重子女的道德修养和品格养成，努力塑造其君子人格。如姚文然母倪夫人是"知书明大义"之人，对其子女起到了很好的榜样作

---

① 董士锡：《齐物论斋文集》卷三《萧氏寄庐灯影图记》，清道光二十年（1840）江阴暨阳书院刻本。

② 姚兴泉：《龙眠杂忆》卷四《学校类》，清刻本。

③ 姚兴泉：《龙眠杂忆》卷四《学校类》，清刻本。

用。倪夫人是姚孙棐妻，姚孙棐令浙江东阳时，平定许都之变有功，浙江巡按左光先疏闻于朝。南明时，阮大铖诬陷姚孙棐与左光先，两人俱被逮。“是时端恪（姚文然）兄弟忧遑无计，当事者曰：‘此易耳！能为若父疏称浙东事皆承左指，则事解。不然，罪不测。’归以告太夫人，太夫人怒，杖掷之，曰：‘儿以是为生而父邪？身死，心死等耳。东阳之狱，人则左公累若父，事则若父累左公也。义，不得令左公独死。且汝等以此求生若父，若父归将何以颜以对里党？吾知如父心，若乃不知邪？平昔读书胡为？’公等涕泣受教。逡巡十余日，卒巽词谢当事者。于是逮益急。会王师南下，事得解。端恪兄弟时时为左公言：‘不谋于母，几陷于不义也。’”[①]正是因为倪夫人明大义，故能在危急时刻，没让子女陷入不义境地。又如姚永朴之母光氏，亦重视教育子女，虽“爱之甚笃，然有过必痛惩焉，不为煦煦之慈”，父亲同官中子弟多穿华美衣服，姚永朴兄弟羡慕，并向母亲求要，光氏大怒，说：“汝幼习奢侈，长当何如？”[②]在母亲的严格教育下，姚氏兄弟皆学有所成。

姚氏作为书香门第，为保持家族声望之不坠，母氏在子女的学习方面也是倾尽心血。如姚兴泉之母张太君“秉外王母胡姆训，恭俭人慈，深明大义”，“教诲之严，与煦育之恩并重。故日则竭蹶延师，夜则篝灯课读。每同学过谈时，必于厅事后侦之，或援经道古，语语在名教中，即典衣沽酒出，以助其谈兴；倘稍涉戏谑，则呵逐立加。盖一如胡太夫人之所以教子者。”[③]张太君督学之严可见一斑。十九世姚濬昌之母方氏也是一位知书达理的良母，她“延师教濬昌，必选其良，待极恭，师往往乐居之”[④]。二十世姚永楷之妻方氏“治针凿、制果饵，易钱以延师课子，其待师恭，未尝以贫故阙礼”[⑤]。由此看来，姚家能够世守书香，母教之功不可忽视。

更有甚者，母亲于师教外亲自还教读，传道授业，显示出过人的才学。如

---

① 马其昶著，毛伯舟点注：《桐城耆旧传》卷十二，合肥：黄山书社，1990年，第461页。
② 姚永朴：《蜕私轩集》卷三《先妣事略》，民国六年(1917)北京共和印刷局铅印本。
③ 姚兴泉：《龙眠杂忆》卷四学校类，清刻本。
④ 姚濬昌：《五瑞斋遗文・先妣方淑人行略》，民国元年(1912)铅印本。
⑤ 姚永朴：《蜕私轩续集》卷三《嫂方安人墓志铭》，民国二十一年(1932)铅印本。

姚孔鋅之母张令仪，在丈夫姚士封逝世后，独自教子。她作有多首与课子有关的诗歌。如《夜坐对诸子有作》云："工嫌婢惰亲缝衽，学恐儿疏自授书。"①《四叠前韵示长男孔鋅》云："寸阴须向闲中惜，搜讨三坟共九丘。"②《携子女春晖亭纳凉》云："唐诗遴选教儿诵，正始元音只数家。"③《课子》又云："一经唯课子，黾勉惜分阴。益友原难得，先贤尚可寻。恩仇虽快意，忠厚在存心。积善有余庆，斯言足宝箴。"④从这些诗篇，我们不仅能体会到张氏对教育子女的良苦用心，而且还会惊叹于张氏的才藻富赡与学博渊识。姚范母任氏，"教范兄弟以礼法自持，惧损先绪，课之学不少假。范少多病，不就里师，诸小经悉家母口授"⑤。姚莹之母张宜人也是这方面的典型代表，姚莹在《先太宜人行略》中对母教有这样的深情表述："莹兄弟方幼，太宜人竭蹙延师教之。每当讲授，太宜人屏后窃听，有所开悟则喜，苟不慧或惰，则俟师去而笞之，夜必篝灯自课。莹兄弟《诗》《礼》二经，皆太宜人口授。旦夕动作，必称说古今贤哲事。乡里中某也才、某也不肖，历举之以为法戒。又时及本朝掌故，盖所闻于外家诸老先生者。及学为文，太宜人手钞制义数十篇、唐诗百首与读，字画端楷，业师惊叹。"⑥其诗《不得伯兄消息》亦云："忆昔同篝火，慈亲夜课书。闭门嫌室冷，觅食问厨虚。"⑦张氏对姚莹的教育可谓是呕心沥血。姚乔龄母马太孺人，"幼通经训，娴文史。问松少时，尊甫以家贫，授经四方，太孺人教之学，讲授有法，俨如人师。既尊甫捐馆，问松后以选拔入都，太孺人教两孙亦如之"⑧。"问松"乃姚乔龄之号，他在清嘉庆十六年(1811)高中进士，其母教育之功不可没焉。

---

① 张令仪：《蠹窗诗集》卷四，清雍正刻本。

② 张令仪：《蠹窗诗集》卷七，清雍正刻本。

③ 张令仪：《蠹窗诗集》卷八，清雍正刻本。

④ 张令仪：《蠹窗诗集》卷十二，清雍正刻本。

⑤ 姚范：《援鹑堂文集》卷四《家母任太恭人六十寿乞言小引》，清嘉庆十七年(1812)刻本。

⑥ 姚莹：《东溟文集》卷六《先太宜人行略》，见《续修四库全书》第1512册，第433页。

⑦ 姚莹：《后湘诗集》卷五，见《续修四库全书》第1513册，第13页。

⑧ 费丙章：《鱼窗闲咏跋》，见傅瑛主编：《明清安徽妇女文学著述辑考》，合肥：黄山书社，2010年，第178页。

母教往往与母亲的文化水准关系甚大。桐城一地，重教之风甚炽，流风所及，女子亦多有文化。道光《桐城续修县志》就说："邑重女训，七八岁时以《女四书》《毛诗》授之读。稍长，教以针黹，尤必习于井臼，虽巨室不娇惯。"[①]所谓《女四书》，即指《女诫》《女论语》《内训》《女范捷录》四书的合称，此四书是当时较为流行的女训书籍；《毛诗》是西汉毛亨、毛苌所辑注之《诗经》，能"经夫妇，成孝敬，厚人伦，美教化，移风俗"（《毛诗序》）。这些书籍，固然重在培育和提升女子的懿德茂行，但也在无形中奠定了她们良好的才艺技能与文化素养。此外，桐城待嫁之女还要接受针黹、井臼等家务训练，娴熟内政。由此观之，桐城女子在未出嫁之前，已具备了妇德、妇仪、妇工、妇才等方面素质。她们一旦进入夫家后，就会操持内政，相夫教子，俨若人师，成为贤妻良母的典范。

姚氏是桐地著名的右姓甲族，闺门女性多有才学、德行。尤其是在选择婚姻对象方面，为了保持家族的延续性和影响力，姚家往往是与邑里张氏、方氏、马氏等望族相互联姻。这些望族出身的女性大都受过良好的家庭教育，具有较高的文化水平，如姚孙棨妻方维仪，桂林方氏大镇次女，方以智姑母，工诗，编《宫闱诗史》，著《楚江吟》《清芬阁集》等；擅画，白描大士像尤工，王士禛尝称之[②]。姚文燕妻张姒谊，张秉贞之女，"生而柔，笄而礼，能涉猎书史，贤明识大体"[③]，著有《保艾阁集》。姚士封妻张令仪，系文华殿大学士张英之女，生而聪慧，性嗜学，"所为诗文，辄衷前人法度，论古有识，用典故精当"[④]，张英甚异之，著有《蠹窗诗集》十四卷、《蠹窗二集》六卷，附《诗余》《锦囊冰鉴》二卷，还有剧作《乾坤圈》《梦觉关》。姚莹之母张氏，系文华殿大学士张英之元孙女，云南寻甸州吏目张曾辙之女，"少慧，善读，晓经史大义，寻甸公每闻读书声，则嗟叹恨非男也"[⑤]。由此可知，当这些名媛才女嫁入姚家后，也会

① 廖大闻修，金鼎寿纂：道光《桐城续修县志》卷三《风俗》，《中国地方志集成》本，第321页。
② 张庚：《国朝画征录》卷下，清乾隆四年（1739）刻本。
③ 潘江编：《龙眠风雅续集》卷七《张姒谊》，见《四库禁毁书丛刊》集部第99册，第418页。
④ 张廷玉：《澄怀园文存》卷九《蠹窗诗二集序》，清乾隆间刻本。
⑤ 姚莹：《东溟文集》卷六《先太宜人行略》，见《续修四库全书》第1512册，第433页。

对夫家的家庭或家族文化有所影响。她们在家政闲暇之余，会与夫家成员聚会雅集，联吟赋诗，积极参与家族文学的再建构与传承。在教育子女上，她们也会将自身的家教体验与夫家的家教传统相结合、融汇，从而有利于子女的成长与成才。

三、姚氏科举佳绩

明清时期文学世家的形成大都与科举入仕有关，呈现出的形态也大多是"科宦—文学世家"[①]。一个家族通过科举，取得功名之后，为了维护家族的经济利益、政治关系、社会地位，他们必然要重视子女的教育。这种科举教育虽是应试性教育，但文人在课文之暇吟诗作赋也是在所难免，这就在无形当中增添了家族的文学氛围，促进了文学世家的形成。姚氏成为世家望族是与科举仕宦有着重要的关联。

由于文化世家生命之延续的关键在于科举，科举高中，则门楣生辉，家运隆盛，反之则家业衰落，族运式微。姚氏家族的瓜瓞绵绵、长盛不衰也是建立在科举成功基础之上的。没有科举仕宦上的成功作为保障，姚氏家族很难成为著姓望族，也很难成为文化世家。可以说，科举成绩最能反映出一个家族在科举教育方面的水准情况。

姚氏在明清两代科举考试中有过辉煌的纪录。清末，姚永概曾清理过姚氏宗族从五世到二十世的科举战绩。他说：

> 凡吾族登进士第者二十一人，乡试中试者二十九人……自五世祖参政公下，十世凡三进士，一举人。十一世凡二进士，十二世凡四进士，三举人，十三世凡一进士、三举人，十四世凡一进士、五举人，十五世凡一进士、三举人，十六世凡二进士、四举人，十七世凡二进士、八举人，十八世凡四进士、二举人，十九世凡一举人。共登春、秋

---

① 按："科宦—文学世家"这个概念，参见梅新林：《文学世家的历史还原》，载《中国社会科学》，2011年第1期，第177～191页。

> 试者五十人。其中祀名宦、贤良、乡贤、孝悌各祠者代不乏人,未尝绝也。今距甲辰之年已四十五年,姚氏未有与春、秋试者,今年永概乃以江南第一人,遥承先德,缅怀在昔,固不仅以科名见重。[①]

他所说的"共登春、秋试者五十人"是自五世至十九世的科考情况。实际上,他的统计数据有问题,乡试中试者应有30人,再加之十三世缺算1名举人,十六世缺算2名举人,以及他自己在清光绪十四年(1888)高中江南乡试解元,乡试中试者实际上就有34人[②]。由于姚永概梳理姚氏家族科举史是在光绪十四年(1888)十一月,其兄姚永朴在光绪二十年(1894)顺天乡试中举就非其所料。这样算来,姚氏家族自五世至二十世,中进士者有21人,中举人者有35人(不计进士)。至于岁贡、恩贡、拔贡、优贡、副贡等贡生,数量也相当可观。由此,我们不难看出:姚氏家族自第五世始至二十世止,跨越明清两代,在科举仕宦上代代有人。明代中进士者有7人,清代则有14人。明代中举者(不计中进士者)1人,而清代则有34人。其清代进士数量在桐城望族中,列居第二,仅次于桐城张氏。可见,姚氏在科举教育上是成功的。

科举佳绩的获得,是姚氏重视教育的必然结果,也是姚氏维持世家望族地位之不坠的动力。

综上所述,姚氏之所以能成为文化世家,关键原因在于其重视家族教育。一般来说,家族教育主要有道德教育与文化教育两部分。道德教育注重家族礼法传承,注重自身道德情操修养,而文化教育则主要以培养科举应试技能与文学艺术为主,从而使家族成员易于在科举和文学上取得成功,以期保持住家族的科举声望、社会地位与文化优势。姚氏家族于教育内容上,亦不外乎此两方面。良好的重教传统,使得姚氏形成了谨严、明理、崇文的优良家风,同时也培养出了众多科第有声、文学有名的精英人才。

---

① 姚永概著,沈寂等标点:《慎宜轩日记》(上),合肥:黄山书社,2010年,第371页。

② 参见附录三《明清麻溪姚氏家族进士、举人表》。

第三章　家族联姻与桐城派的姻亲传衍

桐城派在本土桐城发展的进程中，除姚氏外，方、张、马、刘、胡、左、吴、徐等名族也都有重要贡献。这些文化氏族通过师承、交游、姻亲等关系，往来频繁，联袂创作，共同创造出了桐城派在本土繁花似锦的发展景象。在这些家族之间纷繁错杂的关系中，姻亲关系是最重要的，也是最独特的。每个家族都有其各自的姻亲关系网，这种关系网络在一邑范围内枝节交错，血脉相连，从而又构建成一个更为复杂、更为庞大的姻娅网络。这种拥有强大聚合力、影响力的姻娅亲缘关系，对桐城派的发展起到了重要的推动作用。本章拟以姚氏家族及其联姻关系为切入点，探讨在姻娅网络中桐城派本土力量如何被联系起来，相互扶持，相互交流，共同参与到桐城派演变的进程中。

第一节　姚氏家族的姻娅网络及其特征

婚姻是人生大事，它“将合二姓之好，上以事宗庙，而下以继后世也”[①]。自古以来，无论是黎民百姓还是王公贵族，于婚姻一事殊为慎重。桐城诸族择姻亦然。姚氏是当地著名的右姓甲族，从这个家族婚姻史来看，也明显地

① 郑玄注:《礼记》卷二十《昏义第四十四》,《四部丛刊》景宋本。

表现出了门当户对的联姻意识。

一、联姻望族

潘光旦先生在谈到婚姻原则时说：

> 自来家长选择之婚姻非尽出乎为一家牟财利，或为一己图侍奉之私；且其间实有相当之原则。此原则即“门当户对”说是也。治婚姻选择之原理者谓人类举行婚姻选择时，大率类似者相引，否则相回避，名之曰“类聚配偶”(assortative mating)，门当户对说即以此为根据。[①]

他又认为：“同一地方的世家大族，因智能程度的相近，社会身份、经济地位、文化旨趣等的相同，总会彼此通婚，成为一种门地主义的婚姻。”[②]姚氏作为世家大族，在选择联姻对象时，亦是慎重考虑，遵循门当户对原则。在其姻亲网络中，他主要是与桐城方、张、马、左四大望族联姻，这契合了“类聚配偶”之规律。明清两代姚氏婚姻史，在某种程度上也可说是与这四大世家的联姻史。尤其是他与方氏、张氏的联姻，次数越发频繁，关系益加密切，影响相当深远。

姚氏与桂林方氏的联姻历史最为悠久。这可追溯到五世祖姚旭之女嫁与方氏七世祖方佑次子方隆。姚氏自姚旭始步入科举家族之列，属于新兴望族，而方氏早在明初就以忠孝节义著闻，是久负盛名的巨姓望族。方佑又是天顺元年(1457)进士，授监察御史，官至桂林知府。因而，方、姚两家缔结秦晋之好，可谓门当户对，珠联璧合。这也由此拉开了姚、方两家在明清两代互通婚姻的序幕。到晚明之时，姚、方两家联姻步入了高峰时期。以十世姚之兰祖孙三代婚姻为例。姚之兰娶方学闵女，其长子孙棨娶大理寺卿方大镇女

① 潘光旦著，潘乃穆、潘乃和编:《潘光旦文集》第一卷《优生概论》，北京:北京大学出版社，1995年，第274页。

② 潘光旦:《近代苏州的人才》，见潘乃谷、潘乃和选编:《潘光旦选集》第一集，北京:光明日报出版社，1999年，第281～282页。

方维仪，次子姚孙榘生一女适方善庆，三子姚孙棐一女适庠生方于宣，另一女姚凤翙适州同知方云旅。姚孙棐长子姚文烈娶崇祯元年(1628)进士少詹事方拱乾女。方、姚两家频繁联姻，进一步巩固和加深了他们之间的关系。到了清代，姚氏与方氏之间的联姻依然存在，如十三世，姚士坚娶顺治四年(1647)进士御史方亨咸女，姚士升娶顺治六年(1649)进士侍读学士方孝标女；十四世，姚孔钠娶吴县训导方嘉会女，姚孔镐继娶贡生方正瑞女，姚孔钒娶监生方承祖女；十五世，姚孔铎长子姚兴泗娶监生方曾宪女，次子姚兴浩娶监生方世翰女，四子姚兴澄娶贡生方世经女。姚孔锦子姚兴泷娶康熙四十八年(1709)进士内阁中书方式济女；十六世，姚棻娶雍正八年(1730)进士江西吉南赣道按察司副使方浩女。十七世，姚宪继娶庠生方世仪女；十八世，姚莹娶监生方裕昆女；十九世，姚闻(姚润嗣子)娶监生方馨女，姚保申长女适道光二十年(1840)进士陕西蓝田知县方奎炯；二十世，姚永楷娶方哲君女；二十一世，姚永朴次女适光绪二十六年(1900)举人京师大学预科举业举人内阁中书方彦忱。方、姚两家可谓世代交好，通家之谊长久。

姚氏与桐城张氏通家之谊深厚久远。早在明末清初时，姚氏就已与张氏缔结婚姻关系。此时张氏虽尚未显赫海内，但八世祖张秉文、张秉贞分别在万历三十八年(1610)、崇祯四年(1631)高中进士，足以使张氏家族步入科举望族之林。姚氏十二世就与张氏有多次联姻，如姚孙棐之五子姚文燕娶山东布政使张秉文女，后继娶兵部尚书张秉贞女；姚孙棐二兄姚孙榘之女适张秉贞子张茂稷；姚孙森之第六女姚含章嫁文华殿大学士张英。这些姻亲关系的存在，为清代张、姚两家大规模地结亲打下了坚实的基础。清代，随着张、姚两族因科举仕宦而成为天下望族，他们联姻的次数多达百余次，关系极为密切。这里以姚范祖孙三代人为切入点，来观照下张、姚两家迭错回环的姻亲关系。十五世姚范娶庠生赠内阁侍读张若霖女，生有五子。除长子姚昭宇外，次子姚羲轮娶泰州训导张浣女，三子姚登娶左都御史张若潍女，四子姚劢隆娶庠生赠内阁侍读张曾敞女，五子姚斟元娶庠生赠中宪大夫山西冀宁道张若驹女。到十七世，姚昭宇子姚宪娶乾隆二十六年(1761)进士东莞县知县张元泰女，继娶附贡生张曾麐女，一女适庠生张聪实。姚羲轮以山西浮山县知县临桂莫安近女为养女，适监生张聪听。姚劢隆嗣子姚俣娶震泽县县丞张元信女，一女适张聪式。姚斟元长子姚骙娶云南寻甸州吏目张曾辙女，一女四姑适儒士张法。由此可见，张、姚两族联姻之密，关系之亲。

姚氏也与桐城境内马氏、左氏有朱陈之好。马氏发迹于六世太仆寺卿马孟祯，至“怡园六子”之时已是著姓望族。姚氏先与崇祯十三年(1640)进士马之瑛子女联姻，姚孙森次女适其长子庠生马敬思；姚文然女适其六子廪生马方思。此外，十三世，姚文燚次女适庠生赠奉政大夫马庶，姚士玺又娶马教思女。其后，双方联姻世代不断。十四世，姚士坚长女适马霄，次女适凤阳县教谕马源。十五世，姚兴瀛继娶监生赠奉政大夫马鸣銮女，姚士坚孙姚兴渭娶马源女，姚孔锕女适中城兵马司正指挥马占鳌，姚孔锌女适马占涛。十六世，姚范女适马应炜，姚淑长女适监生貤赠朝议大夫马嗣绰，姚建女适徐州府防河把总马良珍。十七世，姚原佐娶监生马春长女。等等。姚氏与左氏早在明代就有结亲记录，如姚希廉四子姚本虞女嫁与左光齐。清代，姚、左两家仍有缔结秦晋之举，如姚文然正室夏氏所生次女姚鹿隐适邳州训导左之柳；侧室杨氏所生次女适廪生左之延；十五世姚兴准娶监生左廷栋女，四子姚兴潘娶监生左行恕女；十六世姚昭宇娶庠生赠宗人府主事左洛女；十八世姚元之娶拔贡生候选直隶州州判左眉女；等等。

此外，姚氏还与桐城境内其他家族有联姻关系，如十三世姚肤功娶四川成都县知县戴宏烈女；十五世，姚兴沆(姚孔鋠子)继娶乾隆二十一年(1756)举人砀山教谕江曾贯女，姚鼐之父姚淑娶雍正二年(1724)进士临海县知县陈鬲鉴女；十六世，姚毓梅娶监生胡宷宏女，姚孔锕女适贵州思州府知府孙良慧；十七世，姚培林娶乾隆七年(1742)进士浙江杭嘉湖海防兵备道潘恂女；十八世，姚献之娶举人两淮安丰场盐大使吴勗女；十九世，姚濬昌娶嘉庆十四年(1809)进士直隶布政使光聪谐女；二十世，姚永概娶候选主事徐宗亮女；等等。

姚氏还与安徽境内的其他家族有联姻关系。如姚鼐之祖姚孔镆娶大理寺少卿怀宁任奕鍙女，姚保申娶两淮梁垛场盐大使歙县吴绍沅女，姚兴涟女适休宁拔贡吴鹤龄，姚永朴长子姚焕娶全椒廪生金家庆女，姚永朴次子姚昂娶候选道江苏扬军厅庐江王飞翘女，姚麟绂四女适广西左江兵备道巢县刘大烈子文澈，等等。

姚氏也与省外的一些家族存在姻亲关系。清代姚氏在省外联姻次数最多的地区当推江苏。江苏毗邻安徽，清初本同属江南行省。虽然两地在康熙六年(1667)分而治之，但行政区划的分割并未影响到两地文化的整体性，两地文化交流极为频繁。两地世家之间的联姻也比较频繁，这是文化交流活跃的一种特殊表现。姚氏与江苏江阴、江都、江宁、宜兴、武进、南通等地的文化氏族亦有联姻，这尤以十三世姚士藟一家婚姻表现最为显眼，姚士藟共有五子，其中长子姚孔钛娶授州同知武进庄天锦女，次子姚孔鋠娶康熙八年(1669)举人直隶东安县知县宜兴吴兆龙女，四子姚孔镰娶康熙三十八年(1699)举人金坛教谕武进庄擢女。此外，姚士藟孙、姚孔鋠五子姚孔铖娶康熙三十六年(1697)探花司经局洗马江都王诰女，姚士藟孙女、姚孔鋠次女适候选县丞宜兴吴鸿仪。除了姚士藟家外，姚文燮四子姚士埬娶贵州铜仁县知县扬州王琳征女，姚孔钏继娶户部郎中昆山钱永女，姚保申三女姚若蘅适直隶永年县知县江阴夏贻玉，姚培原次子姚储娶乾隆三十一年(1766)进士江宁张扬女，姚柬之继娶乾隆六十年(1795)举人顺天府粮马通判武进徐准宜女，姚濬昌次女姚倚云适南通廪贡生候选光禄寺署正范当世。除了江苏地区外，姚氏还与山东、江西、浙江、广西、广东、湖北、山西、山东等地名门缔结秦晋。如姚士莱第三女适恩贡生临淄县训导曲阜孔毓懿；姚麟绂娶鄱阳俞氏女，其长女适江苏候补县丞江西彭祖龄，次女适两淮候补盐大使浙江沈载勋，三女适江苏候补知县江西李廷芳，五女适广西右江兵备道江西福安彭学海子少海；十九世姚庆布娶嘉庆十六年(1811)进士刑部主事南昌曹司恕女，姚庆有子姚景崇娶广西临桂靳元瑞女，姚孔铜娶湖北汉阳江芑女，姚世恩女适咸丰三年(1853)进士江西南城县知县平陆陈鸣谦。

如前所述，以姚氏为中心，以婚姻为纽带，桐城方、张、马、左四大名门望族聚结到一起,形成网状态势的姻亲网络,而桐城吴、戴、徐、光、胡、江、潘、陈等族也因与姚氏联姻被勾连起来。由此,姚氏一门姻娅网络可谓在桐城境内纵横交错、庞大复杂。不仅如此,姚氏婚姻枝蔓还延伸至桐城境外,不仅与省内的怀宁任氏、庐江王氏、全椒金氏、休宁吴氏等望族缔结秦晋,还与省外的武进庄氏、南通范氏、宜兴吴氏、福安彭氏、临桂靳氏、汉阳江氏、曲阜孔氏等名门望族通婚,这又进一步扩大了姚氏的姻亲关系网,增强了姚家的聚合力与影响力。姚氏也由此成为名副其实的天下望族。

二、中表婚姻

望族之间联姻往往是一种双赢的、自然的、普遍的现象。不过,在子女较多的大家庭中,"联姻又往往不会满足于单一的嫁娶关系,常常会自觉引导到某种极致状态,即连环婚姻和累世婚姻"[①]。考索姚氏联姻史,累世婚姻与连环婚姻的现象也表现得极为突出。

就累世婚姻而言,姚氏与桐城方、张、左、马四大望族的联姻基本上就是此类情况。他们一旦结亲,连绵不断,代代相续。姚鼐说:"鼐家与方氏世有姻亲。"[②]他还说:"方氏与姚氏,自元来居桐城……其相交好为婚媾二三百年。"[③]他又说:"张氏与吾族世姻,其仕宦显贵者,固多姚氏婿也。"[④]比较姚氏与这四大望族联姻史,我们可发现:在明代,姚氏与方氏世代联姻次数较多,而在清代,又与张氏世代联姻最多。之所以出现这样的差异,与联姻对象政治地位的升降有所关联。桂林方氏依附明王朝甚深,家族辈出高官达宦,获

① 罗时进:《地域·家族·文学:清代江南诗文研究》,上海:上海古籍出版社,2010年,第54页。

② 姚鼐著,刘季高标校:《惜抱轩诗文集·文集后集》卷一《方恪敏公诗后集序》,上海:上海古籍出版社,1992年,第265页。

③ 姚鼐著,刘季高标校:《惜抱轩诗文集·文集后集》卷一《方氏文忠房支谱序》,上海:上海古籍出版社,1992年,第257页。

④ 姚鼐著,刘季高标校:《惜抱轩诗文集·文集》卷八《旌表贞节大姊六十寿序》,上海:上海古籍出版社,1992年,第122页。

得了显赫的政治地位，入清后，因受到多次政治打压，家族命运忽起忽伏。桐城张氏则与之不同，自张英、张廷玉先后为大学士以来，张氏青云直上，族人科第联翩，掇巍科、致显宦，使得张氏成为享誉海内的钜姓望族。

连环婚姻是联姻家族之间一种错综复杂的亲缘状态，其在一定程度上促成了累世婚姻的形成。这种婚姻的表现形态多为中表婚，或称姑舅表交错婚、从表婚等。在亲属称谓关系中，称舅父、姨母的子女为内兄弟姐妹，称姑母的子女为外兄弟姐妹。外为表，内为中，外兄弟姐妹与内兄弟姐妹之间互称为中表兄弟姐妹。故中表婚就是指姑表兄弟姊妹、姨表兄弟姊妹及姑母与姨母的子女间的婚姻关系。这一婚姻形式有着较为悠远的历史，到明清时期，民间依然盛行。“优先交错表亲婚姻有利于加强上一辈建立起的血缘关系，从这一点讲，优先交错表亲婚姻的适应价值和外婚的适应价值没有两样，即都是建立起不同群体间的联盟。但是外婚只在数个群体间建立起联盟，而优先婚姻制则一代接一代强化群体关系”[①]。

姚氏与桐城方氏、张氏世代姻戚，存在着大量中表婚的现象。姚鼐就说：“张氏与吾族世姻……子女皆婚姚氏：女嫁母侄，子娶姑女，邕然门庭之间，日浸以盛。”[②]显然，“女嫁母侄”是舅表婚，“子娶姑女”是姑表婚，张姚两家联姻是典型的中表婚。兹以姚孙森家与张英家结亲为例：

姚孙森第六女姚含章嫁与文华殿大学士张英。生有一女，嫁给了姚含章的胞侄姚士黉（姚文焱子），又育四子，廷瓒、廷玉、廷璐、廷瑑。姚含章之兄姚文荥（过继给伯父姚孙林），生有二女，长女嫁给监生张廷璜，次女又嫁给附监生赠翰林院检讨张廷瑑。姚士黉生有四女，其中三个女儿又嫁到张家，长女适广西苍梧道张若需（张英孙、张廷瓒子），次适刑部主事张若宣（张英侄孙、张祁度子），次适翰林院检讨张若潭（张英孙、张廷瑑子），又有四子，三子姚孔

① ［美］S. 南达著，刘燕鸣、韩养民编译：《文化人类学》，西安：陕西人民教育出版社，1987年，第209页。

② 姚鼐著，刘季高标校：《惜抱轩诗文集・文集》卷八《旌表贞节大姊六十寿序》，上海：上海古籍出版社，1992年，第122页。

锏娶礼部侍郎张廷璐女，四子姚孔鋠娶保和殿大学士张廷玉长女。这种连环的姑舅表婚把姚氏、张氏“亲上加亲”的关系演绎到极致，使得张姚两家血脉相通，亲密无间，从而进一步强化了双方的家族聚合力与影响力。[①]

父母之命，媒妁之言，这是古代男女婚姻得以成立的前提条件。姑表婚的媒人大多为当事人的亲属，姚家婚姻亦然。如姚永朴的媒人就是他的大姐姚青云，她在23岁嫁给同邑马其昶，马家与姚家旧有姻亲，这次婚姻是两家联姻传统的延续。姚永朴在《祭伯姊马恭人文》中说：“姊嫔名族，我亡聘妻。姊为蹇修，夫妹我归。”[②]在他的婚配之事上，姚家先聘江西候补知府张肇和之女，可惜未娶而卒。其后，姚青云关心二弟姚永朴婚事，牵线搭桥，把马其昶的妹妹嫁给了他。两家亲上加亲，后来，姚青云的三弟姚永概之长女又嫁给马其昶次子马根蟠[③]，可谓锦上添花，再次强化和巩固姚、马两家交谊。

倘若抛开遗传、优生等方面的考虑，中表婚确实有其合乎情理之处，其在某种程度上可以缓解婚姻的压力、维系家庭的稳定。尤其对女方来说，更为重要。“嫁到姑家或姨家的女孩进入的是她的双亲十分熟悉的家庭，他们可以通过这层亲族关系察看她的遭遇，保护她的利益。在女孩那方面而言，与表兄弟成婚意味着她进入了一个由相识妇女组成的圈子，哪怕她对这些人只

① 这还可从“桐城张、姚两姓，占却半部缙绅”之说得到验证。乾隆六年(1741)十二月，左都御史刘统勋以桐城张姚两姓官员升迁过快而上奏，说：“外间舆论动云：‘桐城张、姚两姓，占却半部缙绅。’此盈满之候，而倾覆之机所易伏也。闻圣祖仁皇帝时，曾因廷臣有升迁之速之员，特谕停止升转。原任大学士王熙之孙王景会适在其内。臣愚以为宜倣此意，敕下大学士张廷玉，会同吏部衙门，将张姚两姓部册有名者详悉查明，其同姓不宗与远房亲谊不在此例，若系亲房近支累世密戚见任之员，开列奏闻。自命下之日为始，三年之内，停其升转。使望风逊听之人知朝廷登进之无私，亦期世受国恩之家长享福禄于无尽。”(王先谦撰：《东华续录》乾隆十四“乾隆六年十二月乙未”，见《续修四库全书》史部第372册，第81页)显然，张、姚两家所拥有的强大的政治实力与显赫的社会声望已引起朝野其他政治力量的忌惮与不满，刘统勋的裁抑之奏，明显有抑制张、姚两族在朝势力之意图。不过，这也从侧面反映出：张姚两族在政治上的巨大能量与声势与其错综复杂的姻亲关系有重要关联，他们之间休戚相关，荣辱与共。

② 姚永朴：《蜕私轩续集》卷三《祭伯姊马恭人文》，民国二十一年(1932)铅印本。

③ 姚永朴：《蜕私轩续集》卷三《次子妇王氏墓志铭》，民国二十一年(1932)铅印本。

是有所耳闻也罢”[1]。以张令仪嫁给姚士封为例。张令仪(1671—1724)是文华殿大学士张英的第三女。她嫁入姚家,有几个因素值得注意:一是其父张英与姚士封之父姚文熊为同年,都是康熙六年(1667)进士;二是其夫姚士封是张英妻姚含章的再堂侄子;三是其长姊也嫁给了姚含章的胞侄姚士黉。鉴于这些关系,张令仪嫁到姚家,较容易适应新的家庭环境,也容易处理与公婆、妯娌、连襟之间的关系。如她与长姒孙夫人平日相处和睦,互为同调知音,有诗说:“花明小圃每过从,同调相怜独我容。”[2]同样,姚家女嫁入张家,对夫家环境也并不陌生。如姚文燕女在18岁嫁给张廷璐,其从姊姚文然女先于她嫁给张廷璐的二兄张廷玉。两人既是姐妹,又是妯娌。她们居家雍睦,共理家政。[3]

如前所述,姑舅表交错婚的频繁缔结,有效地稳定和维护了姚氏与其他家族亲密关系,在此基础上,有利于桐城区域社会的稳定,也会对桐城地域文化的形成与发展有相当重要的影响。

三、文化交融

一般来说,世家望族的势力、声望不仅是基于家族自身的实力,还与家族的姻亲资源有着重要关联。他们往往通过联姻策略来维护和巩固家族的政治、经济、社会等方面利益,从而进一步强化家族的凝聚力与影响力。除了经济、政治等方面利益,家族双方的文化背景与道德修养也是家族联姻时要考虑的重要因素,有时这种因素甚至可以成为联姻双方的决定性条件。从这个方面来说,家族联姻是一种文化行为,具有文化衍生之特质。

作为文化世家的姚氏,其联姻对象桐城方、张、马、左等族也都是文化望族。这些家族各自荟萃了一批文学家、艺术家,他们不仅常常在族内举办雅

---

① [美]曼素恩著,定宜庄、颜宜葳译,《缀珍录:十八世纪及其前后的中国妇女》,南京:江苏人民出版社,2005年,第79页。

② 张令仪:《蠹窗诗集》卷十《哭长姒孙夫人》,清雍正刻本。

③ 张开枚等纂修:《张氏宗谱》卷三十四《内传》,民国二十二年(1933)铅印本。

集酬唱之活动，而且还与其他家族有着频繁的文化交流活动。尤其是当家族之间互通婚姻之后，交游雅集、诗酒唱和等活动的次数会更加频繁，渠道会更加通畅。如姚文燮云：

> 余儿时习见先君子与舅父坦庵公（方拱乾）相唱酬，稍长，悉授以法，同伯氏彦昭（姚文焱）与楼冈（方孝标）、邵村（方亨咸）、与三（方育盛）、敦四（方膏茂）诸中表，埙篪迭奏，竞相雄长，以博两翁欢，还青司马（方畿）忘年而鼓吹之。自庭内以及寰中，无不知两家群从诗学之有本也。①

方、姚两家是世代姻亲，姚文燮之父姚孙森娶方大羹女，方拱乾是方大羹胞兄方大美的第五子，他们两人都工诗善文，两家联姻为其诗酒酬唱提供了更多的机会。相应地，双方子女在通家之谊的基础上也会接受他们的文学指导，承继双方文学经验，经常性地进行文艺交流与切磋。姚文燮是姚孙森次子，他和长兄姚文焱平日常常和方拱乾的长子方孝标、次子方亨咸、三子方育盛、四子方膏茂等表兄弟"埙篪迭奏，竞相雄长"，两家的文艺氛围也由此益加浓郁，"自庭内以及寰中"无不知晓两家诗学之渊源所自。

家族联姻在文化交往上，还往往表现为一道参与编纂、刊印书籍等文化活动，群策群力，共襄其成。以编刻张令仪《蠹窗诗集》为例。张氏著有《蠹窗诗集》十四卷、《蠹窗二集》六卷。这部诗集在编选、校订、刻印的过程中，姚氏、张氏、方氏、马氏都有人参与其中。侄女姚仲芝嗣徽校字，表兄马凤翥选，胞弟张廷玉、张廷璐、张廷瑑校订，姻弟吴泳、侄马源等撰序，侄方爽、姚士封之兄姚士藟、姚士陛等题识。可见，这部诗集的问世，聚合了以姚氏为中心的姻亲家族之间的多方面力量，也反映出桐城文化家族之间存在着联袂共生的文学场域。

除了文学的交流外，文化家族之间也会有一些艺术方面的切磋交流。实际上，桐城方、姚、张、左、吴等几大家族都称得上艺文家族，他们在书画领域

---

① 姚文燮：《无异堂文集》卷十一《莲园诗草序》，民国五石斋钞本。

都有着不俗的表现。就姚氏来说，以书画闻名者先后有姚孙森、姚文燮、姚士暨、姚孔鈘、姚鼐、姚元之、姚培致、姚伯纲等人。兹以姚文燮为例，他除擅诗文外，亦工书画，朱彝尊称其为"画手前身李伯时"[1]，高士奇把其比作"画手王摩诘"[2]。他与方以智在书画艺术创作及理念上有过交流、探讨。方以智擅画，以山水见长，取法元人，尝仿黄公望、倪瓒、王蒙等人画作，运墨疏淡，飘逸有致，意在画外。他在《题画寄羹湖》一文中表露他的画学理念，不仅仅重视"法"，更注重超乎法外，手与法化，"悟成竹于胸中，挥洒始真自在"[3]。这与姚文燮所说的"意到云烟自横溢"颇为相近[4]。由于方家与姚家存在姻亲关系，方以智与姚文燮是姑表兄弟，且方比姚年长十八岁，方氏绘画思想当对姚文燮有所教益。明亡后，方以智曾驻锡青原，姚文燮还有画寄之，诗云："记别浮山已数年，高人岩洞旧栖禅。三千里外遥图画，手出青山献佛前。"[5]（《小画寄青原大师》）诗中怀念之情、敬重之意不难感知。姚文燮的妹夫文华殿大学士张英对其画作多有题咏，《题羹湖画奇石修竹图四首》《题羹湖画册巾车归里图四首》《题羹湖画田家图寄孙钎卷子》《题羹湖画龙眠山庄图兼寄省斋先生》等作即是明证，其中一些诗句还对姚文燮画作的技艺有所品鉴，如"百尺璆琳列翠屏，听庵皴法瘦偏灵"[6]，"幅幅烟绡笔有神，斯图展对独情亲"[7]等。姚文燮也有为张英赐金园绘画之举。康熙二十一年(1682)，

---

① 马金伯：《国朝画识》，见李桓辑：《清代传记丛刊》第 71 册，台北：明文书局，1975 年，第 430 页。

② 高士奇：《清吟堂集》卷二《题黄柏山房图忆羹湖》，见《四库未收书辑刊》(第 7 辑第 26 册)，影印清康熙刻本，第 553 页。

③ 方以智：《浮山此藏轩别集》卷一《题画寄羹湖》，清康熙此藏轩刻本。

④ 潘江编：《龙眠风雅续集》卷二十六上《萧尺木过访论画法赋此谢之》，见《四库禁毁书丛刊》集部第 99 册，第 80 页。

⑤ 释笑峰等著，施闰章补辑：《青原志略》，清康熙八年(1669)刻本。

⑥ 张英：《文端集》卷二十《存诚堂集十六·题羹湖画奇石修竹图四首》(之二)，《文渊阁四库全书》本。

⑦ 张英：《文端集》卷三十《笃素堂诗集一·题羹湖画册巾车归里图四首》(之一)，《文渊阁四库全书》本。

张英以康熙皇帝所赐水衡钱构园，名为“赐金园”，姚文燮为此专门作《赐金园图》[1]。由此看来，姚氏与姻亲家族之间的艺术交流也是频繁的，这种交流有助于家族双方文化艺术的发展与繁荣。

综上所述，姚氏的姻娅网络是桐城望族之间联姻网络的重要组成部分。通过考察姚氏婚姻网络，我们可以了解清代桐城乃至江南地区望族之间的联姻情况及其特征。由于联姻也是一种文化行为，其对学术文化交流平台的搭建、文学创造力的生成甚至地域文学群体的形成都有重要的影响。姚氏与桐城方、张、马、左等世家望族缔姻，也可视为文化联姻，他们共同推动了桐城地域文化场域的形成。这不仅有利于桐城文化生态的良性发展，而且对桐城派文人群体的形成与发展产生了积极而重要的影响。

第二节 姚鼐的姻亲圈与桐城派的姻亲传衍

文学家族之间的联姻行为对文学流派的形成有一定的影响。一个文学家族内部往往存在着文学交流的活动空间，且这种空间并不是封闭的，而是开放的，会积极与境内外其他家族中的文学爱好者进行对话和交流。尤其是文学家族之间相互缔结婚姻时，这层亲缘关系会促使文学的交流与合作变得更加方便、更加频繁，从而有利于形成一片相互沟通、相互勾连的文学场域，与此同时也有利于催生具有共同思想倾向的文学团体或文学流派。桐城派的形成与发展，亦与桐城文化家族之间的联姻有着密不可分的关系。像方苞、刘大櫆、姚范、姚鼐、姚莹、姚元之、姚柬之、姚濬昌、姚永概、姚永朴、方东树、方宗诚、方守彝、方守敦、张聪咸、徐璈、马宗琏、马瑞辰、马其昶、戴均衡、徐宗亮、吴汝纶、吴闿生等骨干力量都出自桐邑著姓望族，且这些家族之间渊

① 按：这幅名画的具体面貌在王士禛所作《题张敦复大宗伯赐金园图》诗中可以窥知：“三年却返承明庐，梦寐家山写东绢。溪流百曲学印文，山色千层累重甗。龙公鸾尾啸烟雨，鹿角鼠鬓饱霜霰。山岈忽断渔浦开，仰见云中泻飞练。草堂抱膝还读书，乐此长年可忘倦。此山此图世稀有，终拟他年追胜践。”（王士禛：《带经堂集》卷五十四蚕尾诗二）

源深厚，血脉相连。在某种意义上，桐城派可谓是由姻缘与地缘复线铺展、交互作用而形成的文学集团。

舒芜（原名方管）在谈到家世时说："我们那里世家的观念非常深，打不破的，结成一个关系网。最常见的是婚姻关系，互相串在一起，一环套一环。比如，以我的外祖父马其昶为中心，就可以画出一个网络图：外祖父自己是姚家的女婿，他的一个姐姐一个妹妹都嫁到了方家，另有一个妹妹嫁到姚家，还有一个妹妹嫁到左家。外祖父六个女婿，除了一个是湖北人之外，全是桐城的张、姚、方等名门大族。他的一个儿媳又是从姚家娶的。这样，以外祖父为中心，桐城张、姚、马、左、方五大家族就串得很紧了。恐怕五大家族里面任取一人为中心，都可以画出一个串联五家的网络图。"[①]他道出了桐城世家之间血脉相连的姻亲关系。同样，倘若我们以姚鼐为中心，也可以画出串联桐城望族之间的网络图。而由这张网络图，我们还可以看到姚家姻亲圈张氏、马氏、方氏、左氏等望族参与桐城派演进的情形。

一、姚鼐与张氏

张、姚两家世代联姻，姚鼐的婚姻也与张氏有缘。他先娶黄州府通判张曾翰之女，后又继娶屏山县知县张曾敏之女。他的次子姚师古也娶了庠生张元黻之女，还有两个女儿嫁与张氏，一女适监生张元辑，一女适张通理。基于姚鼐家庭与张氏这样密切的姻亲关系，张氏一些作家可以纳入桐城派阵营中来。

张曾敞，字垲似，号橿亭，张英之曾孙，张廷璐之孙，张若需之子。姚鼐与他同岁生，说："君与余家世姻，少相知，又尝重余文。"[②]且又有诗称他们"昔

① 舒芜口述，许福芦撰写：《舒芜口述自传》，北京：中国社会科学出版社，2002 年，第 1 页。

② 姚鼐著，刘季高标校：《惜抱轩诗文集 · 文集》卷十二《原任少詹事张君权厝铭》，上海：上海古籍出版社，1992 年，第 179 页。

年十八九，里舍共嬉玩”[1]，在京师，“同车出入，相从坐处，奖善救过，或喜或頩”[2]。可见两人相交甚深。姚鼐不仅赞其才干，说他“材器通美，究识古今事宜、国家典故”，还誉其诗文，说他“为文工为应制之体，尤好古人文章，讬意深邈，而不比于时者”，作诗“多愤慨沉郁之词”[3]。乾隆四十二年（1777）正月，张曾敞病逝于大梁，姚鼐不仅以辞祭而哀之，又为其权厝室铭[4]。

张曾份，字安履，莱州知府张桐之子。其母是姚鼐从曾祖姑，其妻为姚鼐从曾祖妹。乾隆二十八、二十九年间，他在京师与姚鼐、张曾敞同居一巷，日夕相对，情意甚密。姚鼐有诗说：“君如悬栋材，起负高甍嵬，我如小莛柔，叩钟蝓欲怠。”[5]他与姚鼐还是儿女亲家，幼子张元辑与姚鼐女缔有婚约[6]。张曾份确实有才干，为吏勤明有断，所至民以便安；为官有强干名，政绩卓著，鞠躬尽瘁，死而后已[7]。卒后，姚鼐感伤不已，并为之撰写墓志铭，既念其才优年绌，不获大展于生前，又伤其殁后多可悲者[8]。

张元辂，字虬御，号石绮。张曾份之长子[9]。他师从过姚鼐，双方有书信

---

① 姚鼐著，刘季高标校：《惜抱轩诗文集·诗集》卷二《送张欋亭少詹为晋阳书院山长兼寄朱石君方伯》，上海：上海古籍出版社，1992年，第435页。

② 姚鼐著，刘季高标校：《惜抱轩诗文集·文集》卷十六《祭张少詹事曾敞文》，上海：上海古籍出版社，1992年，第244页。

③ 姚鼐著，刘季高标校：《惜抱轩诗文集·文集》卷十二《原任少詹事张君权厝铭》，上海：上海古籍出版社，1992年，第180页。

④ 姚鼐著，刘季高标校：《惜抱轩诗文集·文集》卷十二《原任少詹事张君权厝铭》，上海：上海古籍出版社，1992年，第179～180页。

⑤ 姚鼐著，刘季高标校：《惜抱轩诗文集·诗集》卷二《次欋亭韵寄张安履》，上海：上海古籍出版社，1992年，第431页。

⑥ 姚鼐著，刘季高标校：《惜抱轩诗文集·文集后集》卷八《顺天府南路同知张君墓志铭》，上海：上海古籍出版社，1992年，第370页。

⑦ 姚鼐著，刘季高标校：《惜抱轩诗文集·文集后集》卷八《顺天府南路同知张君墓志铭》，上海：上海古籍出版社，1992年，第370页。

⑧ 姚鼐著，刘季高标校：《惜抱轩诗文集·文集后集》卷八《顺天府南路同知张君墓志铭》，上海：上海古籍出版社，1992年，第371页。

⑨ 姚鼐著，刘季高标校：《惜抱轩诗文集·文集后集》卷八《顺天府南路同知张君墓志铭》，上海：上海古籍出版社，1992年，第370页。

往来。姚鼐在信中对他多有教导，曾将所刻时文、《敬敷书院课读四书文》、诗文篇什等从江宁钟山书院寄与他，供他学习参考[①]。姚鼐还对他说："《法帖题跋》外间见者多以考证见推，然吾意实以论书法处为重。惟虬御能深解此耳。"[②]元辂能"深解此"，与其工书有关。他善小篆，其楷书亦雄古奇纵，全得晋唐人笔法[③]。姚鼐是书法行家，小楷为临池逸品[④]，对其甥的"深解"自然甚感欣慰。虽然张元辂的诗文得传于姚鼐，但治学路径并不与姚鼐同轨，而与姚范略近，"讎校经籍至老不辍"[⑤]，如他批校过韦昭注《国语》，"皆于韦解多所补正，片义单词，尤为至宝"[⑥]。他又通小学，尤嗜《说文》，有《六书正伪补》五卷。从治学业绩来看，张元辂偏近于汉学，确实有异于姚鼐。

张元胪，字冠琼，张曾敏季子，姚鼐妻弟。为人专静，淡于交游，尤奋厉于学，与姚鼐较为亲近。年二十二，病逝。虽然其才与志皆自足表见，但学有未成。姚鼐曾对其遗文予以删次，仅得十余篇，并为之撰序，称其文"久于文者或不逮也"[⑦]。

张聪咸，字阮林，号傅崖。张英五世孙，张元任之子。娶姚鼐从侄孙姚元之妹。幼颖悟，能文有才气，好作骈俪之体，睥睨同辈。诗尤雄丽，取法汉魏而以杜甫为宗，沉挚浑劲，一洗昔人肤袭之陋[⑧]；为文笔力精悍无前，振厉风

---

① 姚鼐：《惜抱轩遗书三种・姚惜抱尺牍补编》卷二《与张虬御》，清光绪五年(1879)桐城徐宗亮刊本。

② 姚鼐：《惜抱轩遗书三种・姚惜抱尺牍补编》卷二《与张虬御》，清光绪五年(1879)桐城徐宗亮刊本。

③ 方东树：《考盘集文录》卷九《先友记》，清光绪二十年(1894)刻本。

④ 方濬颐：《梦园书画录》，见卢辅圣主编：《中国书画全书》第12册，上海：上海书画出版社，1998年，第372页。

⑤ 马其昶著，毛伯舟点注：《桐城耆旧传》卷九，合肥：黄山书社，1990年，第343页。

⑥ 金涛：《馆藏善本书志》(残本《国语》二十卷)，载《学风》，1935年第5卷第4期，第2页。

⑦ 姚鼐著，刘季高标校：《惜抱轩诗文集・文集》卷四《张冠琼遗文序》，上海：上海古籍出版社，1992年，第41页。

⑧ 姚莹：《东溟文集》卷六《张阮林传》，见《续修四库全书》第1512册，第427页。

发，不可一世[①]。姚鼐主讲钟山书院期间，张聪咸曾以诗文请教，鼐称"其文与诗，皆有雄杰气，可谓异材矣"[②]。他有《奉姚梦谷先生三十韵》诗，既有对姚鼐学术、辞章的推崇之情："经术星辰朗，文章老宿惊。每刊荀郭谬，方驾乐裴名。"又有师从姚鼐的知遇之意："不才肤受学，常慕作为程。张缵怀音赋，庐钦雅尚评。讵无身后慧，且息舌头争。骥尾蝇初附，龙光骏欲并。久思当北面，未便卜南征。知遇千秋感，深心半死倾。"[③]姚鼐尺牍中还存有《与张阮林》书信五封，可见其指导后学之良苦用心。他称扬阮林诗"笔力才气，在今日里中，无与敌者……必卓为海内诗人，老夫放一头矣"[④]；指导阮林为文之法："文章之事，能运其法者才也，而极其才者法也。古人文有一定之法，有无定之法；有定者所以为严整也，无定者所以为纵横变化也。二者相济而不相妨……"[⑤]；劝诱阮林为学避汉趋宋，说："补《后汉书》亦是佳事，然愚以谓此等学问，用功劳而实得处少，第近世人尚此耳。实不如沉潜于正经、正史也。"[⑥]但张阮林受汉学思潮影响，执意致力于考证之学。他尝至金坛谒段玉裁，并对其推敬备至，其诗《赠金坛段一丈玉裁》说"江南旧学推三老，海内何人解六书"，"太冲已赋岷邛事，犹借张华博物誉"[⑦]。并自注称"三老"谓钱大昕、姚鼐、段玉裁，认为段注《说文》工于六书之学，最为精备。受段氏影响，张阮林亦通音韵之学，有《音韵辨微》一书。此外，还有《左传杜注辨证》《经史质疑录》等著述。虽然张聪咸的经术成就赢得了毕沅、胡承珙等汉学名儒的器

---

① 刘开：《刘孟涂集》卷十《张阮林传》，《续修四库全书》影印清道光六年（1826）姚氏檗山草堂刻本，第 397 页。

② 刘开：《刘孟涂集》卷十《张阮林传》，《续修四库全书》影印清道光六年（1826）姚氏檗山草堂刻本，第 397 页。

③ 徐璈编：《桐旧集》卷二十三《张聪咸》，清咸丰元年（1851）刻本。

④ 姚鼐著，陈用光编：《姚惜抱尺牍・与张阮林（之二）》，上海：上海新文化书社，1935 年，第 28 页。

⑤ 姚鼐著，陈用光编：《姚惜抱尺牍・与张阮林（之二）》，上海：上海新文化书社，1935 年，第 28 页。

⑥ 姚鼐著，陈用光编：《姚惜抱尺牍・与张阮林（之五）》，上海：上海新文化书社，1935 年，第 28 页。

⑦ 徐璈编：《桐旧集》卷二十三《张聪咸》，清咸丰元年（1851）刻本。

重，但终究难惬姚鼐之心。

二、姚鼐与马氏

姚、马两族缔结秦晋的次数较为频繁。如姚鼐之妹曾嫁给马泽长子马嗣绰。受其影响，姚鼐的亲属圈中也有一些马氏族人。他们中一部分人亦可归列桐城派。

马濂，字牧侪，号琴川，马棠臣第四子。年长姚鼐九岁，与他亦相善，鼐经常过其家，马濂称赞鼐“英妙世无双”，“神龙与鸷鸟，见者心皆降。胸中磊落五车书，笔下驰骋千军阵”[①]，又说：“姬传嗜古不尼古，菁英榛莽从夷芟。”[②]他们年轻时曾在济宁城东把酒高楼，后马濂亡故，姚鼐重游旧地，有感赋诗：“汶河垂柳万枝青，把酒高楼对马卿。十四年来两行泪，春风重过济州城。”[③]春风依旧，垂柳青青，酒楼仍在，而故友却逝，姚鼐思之，不禁潸然泪下。

马春生、马春田兄弟俩是姚鼐的表兄弟。马春生，字宣和，号复堂，马翮飞长子，年长姚鼐四岁；马春田，字晴田，号雨耕，马翮飞第三子，年少姚鼐三岁。姚鼐与表弟马春田的关系尤显密切。他们曾一道登郡城大观亭、迎江寺，游桐城双溪、龙眠山，观石门冲瀑布[④]，逸兴遄飞，诗情荡漾。他们互题诗集，马氏题《惜抱轩诗集》云：“名下纷纶玉版镌，吴兴最后出兹编。日休特爱香山老，文行交推得两全。”[⑤]极为称赞姚鼐的“文行”两全。姚鼐有《戏题马

---

① 徐璈编：《姚姬传连日过访因赠》，见《桐旧集》卷二十四《马濂》，清咸丰元年(1851)刻本。

② 徐璈编：《左一青仲孚姚姬传见过夜话用欧阳永叔与梅圣俞会饮诗韵》，见《桐旧集》卷二十四《马濂》，清咸丰元年(1851)刻本。

③ 姚鼐著，刘季高标校：《惜抱轩诗文集·诗集》卷六《济宁城东酒楼忆亡友马牧侪》，上海：上海古籍出版社，1992年，第529页。

④ 徐璈编：《桐旧集》卷二十四《马春田》，有诗《甲子四月二十五日行可邀同惜抱石门冲观瀑布》《毛俟园邀同人隐仙庵宴集和姚姬传》《偕姚惜抱登大观亭》《辛酉重九荆养中邀同惜抱登迎江寺》《二月九日同惜抱及诸子游龙眠》《九月二十二日游双溪次惜抱韵》。

⑤ 徐璈编：《桐旧集》卷二十四《马春田》，清咸丰元年(1851)刻本。

雨耕纪梦诗后》[①]《跋马雨耕破舟诗后》[②]，皆道出两人深情厚谊。姚鼐又有《与马雨耕》书信三十六通，涉及丧事、子女、邻里、用银等日常琐事，可见两人关系亲密无间。

马鼎梅，马翮飞侄孙，有《代躬耕轩诗钞》，才气落落，诗笔纵横，迥出尘俗。他的《偶成》诗，能反映出马鼎梅的文论主张，他认为文章本于自然，以性情为基质，天机触发，妙趣横溢，真情自现；又批评今文不佳在于"法密真愈失"，如要寻源，贵在有识。这种文论观深刻宏通，得到姚鼐的赞赏，称"论文甚佳"[③]。姚鼐对马鼎梅其他诗亦多有赞誉[④]，如评其《读书》"议论正大，诗亦畅"；《送别邹春园》"音节韵味俱足"；《送周修斋北上》"此诗略似太白，有奇气"；等等。

在文化世家中，一些具有母舅身份者往往会对家族的年轻一代有着积极影响，是他们的文学引路人和精神导师。"正是他们自觉地利用具有原始社会孑遗色彩的'舅权'，以姊妹家庭重要责任者的面貌出现，将家学传承的任务担当起来，以坚定的文学介入的姿态为'舅甥关系'做出了最富有人文关怀的诠释，使这一家族亲缘关系具有了浓厚的文学和诗性的意味。"[⑤]作为舅氏的姚鼐，因其才华、学识和声望，有力吸引着其外甥们前来问学。他对其外甥视若子出，倾尽心血，以期培养成材。马宗琏，是姚鼐四妹与妹夫马仪颛之子[⑥]。曾师事舅氏姚鼐，受古文法，好吟咏，时有沉博雄丽之作，颇有声誉。姚鼐尺牍中有四通致马宗琏的信，关爱之情溢于言表。姚鼐曾给外甥的《长夏校经图》题诗，用意甚深，铺衍长篇旨在劝诫马宗琏之为学祈向。姚鼐认

---

① 姚鼐著，刘季高标校：《惜抱轩诗文集·诗后集》，上海：上海古籍出版社，1992 年，第 635 页。

② 姚鼐著，刘季高标校：《惜抱轩诗文集·诗集》卷四，上海：上海古籍出版社，1992 年，第 495 页。

③ 徐璈编：《桐旧集》卷二十四《马鼎梅》，清咸丰元年(1851)刻本。

④ 徐璈编：《桐旧集》卷二十四《马鼎梅》，清咸丰元年(1851)刻本。

⑤ 罗时进：《清代江南文学发展中的"舅权"影响》，载《江海学刊》，2011 年第 5 期，第 185 页。

⑥ 姚鼐著，刘季高标校：《惜抱轩诗文集·文集后集》卷四《马仪颛夫妇双寿序》，上海：上海古籍出版社，1992 年，第 299 页。

为，为学要宗秉程朱，因为“其言若淡泊，其旨乃膏腴”[1]，更何况“我朝百年来，教学秉程朱。博闻强识士，论经良补苴”。现今，学风陡变，追骛汉学，而言汉学者，则是“琐碎搜残余”，虽风行一时，但“道德终倡舒”。他期望：“愿甥取吾说，守拙终不渝。”[2]姚鼐的苦口婆心，并没有扭转其外甥的学术方向。马宗琏一意偏向汉学，精研古训及地理沿革之学，并取得了骄人的成就，有《左传补注》，足与顾炎武、惠栋两家之书相表里，并刻入《皇清经解》；又有《毛郑诗训诂考证》《周礼郑注疏证》《说文字义广证》《战国策地理考》《汉南海郁林苍梧合浦四郡沿革考》等。虽然甥舅二人在学术取向上分道扬镳，但姚鼐的爱才、惜才、育才之心显而易见。还需一提者，马宗琏之子马瑞辰，承继家学，尤精训诂之学，撰《毛诗传笺通释》，以毛公、郑玄、孔颖达三家辨其异同，以全经明其义例，以古音、古义证其讹误，互以双声叠韵别其通借，又刻入《续皇清经解》。他还与同里族亲姚莹、姚柬之、姚元之等人相友善，多有诗书往来。

马春生之孙马树华，亦曾师事姚鼐。当时，姚鼐主讲敬敷、钟山两书院，他以师礼事之，岁必往见请业，姚鼐乐教不倦，每称为俊杰之士。马树华“自是学识益进，而其典章文献以及诗古文辞”[3]。方宗诚亦称其“诗文宗法姚惜抱先生，清雅有韵，尤长于掌故”[4]。在治学理念上，他厌薄世俗之学，于汉学诸儒多有排斥，其文有云：“近世高明之士，倡为考证之说，一变宋元明诸儒之轨辙，掇拾秦汉魏晋单辞片语，支离破碎，纷集杂陈。其失也，矜古炫博，而罕关宏旨。”[5]他斥汉亲宋的观点，与姚鼐颇为相近，可谓得其师传。此外，他还与同里方东树、姚莹、徐璈、朱鲁岑等人笃交甚厚，时相过从。

---

① 姚鼐著，刘季高标校：《惜抱轩诗文集·诗集》卷五《题外甥马器之长夏校经图》，上海：上海古籍出版社，1992年，第515页。

② 姚鼐著，刘季高标校：《惜抱轩诗文集·诗集》卷五《题外甥马器之长夏校经图》，上海：上海古籍出版社，1992年，第515页。

③ 马起升：《先伯父行状》，见马树华：《可久处斋文钞》，清同治间刻本。

④ 方宗城：《柏堂集次编》卷二《书马公实通判遗集后》，《柏堂遗书》本。

⑤ 马树华：《可久处斋文钞》卷五《答朱雨甫书》，清同治间刻本。

三、姚鼐与其他姻亲家族

姚鼐家族是当地高门大族，其姻亲网络宽广，除张氏、马氏外，还有左、方、潘等族。这些姻亲家族的文人亦与姚鼐相处愉悦，得其泽溉。

(一)姚鼐与左氏族人

左世瑯、左世经(字仲郛)兄弟，是左光先四世孙，其祖母为姚鼐曾祖姑。于亲党，为姚鼐丈人行，“然而年相若，少而志相善也”[①]，姚鼐亦尝称“与君兄弟夙相依”[②]，“雪中同醉故人家”[③]。他们曾偕姚鼐过马濂家夜话，把酒赋诗[④]。姚鼐年轻时曾与他们兄弟登城北小山，饮酒赏月，怀古思今[⑤]，又与左世经“以事同舟，中夜乘流出濡须，下北江，过鸠兹”，饱览长江光色，慨然有游历天下之志，后世经往游浮渡，作诗一编，姚鼐欣然为之序，喟叹平生之志未能如愿[⑥]。乾隆四十年(1775)及次年，左世经和其兄相继病逝，姚鼐悲恸万分，并为左世经撰写了权厝铭[⑦]。左世经的侄子左朝第(字筐叔)，左光先五世孙，曾师事姚鼐，受古文法。与方东树、姚莹、胡方朔、刘开等人交好，以忠

---

① 姚鼐著，刘季高标校:《惜抱轩诗文集·文集》卷十二《左众郛权厝铭》，上海:上海古籍出版社，1992 年，第 183 页。按:左世瑯之子左揆娶张曾敏四女，而姚鼐娶张曾敏长女，故又与姚鼐有僚婿之谊。参见张开枚等纂修:《张氏宗谱》卷七，民国二十三年(1933)铅印本。

② 姚鼐著，刘季高标校:《惜抱轩诗文集·诗集》卷六《送一青归因寄仲郛》，上海:上海古籍出版社，1992 年，第 519 页。

③ 姚鼐著，刘季高标校:《惜抱轩诗文集·诗集》卷六《寄仲郛》，上海:上海古籍出版社，1992 年，第 520 页。

④ 《桐旧集》卷二十六有左世瑯《偕姚姬传弟仲夫过马牧侪书室夜话，用庐陵与圣俞会饮韵同诸子作》，左世经《偕姬传家八兄过马牧侪用庐陵与圣俞会饮诗韵》，清咸丰元年(1851)刻本。

⑤ 姚鼐著，刘季高标校:《惜抱轩诗文集·诗集》卷一《偕一青仲郛应宿登城北小山至夜作》，上海:上海古籍出版社，1992 年，第 408 页。

⑥ 姚鼐著，刘季高标校:《惜抱轩诗文集·文集》卷四《左仲郛浮渡诗序》，上海:上海古籍出版社，1992 年，第 43 页。

⑦ 姚鼐著，刘季高标校:《惜抱轩诗文集·文集》卷十二《左众郛权厝铭》，上海:上海古籍出版社，1992 年，第 183 页。

信直谅为同辈所推许。梅曾亮有诗说:“方君植之能说子,古貌雄情无与比。”[①]他还尤长史事,于成败治乱洞如指掌[②]。他还曾搜求忠烈之士有功于桐城者,并各系以诗,如姚莹所云“新诗未补应传信,竟日论兵得未闻”[③]。著有《纳牖编》《诗经纬讲》《全桐纪略》《史衡》等。左朝第之子左眉亦受到姚鼐的影响。他十四岁时,初见姚鼐于张曾翰家塾,对鼐颇为钦慕。他说:“眉于先生固未尝亲受业于门墙,而读其著作不禁忾慕流连焉。”[④]姚鼐逝世后,左眉还作有《哭姚姬传先生》二首:“壮年归白社,著述兴无穷。远慕归熙甫,近希刘海峰。文章何雅洁,诗句近清雄。更有诸经说,孜孜好学功。”“我有穷经志,端居畏世知。生憎标榜习,键户默相师。翱籍传宗法,晁张凛步趋。忽惊梁木坏,悲痛入心脾。”[⑤]两首诗既有对姚鼐文学学术功绩的称赞,又有对姚鼐辞世、无法相师的悲痛。

(二)姚鼐与桂林方氏族人

姚鼐与方张登一家三世交好:他与方张登“在里则常同文酒之会,适远则共舟舆、同旅舍”[⑥];方张登之仲子方汝葵,亦娶张曾敏女,与姚鼐有僚婿之谊;姚鼐与方张登之季子方冶青及其子方象三,“为群、纪之交”[⑦]。方张盘之子方赐豪(字染露)是姚鼐邻居,其妻也出自张氏,为张若骕女。姚鼐居里时寡交游,惟乐与方赐豪相交。书法是他们俩的共同兴趣,曾共阅《万岁通天

---

① 梅曾亮著,彭国忠、胡晓明点校:《柏枧山房诗文集・诗集》卷二《赠左匡叔归桐城》,上海:上海古籍出版社,2012年,第467页。

② 刘开:《刘孟涂集》卷六《赠左筐叔序》,《续修四库全书》影印清道光六年(1826)姚氏檗山草堂刻本,第366页。

③ 姚莹:《后湘诗集》卷六《赠左筐叔》,见《续修四库全书》第1513册,第20页。

④ 左眉:《静庵文集》卷二《梦縠先生传》,清同治十三年(1874)刻本。

⑤ 左眉:《静庵诗集》卷六《哭姚姬传先生》,清同治十三年(1874)刻本。

⑥ 姚鼐著,刘季高标校:《惜抱轩诗文集・文集后集》卷一《方氏文忠房支谱序》,上海:上海古籍出版社,1992年,第257页。

⑦ 姚鼐著,刘季高标校:《惜抱轩诗文集・文集后集》卷一《方氏文忠房支谱序》,上海:上海古籍出版社,1992年,第257页。

帖》,品鉴草书疑字[①]。方天民,与姚鼐同师方泽,“少小同研席,里闬多欢娱”[②],为文雅洁,学诗尤深。姚鼐评《寄答左众郛赠行元韵》“竟是太白”。方天民题赞姚鼐诗集云:“争鸣下里沸淫哇,南指长怀大雅车。一代论才谁砥柱,千秋如子定名家。壮投朱绂亲兰佩,老切传经拥绛纱。弟子江东尽杬楷,深知谁最似侯芭。”[③]姚鼐晚年归里时,曾访方天民于龙眠,相怀甚深[④]。

(三)姚鼐与木山潘氏、鲁谼方氏族人

桐城潘鸿宝是姚鼐弟子,他是潘江五世孙,其配为张元表女,不过其兄潘鸿业之妻则为张曾敏女[⑤]。由此,潘鸿宝师从姚鼐亦有姻亲背景。鲁谼方家的方东树师从姚鼐,实际上也存在一定的姻亲关系。方东树之姑嫁给姚孔钧之曾孙姚通意[⑥],而姚通意又是姚鼐之从侄。此外,方东树之父方绩继配来自姚氏,为姚兴易之女。加之方东树曾祖方泽又是姚鼐的老师,而方绩亦曾拜入姚鼐门下。基于这些关系,当22岁的方东树来到江宁钟山书院拜谒并皈依姚鼐时,姚鼐自然会另眼相看,以“今日第一等豪杰”[⑦]“故乡读书种子”[⑧]相期许。当然,方东树不负姚鼐栽培之众望,成为姚门四大弟子之一。

---

① 姚鼐著,刘季高标校:《惜抱轩诗文集·文集》卷十《方染露传》,上海:上海古籍出版社,1992年,第154页。

② 姚鼐著,刘季高标校:《惜抱轩诗文集·诗集》卷五《方天民次韵余少在京师与朱竹君王禹卿酬和长句见赠又示病起五言用其病起韵答之》,上海:上海古籍出版社,1992年,第514页。

③ 徐璈编:《题姚梦谷诗集》,见《桐旧集》卷四《方觉》,清咸丰元年(1851)刻本。

④ 按:《惜抱轩诗文集·诗集后集》有《嘉庆辛酉十二月二十日访方天民于龙眠》《壬戌正月四日有怀天民》等诗。

⑤ 张开枚等纂修:《张氏宗谱》卷七,民国二十三年(1933)铅印本。

⑥ 方东树:《考盘集文录》卷十一《姚氏姑哀词》,清光绪二十年(1894)刻本。

⑦ 姚鼐著,陈用光编:《姚惜抱尺牍·与胡雒君(之九)》,上海:上海新文化书社,1935年,第23页。

⑧ 姚鼐著,陈用光编:《姚惜抱尺牍·与张阮林(之十一)》,上海:上海新文化书社,1935年,第23页。

要之，因为错综复杂的姻亲关系的存在，姚鼐身边聚集了一批姻亲家族中的俊彦才士，他们或为友朋，或为弟子，在学术或文学上多少都受到姚鼐的影响。这些姻亲资源，也由此成为他创建桐城派的辅翼力量。更有甚者如方东树等，承其衣钵，在姚鼐逝后，把桐城派推向新的发展境地。桐城派本土力量的雄厚及其贡献也由此显而易见，这在其他地区是不多见的。进一步说，桐城派的形成与壮大，家族之间的联姻是重要的催化剂。

第四章　书院讲学与桐城派的书院传衍

桐城派的传播与书院讲学关联甚深。不少桐城派文人都有过掌教书院的经历，他们通过设帐讲学，弘道传法，培育了大量一心向法、服膺桐城的后备力量，从而壮大了桐城派的队伍、规模与声势。以姚鼐为代表的姚氏族人，也在桐城派的书院传播上作出了重要贡献。

清末民初，传统的书院教育向现代学堂教育转型。这种教育体制上的改革，在很大程度上创伤了桐城派赖以生存的根基，从而影响了桐城派的传衍。在斯文绝续之际，姚永朴、姚永概兄弟依然选择栖身现代学堂（大学），编选教材，宣讲文法，彰显出卫道翼教的拳拳之心。

本章着重通过书院、学堂（大学）教育这个视角，梳理和阐述姚氏家族投身书院、学堂（大学）教育方面的状况，在此基础上还要探讨姚氏投身书院教育对桐城派发展的影响问题。

第一节　姚氏家族与书院教育

清代书院之盛，远逾前代。除了县、州、府、道、省各级都设有官方书院外，民间还有大量的私立的家庭书院和民办的乡村书院，他们延师授学，储材造士，共同构建起了一个完整的书院教育体系，对民众文化知识的普及、科举才艺的提高、学术思想的传播等方面都有重要的贡献。到了清末，随着科举教育的弊端益深以及西学的大量输入，传统的书院教育已不再适应社会形势的发展需要。光绪二十七年(1901)，清廷发布上谕，宣布改书院为学堂，此后全国各地书院纷纷掀起改制的浪潮。次年，颁布《钦定学堂章程》。光绪二十九年(1903)，又颁布《奏定学堂章程》。在此教育变革背景下，大量新式学堂犹如雨后春笋般涌现，由此也拉开了现代教育的帷幕。无论是传统的书院教育，还是新式的学堂(大学)教育，我们都可以看到桐城姚氏家族成员投身其中的身影。

一、授教书院

自十五世姚范至二十世姚永朴、姚永概兄弟，姚家历代皆有族人投身书院教育，他们或北上津门，或南下粤东，虽多为衣食而奔走，但在客观上促进了当地文教事业的发展。

(一)姚范与书院

姚范主讲过问津书院。书院在天津城内，鼓楼南，原芦商查为义废宅基址，于乾隆十六年(1751)捐输立书院，次年二月落成。[①] 当时，长芦盐运使卢见曾与商众共捐建屋，位其中为讲堂，前为门，后为山长书室，环之以学舍，选徒延师，朝夕于此，为执经讲艺之所，颜其名曰问津[②]。姚范主讲问津，与时任直隶总督的同乡方观承有关。姚濬昌有诗云："吾祖寂抱子云贤，当时初进柏梁筵。陋彼客星帝座县，方公为设鳝堂毡。"后有小注曰："时方公观承督畿辅，延主此席八年。"[③]可知，姚范是受方观承之邀来津门主讲的，且主讲时间长达八年。方氏是乾隆十四年(1749)七月由浙江巡抚擢至直隶总督，到乾隆

① 黄掌纶等纂：《长芦盐法志》卷十八《问津书院碑记》，清嘉庆十年(1805)刻本。

② 黄掌纶等纂：《长芦盐法志》卷二十《问津书院图识》，清嘉庆十年(1805)刻本。

③ 姚濬昌：《五瑞斋诗续钞》卷二《津门书院是先高祖姜坞府君旧主讲处，徐椒岑修书其中，访而游观，感怀成篇》，清光绪刻本。

二十年(1755)九月离任[①]。由此,可推姚范来津门时间最早可能在乾隆十七年(1752)。此外,姚范还有赴扬州主讲书院的经历[②],但因材料阙如,具体时间及书院名称难以考知。

(二)姚鼐、姚斟元与书院

姚鼐先后执教过扬州梅花书院、安庆敬敷书院、歙县紫阳书院、江宁钟山书院等,总计长达四十年。具体时间如下[③]:从乾隆四十五年(1780)至乾隆五十二年(1787),主讲安庆敬敷书院。乾隆五十三年(1788)主讲歙县紫阳书院。从乾隆五十四年(1789)三月到嘉庆五年(1800)十月,掌教江宁钟山书院将近十二年。自嘉庆六年(1801)至嘉庆十年(1805),姚鼐再主安庆敬敷书院。自嘉庆十年(1805)夏到嘉庆二十年(1815)九月,再主江宁钟山书院,直到病逝。

姚范之子姚斟元主讲过榄山书院,书院在广东省香山县。清乾隆十四年(1749),由知县暴煜率乡人何绍禹等捐建于霄榄田坊。据姚莹《痛定录》云,其出生之时,"先祖春树府君(姚斟元)客广东,主讲香山书院"[④]。这里的"香山书院",结合姚莹《考定焚黄仪制书后》中说"莹游粤东主讲香山县之榄山书院,府君(姚斟元)尝主讲于此"[⑤],可知姚斟元主讲的是香山之榄山书院。入主时间并不是姚莹出生那年,即乾隆五十年(1785)。因为《痛定录》云"春树府君以乾隆四十九年之粤东",故姚斟元主讲榄山书院当在乾隆四十九年(1784)。他结束执教榄山的具体时间已不可考。不过,从他在乾隆五十六年(1791)春已客居江宁这个情况来看[⑥],其掌教榄山书院的时间并不长。

---

① 钱实甫编:《清代职官年表》,北京:中华书局,1980年,第1409~1413页。

② 按:姚莹《援鹑堂集后叙》说姚范归里后"往来天津、维扬间主讲书院"。参见姚莹:《东溟文集》卷二,见《续修四库全书》第1512册,第383页。

③ 关于姚鼐掌教书院的时间问题,在本章第二节有具体辨析,兹不赘述。

④ 姚濬昌:《姚石甫先生年谱》,见《北京图书馆藏珍本年谱丛刊》第138册,第521页。

⑤ 姚莹:《东溟文后集》卷十《考定焚黄仪制书后》,见《续修四库全书》第1512册,第579页。

⑥ 姚濬昌:《姚石甫先生年谱》,见《北京图书馆藏珍本年谱丛刊》第138册,第523页。

（三）姚景衡、姚原绶与书院

姚景衡执教江苏境内多家书院。姚鼐的高足管同说姚景衡"年二十举于乡，四十得县令"[①]。这二十年间，为生活计，他先后从教于书院。如嘉庆八年(1803)，他执教于淮安书院[②]；嘉庆十一年(1806)，他又主讲江浦一家书院，岁修百金。[③] 嘉庆十四年(1809)，姚景衡通过吏部选拔，获得知县一职，从而结束其从教书院的谋生历程。

姚原绶主讲正谊书院。院址在苏州府学东沧浪亭北。由两江总督铁保、江苏巡抚汪志伊在嘉庆十年(1805)所建。铁保在《正谊书院记》中说，建造正谊书院是"虑士心之不古"，故"以培士气，正人心"，"使多士束身名教，争自濯磨，从此文治蒸蒸日上，士风古而民风与之俱古"。为改变当时士风，取书院之名为"正谊"，认为"谊者义也，官正其谊则治；士正其谊，则志在立身"[④]。姚原绶在嘉庆十六年(1811)，被延请为正谊书院监院，卓有成绩，"宝山人士及兵弁恒岁月至吴门请谒，以常得见颜色为幸，而书院士子复恋恋不舍其去，淹留又及三年，迨元督学中州，始克迎"[⑤]。直到嘉庆十九年(1814)，姚元之任河南学政，督学中州，姚原绶才辞职。

（四）姚莹与书院

姚莹主讲榄山书院，时在嘉庆十五年(1810)六月[⑥]。由于其祖父姚斟元生前曾主讲过榄山书院，故姚莹来后，祖父门下生犹有来访者，他亦得机会访

---

① 管同：《因寄轩文集二集》卷五，《续修四库全书》影印清道光十三年(1833)管氏刻本，第486页。

② 姚鼐著，陈用光编：《姚惜抱尺牍》，上海：上海新文化书社，1935年，第54页。

③ 姚鼐著，陈用光编：《姚惜抱尺牍》，上海：上海新文化书社，1935年，第58页。

④ 铁保：《惟清斋全集·梅庵文钞》卷四《正谊书院记》，见《续修四库全书》集部1476册，第241页。

⑤ 姚元之：《述德诗序》，见《廌青集》，清道光二十三年(1843)刻本。

⑥ 施立业：《姚莹年谱》，合肥：黄山书社，2004年，第50页。

其祖父“遗教”[①]。他主讲榄山时间较短，不足一年。嘉庆十六年(1811)春，他应广东学政程国仁之聘授经署中[②]，书院主讲随之结束。

劝修九和书院。嘉庆二十二年(1817)，姚莹任福建平和县令。为了惩治悍俗、丕振文风，他拟扩修九和书院，恢拓书舍，广置学田，延聘名师。鉴于资费浩大，他除自捐养廉银以为表率外，还倡议当地绅耆、殷户、诗礼之家能捐银助学[③]。平和学风因姚莹而为之一振。

在龙溪兴办书院。嘉庆二十二年(1817)冬，姚莹调任龙溪县令。他除打击犯罪、惩戒械斗之风外，还“兴崇书院，培养士子，讲习礼让廉耻之事”[④]，革新当地之士风与文风。

在乐仪书院课士。道光十五年(1835)，姚莹在淮南监掣同知任上，应两江总督之命，每月亲临乐仪书院课士。他对书院进行了改革，除扩充生员外，还要求学生课文之余，更要讲求道义，敦崇实学。同时他还要求严立师道，他说：“应请现订山长早日莅临长住，课文之外，讲求先贤遗规，切于人伦之用，俾诸生有所观摩，培成令器，或于国家教士储才不无裨益也。”[⑤]受姚莹影响，书院讲求实学的风气渐兴。

在台湾兴修海东书院。道光十七年(1837)，姚莹被任命为台湾道。十八年(1838)闰四月，姚莹莅任，同往台湾者有姚宝同、左石侨。姚莹在台湾兴修海东书院，并请左石侨主讲书院。在他看来，左氏“学问文章博赡精通，尤以名节为重。其教诸生，皆有法则，日夕孜孜，讲授之勤，一若为童子师者”[⑥]。姚莹对台湾的文教事业起到了积极推动作用。

在四川蓬州兴建玉环书院。道光二十六年(1846)，姚莹至蓬州任知州。

---

① 姚莹：《东溟文后集》卷十《考定焚黄仪制书后》，见《续修四库全书》第1512册，第579页。

② 姚莹：《东溟文集》卷五《粤东学使后园记》，见《续修四库全书》第1512册，第421页。

③ 姚莹：《东溟外集》卷二《劝修九和书院告示》，见《续修四库全书》第1512册，第466页。

④ 姚莹：《东溟文集》卷四《谢周漳州书》，见《续修四库全书》第1512册，第405～406页。

⑤ 姚莹：《东溟文后集》卷二《乐仪书院始由监掣课士状》，见《续修四库全书》第1512册，第487页。

⑥ 姚莹：《东溟文后集》卷十三《左石侨墓志铭》，见《续修四库全书》第1512册，第604页。

当时蓬州"旧无书院，或就文昌祠稍葺斋舍，延师课士，强以蓬山书院名之。然大小蓬山，在今营山县东北，名实既乖，且讲堂不立，膏火无资，岁取济仓余谷数十石供课而已。山长修脯取诸僧寺入官之产，岁入数十千钱，不能聘延名师，诸生无养，莫肯肄业，学舍之草满矣"[①]。有鉴于此，姚莹与学正、训导等人筹划劝捐兴建书院。次年二月，在州城北面选新址动工兴建书院。道光二十八年(1848)二月，书院竣工，"栋宇坚壮，规模宏整，讲堂学舍，山长寝室，湢厨咸备，名之曰玉环书院"[②]。这有力改善了蓬州士人的学习环境。

(五)姚濬昌与书院

姚濬昌虽未主讲书院，但在安福知县任上，改革复古书院，创建育才书院，招收俊彦，并延师训迪后进。姚永概《先府君述》说："邑有复古书院，旧仅恃官奖，尝无膏火费。府君前后捐钱三百万以为之倡，于是课额膏火始备。乡会试中试者不绝，大率书院高等弟子。其后，又创育才书院，试经解古文词。"[③]姚濬昌因公务繁忙，书院平日课卷评阅工作，往往交由姚永概兄弟负责。姚氏兄弟不负父望，评点甲乙，公允得当。安福廪生欧阳焕，胸有文墨，姚氏兄弟识取之[④]。可以说，姚濬昌父子有力推动了晚清江西安福地区的文化教育事业。

(六)姚永朴、姚永概与书院

姚永朴主讲起凤书院。起凤书院是由知县裴正时创建于康熙五十一年(1712)，以对岸有凤凰山，取"腾蛟起凤"之意而命名。光绪二十七

① 姚莹：《东溟文后集》卷十三《蓬州新建玉环书院碑》，见《续修四库全书》第1512册，第600页。

② 姚莹：《东溟文后集》卷十三《蓬州新建玉环书院碑》，见《续修四库全书》第1512册，第600页。

③ 姚永概：《慎宜轩文》卷七，民国间刻本。

④ 姚永概著，沈寂等标点：《慎宜轩日记》(上)，合肥：黄山书社，2010年，第333页。

年(1901),姚永朴应同邑叶玉书之招,主讲广东信宜县起凤书院[①]。次年,辞职赴鲁,结束授教书院的生涯。

姚永概主讲观津书院。观津书院于道光二十三年(1843)始建,后荒废。吴汝纶任冀州知州期间,书院得郑筠似而兴复。郑氏"手定教条,聚生徒,购书迎师,恣使问学"[②]。姚永概主讲观津书院,与同邑父执吴汝纶有关。光绪二十年(1894)二月,姚永概入主观津书院。不过,他在书院时间不长,同年九月就南归。

二、授教学堂(大学)

清末,书院改为学堂,是中国近代教育体制上的一次重大改革。在传统书院中,桐城派文人可以从容不迫地引经据典、论文讲道,他们对时文义法的娴熟更令学子趋之若鹜。但在新式学堂中,传统经史子集的魅力已被日新月异、丰富多彩的西学所取代[③]。内容新颖丰富的西学大规模地进入课堂后,挤压了古文的生存空间,同时也挤压着桐城派文人的教学阵地。以姚永朴、姚永概为代表的晚期桐城派作家,仍艰难地占据学堂讲坛,著书立说,以期能维系桐城道统与文统。其经历活动如下:

光绪二十八年(1902)年,姚永朴被山东高等学堂总办周学熙招为教习,他离开广东,襄教事于山东高等学堂[④]。次年,安庆敬敷书院改创为安徽大学堂,武进刘葆良担任安徽大学堂总办。刘葆良、恽季申并举姚永朴为安徽大学堂伦理教习,姚永朴遂由山东归皖。三十年(1904),安徽大学堂改为安徽高等学堂。姚永朴任教期间,为教学需要,先后撰成《小学广十二卷》《诸子考略二卷》《群经考略十六卷》《群儒考略二卷》《十三经述要六卷》等书。清宣

---

① 姚永朴:《起凤书院答问·起凤书院答问目录》,《国学珍籍汇编》本,台北:广文书局,1977年。

② 吴汝纶著,施培毅、徐寿凯校点:《吴汝纶全集·文集》卷二《郑筠似八十寿序》,合肥:黄山书社,2002年,第143页。

③ 曾光光:《桐城派与晚清文化》,合肥:黄山书社,2011年,第167页。

④ 姚永朴:《蜕私轩集》卷三《潘君季约墓志铭》,民国六年(1917)北京共和印刷局铅印本。

统元年(1909),京师法政学堂监督乔树楠聘姚永朴为国文教习,姚永朴挈家入京。期间,又撰成《国文学》四卷。

民国时期,姚永朴主要是在大学任教。1914 年,姚永朴应聘为北京大学文科教授。期间,他编订讲义,仿《文心雕龙》,成《文学研究法》四卷。[①] 1918 年,徐树铮创办正志学校,延姚永概为教务长,姚永朴亦入是校讲学。姚永朴与弟姚永概合编《历朝经世文钞》《国文初学读本》,皆由正志学校排印。1923 年,周学熙在梅城敬慈善堂内开办私立宏毅学堂,姚永朴被聘主管教务。姚永朴为之规划,前三年习国学,后三年习西学。期间,成《蜕私轩易说》二卷、《诗说》八卷、《古今体诗约选》四卷、《先正嘉言约抄》二卷。1926 年秋,姚永朴至南京,教授东南大学[②]。1928 年冬,安徽大学开学,姚永朴就大学教授之聘,与开县李范之、长沙陈慎登、同里潘季野,共事于文学院。“晚年目眚,侍者扶入教室,坐定,庄言谐语,妙趣横生。其称引诸经,云在某页某行,诸生检之,无或爽者。益博闻强识,至老不衰云”[③]。1936 年秋,姚永朴自安徽大学谢病归。

姚永概在 1902 年 7 月,被安徽大学堂聘请为教务长。1907 年,他又任安徽师范学堂监督,详订规则,广购书籍仪器,择知名当世者为之师,于中西学无所偏徇,一时人才蔚兴。同年十月,皖抚冯煦派姚永概等人赴日本考查地方自治规则。日本之行共五十天,他趁此机会考察了各种类型的学校教育情况。1908 年 5 月,他开办安徽省高等小学堂,附设于师范学堂内。1912 年 5 月,北京大学校长严复聘请他为文科教务长,“接大学校文科教务长之事”[④]。1914 年,他应陆军部次长徐树铮之聘,主教正志中学,兼任副教务长,授《孟子》《左传》和《尺牍选钞》,撰《孟子讲义》四卷和《左传选读》四卷,于义理文法

① 姚永朴著,许结讲评:《文学研究法》卷首《序》,南京:凤凰出版社,2009 年,第 1 页。

② 姚永朴:《蜕私轩续集》卷首《蜕私轩续集序》,民国二十一年(1932)铅印本。

③ 马厚文:《桐城姚仲实先生生平事迹》,见文史资料研究委员会、安庆市编史修志办公室、安庆市档案馆编:《安庆文史资料》第五辑,安徽省出版局,1983 年,第 178 页。

④ 姚永概著,沈寂等标点:《慎宜轩日记》(下),合肥:黄山书社,2010 年,第 1201 页。

论之甚详[①]。1920年,民国大总统徐世昌将正志中学改名成达中学,姚永概兄弟依旧任职。1922年,姚永概因面颊患肿瘤南归,他的教学生涯自此结束。

顺便提一下姚永概之姊姚倚云,她是近代女性教育的先行者,其教育经历如下:光绪三十二年(1906),她出任南通公立女子学校校长,三年时间,成绩炳然[②]。1919年,她应安徽女子职业学校之聘出任校长[③]。她为江苏、安徽两地的女子教育作出了重要贡献[④]。

三、书院教育与桐城派的发展

姚氏家族成员纷纷入主书院(学堂、大学),传道授业,解惑答疑,除对当地的文化教育有或显或隐的影响外,对桐城派的传播与发展也有着不可或缺的贡献。具体说来,有两点值得申说:

其一,培育后学力量,确立桐城派传播的书院模式。书院是教士储材之所,汇集了大批读书士子,比较容易形成具有共同思想倾向的文学群体。桐城派的形成与发展,就与书院讲学有着密不可分的关系。“对于桐城文派而言,大致自刘大櫆、姚鼐始,书院讲学就为桐城文派的传衍开拓了许多空间,这种空间已突破地域限制;同时因为书院讲学而人才辈出,也为文派生命的延续提供了切实的保障。”[⑤]实际上,书院讲学,最具代表性、最具影响力的人物莫过于姚鼐。他辞官后,主讲东南地区的书院长达四十年,“所至,士以受业先生为幸,或越千里从学。四方贤俊,自达官以至学人,士过先生所在,必

---

① 姚永朴:《蜕私轩续集》卷二《慎宜轩笔记题辞》,民国二十一年(1932)铅印本。

② 范当世著,马亚中、陈国安校点:《范伯子诗文集》附录四《范姚太夫人家传》,上海:上海古籍出版社,2003年,第622页。

③ 范当世著,马亚中、陈国安校点:《范伯子诗文集》附录四《范姚太夫人家传》,上海:上海古籍出版社,2003年,第622页。

④ 按:关于姚倚云的教育思想,可参见陈晓峰:《姚倚云女子师范教育思想研究》,载《教育学术月刊》,2009年第9期,第77～81页。

⑤ 徐雁平:《清代东南书院与学术及文学》(上编),合肥:安徽教育出版社,2007年,第50页。关于桐城派的传衍与书院的关系,这部专著有所论述,参见第48～88页。

求见焉"[1]。在他的文行感召下，其身边汇聚了一批服膺其法的弟子。他入主梅花书院，歙县吴定来会；在紫阳书院，结交胡受谷[2]；在敬敷书院，鲁九皋自江西来晤，切磋文法[3]，许鲤跃来问学；在钟山书院，陈用光、方东树、邓廷桢、管同、梅曾亮、汪兆虹等先后来受业。尤其是他掌教钟山书院二十余年，广授门徒，声势大张，并由此确立了桐城派的书院传播模式。除姚鼐外，姚永朴主讲起凤书院期间的门生弟子也有不少。据《起凤书院答问》[4]，他主讲书院期间，有弟子梁宗俊、林凤赓、李维询、李学潮、李逢先、李学仁、甘尚仁、刘其昌、林岳生、梁学著、刘济蕊、梁赓唐、林玉生、谢君式、梁望洵、梁文洛、梁廷拔、李实秀等人相从问学。可以说，姚氏族人栖身书院，登坛讲学，培育了大批接受其古文法的门徒，这为桐城派的发展与壮大起到了推波助澜的作用。虽然这些书院是为科举服务，但作为桐城派传人的姚氏族人，在讲授时文之时，或将古文义法渗透于时文之法，或专门启示后学古文之法，这就在一定程度上促进了桐城文法的传播。

其二，编辑教材，促进桐城派文学思想的文本传播。出于授徒讲学的需要，姚氏家族成员还编辑了一些教材，如姚鼐的《古文辞类纂》《敬敷书院课读四书文》，姚永朴的《国文学》《先正嘉言约钞》《白话史》《修身课》等，姚永概的《孟子讲义》《左传讲义》，还有姚永概、姚永朴合编的《国文初学读本》《历朝经世文钞》等。这些教材是桐城派传播过程中所编教材的重要组成部分，颇有影响。兹举《古文辞类纂》和《国文学》为例。

姚鼐编选的《古文辞类纂》，有力推动了桐城派的传播，影响深远。这部古文辞选本编纂于他主讲扬州梅花书院期间，当时有"少年或从问古文法"，

---

① 姚莹：《东溟文集》卷六《朝议大夫刑部郎中加四品衔从祖惜抱先生行状》，见《续修四库全书》第 1512 册，第 430 页。

② 姚鼐著，刘季高标校：《惜抱轩诗文集·文集》卷十三《歙胡孝廉墓志铭》，上海：上海古籍出版社，1992 年，第 210 页。

③ 鲁九皋：《鲁山木先生文集》卷四《上姚姬传先生书》，清道光十一年(1831)刻本。

④ 姚永朴：《起凤书院答问》，《国学珍籍汇编》本，台北：广文书局，1977 年。

姚鼐“于是以所闻习者，编次论说为《古文辞类纂》”[①]，以示后学古文法之门径。书编成后，姚鼐并未立即刊刻，直到嘉庆年间门人康绍镛为之刻印。在其后三十多年的教学生涯中，姚鼐又不断地圈点、增删，直到晚年才在钟山书院定稿。姚鼐去世后，其门人吴启昌又为之刻印，与康本有所不同。《古文辞类纂》“所纂文辞，上自秦汉，下至于今，搜之也博，择之也精，考之也明，论之也确，使夫读者若入山以采金玉，而石砾有必分；若入海以探珠玑，而泥沙靡不辨”[②]，其不仅很好地体现了姚鼐推尊古文、构建文统的意图，还成为桐城派推广其古文理念的最佳载体。曾国藩就说此书：“嘉道以来，知言君子群相推服。谓学古文者，求诸是而足矣。”[③]吴孟复亦说：“在此二三百年之间，读书治学之士，无论其为汉学为宋学，为学者为文人，为旧学为新学，后来成就各不相同，然当其读书之始，学文之日，固无一人不读此书，无一人不受此书之益。”[④]可以说，桐城文章的名扬天下，与此书的广泛传播与接受有重要关联。

姚永朴编选的《国文学》，对桐城派思想在现代课堂的传授颇有影响。现代教育机制建立后，教学体制、讲课方式、传授对象与传统书院教育都有较大不同。桐城派传承人进入高校后，在教材编选上也因时而变。姚永朴在宣统元年(1909)被京师法政学堂监督乔树楠聘为国文教习，讲授“国文学”。任教期间，成《国文学》四卷。关于编纂原因，他说：“诸生因吾邑先生夙用力兹学，争询古文法。爰择昔贤论文之作，得二十篇，而各为评语以授之。”[⑤]此书第四卷择取方苞《书归震川文集后》、姚鼐《复鲁絜非书》《古文辞类纂序》、曾国

---

① 姚鼐：《古文辞类纂序目》，见姚鼐选编，吴孟复、蒋立甫主编：《古文辞类纂评注(上册)》，合肥：安徽教育出版社，2004年，第14页。

② 姚鼐选编，吴孟复、蒋立甫主编：《古文辞类纂评注(下册)》附录一吴启昌《古文辞类纂序》，第4页。

③ 曾国藩著，陈书良整理：《曾国藩全集·读书录·古文辞类纂》，长沙：岳麓书社，1994年，第370页。

④ 吴孟复：《桐城文派述论》，合肥：安徽教育出版社，1992年，第113页。

⑤ 姚永朴：《国文学·序》，清宣统二年(1910)京师法政学堂铅印本。

藩《复陈右铭太守书》《经史百家杂钞序》五篇，着重宣讲桐城派的文论观点。这对传授桐城派文学思想大有裨益。此外，其对《文学研究法》的诞生也起到了奠基作用。

第二节　姚鼐掌教钟山书院与姚门弟子群的形成

乾隆三十九年(1774)秋，在四库馆内担任纂修工作的姚鼐突然辞官，自断仕途荣进之路。第二年(1775)春，四十五岁的姚鼐在同馆诸友的送别下离京归里[①]。姚鼐主动告退京师，是其人生历程中的一次重大改道，从此他“自屏江介，与中朝士大夫隔久矣”[②]，远离了京师权力中心和以汉学为主的学术中心。之后，他奔走于大江南北，设帐教学，先后执教于扬州梅花书院、安庆敬敷书院、歙县紫阳书院、江宁钟山书院等地，总计长达四十年。这期间，尤以其执掌江宁钟山书院时间最长，这对江南学风演变、士风转移以及姚门文人群的形成有着极为重要的影响。对于姚鼐主讲钟山书院的活动及其作用、影响，学界已有一些探讨，并形成了一定的认识[③]。不过，关于姚鼐执教钟山书院的时间、执教原因以及对桐城派的影响等问题，仍然存在值得进一步探讨与辨析的空间。

一、掌教钟山时间辨析

众所周知，姚鼐掌教江宁钟山书院共有二十余年时间，其间又可分为前后两个时期。然而，学界对于这两个时期的年限划分，存在一定的分歧。据郑福照《姚惜抱先生年谱》，姚鼐首次主讲钟山书院，是从乾隆五十五

---

① 姚鼐著，刘季高标校：《惜抱轩诗文集·诗集》卷八《乙未春初度留别同馆诸君》，上海：上海古籍出版社，1992年，第351页。

② 姚鼐著，陈用光编：《姚惜抱尺牍·与谭兰楣》，上海：上海新文化书社，1935年，第20页。

③ 这方面相关成果有赵子云等：《姚鼐与钟山书院》，载《江苏地方志》，2011年第1期；徐雁平：《书院与桐城文派传衍考论》，载《南京晓庄学院学报》，2006年第1期；王达敏：《姚鼐与乾嘉学派》，北京：学苑出版社，2007年。

年(1790)到嘉庆五年(1800),共计十一年。再主钟山时间是自嘉庆十年(1805)至嘉庆二十年(1815)姚鼐卒,亦是十一年[①]。由此可知,姚鼐执教钟山书院共有二十二年之久。然而有学者对此有不同看法,认为姚鼐首主钟山应该是从"乾隆五十一年丙午(1786)至嘉庆六年辛酉(1801),共十六年时间",再主钟山时间是从"嘉庆十一年丙寅(1806)至二十年乙亥(1815),共十年时间"[②],如此算来,姚鼐掌教钟山书院长达二十六年。两种时限划分,可谓相差甚大,这不能不引起我们的注意。

先来讨论姚鼐首次掌教钟山书院的时间。关于这个时间,学界有两种观点:"乾隆五十一年"说和"乾隆五十五年"说。前说是据姚鼐《赠承德郎刑部主事郑君墓志铭并序》文中的一段话而得来:"乾隆五十年二月初三日君卒,逾年,余在江宁,文明来求为君铭。"应该说,光凭乾隆五十一年"余在江宁"这个信息,并不能充分证明姚鼐这一年就已主钟山书院了,姚鼐因事来江宁也有可能。另外,卢文弨在乾隆五十年(1785)复主钟山书院,直到乾隆五十二年(1787)冬才辞去山长之位[③]。故乾隆五十一年,姚鼐不可能入主钟山书院。反倒是"乾隆五十六年"说,证据比较充分,如姚鼐说:"乾隆庚戌,余来主钟山书院。"[④]"庚戌"年是乾隆五十五年,显然,这一年姚鼐已来主讲钟山了。不过,这还不是他主讲钟山的确切时间,实际上,乾隆五十四年(1789)才是姚鼐首次设帐钟山书院的确切时间[⑤]。具体情形,我们可从他写给同乡汪志伊的一封信中得知:"今岁为新安守延主紫阳,秋初归里。昨章淮树观察语以闵抚台有邀主钟山之意。弟颇畏歙中山险。若明岁来宁,于情较便。设闵公论

---

① 按:徐雁平《清代东南书院与学术及文学》、孟醒仁《桐城派三祖年谱》等亦是如此划分,可能是受郑福照《姚惜抱先生年谱》的影响。

② 杨布生:《姚鼐从事书院教育 40 年考略》,载《益阳师专学报》,1991 年第 3 期,第 97~101 页。

③ 柳诒征编:《卢抱经先生年谱》,民国十七年(1918)"中央"大学国学图书馆第一年刊本,《乾嘉名儒年谱丛刊》本。

④ 姚鼐著,刘季高标校:《惜抱轩诗文集 · 文集后集》卷一《程绵庄文集序》,上海:上海古籍出版社,1992 年,第 268 页。

⑤ 对于这个时间,王达敏《姚鼐与乾嘉学派》中有相关论证,此不赘述,参见其书第 198 页。

及,可以鄙意允就告耳。”[①]这则材料有两个信息值得注意:一是主讲紫阳书院时间问题。据姚鼐《方晞原传》《歙胡孝廉墓志铭》等文知,他于乾隆五十三年(1788)主持歙县紫阳书院[②],并在当年秋季归里,掌教时间较短;二是受邀入主钟山问题。从这封尺牍知,他是受闵抚台之邀加上“颇畏歙中山险”才入主钟山书院的。这里的“闵抚台”,就是江苏巡抚闵鄂元。他是乾隆十年(1745)进士,在乾隆四十一年(1776)八月任苏抚,一直到乾隆五十五年(1790)四月才去职[③]。由此可以明白:姚鼐在乾隆五十三年时就已决意赴主钟山了。

在乾隆五十四年(1789)三月莺啼花开之时,姚鼐已是钟山书院的山长[④]。他掌教钟山书院,并不是长年都居住在书院之中,到岁末之际,也会回桐城度岁,与家人团聚。如乾隆五十五年(1790)冬,他就有回桐城之行,在江津舟中还和其同年友常熟苏献之相遇[⑤]。次年秋冬间时,他再次归里度岁[⑥]。年后,他一般都会在新春二三月左右返回江宁,如嘉庆二年(1797)时,他就在

---

① 姚鼐著,陈用光编:《姚惜抱尺牍·与汪稼门(其一)》,上海:上海新文化书社,1935年,第6页。

② 按:《方晞原传》云:“及晞原没(1789)之前一年,余主紫阳书院。”参见姚鼐著,刘季高标校:《惜抱轩诗文集·文集》卷六,上海:上海古籍出版社,1992年,第145页。《歙胡孝廉墓志铭》云:“君竟老山中,年七十四以卒,嘉庆三年(1798)十二月九日也,余去紫阳亦十年矣。”参见姚鼐著,刘季高标校:《惜抱轩诗文集·文集》卷十三,上海:上海古籍出版社,1992年,第211页。

③ 钱实甫编:《清代职官年表》,北京:中华书局,1980年,第1640页。

④ 郭麐在这一年有《随园先生招同姚惜抱夫子花下赋呈》之作,中有“三月莺花游子恨,六朝人物寓贤多”两句(《灵芬馆诗初集》卷一,清嘉庆道光年间《灵芬馆全集》本)。可见,在三月份的时候,姚鼐就已到江宁了。

⑤ 姚鼐著,刘季高标校:《惜抱轩诗文集·文集后集》卷七《苏献之墓志铭并序》,上海:上海古籍出版社,1992年,第348页。

⑥ 姚鼐著,刘季高标校:《惜抱轩诗文集·文集》卷十三《汪玉飞墓志铭》:“乾隆五十六年秋冬间,(汪兆虹)忽大甚,至失音。余方归里,亟以为忧。”上海:上海古籍出版社,1992年,第195页。

"三月携观雉两儿来江宁"[①]，在嘉庆三年(1798)时，姚鼐也是"拟于二月廿四五赴江宁"[②]。江宁、桐城两地之间的长途奔波，这对当时年事渐高的姚鼐来说，确实是一件非常辛苦的事情。而这也正是他结束其首次掌教钟山书院历程的主要原因。他的这种想法其实在嘉庆五年(1800)就已经产生了，这一年他致书弟子陈用光说："鼐以年衰，畏涉江涛，明年改居安庆敬敷书院矣。"[③]他在写给族弟姚凖的书信中也说："鼐十月自江宁回家，明年定于居敬敷书院，可免涉江涛矣。"[④]由此可知：在嘉庆五年(1800)十月时，姚鼐从江宁返回故里桐城，结束了他首次掌教钟山书院的历程。

嘉庆六年(1801)二月，姚鼐来到省城安庆，开始掌教敬敷书院[⑤]。这是他人生中第二次主讲敬敷书院。首次主讲是在乾隆四十五年(1780)，直到乾隆五十二年(1787)结束，长达八年。当然，姚鼐第二次主讲敬敷的时间也比较长，直到嘉庆十年(1805)才结束。他在嘉庆十年(1805)写给陈用光的书信中说："鼐今年已至皖矣，而四月为冶亭制军遣人固邀来金陵，今既至矣。"[⑥]这则材料非常重要，有助于我们了解姚鼐再赴钟山的前因后果。据此，可得出以下两点认识：其一，至少在嘉庆五年(1800)四月之前，姚鼐并没有入主钟山的打算，还在主讲敬敷书院。关于这一点，还可从姚鼐在这一年稍早时候写给陈用光的书信中得到进一步佐证，他说："自入春来……今年尚在皖，此

---

① 姚鼐著，陈用光编：《姚惜抱尺牍·与陈硕士书(之十三)》，上海：上海新文化书社，1935年，第47页。

② 姚鼐著，陈用光编：《姚惜抱尺牍·与陈硕士书(之十七)》，上海：上海新文化书社，1935年，第49页。

③ 姚鼐著，陈用光编：《姚惜抱尺牍·与陈硕士书(之二十七)》，上海：上海新文化书社，1935年，第52页。

④ 姚鼐：《惜抱轩遗书三种·姚惜抱尺牍补编》卷二《与弼谐弟》，清光绪五年(1879)桐城徐宗亮刊本。

⑤ 姚鼐《与张蚪御》其四："鼐与周茨山互易书院，各免涉江涛，约二月半至皖中。"参见《惜抱轩遗书三种·姚惜抱尺牍补编》卷二。

⑥ 姚鼐著，陈用光编：《姚惜抱尺牍·与陈硕士书(之三十九)》，上海：上海新文化书社，1935年，第55页。

时尚在家未往耳。”[①]其二，姚鼐入主钟山书院，是“冶亭制军遣人固邀”的缘故。这里的“冶亭制军”就是两江总督铁保。铁保(1752—1824)，字冶亭，一字铁卿，号梅庵，满洲正黄旗人，乾隆三十七年(1772)进士。嘉庆十年(1805)，升任两江总督。正是由于铁保的强邀，姚鼐执掌敬敷书院的历程才戛然而止。总之，我们可以断知姚鼐第二次主讲敬敷书院结束的时间当在嘉庆十年(1805)四月份。

姚鼐前往江宁，再主钟山书院已是嘉庆十年(1805)夏季[②]。此时，他已有七十五岁，身体状况是他亟须考虑的一个重要现实问题，倘若还要像首次主讲时那样两地奔波，这对他身体来说无疑是一个很大的考验。因此，这次主讲钟山时，他就有了“买宅为金陵人”[③]的打算，也不再每年都返回桐城度岁了。如在嘉庆十年(1805)，他就没有返回桐城，而是在江宁度岁。不过，次年曾有返回桐城度岁之念[④]，但又因“寒至倍早”，“因畏此寒，遂辍归计”[⑤]。直到嘉庆十三年(1808)，“于九月二日登舟回家”[⑥]。次年二月，他又赴钟山。此后，他再也没有返回桐城度岁，一直待在江宁。嘉庆二十年(1815)九月二十三日，姚鼐卒于江宁钟山书院，彻底结束了他再次执教钟山书院的历程。

---

① 姚鼐著，陈用光编：《姚惜抱尺牍·与陈硕士书(之三十八)》，上海：上海新文化书社，1935年，第55页。

② 姚鼐《与鲍双五》之七：“鼐去夏至江宁，便住至今，俟冬间乃归……衡儿已就此地江浦书院，每年百金，取其近吾而已。卜居江宁事，尚未决，要亦听之机缘耳。”(姚鼐著，陈用光编：《姚惜抱尺牍》，上海：上海新文化书社，1935年，第34页)案，据《与陈硕士》之四十六云：“衡儿已就江浦一小书院，岁修百金。至此间买屋事，尚未定也。”(《姚惜抱尺牍》，第58页。)此信知作于嘉庆十一年(1806)。又该信内容与《与鲍双五》内容相似，当是作于同年。由此可知姚鼐再赴江宁当在嘉庆十年(1805)夏季。

③ 姚鼐著，陈用光编：《姚惜抱尺牍·与陈硕士书(之三十九)》，上海：上海新文化书社，1935年，第55页。

④ 姚鼐《与周东屏》：“鼐去岁为冶亭先生邀来江宁，遂居此两载，衰敝之状，亦日夕渐增，但尚能行步饮食耳。下月拟归里度岁，明年当不免更一来也。”(《姚惜抱尺牍》，第30页。)

⑤ 姚鼐著，陈用光编：《姚惜抱尺牍·与陈硕士书(之五十)》，上海：上海新文化书社，1935年，第59页。

⑥ 姚鼐著，陈用光编：《姚惜抱尺牍·与陈硕士书(之六十六)》，上海：上海新文化书社，1935年，第63页。

至此,我们可以对姚鼐两次掌教钟山书院的时间问题作出结论:他首次掌教钟山书院,是从乾隆五十四年(1789)三月开始,到嘉庆五年(1800)十月结束,将近十二年时间;第二次掌教钟山书院,是从嘉庆十年(1805)夏季开始,到嘉庆二十年(1815)九月结束,将近十一年时间。

二、久居钟山之因

长期以来,人们对姚鼐长期掌教钟山书院的原因并未给予较多注意。实际上,第二次掌教钟山期间,姚鼐已有七八十岁的高龄,这样的年纪该是保养身体、享受天伦之乐的时候。更何况,他的身体状况在这时并不佳。如嘉庆十二年(1807)秋,姚鼐"因酬对应试者之劳,遂病数日"[①],他在写给同乡马春田的书信中亦说:"近有脾泄病,吃重油则发矣,常饭亦较旧少减,由老至死,固当渐至,亦胡足怪哉?"[②]可以说,姚鼐在生命的最后几年,是拖着病躯主讲钟山书院的。面对这样的身体状况,他有过辞馆返里的念头,如嘉庆十六年(1811),他在主持撰修《江宁府志》后,写信对松湘浦说:"鼐今岁为江宁办志……其书明年当可雕本成帙。今冬鼐尚居江宁,欲明年归去,以衰态日增也。"[③]他甚至还给时任两江总督的百龄致书,呈达辞职之意,自称"尸居讲席,无益多士","衰病之躯,实不能留,乞另延贤者以主书院"[④]。然而他最终并未离开钟山书院,仍然继续执教钟山书院,直至生命的结束。为何会这样呢?

我们先从姚鼐掌教钟山书院的经济收入谈起。清代省城书院的山长一

① 姚鼐著,陈用光编:《姚惜抱尺牍·与陈硕士书(之五十五)》,上海:上海新文化书社,1935年,第61页。

② 姚鼐:《惜抱轩遗书三种·姚惜抱尺牍补编》卷二《与马雨耕(二十八)》,清光绪五年(1879)桐城徐宗亮刊本。

③ 姚鼐:《惜抱轩遗书三种·姚惜抱尺牍补编》卷一《与松湘浦(二)》,清光绪五年(1879)桐城徐宗亮刊本。

④ 姚鼐:《惜抱轩遗书三种·姚惜抱尺牍补编》卷一《与百菊溪(三)》,清光绪五年(1879)桐城徐宗亮刊本。

般都是由总督、巡抚等朝廷高官聘请，待遇较为优渥。“除确定的薪酬外，很多教师还从书院获得以聘仪、程仪、薪膳、节仪等名义发放的钱款，以及学生送上的一些‘孝敬费’，即‘贽礼’”[①]。钟山书院是省城书院，且又地处江南富庶之地，作为书院山长的姚鼐，其收入应该比较丰厚。他曾向其同乡马雨耕谈及自己的束脩情况，每月是 50 两银子[②]。这个待遇并不低，因为在清代中期，一个七品县令的年俸加上养廉银不过 645 两，外加 22.5 石白米，而一个书院山长的束脩除外加薪米外，平均是在 350 两左右[③]。姚鼐的年薪远超一般书院山长的平均收入，接近一个七品县令的收入。此外，姚鼐还有一些额外收入，如嘉庆十六年(1811)，他纂修《江宁府志》就有 500 两收入[④]；弟子陈用光、鲍桂星也时常赠银给他。[⑤] 因此，从经济收入方面来看，姚鼐收入尚可，养家糊口不成问题。但姚鼐为何未能实现“买宅为金陵人”的想法，且又欲归而不得呢？

主要原因在于姚鼐因“家累未能自脱”[⑥]。关于这点，他在书信中多有表露，如他对姚莹说：“八十老翁辛苦执笔，以养一家之人，常苦不给，岂不可伤邪？”[⑦]对马春田说：“去腊家事承照，八十老翁当安坐受子孙奉养之时，而反

---

① 张仲礼著，费成康、王寅通译：《中国绅士的收入》，上海：上海社会科学出版社，2001 年，第 87 页。

② 姚鼐：《惜抱轩遗书三种 · 姚惜抱尺牍补编》卷二《与马雨耕(三十五)》，清光绪五年(1879)桐城徐宗亮刊本。

③ 张仲礼著，费成康、王寅通译：《中国绅士的收入》，上海：上海社会科学出版社，2001 年，第 87 页。

④ 姚鼐著，陈用光编：《姚惜抱尺牍 · 与陈硕士(之八十)》：“鼐此间平安，顷已承办《江宁府志》，其奉五百耳。”上海：上海新文化书社，1935 年，第 66 页。

⑤ 按：姚鼐著，陈用光编：《姚惜抱尺牍 · 与鲍双五书(之十四)》云：“月初，得八月内手书，兼荷佳章及白金之馈。”上海：上海新文化书社，1935 年，第 36 页。

⑥ 姚鼐著，陈用光编：《姚惜抱尺牍 · 与石甫侄孙莹九首(之一)》，上海：上海新文化书社，1935 年，第 79 页。

⑦ 姚鼐著，陈用光编：《姚惜抱尺牍 · 与石甫侄孙莹九首(之一)》，上海：上海新文化书社，1935 年，第 79 页。

寻钱以供子孙之用,能无为一笑乎?"[1]对张聪思说:"吾拟今秋暂回家,明冬乃辞馆去,不得早休,良由老翁命苦耳。至于南京买屋计则辍止矣。"[2]姚鼐屡出抱怨、无奈之语,皆因"家累"而起。从其家族环境而言,他是一方面受子女之累,另一方面受族亲之累。

据《麻溪姚氏宗谱》,知姚鼐前后有两次婚姻。前配张宜人,系官任湖北黄州通判桐城张曾翰之女,生有一女。继配亦是张宜人,系官任四川屏山知县桐城张曾敏之女,生有二子:景衡(后改名持衡)、师古;又有二女。此外,姚鼐还有一侧室,生一子执雄。在这三个儿子中,只有长子姚景衡获得功名,先后在江苏仪征、江都、泰兴等县任职。不过,他并没给姚鼐带来太多的荣耀,反而增添较多的烦恼。这主要是因为他为官不利,陷入困境,有所亏缺。具体详情,从姚鼐及其弟子管同的相关叙述中,我们可以窥知一二。姚鼐对侄孙姚莹说:"衡儿一署仪征,已受交代之累,实补无期。彼就知县,甚违吾意,极可恨也。"[3]对张聪思说:"衡儿十月署江都,腊月卸事,此缺近为累缺,加以兵差,遂令身有未完矣,且挪扯度岁耳。"[4]对马春田说:"衡儿谢江都事,颇致亏累。"[5]管同为姚景衡的诗文集作序时亦说:"江南属县仪征、江都、泰兴,皆世所云好缺也。君连得之,竟不余一钱。既而,因事失官。寓江宁,穷益甚。"[6]从前面这些材料来看,姚景衡在仪征、江都等任上,有过差错,陷入过困境。姚景衡的潦倒失意影响了姚鼐的晚年生活,我们不难理解他说"家中

---

① 姚鼐:《惜抱轩遗书三种·姚惜抱尺牍补编》卷二《与马雨耕(三十)》,清光绪五年(1879)桐城徐宗亮刊本。

② 姚鼐:《惜抱轩遗书三种·姚惜抱尺牍补编》卷二《与张兼士(二)》,清光绪五年(1879)桐城徐宗亮刊本。

③ 姚鼐著,陈用光编:《姚惜抱尺牍·与石甫侄孙莹九首(之二)》,上海:上海新文化书社,1935年,第80页。

④ 姚鼐:《惜抱轩遗书三种·姚惜抱尺牍补编》卷二《与张兼士(一)》,清光绪五年(1879)桐城徐宗亮刊本。

⑤ 姚鼐:《惜抱轩遗书三种·姚惜抱尺牍补编》卷二《与马雨耕(三十一)》,清光绪五年(1879)桐城徐宗亮刊本。

⑥ 管同:《因寄轩文集二集》卷五,《续修四库全书》影印清道光十三年(1833)管氏刻本,第486页。

事为衡儿败坏，我若便一归不出，恐媳妇供我亦将不能"[1]，"但恨诸儿不能樘门户也"[2]这些话的苦衷了。

姚氏家族在桐城是著名望族，人丁兴盛。姚鼐作为家族中的杰出人物，族亲子侄求助之事难免不少，他都尽力予以帮助，接济族亲。陈用光在《姚先生行状》中就说："先生既岁主钟山书院，所得束脩及门生羔雁、故旧赠遗，以资宗族知交之贫者，随手辄尽，毫发不为私蓄计。"[3]这是实情。如姚鼐在写给四妹的书信中就说："我有存晴牧处三百金，今拨与三房子妇分之，七九两房更分。冠海店内百金各取五十，雉儿此间有蕙借五十金，拨与之。"[4]又如他在写给四妹的另外一封信中又提到接济子侄的情况："恩儿岂能在人家做幕之人，来此闲居，何益于彼丝毫，而彼在此，常常不在书院过夜，徒令吾争闷气耳。吾知伊有欠戒满银事，吾岂不愿彼能在外寻钱清了此事，吾可不问邪？但此乃日从西出之事也，彼所用银，吾只好为之清还。已作字讬雨耕叔侄为之办理，吾妹见雨耕，亦可说及，想此外亦别无巧法。自家子侄下作，岂可为转怪他人之理，此皆吾与吾妹平日太好争气之过，故天令见此等事耳。谱儿喜事叫九娘不要打会，我科一百金，尽此办事可也。"[5]通过这些事情，我们可以感受到姚鼐在晚年确实难以积聚钱财在江宁购置房产定居，他欲归难归，以至最终客逝江宁。

由此，我们有理由认为：姚鼐晚年之所以要长期掌教钟山书院，是与其经济状况、家族环境等因素有重大关联。

---

① 姚鼐著，陈用光编：《姚惜抱尺牍·寄畹容阁四姑太太四首(之二)》，上海：上海新文化书社，1935 年，第 85 页。

② 姚鼐著，陈用光编：《姚惜抱尺牍·与石甫侄孙莹九首(之二)》，上海：上海新文化书社，1935 年，第 80 页。

③ 陈用光：《太乙舟文集》卷三，《续修四库全书》影印清道光二十三年(1843)孝友堂刻本，第 292 页。

④ 姚鼐：《惜抱轩遗书三种·姚惜抱尺牍补编》卷二《与四妹二首》，清光绪五年(1879)桐城徐宗亮刊本。

⑤ 姚鼐著，陈用光编：《姚惜抱尺牍·寄畹容阁四姑太太四首(之一)》，上海：上海新文化书社，1935 年，第 85 页。

三、姚门弟子群的形成

当然,除了前面所论的经济原因外,姚鼐掌教钟山书院亦不排除出于在江宁宣扬宋学、振兴古文等因素的考虑。这与清代南京的城市地位以及钟山书院的学术地位有较大关系。

南京,是"江南佳丽地,金陵帝王州"。清代以前,吴、东晋、宋、齐、梁、陈、南唐、明初、南明等政权都先后定都于此。清代,南京改名为江宁府,其地位虽逊于前明,但依然是东南地区枢纽要害之地。当时,总督、府、县三级行政单位都同处一城,即不仅是两江总督和江宁府的治所,也是江宁、上元两县县治的所在地。值得一提的是,康熙皇帝六次南巡,每次都到南京。乾隆皇帝南巡,也是先后六次来南京。南京在江南地区的重要地位由此可见一斑。毫无疑问,像南京这样的大都会,必然拥有着丰富的政治、经济、文化、教育等方面的资源。就拥有的文化资源而言,首先这里是知识分子荟萃之地。南京这座城市比较开放和包容,"寄户多于土著"[①],有许多文化名流、才人骚客猬集于此。如乾隆时期著名的杭州籍文人袁枚在致仕后就定居南京,他就说南京这座城市"街衢宏阔,民气淳静,至今士大夫外来者,犹喜家焉"[②]。此外,南方地区规模最大的科举考试考场江南贡院亦设在南京,每到秋闱之时,安徽、江苏两省的秀才们云集南京,以求科场高中,题名金榜。这种通过考试聚集如此众多人才的机会是江南地区其他城市所不能比肩的。可以说,许多学人聚集南京,这为姚鼐弘道传法提供了大量的人力资源,这样的文化资源、人力资源是敬敷书院所在地安庆所不具备的。其次,南京是乾嘉时期的学术重镇,与京师、扬州鼎足而立,而钟山书院又是江宁地区的学术中心。在姚鼐未做书院山长之前,著名的汉学家钱大昕、卢文弨就先后掌教过钟山,他们的汉学取向影响到了书院教学。柳诒征就说:"大昕最淹博,居钟山,凡四年,其教

---

① 袁枚纂修:乾隆《江宁县新志》卷八《民赋志》,清乾隆十三年(1748)刻本。

② 袁枚著,王英志校点:《随园诗话补遗》卷一,南京:江苏古籍出版社,2000年,第428页。

士以通经读史为先。”[1]我们知道，姚鼐的学术理念虽是汉宋兼采，但重在宋学。他的为学取向与全国性的占主导地位的汉学思潮并不合拍。不过，他并不气馁，始终不渝地坚守宋学领地，坚持不懈地宣扬自己的古文思想。姚鼐要是能来掌教钟山书院，站在这样的学术高地，这无疑对传播其学术理念、古文主张都有较大帮助。对于这一点，他在赴教江宁前恐怕也有所考虑。

姚鼐自乾隆五十四年(1789)来钟山书院主讲，前后长达二十余年，在这期间，“四方先贤俊，自达官以至学人士过先生所，在必求见焉”[2]，而且皈依姚门的弟子为数不少。这些门徒，大致可分为三类[3]：第一类是钦仰而来归者，如陈用光、吴德旋、姚椿、鲍桂星等人；第二类是因属乡邑子弟而携入门墙者，如胡虔、张聪咸、马宗琏、姚元之、姚柬之、姚莹、方东树、刘开等人；第三类是肄业钟山书院者，如梅曾亮、管同、邓廷桢、伍长华、刘钦、温葆琛、郭麐、管嗣复、齐彦槐等。这些姚门弟子在《桐城文学渊源考》中多有收录。不过，由于受业于姚鼐的学人众多，《桐城文学渊源考》仍有漏收姚门弟子之失。这里结合姚鼐《惜抱轩诗文集》以及《金陵文钞小传》等文献，搜集、考证并增补一些姚鼐主讲钟山时拜入姚门的生徒[4]。见下表：

① 柳诒征：《江苏书院志初稿》，见《江苏省立国学图书馆第四年刊》，南京龙蟠里国学图书馆1931年编印，第45～46页。

② 姚莹：《东溟文集》卷六《朝议大夫刑部郎中加四品衔从祖惜抱先生行状》，见《续修四库全书》第1512册，第428页。

③ 此三类划分，参见王达敏《姚鼐与乾嘉学派》，北京：学苑出版社，2007年，第198～199页。

④ 按：徐雁平根据《金陵文征小传》检得乾嘉两朝文士肄业钟山书院或得姚鼐指点者以及一些师从其他山长者，共计14人，他们是胡莘隆、张廷珏、余秋农、吴翼元、谈承基、汪兆虹、孙瀛、顾乔、徐葆孙、陈长发、李德言、张德凤、管同、张恩洋。参见徐雁平：《清代东南书院与学术及文学》，合肥：安徽教育出版社，2007年，第63～65页。本处姚鼐弟子名单，在其基础上重新检索《金陵文征小传》，并结合《姚鼐诗文集》等相关资料予以增补。张熙亭撰：《金陵文征小传》，见张作霖编：《冶麓山房丛书》，《明清未刊稿汇编初辑》本，台北：联经事业出版公司，1976年。

姓名	字号	籍贯	相关情况	出处
伍光瑜	字孚尹，号屏秋	上元	岁贡生。在江宁从游姚鼐四年。著《补园诗钞》。	文集卷八《伍母陈孺人六十寿序》《金陵文征小传》
吴维彦	不详	高淳	吴伯知次子。在江宁从游姚鼐数年。后吴维彦补官安徽，而姚鼐居敬敷书院，又相从近一年。	文集卷八《吴伯知八十寿序》
邢晋	不详	高淳	邢复诚之子。国学生，在江宁从游姚鼐。	文集卷十三《高淳邢君墓志铭》
汪兆虹	字玉飞，号澹生	上元	钟山书院弟子。为行忠信而立志甚高，不与今世士同流。文必求发古圣贤之旨，书法宗颜平原。著《存诚学舍文稿》《澹森日记》。	文集卷十三《汪玉飞墓志铭并序》《金陵文征小传》
胡镐	不详	江宁	江宁胡培之子，从姚鼐学。姚鼐尝见胡镐母《合箫楼稿》，叹谓今女子作诗者之冠。	文集卷十三《陈孺人权厝志》
李际春	不详	江宁	江宁李文采之子，从姚鼐学。	文集卷十四《记江宁李氏五节妇事》《金陵文征小传》(仅存名)
罗绅	不详	宿迁	附学生罗璞之子，从姚鼐游。	文后集卷九《张母鞠太恭人墓志铭并序》
吴山南	字石湖	婺源	少补婺源诸生，读书于钟山书院。乾隆之末，在江宁，时就论学于姚鼐。	文后集卷五《吴石湖家传》
吴培	不详	婺源	吴山南之子，亦是钟山书院生。	文后集卷五《吴石湖家传》
洪钧	不详	婺源	洪立登之子。立登后居于江宁，钧亦来从姚鼐学。	文后集卷六《婺源洪氏节母江孺人墓表》
谈承基	字念堂	江宁	岁贡生，姚鼐极赏之。	诗集后集《门人谈承基吴刚周承祖阮林邀游摄山宿般若台》《金陵文征小传》
阮林	字右壬	上元	增生。品学兼优，考试每居前列。	诗集后集《门人谈承基吴刚周承祖阮林邀游摄山宿般若台》《金陵文征小传》
吴刚	字子见	不详	不详	诗集后集《门人谈承基吴刚周承祖阮林邀游摄山宿般若台》
周承祖	不详	不详	不详	诗集后集《门人谈承基吴刚周承祖阮林邀游摄山宿般若台》
顾乔	字敬岳	江宁	仙沂先生次子，廪生，有文名，见赏于山长姚鼐。	《金陵文征小传》

续表

姓名	字号	籍贯	相关情况	出处
余敏	字秋农	上元	廪生。胡高望学使、姚鼐山长均赏之。为文清气浓淡，各尽其妙。著《群玉山房集》。	《金陵文征小传》《上元县志》卷十六文苑
吴翼元	字石仓	上元	廪生。为文下笔不苟，故能阃奥独开，人极光明磊落而气度温文。肄业钟山，为姚鼐所赏。	《金陵文征小传》
张廷珏	字牖奇，号西潭	上元	廪生。肄业钟山书院，为卢文弨、姚鼐两山长所赏。生平所作古近体诗及试帖最多，著有《宝余堂集》。	《金陵文征小传》
张德凤	字子韶，号梧冈	上元	张廷珏仲子。为文有逸气，博览群书，旁及诗古文辞，后受业并激赏于姚鼐。	《金陵文征小传》
管培	字培风，号厚庵	上元	岁贡生。好学有文名，见赏于姚鼐。	《金陵文征小传》
王岑	字渠封	上元	廪生。品优学粹，试辄冠军，受知于姚鼐。	《金陵文征小传》
金志伊	字莘农，号云山	上元	嘉庆癸酉科举人，粹于经学，尝受知于姚鼐。	《金陵文征小传》
陶定申	不详	上元	陶涣悦之子，咸丰元年举孝廉方正。为姚鼐《九经说》增益，补锓于江宁。	《惜抱轩九经说》

上表所列生徒名单应该说只是姚氏门人的一部分，并不是全部。从这些人籍贯来看，他们大都是江宁人，也有少数来自安徽等地的。这从一个侧面反映出姚鼐掌教钟山书院对江宁地区以及周边地区的影响力。

经过姚鼐多年的辛勤耕耘、精心培育，一些学识卓异的门人脱颖而出，最著名的当是四大"高第弟子"。曾国藩《欧阳生文集序》就云："姚（鼐）先生晚而主钟山书院讲席，门下著籍者，上元有管同异之、梅曾亮伯言，桐城有方东树植之、姚莹石甫。四人者，称为高第弟子，各以所得传授徒友，往往不绝。"[1]这四人中的梅曾亮、管同两人都是江宁人，出自钟山书院，"两人交最笃，同肄力古文，鼐称之不容口，名大起"[2]。姚鼐对管同多有期许，如称赞管

① 曾国藩：《曾文正公全集・文集》卷一。按：姚莹在《惜抱先生与管异之书跋》中将管同、方东树、刘开、梅曾亮称为"姚门四杰"。而曾国藩以姚莹取代刘开，称"高第弟子"。

② 赵尔巽等撰：《清史稿》列传七十三文苑三，北京：中华书局，1977 年，第 13426 页。

同之诗:“竟有古人妙处,称此为之,当为数十年中所见才俊之冠矣,老夫放一头地,岂待言哉?”[1]评管同之文:“若以才气论,此时殆未有出贤右者。勉力绩学,成就为国一人物也……诸文体格已成就,足发其才,所望学充力厚,则光焰十倍矣。智过于师,乃堪传法。须立志跨越老夫,乃为豪杰耳。”[2]然而,管同早卒,而方东树未入仕途,或居里客幕,或主讲书院,姚莹忙于政事,故四杰中真正能扩大姚氏学说的弟子当首推梅曾亮。梅曾亮深得姚鼐真传,居京师二十多年,广交文友,提携后进,一时雄俊魁硕之士,多乐从之游。晚年又主讲扬州书院,从者甚多,治古文者无不问其义法,惜抱遗绪,赖其不坠。

姚鼐长期执掌钟山书院,培育出大批弟子,这对于桐城派文人群体的形成以及扩大桐城派之声势皆有着重要贡献。在他逝世后,姚门弟子继续弘扬惜抱家法,分别以梅曾亮、陈用光、邓廷桢、姚莹等人形成了重要的传播中心[3],“自淮以南,上溯长江,西至洞庭、沅、澧之交,东尽会稽,南逾服岭头,言古文者,必宗桐城”[4]。这些姚门弟子共同宣扬、扩散了桐城派的学术思想与诗文思想,从而彻底改变了汉学一统的学术格局,实现了姚鼐以宋学、古文抗衡汉学的愿望,与此同时也影响了嘉道以后的文学发展格局。

---

① 姚鼐著,陈用光编:《姚惜抱尺牍·与管异之同(之一)》,上海:上海新文化书社,1935年,第38页。

② 姚鼐著,陈用光编:《姚惜抱尺牍·与管异之同(之二)》,上海:上海新文化书社,1935年,第39页。

③ 王达敏:《姚鼐与乾嘉学派》,北京:学苑出版社,2007年,第217页。

④ 薛福成:《庸庵文外编》卷三《寄龛文存序》,清光绪十九年(1893)刊本。

第五章　书籍藏刻传统与桐城派的文化传承

学术文化的传承，其方式与途径比较多元，血缘、姻娅、教育、交游、著述等因素皆可为之。桐城派的学术文化传承路径，殆亦如此。前面章节对姚氏家族的联姻、书院教育等情况有所阐述，已在一定程度上揭示出了桐城派的传承问题。本章主要从姚氏家族的藏书、编刻传统着手，在此基础之上分别探讨这些文化活动对桐城地域文化、桐城派学术文化传承所产生的积极作用与相关影响。

第一节　姚氏藏书传统与桐城派文化的累积及传承

清末江西丰城人毛庆蕃曾赞称桐城为文献名邦，“号天下第一”[1]。其言虽有过誉之嫌，但清代的桐城作为文献名邦却是不争之事实。有清一代，桐城一县以其人才之众、著述之丰、藏书之富，在皖省之内，可与之比肩的县邑寥寥无几。桐城之所以能成为文献名邦，与当地世家望族的贡献密不可分。桐城方氏、张氏、左氏、马氏、姚氏等望族皆好藏书，他们利用各种资源积聚、批点和整理书籍，一方面为家族自身的文化建设营造了浓郁的书香氛围，另

---

① 马其昶著，毛伯舟点注：《桐城耆旧传·题辞》，合肥：黄山书社，1990年，第1页。

一方面也为桐城文献之邦的建设、文化学术的繁盛奠定了坚实的基础。就清代姚氏而言，聚集图书也是其家族文化建设的一项重要传统，并为其文化发展提供了重要的文献保障。

一、姚氏的藏书传统

清代姚氏藏书，最著名的当推姚范。他生平博览群书，“自经史以逮百家，天文、地理、小学、训诂，无不淹通明贯”①，“博物洽闻，如汉之刘向、扬雄、班彪、(班)固”②。其渊博精湛学问的形成是与其丰富的藏书分不开的。他“蓄书十万余卷”③，其量可与江南著名藏书家的藏书相埒，如杭州鲍廷博“积数十年，家累万卷”④，余姚卢文弨“藏书万余卷，皆手校精善”⑤，鄞县卢址“搜罗三十年，得书数万卷，为楼以贮之，名之曰‘抱经’”⑥。

目前尚没有资料表明姚范生前对其藏书进行过编目，其藏书具体情形仅能从其他资料略知一二。他的《援鹑堂笔记》是一个较佳的考察窗口。这部书是其曾孙姚莹根据族祖父姚鼐所保存的姚范部分藏书负责编纂而成。其博涉经史子集，经部有《周易》《尚书》《毛诗》《周礼》《仪礼》《春秋左传》《春秋公羊谷梁传》《论语》《孝经》《尔雅》《释名》《易林》《大戴礼》《春秋繁露》等书；

---

① 廖大闻修，金鼎寿纂：道光《桐城续修县志》卷十五《人物志·儒林》，《中国地方志集成》本，第536页。

② 吴德旋：《初月楼文钞》卷八《姚姜坞先生墓表》，清光绪十年(1884)刻本。

③ 廖大闻修，金鼎寿纂：道光《桐城续修县志》卷十五《人物志·儒林》，《中国地方志集成》本，第536页。按：《清儒学案》亦云：“蓄书十万余卷”(徐世昌等编，沈芝盈、梁运华点校：《清儒学案》卷五十一《望溪学案》，北京：中华书局，2008年，第2055页)；金天翮《姚范传》亦云“蓄书十万余卷，手自勘校”(钱仲联编：《广清碑传集》卷八，苏州：苏州大学出版社，1999年，第511页)。

④ 赵怀玉：《亦有生斋文集》卷二《知不足斋丛书序》，见《续修四库全书》集部第1470册，第27页。

⑤ 钱大昕撰，吕友仁标校：《潜研堂集》卷二十一《抱经楼记》，上海：上海古籍出版社，1989年，第350页。

⑥ 钱大昕撰，吕友仁标校：《潜研堂集》卷二十一《抱经楼记》，上海：上海古籍出版社，1989年，第349页。

史部有《史记》《汉书》《后汉书》《三国志》《晋书至唐书》《五代史至明史》《别史传记》等书；子部有《老子》《庄子》《荀子》《吕氏春秋》《淮南子》《盐铁论》《论衡》《潜夫论》《参同契》《中说》《世说》等书；集部有《文选》《楚辞》《文心雕龙》《王阮亭古诗选》《韩昌黎集》《王荆公诗集》等书。此外，集部杂家部分还评论了王安石、柳宗元、李翱、皇甫湜、孙可之、曾巩、方苞诸集。由此可窥知姚范藏书之冰山一角。到姚范五世孙姚永概之时，姚家书箧之中仍保存着姚范的一些手校之书，分别有《四书》残本、《史记》《前汉书》《后汉书》《三国志》残本、《南史》、高注《战国策》《老子》《关尹子》、郭注《庄子》《荀子》《楚辞》《吕氏春秋》《韩非子》《文心雕龙》《通书》《正蒙》《韩昌黎集》《杜工部集》《韦苏州集》《苏子美集》《刘须溪记钞》《五七言古诗钞》残本、《钞选宋元明人诗》《淮南子》等[①]。

姚范之后，姚氏家族的藏书传统依然延续，姚鼐、姚觐间、姚莹、姚元之、姚柬之、姚濬昌父子等皆有藏书之雅好。

姚范之侄姚鼐，家藏书籍、金石字画颇多。他晚年在金陵时，为购置房产，“数日内尽取所藏法书名画卖之”[②]。这在一定程度上说明了姚鼐收藏之富。

姚觐间也是一个著名的藏书家。他“生平爱书籍，家多善本，披阅未尝释手”[③]。他有诗说：“读书贵综要，休为门户束。世业承缥缃，插架富签轴。展卷开蓬心，道腴味斯足……”[④]道出了他藏书之丰富以及读书之宗旨趣向。他还编有《桐城诗萃》三十二卷，皇皇巨著，从侧面反映出他搜集乡邦文献甚多，否则这部地方性诗歌总集难以编成。

姚莹亦似曾祖姚范，多方积聚书籍。他在里中授徒时，“时以修脯买书，

---

① 姚永概著，沈寂等标点：《慎宜轩日记》(上)，合肥：黄山书社，2010年，第346页。

② 姚鼐著，陈用光编：《姚惜抱尺牍 · 与陈硕士(之四十三)》，上海：上海新文化书社，1935年，第57页。

③ 廖大闻修，金鼎寿纂：道光《桐城续修县志》卷十六《人物志 · 文苑》，《中国地方志集成》本，第576页。

④ 姚觐间：《写山楼诗存》卷上《春日礼庄读书》(六首之三)，清道光四年(1824)刻本。

或典质称贷”[①];既长,“游历京师,至吴中,而粤,而浙,而闽,最后扬州”,每至一地,皆有所获。历经三十余年的辛勤搜购,其藏书甚富,“海内士大夫常见之书十得七八,世所少见之本亦间得一二”[②]。道光十六年(1836),姚莹延其好友左石侨主讲台湾海东书院,左氏主动提出为其藏书分类编次。到道光二十三年(1843)时,书目编出,卷帙相当宏富,凡四部书,共计六万六千一百八十四卷[③]。姚莹的这批藏书,数量相当可观,成为丰厚的文化遗产,被其子孙所继承。

姚元之、姚柬之也是藏书、爱书之人。姚元之好蓄古书,在京师之时,为购书曾借表弟衣裘抵五万钱,“得《管子》《庄子》《初印》《韵府》及《类函》《事文类聚》《六臣注文选》、元刻《楚辞》《北堂书钞》《四库总目》等书”[④]。清代藏书家有嗜好宋雕元椠之风,姚元之购得元刻《楚辞》,无疑是此次购书的最大收获。元之藏书之地是小红鹅馆,其藏印为“桐城姚氏小红鹅馆收藏”朱方长印[⑤]。逮至姚元之后裔姚达之(1876—1950),藏书依旧甚富,新中国成立初,曾将家藏万卷古籍图书上交国家[⑥]。姚柬之藏书亦颇富,不乏珍本。中有北宋刊本《东观汉记》,最为宝贵[⑦]。

姚濬昌继承了其父姚莹藏书,家中书笥比较多。光绪十一年(1885)七月,其子姚永概曾与姚子椿用了十余天时间,整理家中藏书,编出书目,共二万余卷[⑧]。这个数量只抵姚莹藏书的三分之一,遗失较多。其中,姚范所藏

① 姚莹:《东溟文后集》卷九《左石侨编次书目记》,见《续修四库全书》第1512册,第573页。
② 姚莹:《东溟文后集》卷九《左石侨编次书目记》,见《续修四库全书》第1512册,第573页。
③ 姚莹:《东溟文后集》卷九《左石侨编次书目记》,见《续修四库全书》第1512册,第573页。
④ 姚元之著,李解民点校:《竹叶亭杂记》卷六,北京:中华书局,1982年,第137页。
⑤ 刘尚恒、郑玲:《安徽藏书家传略》,合肥:黄山书社,2013年,第85页。
⑥ 汪福来编:《桐城文化志》,合肥:安徽人民出版社,1992年,第347页。
⑦ 刘尚恒、郑玲:《安徽藏书家传略》,合肥:黄山书社,2013年,第85页。
⑧ 姚永概著,沈寂等标点:《慎宜轩日记》(上),合肥:黄山书社,2010年,第264页。

之书亦多有流失[①]。究其因，这与咸丰兵燹、保护不善等因素有关。当然，作为劫后余存，姚家藏书能有如此数量实属不易。姚永概《慎宜轩日记》中记有一张藏书单：

《唐荆川集》一函、《钦定四书文》一函、《大云山房》十本、《读书录》一函、《苏批孟子》一本、《蓉城三贤集》、《琴粹三书》三本、《方息翁诗》二册、原本《汉魏百三家》十函、明蒋刻《韩柳集》廿四本、《精华录训纂》二函、原板《词律》一函、原板十种《唐诗选》一函、《词选》二本、《三唐人集》四本、《四书经注集证》二函、《古文词略》六本、赵注《孙子》四本、吴评《管》《墨》《荀》《韩》八本、曾选《文诗评》二本、《王晋卿诗文》三本、《欧洲战纪本末》八本、《古文读本》二本、《晖福寺碑》一本、《贺若谊》一本、《赵芬残石》二张、《定州随碑》、《巢经巢诗》四本、《礼记节本》三本、《子史精华》一夹、《吴评史记》十二本、《词类纂评校》二本。[②]

这份书单以诗文集为主，略涉经史子部书，不仅反映出姚永概的读书趣味，也在一定程度上体现了姚氏作为文化家族的文学品位。

总而言之，姚氏家族确实有着优良的藏书传统，堪称藏书世家。父承祖业，子承父业，代代相传，代代累积。姚家的万卷缥缃，为家族营造了浓郁的书香环境，提供了优质的学习资源，这种文化氛围有利于家族学术文化传统的形成与发展。

二、姚氏藏书与家学传承

“积书而读，丹铅治学”是私家藏书的优良传统。进一步说，藏书与治学关系密切，陈登原就说：“即吾人欲明清学之盛者，虽知其由多端，要不能与藏

---

① 据姚永概《慎宜轩日记》(上)记载：“大人(姚濬昌)谈当年将姜坞公(姚范)手阅之书分藏中复、牧祺两堂。癸丑(1853)之变，牧祺之书尽失，中有细点《通鉴》一部，尤为可惜。中复之书虽尽数移至山中，又为人窃去其半，今所存者盖仅十一耳。”(第443页)

② 姚永概著，沈寂等标点：《慎宜轩日记》(下)，合肥：黄山书社，2010年，第1342页。

书之盛漠无相关。”[1]的确，清代学问精深之人，大多也是私家藏书丰富者，如清代徐乾学、朱彝尊、杭世骏、程晋芳、钱大昕、卢文弨、黄丕烈等皆是集藏书家与学问家于一身。姚家的丰富藏书，使得家族成员有条件涉足经学、史学、子学、文学等领域，并能从事校勘、辨伪、辑佚、编纂、刊刻等方面的学术活动。这不仅有助于孕育和培养学问渊博的通儒达士，还有利于家学特色的形成与传承。

姚范可谓姚家集藏书家与学问家于一身的典型代表。他对自己的读书情况作诗道：“古巷悄无人，层云霭虚昼。空庭老树清，积雪明窗牖。我本孤栖士，亲交少燕酢。道心存寂寥，宁能避呵诟。萧散坐虚斋，卷帙纷左右。俯读生止观，琅琅金石奏。破壁惨寒颜，况乃凄风逗。兴酣不复知，丹铅觉肌皱。上览黄虞初，下至三季后。欣赏谁与言，日暮鸣鼯鼬。”[2]此诗表达出了他独坐斋中读书的“兴酣”。可见，他藏书不是为了装点门面，而是读书为己，以读为乐。姚范藏书不仅限于读，还经常校雠，“考论经史子集盖尝万余卷矣”[3]（姚莹《闽刻原后序》），难能可贵的是他从不扬才露己、炫学矜能。校读书籍也只为自求通贯，不图著述。李兆洛就称“姜坞先生渊诣极理，而坎然不肯著书以自襮”[4]。当时“或有窃其书为名者，亦不之问，学者尊之”[5]。

《援鹑堂笔记》最能体现藏书与姚范治学的关系。姚范生前校阅群籍，“凡坠简讹音、乖义谬释，一一是正，或录记上下方，或签片纸简中，反复书之，旁行斜上，朱墨狼藉”[6]。这些校阅心得，是姚范学术思想的结晶，它们集中反映在这部笔记里。此书“凡经史百家，爬梳剔抉，条贯出之，杂录遗闻，皆资

---

① 陈登原：《古今典籍聚散考》卷三，上海：上海商务印书馆，1936年，第319页。

② 姚范：《援鹑堂诗集》卷一《斋中读书》，清嘉庆十七年（1812）刻本。

③ 姚范：《援鹑堂笔记》，见《续修四库全书》子部第1149册，第190页。

④ 李兆洛：《养一斋文集》卷十五《桐城姚氏姜坞惜抱两先生传》，见《续修四库全书》集部第1495册，第239页。

⑤ 廖大闻修，金鼎寿纂：道光《桐城续修县志》卷十五《人物志·儒林》，《中国地方志集成》本，第536页。

⑥ 方东树：《援鹑堂笔记目录识语》，见姚范：《援鹑堂笔记》，《续修四库全书》子部第1148册，第404页。

考镜”[①]，充分反映了姚范藏书之富、阅书之广、校书之精、学问之深。姚莹评其“生平论学大旨，以骏博为门户，以沉潜为堂奥，而议论笃实，粹然一轨于先儒。病近代诸公或竞谈考据以攻诋宋儒为能也，谓此人心之敝充其说将使天下不复知有身心伦纪之事”[②]（《闽刻原后序》）。在尊汉贬宋的学术风气下，他“尝戒学者以考据诋宋儒”[③]，毋随波逐流，不专主一家，无汉宋之分。这份兼容会通、独立思考的学术精神令人敬佩。有人就认为清朝开国以来学术方面，“通如亭林（顾炎武），精如义门（何焯），范殆兼之”[④]。要之，姚范博大包容的治学胸襟与综括精博的学术气象，为姚氏后人治学树立了光辉典范，是一份难得珍贵的学术遗产，这对其家族后人泽惠甚多。

姚鼐在继承姚范部分藏书的同时，也继承了他的治学理念。在经史子集各部，姚范的学术话语都对姚鼐有重要影响，或直接引用，或吸收再创见。如经部，《九经说》中《仪礼》首条及《论语》“奥灶”说、“四饭”说皆直接取自姚范的读书笔记，其《易说》《书说》《诗说》《春秋说》《孟子说》等对姚范之说也多有取资。史部，姚鼐谈及“秦分天下三十六郡”时，他说：“世欲考秦置分土之实，不可得而详矣。”[⑤]这个论断与姚范《援鹑堂笔记》对“三十六郡”的辨析颇有相同之处[⑥]。此外，姚鼐考证汉庐江郡的沿革时，也得益于姚范之说。子部，

---

① 姚范：《援鹑堂笔记》卷首《序》，见《续修四库全书》子部第1148册，第403页。

② 姚范：《援鹑堂笔记》，见《续修四库全书》子部第1149册，第190页。

③ 姚范：《援鹑堂笔记》卷首《序》，见《续修四库全书》子部第1148册，第403页。

④ 廖大闻修，金鼎寿纂：道光《桐城续修县志》卷十五《人物志・儒林》，《中国地方志集成》本，第536页。

⑤ 姚鼐著，刘季高标校：《惜抱轩诗文集・文集》卷二《汉庐江九江二郡沿革考》，上海：上海古籍出版社，1992年，第13页。

⑥ 姚范：《援鹑堂笔记》卷十五云：“分天下三十六郡，按谓河南南上中地、三川、河东、南阳、南郡、九江、鄣郡、会稽、颍川、砀郡、泗水、薛郡、东郡、琅琊、齐郡、上谷、渔阳、右北平、辽东、辽西、代郡、钜鹿、邯郸、上党、太原、云中、九原、雁门、上郡、陇西、北地、汉中、巴蜀、益都、黔中、长沙，凡三十五，与内史为三十六郡。此汲古阁本末载《索隐正义》，不知谁说。别刻《索隐正义》本亦无之。班《志》无鄣郡、黔中郡，亦不言内史在三十六郡之内，有南海桂林象郡为三十六郡。”范只罗列异说，未敢断下结论，可见其治学之审慎态度。见《续修四库全书》子部第1148册，第548页。

姚范认为《老子》“八十一章之分，不知起于何人，至妄立章名，与《孝经》《参同契》本同……刘知几辨老子无河上公章句，其谓汉孝文帝亲诣河上公而问道，事无可据，立说最辨而正”[①]。姚鼐亦说《老子》“其分章尤不当理，而唐、宋以来莫敢易，独刘知几识其非耳”[②]，可谓异曲同工。集部，姚鼐的诗文主张、评点也多得益于伯父，《古文辞类纂》亦多录姚范的评语，兹不赘述。

到姚范五世孙姚永朴、姚永概兄弟之时，姚家宏通博采的学风依旧。如姚永朴自幼好学，自少至老，手一编未尝或辍，于注疏及宋元明清诸儒经说，无不淹贯。丹黄并下，博稽而约取，旁及诸子史及小学音韵。王遽常说姚永朴治学“虽以宋儒为宗，而于汉唐博稽兼采，无门户之见，是谓通儒”[③]。这种学术取向，与自姚范以降的家学传统是有关系的。这一点，我们还可从姚永概校读、过录姚范之书窥知。兹据《慎宜轩日记》略检如下：光绪七年七月，他阅校《援鹑堂笔记》四十页[④]；八年十月，阅校《援鹑堂笔记》三十四页[⑤]；十年六月，“读《史记》三卷，取姜坞公点注句本过之”[⑥]；十三年一月，录姚范五古，圈点；十四年十一月，看姜坞公手抄诗[⑦]；十二月，抄《南史》眉语，此为姚范所记，未载于笔记[⑧]；等等。姚永概阅校、摘抄书籍的过程也是学习、体悟、濡化家学传统的过程，他的学问就是在这样的长期阅读中逐渐丰富起来的。

简言之，姚范为姚家的丰富藏书奠定了坚实的基础。他留下的大量书籍及其批校本为家族后人所继承，他的治学精神也随其书籍代代相传。这个传承过程不仅仅是文献生命持续的过程，也是姚氏家学传统形成与传递的过

---

① 姚范：《援鹑堂笔记》卷五十，见《续修四库全书》子部第1149册，第169页。

② 姚鼐著，刘季高标校：《惜抱轩诗文集·文集》卷三《老子章义序》，上海：上海古籍出版社，1992年，第30页。

③ 钱仲联编：《广清碑传集》卷十八《桐城姚仲实教授传》，苏州：苏州大学出版社，1999年，第1248页。

④ 姚永概著，沈寂等标点：《慎宜轩日记》(上)，合肥：黄山书社，2010年，第15～17页。

⑤ 姚永概著，沈寂等标点：《慎宜轩日记》(上)，合肥：黄山书社，2010年，第92～94页。

⑥ 姚永概著，沈寂等标点：《慎宜轩日记》(上)，合肥：黄山书社，2010年，第179页。

⑦ 姚永概著，沈寂等标点：《慎宜轩日记》(上)，合肥：黄山书社，2010年，第371页。

⑧ 姚永概著，沈寂等标点：《慎宜轩日记》(上)，合肥：黄山书社，2010年，第377页。

程，充分体现出了姚氏源源不断的文化生命力。

三、姚氏藏书与桐城派文化的积承

藏书对一个家族的文献积累、家学构建有着重要影响，也会对具有家族化特征的流派在文化累积与传承方面有积极作用。就桐城派家族而言，藏书丰富是其重要的文化特征之一，除姚氏外，还有桐城方氏、锡山秦氏、高密单氏、遵义黎氏、武强贺氏、新城陈氏等，都是户盈卷帙的书香家族。桐城派文化之所以能够绵延久长，其原因多少与这些家族代代相传的书籍有所关联。

实际上，从桐城派这个视角看，姚氏代代相传的藏书，除了有助于姚氏家学的形成与传承外，也有助于桐城派文学、学术的累积与传承。这一点，可从姚氏对家藏"先世手校书"的继承有所得知。

姚永概曾在光绪十四年(1888)整理过先世手校书，存有姜坞公(姚范)手阅本、姜坞公手阅评点本、惜抱公(姚鼐)手阅本、幸斋公(姚莹)手阅本、清寐轩(姚濬昌)手抄本、清寐轩手阅本、方东树手批本等书[①]。这些批点本一般秘不示人，较少进入公共流通领域，传播范围也仅限于家族师友、姻亲等范围之内。这些书籍颇有价值，因为它蕴含着大量附加的、累积的批评信息，"出自诸多前辈的朱笔、墨笔、黄笔、紫笔、蓝笔批点，将不同时空中的声音凝聚在眼前的文本之上，批点中所包含的认同、引申、疑问，构成关于所批点文本的多重对话"[②]。姚氏家族成员通过阅读这些批点本，积极参与这种"多重对话"，就逐渐吸收和继承了家族先祖的学术思想，家学借此代代相传，桐城家法也借此代代相继。

兹以姚永概阅读、过录姚鼐诗文及评点为例，据《慎宜轩日记》略检如下：光绪七年(1881)，读姚鼐诗，过姚鼐评点《渔洋精华录》，过姚鼐《五七言今体诗钞》圈点；八年(1882)，校《五七言今体诗钞》五言部分，过姚鼐评点《渔洋精

① 姚永概著，沈寂等标点：《慎宜轩日记》(上)，合肥：黄山书社，2010年，第346页。

② 徐雁平：《批点本的内部流通与桐城派的发展》，载《文学遗产》，2012年第1期，第105页。按：此文对本部分写作颇有助益，专此说明，以示不敢掠美。

华录》;九年(1883),看姚鼐文、尺牍,过姚鼐《五七言今体诗钞》圈点;十年(1884),过姚鼐评点黄庭坚诗;十一年(1885),看《惜抱轩尺牍补编》;十二年(1886),看姚鼐诗文;十三年(1887),看、诵姚鼐诗;十四年(1888),过姚鼐圈点《渔洋精华录》;十八年(1892),过姚鼐圈点《文选》、姚鼐圈评韩文,抄录姚鼐选绝句目;十九年(1893),过姚鼐评点《史记》《诗经》《逸周书》;二十一年(1895),过姚鼐评点《法言》《唐贤三昧集》;二十六年(1900),过姚鼐评点《震川集》;三十四年(1908),过姚鼐圈点刘大櫆《历代诗选》;等等。

姚鼐是一代文宗,其成就与影响足令后世族人引以为豪,顶礼膜拜。姚永概阅读、过录姚鼐诗文、评点的过程,实际上可视为他学习、揣摩、吸收家族先贤文学经验的过程。尤其是那些经过姚鼐批点的书籍,其中的圈点、批语都是具有私密性的"文学秘方",也是家族外人很难接触到的宝贵学习资源。拥有它们,在某种意义上也就是拥有了掌握"惜抱家法"的终南捷径。年轻的姚永概长期浸淫于这些批点书,有利于他比较容易、快速地体悟到"惜抱家法"的真谛,从而有助于提高自身的写作技能与文学水准。他能成为清末民初桐城派的代表人物,这与其家藏"秘笈"的指授脱不了关系。

除了自家珍藏秘籍外,姚家还通过姻亲、师友、乡情等关系抄录其他藏书家的珍贵书籍。当然,他也会出借自家藏书或托录藏书。如姚永概《慎宜轩日记》"甲申年(1884)二月初一日"记载:

> 闻萧敬甫丈来,住在存之先生处。先生邀予兄弟往,同为竟日之谈。未去而敬丈先来访,因同往方家,畅谈至日暮,且以诗文质之。敬丈言将以《汉书》一部寄予,托为照编修公点阅录之,其圈批且依归熙甫也,许以小板《子史精华》见赠。予又托其代购袖珍板《史记》。伦叔藏有惜翁圈点黄诗,予向伊借之,伊只以半部见假,俟录毕寄还,再假其半。①

这则材料有两条重要信息:一是萧穆(字敬甫)托姚永概过录姚范点阅

① 姚永概著,沈寂等标点:《慎宜轩日记》(上),合肥:黄山书社,2010年,第159~160页。

《汉书》，并有赠书以示酬谢；二是姚永概向方守彝（字伦叔）借录姚鼐圈点黄庭坚诗。尤其是第二条，颇值得玩味。虽然方、姚两家有姻亲关系、往来也较为频繁，但方氏借书还是比较谨慎，书分两次借出。这两条信息在一定程度上都说明了私家藏书的私密性，出借相当慎重，一般不示外人。尤需注意的是，萧氏、方氏、姚氏也都是晚清桐城派文人，借阅圈点本或托录批点本有助于桐城派文学思想的交流与传播。

实际上，在桐城各大文化家族之间，存在着一个"批点本书籍交流网络"。"这一网络的私密性质是家学传承私密性的一种表现，它也影响到以家学为基础的地域性文学、学术流派的性质"[①]。进一步说，在这个网络中流通的不仅仅是书籍、人情，更重要的是私密的、极具价值的文学秘法。这些秘法的交流、传播对桐城文章学、诗学、学术的累积、融会与传承皆有着重要的积极意义。

综上所述，作为桐邑久负盛名的文化望族，姚氏家族文运之所以长久，是与其家族内部丰富的藏书资源分不开的。从十五世姚范到二十世姚永概、姚永朴，他们都有着聚集书籍、批点书籍的文化传统。家族内部所藏批点本的代代相传，丰富了姚氏家族关于文学经验、学术理念的记忆，这不仅有助于家族学术文化传统的建构与承继，同时也有利于桐城派学术文化的累积及传承。

第二节　姚氏编刻传统与桐城派文化的留传

藏书与编刻关系密切，藏书家族往往会利用所藏积极从事编刻活动，"上以寿作者之精神，下以惠后来之沾溉"[②]。桐城姚氏家族亦然。一些姚氏成员的著述，或当世没有刊印，或刊印后因年代久远而散佚，基本上靠家族后人广泛搜罗、编辑刊印而留存下来。姚家对先祖著述的整理、刊刻，出力最多的当是姚莹、姚濬昌父子二人。这里以姚莹、姚濬昌父子两代人为考察对象，具

① 徐雁平:《批点本的内部流通与桐城派的发展》,载《文学遗产》,2012 年第 1 期,第 111 页。
② 黄廷鉴:《第六弦溪文钞》卷四《朝议大夫张君行状》,《后知不足斋丛书》本。

体考述他们的编辑刊刻活动，并在此基础上探讨他们的编刻活动对于家族文化、桐城派文化的保存与传承所体现出的重要意义。

一、姚莹的编刻活动

姚莹主要刊刻曾祖姚范、从祖姚鼐以及个人的著述。

姚范生前并未刊刻个人著述，我们现在所能见到的《援鹑堂诗集》《援鹑堂文集》《援鹑堂笔记》三种，都是由其曾孙姚莹掇拾绪余，搜集遗说，整理刊刻而成。《援鹑堂诗集》七卷，刊于嘉庆壬申年(1812)；《援鹑堂文集》六卷，镌于嘉庆甲戌年(1814)，皆由广东省城学院前聚英堂承刊刷印[①]。当时，姚莹正在广东从化县令王蓬壶署中授经。

《援鹑堂笔记》的整理与刊刻相对复杂一些，历经三代人之手。首先是搜罗整理问题。姚范生前所读书籍甚多，悉加朱墨，见有错谬羡脱，随手纠正，各记录于简端，殁后书籍大多散佚，范之五子姚斟元与诸兄弟收录残余，成若干册，终未卒业。其后，姚鼐藏之，有意撰集而复未果。姚莹中进士自京师归，姚鼐又将所藏举以授莹，冀望姚莹日后可以编辑完工[②]。姚鼐在写给姚莹的书信中又多有指导，说："钞辑《援鹑堂笔记》，此非一时所能成就。细心为之，欲精不欲速，不欲多也。"[③]在这种求精原则的指导下，姚莹经过多年搜集整理，终成卷帙。嘉庆二十四年(1819)，时任福建龙溪县令的姚莹在闽中首刊《援鹑堂笔记》，初刊本共二十八卷。道光十五年(1835)，任淮南监掣同知的姚莹再次重刻《援鹑堂笔记》。再刊具体缘由，姚莹在《重刻〈笔记〉后跋》中交代甚详：

> 先曾祖《笔记》，初刻于闽中。惟时案牍纷纭，地方多事，不能审

---

① 按：嘉庆刊本《援鹑堂诗集》卷七末、《援鹑堂文集》卷一第5页均有"粤东省城学院前聚英堂承刊刷印"牌记。

② 姚莹：《东溟文集》卷二《援鹑堂集后叙》，见《续修四库全书》第1512册，第382～383页。

③ 姚鼐著，陈用光编：《姚惜抱尺牍·与石甫侄孙莹九首(之六)》，上海：上海新文化书社，1935年，第81页。

> 校，讹谬颇多。常思重为整理，而人事乖牾，奔走宦辙，未暇也。兹来江南，与友人方植之言。植之博学多闻，贯穴精通，力任其事，遂以属之；并搜葺十余年所续得者若干条，以类附入，撮其精要，重编为五十卷。道光十五年重刻于淮南监掣官署。阅五月刻竣，爰记其始末如右。[①]

姚莹莅临江南是在道光十二年（1832），时任武进知县。次年，他邀请方东树来武进，委托编校《援鹑堂笔记》。由于“闽中之刻既非足本，又失于雠校，讹谬实多”[②]，方东树接手后，“随文究义，汇以部居，检校本书，足得依据，整齐首尾，标叠章句”[③]。到道光十五年（1835），终成五十卷本《援鹑堂笔记》。

姚鼐的著述，生前就有刊刻。《惜抱轩文集》，有嘉庆元年（1796）刘文奎刻本、嘉庆六年（1801）刻本、嘉庆十二年（1807）刻本等，《惜抱轩诗集》亦有嘉庆三年（1798）刻本。姚莹对姚鼐著述的编刻主要表现在刊印《惜抱轩书录》上。姚鼐曾任《四库全书》馆纂修官，在馆内他对进呈书籍撰写了一些提要，这些提要文稿姚鼐生前编文集时并未录入，“当以各书所编订，业见采于《总目》故”[④]。道光十二年（1832），姚莹权江苏武进知县事，二月莅任。四月，姚莹将《书录》稿本寄给李兆洛，乞请校正。同年七月，李兆洛对《惜抱轩书录》校勘工作完工，并作序。宝山毛岳生对此书亦有序，不过他作序的时间在道光十二年（1832）十一月六日[⑤]。由此来看，《惜抱轩书录》的刊刻时间当在这一年十一月。姚鼐撰写的提要分纂稿共计八十六篇，计“经录”十二篇，“史

---

① 姚莹：《重刻〈笔记〉后跋》，见姚范：《援鹑堂笔记》，《续修四库全书》子部第1149册，第191页。

② 姚莹：《重刻〈笔记〉后跋》，见姚范：《援鹑堂笔记》，《续修四库全书》子部第1149册，第191页。

③ 方东树：《援鹑堂笔记目录识语》，见姚范：《援鹑堂笔记》，《续修四库全书》子部第1148册，第404页。

④ 姚鼐：《惜抱轩遗书三种·惜抱轩书录》卷首李兆洛《〈惜抱轩书录〉序》，清光绪五年（1879）桐城徐宗亮刊本。

⑤ 姚鼐：《惜抱轩遗书三种·惜抱轩书录》卷首毛岳生《〈惜抱轩书录〉序》，清光绪五年（1879）桐城徐宗亮刊本。

录”十六篇，“子录”二十四篇，“集录”三十四篇。经编辑整理后，编为四卷，取名《惜抱轩书录》付梓。

姚莹个人的著述编刻较复杂，经历多次刊印。诗集方面，早在嘉庆十九年(1814)，他就刻印了《后湘诗集》九卷、《二集》五卷、《续集》一卷。其后又在道光十三年(1833)刻《后湘诗集》《二集》《续集》于江阴。文集方面，嘉庆二十三年(1818)刻《石甫文抄》三卷，道光元年(1821)刻《东溟文集》六卷于福建，十三年刻《东溟文集》六卷、《外集》四卷于江阴。笔记方面，道光元年(1821)刻《寸阴丛录》。道光二十九年(1849)，姚莹把诗文集、笔记等著述，刊《中复堂全集》共九十卷。

总之，姚莹不遗余力地编刻家族先贤之著述，表现出强烈的家族文化传承意识。这种传承意识与文化基因，也深深地影响了他的儿子姚濬昌。

二、姚濬昌的编刻活动

姚濬昌在编刻先世书籍上，殚精竭虑，出力较多。王树楠说他“性嗜书，好表彰遗著”，“尝刊先世《菊潭》《松岩》《援鹑》《中复》诸集，龙溪李威《岭云轩笔记》、建宁张际亮《思伯子诗集》”[①]。此言不虚，姚濬昌确实为家族文献乃至桐城派文献的保存作出了重要贡献。

姚濬昌所刊之书主要刻印于安福县署。他曾三任安福县令：第一次是从同治五年(1866)至六年(1867)[②]；第二次是从同治七年(1868)至十三年(1874)；第三次是从光绪十三年(1887)至十七年(1891)。他每次任职期间，皆尝刊印书籍。兹简述如下：

同治六年(1867)，他刊刻其父姚莹《中复堂全集》。姚莹生前曾自订诗文杂著凡十种九十卷，在道光二十九年(1849)刻于金陵。由于“濬昌不肖，不能

---

① 王树楠：《陶庐文集》卷五《五瑞斋诗钞序》，民国四年(1915)陶庐丛刻本。

② 据同治《安福县志》卷七《秩官志》，姚濬昌在同治五年(1866)任安福县令，次年江苏金坛附贡生冯炳荣接任。同治七年(1868)六月，直隶丰润监生署任，同年八月，姚濬昌复任。见姚濬昌修，周立瀛等纂：同治《安福县志》，清同治十一年(1872)刻本。

善守，毁于癸丑之兵”[①]，故予以重刻《全集》。包括《东溟文集》六卷、《东溟外集》四卷、《东溟文后集》十四卷、《东溟文外集》二卷、《后湘诗集》九卷、《后湘二集》五卷、《后湘续集》七卷、《东溟奏稿》四卷、《识小录》八卷、《东槎纪略》五卷、《寸阴丛录》四卷、《康輶纪行》十六卷、《姚氏先德传》六卷、《中复堂遗稿》五卷、《中复堂遗稿续编》二卷、《中复堂年谱》一卷，共九十八卷。其中，《遗稿》《年谱》为道光刻本所未有。据姚濬昌《中复堂遗稿后序》云“原存状牍二百余首，遭乱散佚”[②]，现存文七首，尺牍六十首。《年谱》为姚濬昌所撰，粗记生平事迹，比较简略。

同治十二年(1873)，他刻印姚景衡《思复堂诗文存》。姚景衡是姚鼐之子，姚濬昌之族祖父。他生平为诗数百篇，手编四卷，文亦二卷。其诗文集旧藏于桐城张汲之家，张君给予姚濬昌。姚氏取惬心者汰选若干诗文，存诗一卷，存文一卷，用聚珍板印之，以知梗概[③]。此外，还需提及者，姚濬昌可能在第二次任安福县令期间，刊刻了高祖姚范的著述[④]。

光绪十五年(1889)，他刊刻姚旭《菊潭集》。姚旭为姚濬昌五世祖，有《菊潭集》，因岁月弥久而湮没无闻。光绪七年(1881)，姚濬昌一家隐居桐城挂车山，得其抄本于民家，传录一帙，字多讹舛，不可辨识。十三年(1887)冬，姚濬昌再至安福，闲暇之余，予以编辑、整理，姚永楷、姚永朴、姚永概三子校之，旧

---

① 姚濬昌:《中复堂全集序》，见《五瑞斋遗文》，民国元年(1912)铅印本。

② 姚濬昌:《中复堂遗稿后序》，见《五瑞斋遗文》，民国元年(1912)铅印本。

③ 姚濬昌:《思复堂诗文存跋尾》，见《五瑞斋遗文》，民国元年(1912)铅印本。

④ 按:姚永概《先府君述》、王树楠《五瑞斋诗钞序》皆云刊“《援鹑》”。或是诗文集，或是笔记，亦或是诗文集与笔记，不敢妄断。至于刊刻时间，姚永概《慎宜轩日记》“庚寅年(1890)闰二月初六日”云:“遣人押送《援鹑》《中复》《妙香斋》各书板回桐城。”(合肥:黄山书社，2010年，第421页)知:《援鹑》至少是在光绪十六年前就已刊刻。又据刘声木《苌楚斋随笔五笔》卷六《阅微草堂笔记简本之多》云:“献县纪文达公昀，撰《阅微草堂笔记五种》廿四卷，距今仅百余年，翻刊者指不胜屈，即节本亦不知凡几，以予所见者，已有五家之多……二为桐城姚慕庭明府濬昌编《妙香斋丛钞》七卷，自署‘枯树居士编’，同治壬申(1872)季秋，安福县署自刊本。”(北京:中华书局，1998年，第996页)可知:《妙香斋》刊刻于同治十一年。加之《中复》刊刻于同治六年，故《援鹑》刊刻于同治年间可能性大。又由于姚濬昌第二次任安福知县时间较长，故《援鹑》极有可能在此期间重刻。

本无卷，今本分初仕至郑州时诗为一卷，南安时诗为一卷，云南时诗为一卷，共计三卷[①]。

光绪十六年(1890)，他刊刻姚文然著述。姚文然是姚濬昌十二世祖，有《姚端恪公文集》十八卷、《诗集》十二卷、《外集》十八卷、《行述志铭》一卷，由其子士塈、士堂、士坚、士基、士塾等人在清康熙二十二年(1683)刊刻。姚濬昌在安福期间，命姚永概、姚伯纲检校姚文然的《姚端恪公外集》，并刊刻了其中的《功过格拈案》《感应篇备注》《读四书记》《读易记》《家书》《日记》《病中小记》等书[②]。仅《白云语录》因已同文集刊于天津广仁堂而未续刊。

光绪十七年(1891)，他刊刻姚士基《松岩诗集》。姚士基是姚濬昌的十三世祖，有《松岩诗集》八卷，刻于康熙三十七年(1698)。此次重刊之前，姚永概对此诗集已有所检校[③]。

姚濬昌在任职安福期间还对先辈友朋、亲属等人的著述有所刊刻。如张际亮的《思伯子诗集》、马贡卿的《香谷遗草》等。张际亮是姚莹的挚友，姚莹说："亨甫诗已刻者《娄光堂稿》《松寥山人集》《南来录》，未刻诗文尚多，尝语余欲编为全集，卒后余收遗稿于行笥，将成其志焉。"[④]咸丰初年(1851)，姚莹奉诏赴军，留张际亮遗稿于家，命姚濬昌慎为藏弆。同治八年(1869)，姚濬昌在安福县署与友人郑福照取遗稿详加编校，成三十二卷，以继姚莹未竟之志[⑤]。马贡卿是桐城人，少喜吟咏，自幼与姚濬昌相识，殁于太平天国之乱。马氏之妻乃姚濬昌之妻妹。同治十一年(1872)，马节妇来安福省亲，间请刻马贡卿之遗集。姚濬昌于是"爰厘诗词各为一卷，刊而归之，以慰节妇之

① 姚永概:《菊潭集跋》，见姚旭:《菊潭集》，清光绪十五年(1889)刻本。

② 姚永概著，沈寂等标点:《慎宜轩日记》(上)，合肥:黄山书社，2010年，第417页。

③ 姚永概著，沈寂等标点:《慎宜轩日记》(上)"辛卯年(1891)八月二十三日"云:"校《松岩诗集》十五页。"(合肥:黄山书社，2010年，第474页)按:日记在此之前，未见有校《松岩诗集》的记录，其后也无。且在这一年十一月，姚永概祖母在安福县署去世。姚濬昌遂丁忧归里。故刊刻此诗集应在光绪十七年。

④ 姚莹:《东溟文后集》卷十一《张亨甫传》，见《续修四库全书》第1512册，第587页。

⑤ 姚濬昌:《思伯子堂诗集后序》，见《五瑞斋遗文》，民国元年(1912)铅印本。

痛”[1]。此外，姚濬昌弟子胡淳之父胡恩溥的《碧波诗选》、姚莹之友李威的《岭云轩琐记》等书也被刊刻。

总之，姚濬昌编刻书籍是以家族文献为主，兼及亲朋之书。这些书籍几乎全部刊刻于安福县署[2]，尤以同治年间刊刻居多。

三、姚氏编刻与文化传承

姚莹云：“学之显晦，时也，而述其先祖之学以著于世，又或显或不显，则存乎子孙之贤否。”[3]可见，子孙对于家族先辈文献的显扬、家族文化的传承等有着十分重要的作用。“通过为先人整理文集、作品、祖训的方式，起到了宗族文化不断复制、再生的功效。先人纷纷离去，而先人著述的文集、书稿、诗作却代代流传，不断累积下来，愈是到后来，子孙可承继的文化积累愈多、愈丰富”[4]。前面通过探讨姚莹、姚濬昌父子两代人的编刻活动，主要是对家族先辈文献进行编辑、刊刻，由此我们能深切感受到姚氏敬宗收族、传承家族文化之意。实际上，家族后人尽心于先人著述的辑刻，固然体现出了家族成员积极的文化追求精神，但若从家族文化、桐城派学术文化的累积与传承方面来看，亦有一定的积极作用。这具体表现在：

其一，追述先德，表彰文化成就。对一个家族而言，凝聚着先人的思想、情感、智慧等方面的图书典籍，往往可以再现家族先辈过去的历史，能够引起家族后人对先人历史记忆的回想。因而，编纂家族先辈的著述，在一定程度上是对先辈深厚德泽的体认，也是对先辈丰功伟绩的展示。姚濬昌在编辑先集时赋诗感慨：“金奏何人辨雅声，先芬诵罢泪纵横。八龙下食荀君倩，一鹗当空祢正平。傥使传薪穷火指，未妨惭长有公卿。知来追往频高望，天地苍

---

① 姚濬昌：《香谷遗草序》，见《五瑞斋遗文》，民国元年(1912)铅印本。

② 按：姚濬昌还在同治七年刊刻了郑福照编撰的《姚惜抱先生年谱》，此书末姚濬昌跋前一页尾部有“金陵张鸿茂锓”，可知刻于金陵，而不是安福。

③ 姚莹：《东溟文集》卷二《援鹑堂集后叙》，见《续修四库全书》第1512册，第382页。

④ 何明星：《著述与宗族——清人文集编刻方式的社会学考察》，北京：中华书局，2007年，第47页。

茫万古情。”[1]诗人借“荀氏八龙”与“鸷鸟累百，不如一鹗”的祢衡之典，道出了姚家先辈才俊辈出的盛况。而这种盛景到姚濬昌一辈时，却不再重现，这又让诗人感慨万分，“知来追往”，越发自厉。再以姚范为例，他“名位不显于朝，史传无由纪其事迹，又未乞留当世名公大人作志表与传用章后世”[2]，生前读书又自求贯通，不希著述。一旦时间久远，其为学为人就很容易被遗忘。正是在姚斟元、姚鼐、姚莹等家族后裔的不懈努力下，姚范的著述才得以问世，其在学术、文学等方面的成就才得以彰显，影响深远。包世臣《清故翰林院编修崇祀乡贤姚君墓碑》就云：“读君之书，可为学者稽古法；迹君勇退无濡滞，可为学者涉世法；推君之任恤乡党，可为学者入居里族出拊闾阎法。”[3]

其二，保存文献，加强文化底蕴。古代文献的保存不易，纸本朽烂、板片漫漶、兵燹水火等因素都可导致典籍文献的荡然无存，这必然会容易造成文脉的中断、文化厚度的消减。因此，担忧文献的年久无征，是文化家族常常需要考虑的事情。实际上，姚氏家族成员编纂先辈著述亦有着这方面的考量。如姚莹编辑《援鹑堂集》时就云：“先德暗然不章，渺焉滋惧，矧兹区区篇帙，仅为当时佔毕论著之遗者，又多所放失，若复不能搜罗缀辑以著于篇，余小子之咎，将何逭耶。”[4]这充分表露了姚莹对曾祖姚范著述长期未能辑刻的焦虑。又如姚濬昌重刊《中复堂全集》，就是因为“不能善守，毁于癸丑之兵”。编《中复堂遗稿》也是因为姚莹文稿遭乱散佚，存者不多。要言之，姚氏家族成员通过整理先人著述，一方面保存了先人著述，使其不至于散佚无存，另一方面也加深了家族文化的成色，增加了家族文化累积的厚度。与此同时，这也有助于桐城派文献的保存与流传。

其三，昭示后人，承继文化传统。编纂家族先辈著述的过程，也是一次家族成员接受家族文化传统教育的过程。参与其中的编纂者，不乏家族后辈，

---

① 姚濬昌：《五瑞斋诗抄续编》卷二《编先集感赋》，清光绪刻本。

② 姚莹：《东溟文集》卷二《援鹑堂集后叙》，见《续修四库全书》第1512册，第382页。

③ 包世臣：《艺舟双楫》，北京：中国书店，1983年，第64页。

④ 姚莹：《东溟文集》卷二《援鹑堂集后叙》，见《续修四库全书》第1512册，第382页。

他们会对家族先辈的懿行美德有所体悟，会在潜移默化中传承家族文化。正是在这样的家族文化传承中，桐城派的家法传承借此得以实现。如姚濬昌在编纂先辈书籍的过程中，常命姚永楷、姚永朴、姚永概等人参与其中。在刊刻十二世祖姚文然的著述时，姚濬昌就命姚永概校过《虚直轩外集》的写样。姚濬昌在《先端恪公日记跋尾》中认为姚文然日记“其克治省察之功，精密如此，后之子孙读者，当深体先世治身涉世之规，力守勿替，斯较之仅以科名为克承先志者，其品诣盖不啻倍蓰也”[①]。这其中对后世子孙谨守家风的心理期待当不难体会。在姚濬昌的影响下，姚永朴、姚永概兄弟亦能绍继家风，编纂先辈著述。这里以姚永朴的《惜抱轩诗集训纂》为例。姚鼐著有《惜抱轩诗集》，这个诗集没有笺注。姚永朴之兄姚永楷尝为姚鼐诗歌作注，仅存注数十首诗，“中有精覈语”[②]，后因得疾而中止。1923 年，姚永朴教学建德，“授经之余，思竟兄志，取曩所尝诵者为之诠解”。起初，姚永朴于姚鼐原诗得其半，取名《惜抱轩钞释》。后来姚鼐来孙姚纪见之，“深以能全解为快”。姚永朴归里后，逐篇搜讨，“凡五阅寒暑，赖诸友匡助，始获卒业”[③]，并仿惠栋注王士禛诗，更名为《惜抱轩诗集训纂》。姚永朴训纂姚鼐诗的过程，实际上就是接受与涵化姚鼐诗歌精义的过程。通过训纂，惜抱家法得以注入姚永朴的思想深渊，桐城派的诗学传承庶几实现。

综上言之，家族文化是家族繁衍过程中形成的重要精神资源、文化资源，其积淀与传承需要依靠世代家族成员的共同努力。家族文化的底蕴越厚，就意味着家族成员在参与家族文化建设与传承的过程中所作的贡献就越多。丰富深厚的家族文化，对于跻身桐城派阵营的文化家族来说，自然亦可汇聚成桐城派学术文化的重要组成部分，从而有助于桐城派的学术文化传承。

---

① 姚濬昌：《先端恪公日记跋尾》，见《五瑞斋遗文》，民国元年(1912)铅印本。

② 姚永朴：《蜕私轩续集》卷二《惜抱轩诗集训纂跋》，民国二十一年(1932)铅印本。

③ 姚永朴：《蜕私轩续集》卷二《惜抱轩诗集训纂跋》，民国二十一年(1932)铅印本。

下编　个案研究

第六章　开宗立派:姚范、姚鼐与桐城派的形成

上编五章从整体的、历时的角度考察了姚氏家族对桐城派发展嬗变的作用与影响。无论是桐城派开创之初,还是桐城派式微之际,姚氏与桐城派紧密相连,不离不弃,见证着桐城派的兴衰历程。而且,这个家族自十五世姚范至二十世姚永朴、姚永概兄弟,代代都有代表性人物传承桐城派,对桐城派的发展作出了重要贡献。虽然前面几章对这些代表人物的学术、文学思想及创作等方面的情况略有论述,但这还不足以充分说明他们对桐城派的重要贡献。接下来四章将重点探讨姚氏自十五世至二十世历代代表性人物与桐城派发展之间的密切关系,从而进一步阐明姚氏作家在桐城派阵营中的重要地位与影响。

桐城派的开创,姚氏功不可没,姚范、姚鼐叔侄二人扮演了重要角色。他们与桐城派的关系,学界已有一定的研究成果,本章将在此基础上,力求做一些推进性工作,进一步说明他们二人的开宗立派之功。

第一节　姚范与"桐城派三祖"

姚范,麻溪姚氏十五世的重要代表人物,在家族文化链上具有举足轻重的地位。不仅如此,他对桐城派的形成也有着不可忽视的重要贡献。钱钟书

先生说他是桐城诗派的发端者[①]，还有人称他是桐城文学承前启后的津梁[②]。这些论断值得深思。由于姚范不仅是桐城派宗师姚鼐的伯父和业师，而且还与方苞、刘大櫆颇有关联。兹从他与“桐城派三祖”之间关系的角度，进一步考察和评估他在桐城派系统中的特殊地位。

一、讥议方苞

方苞对桐城派的形成有重要的奠基作用。他晚年在京师仕宦三十余年，门下弟子甚众，这不仅扩大了桐城文章的影响，也为桐城派的形成培养了大批后备力量。尤其是他提出的“义法”说，更是成为桐城派古文理论的基础与柱石。他可谓桐城派的奠基者。

从年龄上看，姚范比方苞小三十四岁。当姚范在乾隆七年(1742)高中进士、初露头角之时，方苞早已是台阁重臣，名满天下了。作为晚生后辈，姚范岂敢比肩学坛巨匠？不过，正所谓后生可畏，姚范因勤于治学，于书无所不窥，学问亦相当精湛。不然，他何以能在京师先后担任武英殿经史馆校刊官、三礼馆纂修官、文献通考馆纂修官等职？何以能赢得天台齐召南、山阴胡天游、常熟邵齐焘、仁和杭世骏等人的推重，称“姚君之学不可涯涘矣”[③]？

应该说，在学术取向上，方、姚二人有一定的相同之处。方苞笃信程朱，说经之书大抵推衍宋儒之学而多有心得。而姚范曾得桐城宿儒周大璋指教，得其法门。[④] 周氏精研性理之学，尝以《四书大全》所辑内容纷错百出，于是以朱子为宗，撷取精华，成《四书精言》四十卷、《四书正义》十九卷。又病学者

---

① 按：钱钟书在《谈艺录》(补订本)中说：“桐城亦有诗派，其端自姚南菁范发之。”北京：中华书局，1993年，第145页。

② 周怀文：《桐城文学的津梁——姚范》，载《船山学刊》，2009年第2期，第157～161页。

③ 马其昶著，毛伯舟点注：《桐城耆旧传》卷九，合肥：黄山书社，1990年，第342页。

④ 姚范《与周笔峰先生书》云：“某年十五六时，即诵读先生刊布诸书，迩时私心已自响慕。其后先生往还城中，亦时获亲教。”(《援鹑堂文集》卷二)按：雍正九年(1731)，《江南通志》在江宁开局纂修，当时周大璋膺任修志工作，姚范专门修书一封，谈及志书之作“地理、人物二门尤多抵牾不合”问题，并奉呈其“先祖先伯父小传二篇、先君事实五则小传一篇”，希望周大璋能予以采掇。姚范的这种私下请托行为，也从侧面反映出他与周大璋之间的密切关系。

徒骛华藻，文章日工而身心日益丧，以为朱子文与道兼至，故潜心辑编《朱子古文读本》六卷[①]。显然，周氏是一位尊崇程朱的饱学之士，对姚范信奉程朱应有一定影响。然而，姚范并未固执笃守宋儒之学，他在博览经史、考校群书的过程中又亲近了汉学。这种汉宋兼宗的治学取向使得他的学术根基深厚扎实，从而避免了独守宋学流于空疏之弊。这也是他与方苞的不同之处。

姚范的学问甚至引起了方苞的关注和敬畏。方苞自称论"学问详博，不如姚南青"[②]。吴德旋亦说："雍正、乾隆间，桐城方灵皋侍郎负盛名，海内顾于同邑畏二人焉。其一刘才甫，其一则姚姜坞先生也。才甫以其文，而先生兼以学重，称为通儒。"[③]正是因为姚范才学兼重，故能对方苞为学为文之利弊洞若观火。

姚范对方苞的经术之弊有所认识和驳正。叶酉既是姚范好友，又是方苞弟子。方苞"治经多取心裁，不甚资佐证"[④]，叶酉得其传，守其说。姚范在与叶氏交往过程中，龂龂争辩，时见驳正。这种驳正反映出他不因私交而苟同学术之异，也映照出他与方苞在经术上的功力深浅情况。

姚范批评方苞的《周官》研究，更显示出其精湛的经学造诣。方苞对《周官》颇有钻研，能融会旧说，断以己意，有《周官集注》十二卷、《周官辨》一卷、《周官析疑》三十六卷等著作。方苞对世儒之疑《周官》为伪者，给予了批评，在他看来，"凡疑《周官》为伪作者，非道听途说而未尝一用其心，即粗用其心而未能究乎事理之实者也"[⑤]。不过，他也承认《周官》一书"其间决不可信者，实有数事焉"，之所以如此，他认为是刘歆为迎合王莽篡政需要而窜入的

---

① 马其昶著，毛伯舟点注：《桐城耆旧传》卷七，合肥：黄山书社，1990年，第259页。

② 姚永朴著，张仁寿校注：《旧闻随笔》卷四《先世遗事・先编修公》，合肥：黄山书社，1989年，第206页。

③ 吴德旋：《初月楼文钞》卷八《姚姜坞先生墓表》，清光绪十年(1884)刻本。

④ 徐世昌等编，沈芝盈、梁运华点校：《清儒学案》卷五十一《望溪学案》，北京：中华书局，2008年，第2055页。

⑤ 方苞著，刘季高校点：《方苞集》卷一《周官辨伪一》，上海：上海古籍出版社，1983年，第17页。

缘故[①]。故而,他严厉斥责刘歆"诚万世之罪人也"[②]。但是,姚范对方苞的《周官辨惑》颇有微词,他认为"方氏卫经之心,可谓至矣。然心所不安,及前贤辨及之者,尽委之刘歆之伪窜,过也","方氏笃好是经,往往推高圣人之旨,又或索之过深,而矫合以就其说,皆贤者之过也。然所为《周礼析义》,遇其至者卓出于前儒之上,若此书为以己意所欲芟薙之文,而姑托于歆之妄窜,以杜夷斥经文之咎,则可谓蔽矣。欲辨世人之惑,而不知其惑之愈甚也已"[③]。姚范此处如此批评方苞,关键原因在于他犯了宋学家们治学易犯的毛病,即过度阐释,流于空疏无据。类似毛病还存在于方苞《与鄂少保论丧服之误书》《答礼馆诸君子书》等文中,它们也没有逃过姚范的指摘。

姚范对方苞之文有所评点,有《评点望溪集》八卷、《评点望溪文集》(原本藏姚永概家)[④]。他说:"望溪文,于亲懿故旧之间,隐亲恻至,亦见其笃于伦理而立身近于《礼经》,有不可掩者已。"[⑤](《评文集》)他指出了方苞文章在思想意蕴上的长处,这个论断是公允的。不过,方苞文章并非篇篇无懈可击,姚范对其《李刚主墓志铭》一文就有所批评,不仅对其叙述内容有所不满,还对此文结构予以抨击:"此文断续皆不联属,以不知古人神理融结之妙,而求之于所谓义法,少自离局,即菑瓜相诡,筋脈弛散矣。"[⑥]这个批评切中要害,以至于方东树在整理《援鹑堂笔记》时,虽在按语中极力为此文内容辩驳,但也不得不承认"此文之弛散,则望溪亦无可辨"[⑦]。从姚、方两人的批语看,这篇文章在"义法"上存在严重问题。这对宣扬"义法"的方苞来说真是一个绝大

---

① 方苞著,刘季高校点:《方苞集》卷一《周官辨伪一》,上海:上海古籍出版社,1983年,第17页。

② 方苞著,刘季高校点:《方苞集》卷一《周官辨伪二》,上海:上海古籍出版社,1983年,第21页。

③ 姚范:《援鹑堂文集》卷二《复某公书》,清嘉庆十九年(1814)刻本。

④ 刘声木撰,徐天祥点校:《桐城文学撰述考》,合肥:黄山书社,1989年,第408页。

⑤ 方苞著,刘季高校点:《方苞集》附录二《诸家评论》,上海:上海古籍出版社,1983年,第902页。

⑥ 姚范:《援鹑堂笔记》卷四十三,见《续修四库全书》子部第1149册,第107页。

⑦ 姚范:《援鹑堂笔记》卷四十三,见《续修四库全书》子部第1149册,第107页。

的讽刺。实际上,姚范对方苞的“义法”说并不以为然,如方苞评韩愈《赠太傅董公行状》说:“此韩文之最详者,然所详不过三事,其余官阶皆列数,而不及宦迹,虚括相业。其为人则于序事中间见一二语。北宋以后,此种义法不讲矣。”而姚范却说:“此等何足以跨压北宋人。望溪沾沾于详略讲义法,非笃论。”[①]又如方苞极诋欧阳修《有美堂记》,认为是随俗应酬而作。而姚范却认为此文“虽宋体,然势随意变,冲融翔逸,诵之锵然”[②]。这些泾渭分明的批评差异,也从侧面表明姚范的文学理念有别于方苞。

如前所述,方苞虽然是长辈,有着巨大的声名与威望,但姚范并未因此盲从附和于方苞。相反,他凭借精湛才学,独立思索,走出一条与方苞不同的治学之路。他对“义法”的批评,也反映出方苞文论的不足。这些对他的胞侄姚鼐最终开创桐城派有一定的启示和借鉴。

二、契合刘大櫆

刘大櫆是桐城派形成期一个承前启后的重要人物。他上接方苞,中联姚范,下启姚鼐,无论是文学创作还是理论建树都对桐城派的演进有过重要影响。

姚范与刘大櫆关系密切,情同手足。刘大櫆生于康熙三十七年(1698),而姚范则生于康熙四十一年(1702)。刘年长姚五岁。两人相识甚早,结交殆在垂髫之时。刘大櫆有诗多次表露:“念与子结交,双髻绾青螺”[③],“情亲手足并垂髫,路隔东西相望遥”[④]等。两人友善深契,亦与里中方泽、周汝和、王洛、叶酉、江若度、张顾岩等文士声气相求,为举世不好之文,闻名乡邑。在这

---

① 姚鼐选编,吴孟复、蒋立甫主编:《古文辞类纂评注》,合肥:安徽教育出版社,2004年,第1227页。

② 姚范:《援鹑堂笔记》卷四十四,见《续修四库全书》子部第1149册,第112页。

③ 刘大櫆著,吴孟复点校:《刘大櫆集》卷十一《姚大南菁寓斋信宿却寄》,上海:上海古籍出版社,1990年,第367页。

④ 刘大櫆著,吴孟复点校:《刘大櫆集》卷十六《怀姚南菁》,上海:上海古籍出版社,1990年,第564页。

些青年才俊中，刘大櫆认为"姚君独知己"，"茫茫斯世内，与尔分偏亲"[①]。二人都有"抗志怀古贤"的高远追求，这种志向甚至还引起了乡人的不解与诃诋[②]。姚范诗集中，与刘大櫆有关的诗所存不多，如《登楼怀刘三畊南》云："水烟寥廓数峰青，何处孤鸿入杳冥。一夜梅花江上落，天涯曾向笛中听。"[③]此诗借景抒情，道出了姚范对好友刘大櫆的深切怀念之情。这种深挚情感在刘大櫆《哭姚南菁》一诗中表现得尤为淋漓尽致："我归值君殁，无复旧知心。次第交游尽，平生爱慕深。披文怜锦衣，见月想芳襟。讵可重闻笛，从今罢鼓琴。"[④]姚范卒于乾隆三十六年(1771)正月初八，刘大櫆也在这一年辞去问政书院山长职位归隐枞阳，当他闻此噩讯，感叹"无复旧知心"，并以山阳闻笛、伯牙绝弦两个典故表达了他对知己永诀的沉痛追悼。

姚、刘两人的亲密契合还表现在文学观念的趋同性上。刘氏的文论主张集中反映在其《论文偶记》中，他提出"行文之道，神为主，气辅之"[⑤]，而神气则又体现在音节、字句之中，"盖音节者，神气之迹也；字句者，音节之矩也。神气不可见，于音节见之；音节无可准，以字句准之"[⑥]。此外，他还提出文有"十二贵"："文贵奇""文贵高""文贵大""文贵远""文贵简""文贵疏""文贵变""文贵瘦""文贵华""文贵参差""文贵去陈言""文贵品藻"。他的这些论文主张与姚范《援鹑堂笔记》卷四十四《文史谈艺》中的一些观点相近。如姚范说："字句、章法，文之浅者也，然神气、体势皆阶之而见，古今文字高下，莫不由此。"[⑦]他又说："朱子云韩昌黎、苏明允作文，敝一生之精力皆从古人声响处

① 刘大櫆著，吴孟复点校：《刘大櫆集》卷十六《正月一日有怀姚南菁》，上海：上海古籍出版社，1990年，第606页。

② 刘大櫆著，吴孟复点校：《刘大櫆集》卷十一《怀姚南菁》，上海：上海古籍出版社，1990年，第379页。

③ 姚范：《援鹑堂诗集》卷一，清嘉庆十七年(1812)刻本。

④ 刘大櫆著，吴孟复点校：《刘大櫆集》卷十六，上海：上海古籍出版社，1990年，第610页。

⑤ 刘大櫆著，舒芜校点：《论文偶记(三)》，北京：人民文学出版社，1959年，第3页。

⑥ 刘大櫆著，舒芜校点：《论文偶记(一三)》，北京：人民文学出版社，1959年，第6页。

⑦ 姚范：《援鹑堂笔记》卷四十四，见《续修四库全书》子部第1149册，第111页。

学。此真知文之深者。"[1]这些都近似于刘氏所强调的因声求气之法。此外，姚范还说"文字自是贵藻丽奇怪""凡文字贵持重""凡作文须令丘壑万状""文字须有入不言兮出不辞"等，这些观点与刘氏所论文有"十二贵"多有相近之处。需要指出的是，方东树曾说姚范"文史谈艺"中"内多海峰刘先生语"，由于姚与刘两人"同术相友善，或识论素合"[2]，这些论文之语已难辨泾渭。尽管如此，至少可以说明姚、刘两人论文理念较为一致。

刘、姚两人在诗学主张上也有相知、相通之处。刘大櫆论诗重音节与神气，他说"气之精者，托于人以为言，而言有清浊、刚柔、短长、高下、进退、疾徐之节，于是诗成而乐作焉。诗也者，又言之至精者也"[3]，又说"且夫人之为诗，其间不能无小大之殊。大之为雷霆之震，小之为虫鸟之吟，是其小大虽殊，要皆有得于天地自然之气"[4]。这种重音响、神气的话语还散落于其他诗序中，如《左仲郛诗序》《皖江酬唱集序》等。姚范论诗多用"音响""气势"，以之作为评判诗歌优劣的相关标准，他说"阮诗高迈，宋诗气势已不及晋"[5]，"康乐诗颇多六代强造之句，其音响作涩，亦杜韩所自出"[6]等。从前面刘、姚二人的论文话语来看，他们俩实际上都是以文论诗。尤需提及的是，姚范、刘大櫆曾合选明代诸家诗[7]，这些诗收入刘大櫆编选的《历朝诗约选》。在这部诗选里，明诗部分以李梦阳、何景明诗居多，收李诗 226 首，何诗 128 首[8]，表现出重李、何的鲜明倾向。姚范对李、何二人颇有好感，不仅批评钱谦益、冯

① 姚范：《援鹑堂笔记》卷四十四，见《续修四库全书》子部第 1149 册，第 111 页。

② 姚范：《援鹑堂笔记》卷四十四，见《续修四库全书》子部第 1149 册，第 113 页。

③ 刘大櫆著，吴孟复点校：《刘大櫆集》卷三《张秋浯诗序》，上海：上海古籍出版社，1990 年，第 88 页。

④ 刘大櫆著，吴孟复点校：《刘大櫆集》卷三《张秋浯诗序》，上海：上海古籍出版社，1990 年，第 88 页。

⑤ 姚范：《援鹑堂笔记》卷四十四，见《续修四库全书》子部第 1149 册，第 114 页。

⑥ 姚范：《援鹑堂笔记》卷四十，见《续修四库全书》子部第 1149 册，第 75 页。

⑦ 萧穆撰，项纯文点校：《敬孚类稿》卷五《跋薛考功奏议》，合肥：黄山书社，1992 年，第 113 页。

⑧ 刘大櫆编纂：《历朝诗约选》，清光绪二十一年(1895)文征阁刻本。

班等人贬斥七子之论，还说："十九首浑然天成，兴象神味旨趣，岂可以摹仿得之，然观何、李诸公诗，转复读之，其妙愈出，正如学书者，只见石刻，后观真迹，益见神骨之不易几也。"[①]刘、姚二人推崇李、何，与李、何两人的复古理念有关。以李、何为代表的前七子学诗主张模拟，重视体格与音调。这符合了刘、姚二人的学诗脾胃。他们对明七子的态度在一定程度上奠定了桐城诗派学诗取向的基础。

姚范与刘大櫆二人的密切交往对姚鼐颇有影响。姚鼐《祭刘海峰先生文》说："昔我伯父，始与并兴。和为文章，执圣以绳。剧谈纵笑，据几执觥。召我总角，左右是应。"[②]年幼的姚鼐曾侍奉刘大櫆，以刘大櫆状貌言笑为奇，还常常效仿[③]。这种效仿虽是儿戏，但反映出幼小的姚鼐早已对刘大櫆有深刻的印象。这为姚鼐长大后师从刘大櫆奠定了情感认同的基础。

平心而论，刘大櫆与姚范虽志趣相投，观念相通，但各有所长，各领风骚。以才气而言，刘才气横溢，汪洋恣肆，而姚颇显拘谨，才气内敛。以学问而言，刘治学少涉考据，学不精博，而姚博览经史，探涉奥窔，学术精湛[④]。他们各有胜人之处，这让后学姚鼐能够兼取两家之长，助其成长为一代文学宗师。关于这一点，方东树的分析较为深刻，他说："近代真知诗文，无如乡先辈刘海峰、姚姜坞、惜抱三先生者。姜坞所论，极超诣深微，可谓得三昧真诠，直与古作者通魂授意；但其所自造，犹是凡响尘境。惜翁才不逮海峰，故其奇恣纵横，锋刃雄健，皆不能及；而清深谐则，无客气假象，能造古人之室，而得其洁韵真意，转在海峰之上。海峰能得古人超妙，但本源不深，徒恃才敏，轻心以

---

① 姚范：《援鹑堂笔记》卷四十四，见《续修四库全书》子部第1149册，第115页。

② 姚鼐著，刘季高标校：《惜抱轩诗文集·文集》卷十六，上海：上海古籍出版社，1992年，第246页。

③ 姚鼐著，刘季高标校：《惜抱轩诗文集·文集》卷八《刘海峰先生八十寿序》，上海：上海古籍出版社，1992年，第114页。

④ 按：刘大櫆在代作《姚南菁五十寿序》中评姚范"于古圣贤之经传、诸史、百子，探涉奥窔，渊渟穿贯；为文章穷幽陟险，动心骇听，而义法不诡于前人"。刘大櫆著，吴孟复点校：《刘大櫆集》卷四，上海：上海古籍出版社，1990年，第146页。

掉，速化剽袭，不免有诗无人；故不能成家开宗，衣被百世也。”[①]

三、陶育姚鼐

姚范与姚鼐是伯侄关系。姚范之父为姚孔锳，是罗田公姚士基第二子。姚孔锳生有二子：长子姚范、次子姚淑。姚淑是姚鼐之父，生有三子，除长子姚鼐外，还有姚讦、姚鼎两人。在子侄中，姚范独喜姚鼐，期许甚高，赞其为“吾家千里驹”[②]。姚鼐自幼得到伯父姚范教诲，敬爱有加，情非一般。这种密切关系在姚鼐的文艺祈向方面表现得尤为明显[③]。

姚范虽不以诗文名家，但深知诗文之深趣奥旨。清末桐城萧穆就说：“乡先辈不屑以诗文名家，而真知古人诗文之枢奥者，前有姚姜坞先生，后有左叔固先生。”[④]姚范在文论批评方面的真知灼见对姚鼐有所影响，如姚范认为韩愈文风受司马相如赋影响较多，说：“昌黎《南海庙碑》，壮丽从相如来，岂宋人所能及?”[⑤]姚鼐亦有类似观点，他在给张翰宣的书信中说：“昌黎诗文中效相如处极多，如《南海庙碑》中叙景瑰丽处，即效相如赋体也。”[⑥]此外，姚鼐编选《古文辞类纂》，对姚范的考证、阐释、评文之语也多有参考引用。如《古文辞类纂》所选东方朔《答客难》、司马相如《封禅文》、扬雄《解嘲》、班固《两都赋》、韩愈《河南府同官记》《祭河南张员外文》、柳宗元《零陵郡复乳穴记》、欧阳修《菱溪石记》《有美堂记》、王安石《祭范颖州文》等文，姚鼐评点时就直接引用伯父姚范的批语，如评东方朔《答客难》，引范批云：“瑰迈宏放之气，如藺

① 方东树著，汪绍楹校点：《昭昧詹言》卷一，北京：人民文学出版社，1961 年，第 46 页。

② 左眉：《静庵文集》卷二《梦榖先生传》，清同治十三年(1874)刻本。

③ 按：姚鼐的人生道路选择，与姚范也颇为相似。读书—仕宦—退归—从教，这是他们相近的人生轨迹。姚莹《识小录》中《吾家两公》对此颇有阐述。这方面内容，杨怀志《桐城文派概论》中多有论述，兹不赘言。合肥：安徽美术出版社，2011 年，第 52～53 页。

④ 萧穆撰，项纯文点校：《敬孚类稿》卷七《跋左叔固先生删订海峰文集》，合肥：黄山书社，1992 年，第 177 页。

⑤ 姚范：《援鹑堂笔记》卷四十四，见《续修四库全书》子部第 1149 册，第 113 页。

⑥ 姚鼐：《惜抱轩遗书三种・姚惜抱尺牍补编》卷一《与张翰宣》，清光绪五年(1879)桐城徐宗亮刊本。

云而上驰。”[①]评扬雄《解嘲》云：“雄伟瑰丽，后人于此不能复加恢奇矣。”[②]评韩愈《祭河南张员外文》云：“凄丽处独以健倔出之，层见叠耸，而笔力坚净，他人无此也。”[③]由此看来，姚范对前贤文章的评点，深得鼐心。方宗诚亦说姚范“论文之言为最精妙，洵能发前人未宣之蕴。同时方望溪侍郎、刘海峰学博所论不能过也。惜抱先生盖深得其旨，故能卓然成一家言”[④]。

姚范的诗学观对姚鼐也有所泽溉。姚范学诗不主门户，转益多师。对待明七子学唐，既肯定其模仿路径，又洞见其复古弊病。对宋代欧阳修、苏轼、王安石、黄庭坚、陆游等诗人多有好评，如他赞誉“东坡先生诗词意天得，常语快句，乘云驭风，如不经虑而出之也，凄澹豪丽，并臻妙诣。至于神来气来，如导师说无上妙谛，如飞天仙人下视尘界”[⑤]，称扬“涪翁以惊创为奇，其神兀傲，其气崛奇，玄思瑰句，排斥冥荃，自得意表”，自己“玩诵之久，有一切厨馔腥蝼而不可食之意”[⑥]，等等。姚鼐得其亲教，平生论诗宗旨就是“镕铸唐宋”[⑦]，作诗有“山谷之高奇，兼唐贤之蕴藉”[⑧]，“七古正统，受东坡影响较多”[⑨]。再以姚范评阅王士禛《古诗选》为例，姚范“所阅阮亭《古诗选》，凡数本”，但详本佚失。方东树在整理《援鹑堂笔记》时，就以其父方绩旧所传校以及自己所录为基础补编而成，“其中厕有惜抱先生语”。不过，在方东树看来，“惜抱与先生所论，固为一家之言”[⑩]。可见，姚鼐的诗学思想与姚范的论诗主张是保持一致的。

---

① 姚鼐编：《古文辞类纂》卷六十四辞赋类四，清道光元年(1821)合河康氏家塾刻本。

② 姚鼐编：《古文辞类纂》卷六十七辞赋类七，清道光元年(1821)合河康氏家塾刻本。

③ 姚鼐编：《古文辞类纂》卷七十三哀祭类二，清道光元年(1821)合河康氏家塾刻本。

④ 方宗诚：《柏堂遗书·柏堂集后编》卷五《节录姚姜坞先生论文语跋》，清光绪桐城方氏志学堂刻本。

⑤ 姚范：《援鹑堂笔记》卷四十，见《续修四库全书》子部第1149册，第80～81页。

⑥ 姚范：《援鹑堂笔记》卷四十，见《续修四库全书》子部第1149册，第82页。

⑦ 姚鼐著，陈用光编：《姚惜抱尺牍·与鲍双五》，上海：上海新文化书社，1935年，第33页。

⑧ 姚鼐著，姚永朴训纂，宋效永校点：《惜抱轩诗集训纂·序》，合肥：黄山书社，2001年，第1页。

⑨ 魏中林整理：《钱仲联讲论清诗》，苏州：苏州大学出版社，2004年，第45页。

⑩ 姚范：《援鹑堂笔记》卷四十，见《续修四库全书》子部第1149册，第85页。

姚鼐于学亦得自于伯父姚范。乾隆年间，学人或宗汉学，或主宋学，各执一衷，争辩激烈。姚范为学精博严谨，虽潜心于考据，但亦“病近代诸公或竞谈考据，以攻诋宋儒为能也，谓此人心之敝，充其说将使天下不复知有身心伦纪之事，常慨然欲有所论著以明其义”（姚莹《闽刻原后序》）[①]。姚范于学无所偏主，对汉、宋学通达宽容的学术理念也深刻影响了姚鼐。姚鼐固然笃守程朱理学，但也曾留心于汉学，为学主张义理、考证、辞章三者兼收并重。兹以姚氏《庄子》学为例，来说明姚范对姚鼐的影响。姚范认为读《庄子》一书不必拘泥于郭象注，“郭注政当自为一书。以郭注读《庄》，则于《庄子》文义有阂而不明者”，还认为“郭注亦不过数篇数处措意，然亦多建立宗旨，排入章句于消帖，文义有龃龉不惬之病也”[②]。姚鼐撰有《庄子章义》，其自序认为郭注“特正始以来所谓清言耳，于(庄)周之意十失其四五”[③]。这与姚范之观点颇有异曲同工之妙。此外，姚鼐在《惜抱轩笔记》中也多取资于姚范的读书笔记。如他批评钱谦益笺注杜诗议论颇僻，引据舛错时，就引用了伯父的读诗灼见。姚鼐举杜甫《病后遇王倚饮赠歌》诗句“麟角凤觜世莫识，煎胶续弦奇自见”，说：“姜坞先生云，二句谓人固不易知，惟深相契合，乃识之耳。而笺谓王生以美馔愈疾，如仙胶之续弦，少陵即老饕。不至如此笺之陋。”又举《幽人》诗句“内惧非道流，幽人见瑕疵”，说：“姜坞先生云，此如谢客以心杂远公屏，不入社义。笺以强附李泌为李辅国所僭事，大非。”[④]姚鼐对姚范读书笔记的撷取，既表现出他对伯父之说的拳拳服膺，又鲜明体现了姚氏家学的代际传承。

陈作霖有诗云：“海峰姜坞夙追溯，文采风流赖主持。”[⑤]这指出了在姚鼐成长成才的道路上，刘大櫆、姚范二人起到了重要的引导作用。尤其是姚范，

---

① 姚范：《援鹑堂笔记》，见《续修四库全书》子部第1149册，第190页。

② 姚范：《援鹑堂笔记》卷五十，见《续修四库全书》子部第1149册，第170页。

③ 姚鼐著，刘季高标校：《惜抱轩诗文集·文集》卷三《庄子章义序》，上海：上海古籍出版社，1992年，第33页。

④ 姚鼐：《惜抱轩全集·惜抱轩笔记》卷八集部，北京：中国书店，1991年，第614页。

⑤ 陈作霖：《可园诗存》卷二十二《论国朝古文绝句二十首》，清宣统元年(1909)刻增修本。

在处世、学术、诗文辞等方面对姚鼐的影响更为突出。

如上所述,姚范在桐城派中的地位有必要进一步重估。以方苞、刘大櫆、姚鼐为“桐城派三祖”的桐城文系的建立,固然有利于揭橥桐城文章承传的一脉性和统序性,但也在一定程度上遮蔽了与“桐城派三祖”相关文士在建派过程中的贡献与价值。姚范就是被遮蔽的典型代表。忽视他,不利于我们清晰、正确地认识桐城派演进的具体史实。实际上,他服膺程朱与不废考据,催发了姚鼐治学以义理、考据、辞章三者相济的志趣。他讥议方苞的“义法”说与亲近刘大櫆的“神气、音节、字句”说,可对姚鼐整合桐城派的古文理论资源有所帮助。他对唐宋诗家的称誉以及创作实践中的兼容唐宋,奠定了桐城诗派的家法内涵。这些足以表明,姚范是桐城派形成期的重要肇基者之一,在该派谱系中至少可以与刘大櫆相比肩。

第二节　姚鼐立派与其家族文人群

姚鼐是麻溪姚氏家族的标志性人物。科宦上,他高中进士,历任礼部主事、乡试考官、会试同考官、刑部郎中等职,后又担当《四库全书》纂修官,膺受殊荣;文学上,其诗熔铸唐宋,文法韩欧,“惜抱家法”成为广为接受的文学准则;学术上,他以宋学为根底,不废汉学,奠定了桐城派的治学门径;教育上,他主讲书院,广收门徒,成为桐城派的立派宗师。这样的声誉与影响力,在家族史上是空前绝后的。

姚鼐作为一派宗师,他的身边聚集着一群服膺其法的门徒。刘声木《桐城文学渊源考》卷四对此有专门记载,尤为显眼的是,姚莹、姚宪、姚景衡、姚濬昌、姚柬之、姚元之、姚兴䇓、姚通意等八位姚姓作家名列其中,而他们竟然都是出自麻溪姚氏家族。实际上,除姚莹之子姚濬昌外,其他七人都曾师事姚鼐,得其指教。这表明姚鼐在家族内部声望甚高,影响甚广,吸引了姚家的一些成员相从问学。

由于刘声木所记较为简略,对这些姚家子弟诸多信息语焉不详或避而未谈，故我们了解这些姚氏子弟时不免会有一些疑惑：如姚鼐在家族中和他们有着什么样的辈分关系？姚鼐在学术、辞章等方面对这些人到底有多大的影响？除了这七人外，姚氏家族还有没有其他成员师从过姚鼐？等等。这些问题倘都能得到解决，将会更加有助于我们深刻体认姚氏家族文化的传承特色以及桐城派的家族性传衍等方面情状。

通过考察，与姚鼐交往的家族文人群依据辈行可分为四类：一是他的族叔，二是他的族内兄弟，三是他的子侄，四是他的孙子及从侄孙。尤以后面两类人居多。

一、长辈：族内叔父

十五世姚兴泶是姚鼐的族叔。他是姚孔锌第三子，葵轩公姚希廉七世孙。而姚鼐则是姚希廉的八世孙，故姚鼐说姚兴泶“于辈行余叔父也”[①]。

姚兴泶自幼聪颖，读书甚勤。族父姚孔鈵有诗称：“汝方就家塾，诵书如翻水。长者夸神骏，龙文识驹齿。”[②]姚兴泶年齿小于姚鼐，自少从姚鼐学文辞，姚鼐相亲爱甚。姚兴泶入京则馆于姚鼐舍，姚鼐归亦相从，日常见面[③]。叔侄二人关系相当密切。姚兴泶现存一首与姚鼐有关的诗作，即《南陵怀梦谷夫子》：“岁暮复行役，千山马首分。天涯愁客子，高馆遇夫君。雪色迷朝景，风声破宿醺。关河皆冻合，底事滞寒云。”[④]姚鼐诗集中亦有《南陵送渭川》：“楚泽横千里，登高望不分。山城正风雪，江路忽逢君。岁晏梅初坼，长宵酒易醺。只愁明发去，空水与寒云。”[⑤]综合两诗内容来看，皆是为相遇于

---

① 姚鼐著，刘季高标校：《惜抱轩诗文集・文集》卷四《香岩诗稿序》，上海：上海古籍出版社，1992年，第51页。

② 姚孔鈵：《小安乐窝诗钞》卷二《十五侄兴泶十龄时随仲兄虔州寄诗勖之》，清乾隆二十三年(1758)刻本。

③ 姚鼐著，刘季高标校：《惜抱轩诗文集・文集》卷四《香岩诗稿序》，上海：上海古籍出版社，1992年，第51页。

④ 徐璈编：《桐旧集》卷七《姚兴泶》，清咸丰元年(1851)刻本。

⑤ 姚鼐著，刘季高标校：《惜抱轩诗文集・诗集》卷六《南陵送渭川》，上海：上海古籍出版社，1992年，第531页。

安徽南陵而作。时值岁末隆冬，寒梅初绽，风雪交加，他乡遇亲人，叔侄二人欣喜万分，客馆长夜畅饮。然而，饮酒并不能浇灭离别的忧愁。这浓浓的离愁中氤氲着他们之间的深厚亲情。

姚兴泶工诗，有诗集，《桐城续修县志》载录有《晚香堂遗诗》（一卷），而《桐旧集》则录有《香岩诗稿》。其子姚培筠曾说其父"遗诗多散佚，辑所有者为《香岩诗稿》"[①]。这两本书有可能是同书异名，由于诗稿今已不存，有关真相恐难以全部知晓。不过，姚鼐文集中有《香岩诗稿序》，《桐旧集》也存录其诗20首，其在一定程度上为我们展现了姚兴泶诗歌的创作内容与艺术特征。姚鼐在诗序说姚兴泶："词气秀发，又通敏人事，诗多得古人清韵，不为浅俗之言。其才于古今经义骈丽之文，无所不解，亦皆有法度，而尤长者在诗。然亦恨人事扰之，苟极其才力，所至当不止此也。"[②]姚鼐的这番评价较为中肯，并无多少溢量之词，既肯定其诗确有成就，又惋惜其未尽显才力。不过，他对其人地位评价甚高，说姚兴泶"于近之诗人，足以豪矣"[③]。其实，姚兴泶的诗风亦可用"豪"来标榜，如《太白楼观萧尺木画壁》诗，朱润木评其"伟杰苍茫，可匹沱水、岷山之作"[④]。又如《北墅纳凉大雨》诗，想象奇特，气势纵横，豪放洒脱，颇有太白之风。当然，从现存诗作来看，姚兴泶诗还有清新韵致的一面，如《秋夜》："才送故人去，闭门秋夜清。竹深微见月，风定缓更传。独步空庭久，徐看银汉倾。相思在何许，千里碧云情。"[⑤]此类风格诗还有《张辰庵向青山庄》《皖江谣》《舟行》等。

十五世姚建也是姚鼐的族叔。他是姚孔鋠第二子，与姚兴泶是堂兄弟，姚希廉七世孙。姚建虽然辈分高，但年龄小姚鼐二十六岁。可惜，目前尚未

---

① 徐璈编：《桐旧集》卷七《姚兴泶》，清咸丰元年（1851）刻本。

② 姚鼐著，刘季高标校：《惜抱轩诗文集·文集》卷四《香岩诗稿序》，上海：上海古籍出版社，1992年，第52页。

③ 姚鼐著，刘季高标校：《惜抱轩诗文集·文集》卷四《香岩诗稿序》，上海：上海古籍出版社，1992年，第52页。

④ 徐璈编：《桐旧集》卷七《姚兴泶》，清咸丰元年（1851）刻本。

⑤ 徐璈编：《桐旧集》卷七《姚兴泶》，清咸丰元年（1851）刻本。

见到他师事姚鼐的文字记载。不过，有几点值得注意：其一，姚建之父姚孔鋠笃爱与姚鼐关系密切的姚兴泶，双方互有诗歌唱和[①]；其二，姚孔鋠尝与姚鼐伯父姚范按歌飞笛，诗酒赓和[②]；其三，姚建同姚鼐之间也有吟咏之作，现仅存有《片野同家姬传比部作》[③]。综合考虑，姚建在诗文上受姚鼐泽溉的可能性比较大，将他归于桐城派阵营亦无不可。

二、平辈：族内兄弟

姚鼐的族兄弟较多，仅伯父姚范一家就有姚昭宇、姚羲轮、姚登、姚励隆、姚斟元堂兄弟，属于五服之内的兄弟就更多了。不过，并不是所有族兄族弟与姚鼐有诗文往来。当然，有些与姚鼐有诗文往来的兄弟，或受姚鼐的影响，算作姚鼐弟子并不合适，不过，至少可以列入桐城派阵营。目前，可考知的有以下几位：

姚昭宇，姚范长子，姚鼐从兄。姚鼐仕宦时，曾致信姚昭宇，说“拟将来一得御史，无论能自给与不，决然回家矣”，“明年须于里中为觅一小馆乃佳，不在俸之多寡，欲羁其身心，俾读书耳”[④]。这已然透露出他欲辞官归里的打算。姚昭宇子姚宪尝陪侍姚鼐于钟山书院。

姚羲轮，姚范次子，姚鼐从兄。治《易》，邑增生。由于姚鼐的幼子姚雉过继给姚羲轮，故两家之亲非同一般。

姚訏，姚鼐二弟，小姚鼐八岁。兄弟情深，以应顺天乡试入都，与姚鼐游。作真行书甚工，姚鼐甚喜。英年早逝，诗文无传，姚鼐曾作《亡弟君俞权厝铭》[⑤]，哀痛之情溢于言表。

---

① 姚孔鋠：《小安乐窝诗钞》卷七《苦雨偶作付渭川侄和》，清乾隆二十三年（1758）刻本。

② 姚孔鋠：《小安乐窝诗钞》卷七《春日和南青韵》，清乾隆二十三年（1758）刻本。

③ 徐璈编：《桐旧集》卷七《姚建》，清咸丰元年（1851）刻本。

④ 姚鼐：《惜抱轩遗书三种·姚惜抱尺牍补编》卷二《与亭人兄》，清光绪五年（1879）桐城徐宗亮刊本。

⑤ 姚鼐著，刘季高标校：《惜抱轩诗文集·文集》卷十二《亡弟君俞权厝铭》，上海：上海古籍出版社，1992 年，第 182～183 页。

姚仙都,姚兴淙之子,与姚鼐同是姚文然四世孙。他比姚鼐年长,姚鼐有诗说他:“昂藏七尺气纵横,箧内中宵宝剑鸣。屠市故人从偶语,屏风侍史不知名。鬓华揽镜增霜雪,胸智探囊有甲兵。仍作弃𦈡关内客,西风吹短曼胡缨。”[1]写出了姚仙都的个性与境况:意气纵横,胸怀壮志,欲有作为,然世不见用。诗虽戏笔为之,但饱含同情族兄遭际之意,亦可见两人关系之亲密。姚仙都有《七十二峰斋文钞》一卷,其中《张客山先生传》《送倪药人先生旅榇归里文》《五邑风土记》《信天翁说》《书帽峰诗集后》《哭孙渭西文》等文[2],合乎桐城家法。

姚斟元是姚范第五子,姚莹祖父,姚鼐从弟。他曾至江宁,见姚鼐于钟山书院。姚鼐曾偕其与叶有和、陈用光、姚宪拜谒明孝陵,游览灵谷寺[3]。姚斟元记诵淹博,治经务先综括传记、诂训、名物、制度,而疑遁杂博,必折衷于宋贤,达其理道,“为文章率导源于汉,通轨唐宋,论议雅赡,不踰法则”[4]。他曾辛勤搜辑姚范的读书笔记,“又录所作诗文都若干卷”[5]。这为日后姚莹整理刊刻奠定了基础。

姚恺是姚兴濠第三子,与姚鼐同是姚孙棐五世孙。他虽小姚鼐二十六岁,但姚鼐雅重之,文聚奎说他“富学殖,敦道谊,工诗古文辞”[6],所著有《石笏山房诗集》。从《大窌口用杜陵木皮岭韵》《江畔独步寻花用少陵原韵》(两首)等诗题看[7],姚恺之诗宗法杜甫。姚恺有《复得姬传兄金陵病逾之信诗以

① 姚鼐著,刘季高标校:《惜抱轩诗文集·诗集》卷七《戏赠宏夫兄》,上海:上海古籍出版社,1992年,第533页。

② 姚仙都:《七十二峰斋文钞》,清刻本。

③ 姚鼐著,刘季高标校:《惜抱轩诗文集·诗集》卷四《九月八日偕叶治三陈硕士从弟仪匡侄彦印谒明孝陵游览灵谷寺晤其方丈僧祇园》,上海:上海古籍出版社,1992年,第484页。

④ 毛岳生:《休复居诗文集·文集》卷五《赠奉直大夫福建台湾县知县姚君墓志铭》,民国二十五年(1936)宝山滕氏影印道光刻本。

⑤ 毛岳生:《休复居诗文集·文集》卷五《赠奉直大夫福建台湾县知县姚君墓志铭》,民国二十五年(1936)宝山滕氏影印道光刻本。

⑥ 徐璈编:《桐旧集》卷七《姚恺》,清咸丰元年(1851)刻本。

⑦ 徐璈编:《桐旧集》卷七《姚恺》,清咸丰元年(1851)刻本。

志喜》两首,称赞姚鼐“文章尊一代,笔墨走群灵。门列三千士,师为百世型”,“江天存硕果,海内景文宗”[①]。

三、晚辈:子侄、孙、侄孙及从侄孙

姚鼐有三子。他与继室张曾敏之女生姚景衡、姚师古二子;与侧室梁氏生姚执雉,雉后嗣姚鼐堂兄姚羲轮。三子均承惜抱学说,皆应列入桐城派。

长子姚景衡,少时得桐城名儒方绩指教,后又在钟山书院得父教诲,承继惜抱之说。姚鼐尝携其游镇江、苏州、杭州等地,谒见陈奉兹、秦瀛、谢启昆、王文治等名宦名士,助其扩展交际视野。姚景衡在诗文创作上有所成就。现存有《思复堂诗文存》二卷,“其文悉有法度”,“诗亦能自达其意,不蹈袭”[②]。方宗诚称姚景衡“才笔超轶出尘,雄气过于惜抱”[③]。关于其学术及诗文具体情况,因下编有专门章节论述,兹不赘言。

次子姚师古,字籀君,号容安。姚师古曾在钟山书院侍奉姚鼐,姚鼐尝携其出游,观赏过南京隐仙庵中“黄金万蕊香浮阁”的双桂[④]。姚鼐尺牍中现存有两封写给师古的书信,其中一封告诫师古:身体不健,不必锐意作时文,但不可不读经书;人不必断要中举人、进士,但圣贤道理不可不明。[⑤] 这封家书彰显了姚鼐因材施教的读书观与教育观。

姚执雉,字彦耿,号耿甫。他在姚鼐晚年之时,侍奉左右,得其聆教。如姚鼐对他说:“诗道非一端,然要贵有才气。”[⑥]姚鼐《惜抱轩诗集》十卷在嘉庆三年(1798)刻板行世,其后十余年的诗作,得姚执雉私录而保存。姚鼐逝世

---

① 徐璈编:《桐旧集》卷七《姚恺》,清咸丰元年(1851)刻本。

② 姚柬之:《伯山文集》卷六《楚辞蒙拾序》,清道光二十八年(1848)刻本。

③ 方宗诚:《柏堂遗书·柏堂集次编》卷一《桐城文录叙》,清光绪桐城方氏志学堂刻本。

④ 姚鼐著,刘季高标校:《惜抱轩诗文集·诗集》卷九《隐仙庵双桂相传元时植秋时花开极盛,携客及幼子师古观之因赋》,上海:上海古籍出版社,1992年,第576页。

⑤ 姚鼐:《惜抱轩遗书三种·姚惜抱尺牍补编》卷二《与师古儿》(之一),清光绪五年(1879)桐城徐宗亮刊本。

⑥ 姚执雉:《题〈惜抱轩诗后集〉》,见姚鼐著,姚永朴训纂,宋效永校点:《惜抱轩诗集训纂》,清光绪五年(1879)桐城徐宗亮刊本,第546页。

后的第二年，即嘉庆二十一年（1816），姚执雉辑刻《惜抱轩诗后集》①。《文后集》十卷，《笔记》十卷，亦皆缮写雠校。姚执雉对姚鼐诗文集的保存与传播功莫大焉。

与姚鼐有师承关系的族侄可考者有姚宪、姚原绂、姚通意、姚承恩等人。

姚宪，姚昭宇长子，姚范孙。邑庠生。《桐城文学渊源考》说他“师事从父姚鼐，受古文法，后复师事姚景衡”②。撰《问漪诗存》一卷、《问漪文存》一卷，今皆不存。

姚原绂，姚元之族父，姚希廉九世孙。师从姚鼐。嘉庆十一年（1806），姚原绂赴广东掌教粤秀书院，携带一册《惜抱轩诗文集》，当时“见者纷纷求索，而卒无以应，因集所得，修资重付剞劂”③。可以说，姚原绂为姚鼐诗文集在岭南的广泛传播作出了重要贡献。

姚通意，姚文然五世孙。师事族父姚鼐，长期从居钟山书院，得闻姚鼐论诗要旨，益深于诗，遂裒集姚鼐谈诗粹言及亲旧佳什为《赖古居诗话》④。又有《赖古居诗草》，《桐旧集》存其诗 3 首。

此外，姚元之父姚原绶、姚莹父姚骙、姚讦子姚承恩也值得一提。姚原绶是姚希廉九世孙，姚鼐从侄。治《诗》，廪贡生，历任六安州、江苏宝山县训导，居宝山十六年，解组后，复掌教正谊书院。⑤ 性恬静，喜吟诗，而不轻易作诗，作辄毁其稿。姚鼐与他有书信往来，《与霞纾侄》中云“吴中人来，盛称述老侄作监院之德”⑥。可知他在苏州正谊书院颇有功绩。虽然《桐城文学渊源考》未收录他，但其子姚元之却师从过姚鼐，又是桐城派传人，故而认定姚原绶是桐城派中人亦可。姚骙，是姚斟元长子，姚鼐侄。他幼时事祖父姚范，诗歌、

---

① 姚执雉：《题〈惜抱轩诗后集〉》，见姚鼐著，姚永朴训纂，宋效永校点：《惜抱轩诗集训纂》，清光绪五年（1879）桐城徐宗亮刊本，第 546 页。

② 刘声木撰，徐天祥点校：《桐城文学渊源考》卷四，合肥：黄山书社，1989 年，第 164 页。

③ 姚鼐：《惜抱轩诗文集》卷首姚原绂《〈惜抱轩诗文集〉序》，清嘉庆十二年（1807）刻本。

④ 蒋寅：《清诗话考》，北京：中华书局，2005 年，第 185 页。

⑤ 姚联奎修，姚国桢纂：《麻溪姚氏宗谱》卷六，民国十年（1921）木活字本。

⑥ 姚鼐著，陈用光编：《姚惜抱尺牍》，上海：上海新文化书社，1935 年，第 76 页。

古文辞，颇得其绪言。因承家学，故嗜好有用之学，尤熟史事。这对其子姚莹颇有影响[①]。姚鼐与他有往来，曾写字寄给他[②]。此外，姚鼐弟子方东树曾与骙"居宅邻近，朝夕数过从"[③]。《桐城文学渊源考》将他收录，属桐城派中人应无疑义。姚承恩，字颛思，号谊执，姚鼐二弟姚讦子。姚鼐主讲钟山书院时，从侍左右。姚鼐在《寄畹容阁四姑太太》信中，称姚承恩"常常不在书院过夜"[④]，让姚鼐烦忧不堪。

姚鼐晚年长期主讲江宁钟山书院，他的儿孙也因生计需要伴随于其身边[⑤]，其孙及侄孙都曾得到过姚鼐的教诲。相关人物罗列如下：

姚檲，姚雉子。幼时在钟山书院陪伴姚鼐。晚年姚鼐曾致信张聪思，说他在书院"自课檲孙读书，固不寂寞矣"[⑥]。

姚朔，监生。姚莹兄。貤封文林郎福建台湾县知县，晋封奉直大夫江苏高邮州知州。他曾长期客居钟山书院，姚鼐帮他谋馆，写信"令投浙江杨臬台处，求荐一小馆"[⑦]。

著名诗人张际亮在写给姚柬之的诗中说："君家惜抱翁，好学老益纯。诸孙富文采，蔚然时无伦。大令石甫明府骥子怒，侍郎伯昂阁学龙媒驯。看君倏骖驾，骅骝追前尘。"[⑧]这几句诗道出了姚鼐的侄孙姚莹、姚元之、姚柬之三人富有文采，才调无伦。他们三人都是姚氏十八世的杰出俊彦，其成才与姚鼐的谆

---

① 姚莹：《东溟文集》卷六《先府君行略》，见《续修四库全书》第1512册，第431页。

② 姚鼐著，陈用光编：《姚惜抱尺牍·与石甫侄孙莹九首（之二）》，上海：上海新文化书社，1935年，第80页。

③ 方东树：《考盘集文录》卷十《赠通奉大夫姚君墓志铭》，清光绪二十年(1894)刻本。

④ 姚鼐著，陈用光编：《姚惜抱尺牍》，上海：上海新文化书社，1935年，第85页。

⑤ 据姚鼐尺牍，家族中的"彦容""复儿""观儿""耆儿"等亦在钟山书院，陪侍姚鼐，接受教诲。姚耆(1805—1830)，字月樵，系姚承恩子。"彦容""复儿""观儿"，三人情况有待考证。

⑥ 姚鼐：《惜抱轩遗书三种·姚惜抱尺牍补编》卷二《与张兼士》之二，清光绪五年(1879)桐城徐宗亮刊本。

⑦ 姚鼐著，陈用光编：《姚惜抱尺牍·与石甫侄孙莹九首（之六）》，上海：上海新文化书社，1935年，第81页。

⑧ 张际亮著，王飚校点：《思伯子堂诗文集·诗集》卷十七《赠姚伯山柬之大令即送之粤东》，上海：上海古籍出版社，2007年，第619页。

谆教诲有重要关联。

姚柬之，姚希廉十世孙，姚鼐从侄孙。姚鼐以诗古文词为海内所宗，姚柬之早闻其绪论，受古文法，且欲以著撰学问文章名世[①]。曾燠有诗说："东南百年惜抱轩，文章与世迴狂澜。大江日夜趋海门，中流屹立孤峰尊。然犀可穷百怪状，麾羽辄令千军奔。晚有弟子公从孙，公虽往矣仪刑存。马当一夕风送客，滕王阁上来凭阑。浩然高唱落天外，其气千里江全吞。忆昔我与公倾尊，盖于斯道尝细论。公云今人皆学古，入门不得而坏垣。妄作聪明弄狡狯，今惊创获古所删。纤新取媚儿女意，嘈囋或同市井喧。蚍蜉撼树訾李杜，哂笑未遇昌黎韩。今观子作川有源，宗风直溯唐开元。与公同抱乃如此，此卷惜不邀公看。"[②]诗中不仅指出姚鼐的诗学主张，还点明姚柬之诗歌渊源有自，与姚鼐"同抱"。不仅诗歌如此，古文主张也师传惜抱。姚柬之说："且夫文之佳者，曰声，曰色，曰气，曰味。"[③]他所提的"声""色""气""味"四要素，实则脱胎于姚鼐所倡言的作文具备"格""律""声""色""神""理""气""味"八要素。在诗文创作上，姚柬之也颇有成就，阳湖张惠言之弟张琦说其"五古探源曹刘，乐府兼擅杜白，怀古诸长律，案隶事矜练出之，尤极顿挫沉雄之致，此韵语中史才，非复雕青刻翠之技"[④]，王检心评其"文如长江大河，滔滔不竭，而法度绳墨皆天然凑泊，不假雕琢"[⑤]。

姚元之，姚希廉十世孙，姚鼐从侄孙。他在书法和诗文上都得到过姚鼐的指点。姚元之尤工隶书，曾请教于精通书法的姚鼐。姚鼐称姚元之隶书殊妙，且"惟本善楷书，故进为八分，极有笔力也"[⑥]。他充分肯定了姚元之的隶

---

① 方东树：《考盘集文录》卷十《朝议大夫贵州大定府知府姚君墓志铭》，清光绪二十年(1894)刻本。

② 曾燠：《赏雨茅屋诗集》卷十五《题桐城姚伯山棻经堂诗钞即送归里》，清嘉庆刻增修本。

③ 姚柬之：《伯山文集》卷六《童云逵文集序》，清道光二十八年(1848)刻本。

④ 姚柬之：《伯山诗集》卷十附录题跋，清道光二十八年(1848)刻本。

⑤ 姚柬之：《伯山文集》卷首《姚伯山先生全集序》，清道光二十八年(1848)刻本。

⑥ 姚鼐著，陈用光编：《姚惜抱尺牍・与伯昂从侄孙十一首(之一)》，上海：上海新文化书社，1935年，第76页。

书造诣，这对姚元之后来在京师艺坛占据一席之地有激励作用。姚元之在诗歌上也多次得到姚鼐的谆谆教导。姚鼐对他说，学诗文要先从模拟入手，须专模拟一家已得，似后再易一家，如此自能熔铸古人，自成一体[①]。姚鼐还为姚元之安排了具体的学诗路径：古体要先从王士禛《古诗选》中的韩愈诗入手，然后上溯杜甫，下及苏轼；近体则从姚鼐所编《今体诗抄》入手，据其天资所近，先取一家之诗，熟读精思，然后必有所得[②]。姚鼐的精心教导为姚元之学诗指明了方向，虽然后来姚元之又师从著名诗人张问陶，但姚鼐对姚元之诗学成长的贡献不可抹杀。姚元之《廌青集》中诗体齐备，各具特色，“五言古诗旨远词微，有建安、黄初之风。七言古诗，出入开宝。五言律较七言律尤浑厚茂美。盛唐诸公作亦不过如是。七言绝句清新自得，五言乐府直逼齐梁”[③]。还需指出的是，姚元之久居京华三十余年，交游广泛，与陈用光、梅曾亮等相友善，这在一定程度上协助他们扩大了桐城派在京师的影响。

姚莹，姚范曾孙，而姚范又是姚鼐伯父，“诸子中独爱先生（姚鼐），每谈必令侍”[④]。基于这层亲密关系，使得姚鼐对侄孙姚莹青睐有加，教导颇为用心。早在姚鼐主讲敬敷书院时，姚莹因为岁试，寄居书院，姚鼐对他谈及学问文章之事，姚莹始得其要，归而为之益力[⑤]。姚鼐致信给弟子陈用光时，也提及姚莹“尚能有志读书，差可望其振厉耳”[⑥]，期许之情，溢于言表。《惜抱轩尺牍》中存有九封写给姚莹的书信，其中谈及姚莹诗文优劣问题，他说：“汝所自为诗文，但是写得出耳，精实则未。然此不可急求，深读久为，自有悟入。

---

① 姚鼐著，陈用光编：《姚惜抱尺牍·与伯昂从侄孙十一首（之二）》，上海：上海新文化书社，1935年，第77页。

② 姚鼐著，陈用光编：《姚惜抱尺牍·与伯昂从侄孙十一首（之一、之十）》，上海：上海新文化书社，1935年，第77页、第79页。

③ 姚元之：《廌青集》卷首《梅植之题识》，清道光二十三年（1843）刻本。

④ 姚莹：《东溟文集》卷六《朝议大夫刑部郎中加四品衔从祖惜抱先生行状》，见《续修四库全书》第1512册，第428页。

⑤ 施立业：《姚莹年谱》，合肥：黄山书社，2004年，第30页。

⑥ 姚鼐著，陈用光编：《姚惜抱尺牍·与陈硕士书（之五十九）》，上海：上海新文化书社，1935年，第62页。

若只是如此，却只在寻常境界。”[①]“汝诗文流畅能达，是其佳处。而盘郁沉厚之力，澹远高妙之韵，瑰丽奇伟之观，则皆所不能。故长篇尚可，短章则无味矣。更久为之，当有进步耳。”[②]谈及文章精妙问题，他说：“文章之精妙，不出字句声色之间。舍此便无可窥寻矣。”[③]“大抵文章之妙，在驰骤中有顿挫，顿挫处有驰骤。若但有驰骤，即成剽滑，非真驰骤也。更精心于古人求之，当有悟处耳。”[④]谈及领悟问题，他说：“凡诗文事，与禅家相似，须由悟入，非语言所能传。然既悟后，则返观昔人所论文章之事，极是明了也。欲悟亦无他法，熟读精思而已。”[⑤]谈及关于诗文正变问题，他说：“所选吾诗，大抵取正而不取变。然观人之才，须正变兼论之，得其真境乃善。夫文章之事，欲能开新境，专于正者，其境易穷，而佳处易为古人所掩。近人不知诗有正体，但读后人集，体格卑卑。务求新而入纤俗，斯固可憎厌，而守正不知变者，则亦不免于隘也。”[⑥]这些书信语录，反映出姚鼐在诗文方面对姚莹的指点比较细致、深刻。可以说，姚莹文学思想的形成及其文学创作应与姚鼐的精心培育有着重要关联。

综前所述，家族是作家成长成才的重要摇篮，也是营造文学环境与生成文学创造力的重要场域。在一族之内，文才卓异者往往会享有较高的文学声望，散发巨大的影响力，他能对家族内部其他成员的文学创作与批评给予真挚的指引与热情的帮助，从而带动整个家族文学实力的提升与文化影响力的

---

① 姚鼐著，陈用光编：《姚惜抱尺牍·与石甫侄孙莹九首(之一)》，上海：上海新文化书社，1935年，第78页。

② 姚鼐著，陈用光编：《姚惜抱尺牍·与石甫侄孙莹九首(之四)》，上海：上海新文化书社，1935年，第80页。

③ 姚鼐著，陈用光编：《姚惜抱尺牍·与石甫侄孙莹九首(之一)》，上海：上海新文化书社，1935年，第78页。

④ 姚鼐著，陈用光编：《姚惜抱尺牍·与石甫侄孙莹九首(之七)》，上海：上海新文化书社，1935年，第81页。

⑤ 姚鼐著，陈用光编：《姚惜抱尺牍·与石甫侄孙莹九首(之八)》，上海：上海新文化书社，1935年，第82页。

⑥ 姚鼐著，陈用光编：《姚惜抱尺牍·与石甫侄孙莹九首(之九)》，上海：上海新文化书社，1935年，第82页。

增强。就桐城姚氏家族而言，姚家没有哪一个文人在文学方面能有姚鼐那样的知名度与影响力。陈用光说姚鼐退居四十余年，“学日以盛，望日以重，其初，学者尚未知信从，及既老而依慕之者弥众”[①]。无锡人秦瀛在嘉庆初年(1796)就称赞其“古文卓绝无与俦”[②]，而晚年姚鼐也自谓“却顾江南老秃翁，猥称当代一文雄”[③]。姚鼐代表着清代姚氏家族文学所企及的高度。

毋庸讳言，姚鼐无论是在科名上，还是在诗文、经术上，对家族成员是有吸引力与依附力的。他创造的“惜抱家法”成为姚氏家学的重要文化资源，也成为家族成员“有法可依”的文学准则，或隐或显地指导和规范着家族成员的诗文写作。受姚鼐影响，他的族叔、兄弟、子侄以及侄孙，都纷纷团聚到了他的身边，或接受文法，或诗酒唱和。从家族文化视角来看，这无疑有助于增强姚氏家族文学的创作取向与批评观念的趋同性。从桐城派发展来看，这些家族文人无疑是姚鼐开宗立派之时的队伍基础，是流派初创期的重要生力军。尤其是姚莹，在姚鼐去世之后，更是凭借事功与政望，有力助推了桐城派的传衍。姚氏一门群从的风雅景观，是桐城派演进史程中的重要现象，具有特殊的文学史和文化史意义。

---

① 陈用光：《太乙舟文集》卷三《姚先生行状》，《续修四库全书》影印清道光二十三年(1843)孝友堂刻本。

② 秦瀛：《小岘山人诗集》卷十二《谢苏潭邀同姚姬传游西湖即送姬传还白门》，清嘉庆刻增修本。

③ 姚鼐著，刘季高标校：《惜抱轩诗文集·诗集》卷五《题刘云房少宰涤砚图》，上海：上海古籍出版社，1992年，第11页。

第七章　业绍箕裘:姚景衡、姚莹与桐城派的发展

嘉庆二十年(1815)九月,姚鼐病逝于钟山书院。他的弟子梅曾亮、陈用光、邓廷桢、方东树等承继先师遗志,继续扛起桐城派的旗纛,成为维系桐城派发展大局的骨干力量。这其中姚氏族人亦有传道弘法之功。姚鼐之子姚景衡、侄孙姚莹皆可视为代表,他们作为"惜抱家法"的继承人,对嘉道时期的桐城派发展起到了守成出新的作用。本章就以他们两人为考察对象,探讨他们对嘉道时期桐城派的传承与发展问题。

第一节　姚景衡的生平、思想与创作

姚景衡是姚鼐长子,秉承家学,守其父说,亦列属桐城派阵营。然而,即便顶有名父姚鼐的绚丽光环,姚景衡却因著述不丰,位卑多难,在桐城派中的声望、影响远远不及其父,故历来治桐城派者对他鲜有关注。兹拟对姚景衡的生平经历、学术观念、诗文主张与创作等情况作一番梳理,以便对其人其学其文有清晰的认识与了解,在此基础上再对其地位作出客观的评判。

一、生平经历

(一)里居受教

姚景衡自出生至青少年时期基本上是在桐城度过,读书求学是他此时生活的主要内容。不过,他读书受教一事却让姚鼐煞费苦心。姚鼐在姚景衡出生之时仕宦他方,虽在乾隆三十九年(时姚景衡5岁)辞官归里,但为谋生计,又不得不辗转四方,掌教过扬州、安庆、歙县、江宁等地书院。由于姚鼐长期在外,音讯不便,故难以时刻亲自教育姚景衡。如何教育长子,就成了姚鼐不得不慎重考虑的重要问题。延请名师是他作出的重要选择,同里名儒方绩就成了不二人选。姚鼐选择方绩,有两个因由:其一,姚鼐曾师从方绩之祖父方泽,两人有师生之谊。姚鼐伯父姚范与方泽相交甚厚,姚范仕宦京师时,曾延请方泽馆于姚家,姚鼐兄弟皆从其受业。姚鼐称方泽"论学宗朱子,论文宗艾千子",作文"高言洁韵,远出尘埃之外"[1]。他还在墓志铭中赞誉方泽"其守额额,以古为则,不为俗惑。英英高云,以壮其文,绝于秽氛"[2]。由此不难推知:方泽的文行不仅为姚鼐所敬仰,更对其有春风化雨之教。其二,方绩曾师从姚鼐,其学术、辞章观念受到姚鼐的影响。据史志记载,方绩"长为文,师父友刘大櫆、姚鼐"[3]。方绩初见姚鼐是在乾隆四十一年(1776)、四十二年(1777)间[4],其后追随他学习古文辞。方绩在学术、文学上得姚鼐之传,为学

---

① 姚鼐著,刘季高标校:《惜抱轩诗文集·文集》卷十三《方待庐先生墓志铭》,上海:上海古籍出版社,1992年,第207页。

② 姚鼐著,刘季高标校:《惜抱轩诗文集·文集》卷十三《方待庐先生墓志铭》,上海:上海古籍出版社,1992年,第207页。

③ 廖大闻修,金鼎寿纂:道光《桐城续修县志》卷十六《人物志·文苑》,《中国地方志集成》本。

④ 方绩:《鹤鸣集》卷五《寄寿姬传先生八十》云:"丙申乙未记登堂,初见先朝绿发郎。"清光绪十五年(1889)刻本。按此"丙申""乙未"分别指乾隆四十二年(1776)、乾隆四十一年(1775)。

以程朱为归;论诗通融达观,唐宋兼宗,"诗格出入杜甫、黄庭坚"[①]。基于上述因素来看,姚鼐与方泽两家渊源深厚,交情笃密。姚鼐将教育姚景衡之重任托付于方绩,大可放心。

方绩面对姚鼐重托,教育姚景衡孜孜不倦,颇费心血。姚景衡说自己"少不嗜学",让方绩大伤脑筋。而方氏则屡以"名父之子,不可不自立","再世相师谊,不忍见衡之不振也"[②]等话语来激励他奋发向学,姚景衡最终感泣而学。在方绩的精心教诲下,姚景衡终于在乾隆五十七年(1792)乡试中举,振起家声,为姚鼐及其家族增添了荣耀。多年以后,当姚景衡为方绩撰写传记时,仍对其诲人之功念念不忘,饱含深情地写道:"其诲人也,如行蚁相续,而逾危垣积石间,不失一线;如蕙兰馨不可拟议,沁人心脾,故多所成就。"[③]

(二)从教书院与仕宦江苏

姚景衡"年二十举于乡,四十得县令"[④],在未任县令之前,"姚侯纵酒性豪宕,书剑飘零无依托"[⑤],"十年潦倒洛阳尘,夜光白璧缁块覆"[⑥]。为了谋生,他先后从教于江苏淮安、江浦等地书院[⑦]。四十岁之时,他铨选为知县。据史志记载,他在嘉庆十四年(1809)任仪征知县[⑧];在嘉庆十八年(1813)任

---

① 廖大闻修,金鼎寿纂:道光《桐城续修县志》卷十六《人物志·文苑》,《中国地方志集成》本。

② 姚景衡:《展卿方先生传》,见《思复堂诗文存》,清同治十二年(1873)刻本。

③ 姚景衡:《展卿方先生传》,见《思复堂诗文存》,清同治十二年(1873)刻本。

④ 管同:《因寄轩文集二集》卷五,《续修四库全书》影印清道光十三年(1833)管氏刻本,第486页。

⑤ 昭梿:《蕙孙堂集·慰姚根重孝廉疾》,见《上海图书馆未刊古籍稿本》,上海:复旦大学出版社,2008年,第232页。

⑥ 昭梿:《蕙孙堂集·送姚根重孝廉归桐城》,见《上海图书馆未刊古籍稿本》,上海:复旦大学出版社,2008年,第244页。

⑦ 关于姚景衡执教书院的情况,前面第四章第一节已有阐述,兹不赘言。

⑧ 王检心修,刘文淇纂:道光《重修仪征县志》卷二十四《职官志》,清光绪十六年(1890)刻本。

江都知县，至嘉庆十九年（1814）由山东进士王锡蒲接任[①]；在嘉庆二十年（1815）任泰兴知县。未满一年，就由陕西南城进士陈道坦接任[②]。从上述仕宦履历来看，姚景衡在短短六年内，调动颇为频繁，先后历任三县，仕途蹭蹬坎坷。尤其是在泰兴任上，他更是因事失官。姚柬之为姚景衡《楚辞蒙拾》一书作序时有所提及："嘉庆十八年，黄村奸民临清构乱，震惊宫壸。河南滑县李文成应之，蔓延三省。江南固接壤，大吏率兵堵御，扉履之所供、糗粮之所备皆取给于州县。泰兴固望县，取独赢，而司会计者又不善综理。会姬传先生卒，以忧去官。仓猝无以偿，遂削职，籍没，身系缧绁者数年，会有赦乃得出。"[③]可见，姚景衡任职泰兴时不堪兵差之扰，以致亏累被削职查办，籍没家产，身陷牢狱数年，故他有诗说："我仕亦孔倦，免官从累囚。"[④]姚景衡后来遇赦得出，寓居江宁，生活穷困潦倒。方东树有诗说："泰兴大令亦可怜，罢官不剩看囊钱。"[⑤]管同的记述较为详细："（姚景衡）始犹租屋以居，久负屋值，主人厌而逐焉。乃移家入书院，所居粪墙土舍，上穴旁穿，不蔽风雨。客至，则君衣垢衣，揖坐后，辄抗声高语，其出入渊泉不竭，多惊绝可喜之论。然久坐或不能具茗饮，客苦之，多不至，庭下草深尺许，岑寂极矣。"[⑥]姚景衡在困境中的狷介个性也由此可见一斑。

（三）晚岁行迹

从现存资料来看，姚景衡晚岁并非一直客居江宁，还有过渭南修志之行。

---

① 谢延庚修，刘寿曾等纂：光绪《江都县续志》卷三《官师年表第一》，清光绪十年（1884）刻本。

② 杨激云修，顾曾烜纂：光绪《泰兴县志》卷十六《秩官志一》，清光绪十二年（1886）刻本。

③ 姚柬之：《伯山文集》卷六《楚辞蒙拾序》，清道光二十八年（1848）刻本。

④ 姚景衡《往岁阻雪燕子矶日至永济寺游焉，识琴僧晓亭，别后不复见，继闻其寂化，今鹰巢以栖碧诗示余，中多佳句，急询鹰巢，始知即晓亭也，因次前韵》。

⑤ 方东树：《半字集》卷一《会姚籀君追述金陵旧游兼简令兄庚甫》，清光绪十五年（1889）刻《方植之全集》本。按：方东树与姚景衡的交情极为笃厚，他说："树与庚甫交最早最久，契最密，相与论议酬会最夥。"参见《半字集·题辞》"姚景衡赠诗"诗尾自注。

⑥ 管同：《因寄轩文集二集》卷五《姚庚甫集序》，见《续修四库全书》集部第1504册，第486页。

道光六年(1826)，他的旧识山西灵石县进士何耿绳任渭南知县。道光八年(1828)，何耿绳因念渭南县志久未纂修，“不惟梨枣不免磨灭，举凡建置、食货、政教等类亦多所更改，况邑之贤士大夫嘉言懿行愈久愈湮”，于是启动修志工作。“适桐城姚姬传先生子庚甫明府至，因延司纂订”[①]。这项修志工作的工期不太长，到年底书成告竣，名为《重辑渭南县志》，共十八卷。是年，姚景衡在官署内，还读到何耿绳之父何兰士的《双藤书屋诗集》，并撰写跋文，称颂其志，言其非徒以诗鸣于世[②]。翌年立冬，他还应何氏之请，在官署为其兄何熙绩《月波舫遗稿》作序，序文有感而发，情真意切，动人心弦[③]。此外，他在道光十年(1830)，赴陕西同州任讲席[④]，其友周乐有七律《送姚庚甫先生赴同州讲席》(二首)[⑤]。

姚景衡晚年发愤读书，专注于学问、辞章。管同说他“自义理、经济、考证下逮阴阳、星命皆精究焉，而于诗文尤用意”[⑥]。他还致力于研究《楚辞》，著成《楚辞蒙拾》一书。他在七十多岁时，“尝为后学讲《风怀二百韵》隐事，语语有证”[⑦]。道光二十五年(1845)，姚景衡辞世。

综上言之，姚景衡一生历经乾隆、嘉庆、道光三朝，主要活动是在嘉道时期。这是大清王朝由盛世滑向衰世的重要时期。衰变的时局并未给姚景衡提供多少施展才华的机会，反而让他饱尝仕宦之苦与世事之艰。他的坎坷经历，也可视为嘉道时期一些沉沦下潦的桐城派文人的人生缩影。

---

① 何耿绳修，姚景衡纂：道光《重辑渭南县志·序》，清道光九年(1829)刻本。

② 姚景衡：《双藤书屋诗集跋后》，见《思复堂诗文存》，清同治十二年(1873)刻本。

③ 何熙绩：《月波舫遗稿》卷首《月波舫遗稿序》，清道光九年(1829)刻本。

④ 姚景衡《祭朝邑张虔伯佑文》云：“道光十载，余来同州。”见《姚庚甫先生文集》，南京图书馆藏清抄本。

⑤ 周乐：《二南续诗钞》卷二，清道光十一年(1831)年刻本。

⑥ 管同：《因寄轩文集二集》卷五《姚庚甫集序》，《续修四库全书》影印清道光十三年(1833)管氏刻本，第486页。

⑦ 刘声木撰，刘笃龄点校：《苌楚斋随笔续笔三笔四笔五笔·四笔》卷二《论风怀诗》，北京：中华书局，1998年，第719页。

二、惜抱学说的继承与发展

姚景衡的文学、学术观念及文学创作受到其父姚鼐的影响。方绩虽是姚景衡的业师，但他曾问学于姚鼐，受其古文法，故于此层面而言，姚景衡是姚鼐的再传弟子。不过，姚景衡又是姚鼐之子，且在姚鼐主讲钟山书院期间，客居过钟山，聆听父教，得其古文法精义。由此看来，无论是直接传承还是间接传承，姚景衡都受到父说泽溉，惜抱学说在其身上得以传承。

在为学问题上，姚景衡见解独到，与时俗迥异。他撰有《训学》上、下两篇，较为集中地反映了他的为学思想。在《训学》上篇中，他提出学有“君子之学”“闻人之学”“庸众人之学”三类。他认为，“诵诗读书，人习制举业，以应试事求显荣者”为“庸众人之学”“考订”与“词章”则为“闻人之学”。此两类之学都有弊端，皆非立学之本。他推崇“君子之学”，他说：

> 夫君子之为学也，体之以仁，制之以义，其事始于孝悌忠恕，终之以仁民而爱物，达则措置天下裕如也，穷则一室之内亦有以自乐，极其至为圣与贤，下亦不失为谨修之士而不敢陷于为非。非不考订也，非无词章也，亦未尝不为科举之业也，而要不失乎立学之本意。①

通观全文，姚景衡的“庸众人之学”就是科举之学，“闻人之学”则为考订之学与词章之学，而“君子之学”则近似于义理之学。他尊崇“君子之学”，实际上也就是推崇程朱，以义理为旨归。在此前提下，可以兼容考订、词章、举业。在《训学》下篇中，他提出“天下之士翕然从事于学矣，且日有所事于学矣，吾谓为非学”，“今夫巫医百工之人皆非不学而能者也，吾目之曰学人”。并对此展开辨析。他不认为天下之士为学“尊且贵”，而巫医百工之学“卑且贱”，他说：

---

① 姚景衡：《训学上》，见《思复堂诗文存》，清同治十二年(1873)刻本。

> 今夫穴垣墙、发楱篦、窃人之物以为己有者,穿窬之事也;美被服、事涂饰,揣人之嗜好以求悦己者,倡优之行也。以穿窬倡优之术致富厚,巫医百工之人皆羞而不与之齿。今勦取人之言以获选,是穿窬之习也;揣合人之嗜好以求荣,是倡优之技也。以巫医百工所羞而不之齿者而诩诩焉、津津焉,以为吾尊且贵,亦可怪矣哉。[①]

他这么说并非否定为学之“尊且贵”,而是重在揭橥君子之学:“然则学者果不足尊且贵与?曰恶是何言也?夫学,名也;儒,其实也,学焉而不求所以为儒者,非学也。夫所谓儒者,何也?曰仁义也,孝悌也,忠恕也云尔。故众人之为学也,循名;君子之为学也,惟实之务。”[②]他的这些观点精辟深刻,尤其是把巫医百工之人视为“学人”,颇有点惊世骇俗。

在汉、宋学之争问题上,姚景衡对汉、宋双方各有微词,能洞察各自弊端。众所周知,宋学重义理,汉学重考订。他在《训学》中就对考订有客观阐述:

> 考订者,格物之一端也。其等亦有二:上焉者辨古书之真伪,究前贤之得失,论其精而略其粗,取其大而弃其细,或以经术显,或以史学著,使读其书者知所参考而折衷焉;下焉者其见拘,其识陋,搜罗琐碎、无足重轻之典以夸奇而矜博,虽自附于著述之林不足道也。[③]

在他看来,考订可分上、下两等,上等即为考订之长处,可“辨古书之真伪,究前贤之得失,论其精而略其粗,取其大而弃其细”。下等即为考订之短处,见拘识陋,搜罗琐碎,夸奇矜博。这种划分充分反映出他对“考订”的公正客观认识。他的学术观念在《寿方植之七十》诗中也有表露,诗中他对方植之批驳汉学的《汉学商兑》颇有好评,认为“此书足千秋”。不仅如此,他还说:

> 圣教有必明,道术无终裂。会通待其时,仔肩属诸杰。遐稽未

---

① 姚景衡:《训学下》,见《思复堂诗文存》,清同治十二年(1873)刻本。
② 姚景衡:《训学下》,见《思复堂诗文存》,清同治十二年(1873)刻本。
③ 姚景衡:《训学上》,见《思复堂诗文存》,清同治十二年(1873)刻本。

显初，几疑微言绝。经师为导源，众贤共循辙。识殊小与大，代远派遂别。上士矜博洽，固者抱残缺。名物悉形神，精粹昧搜抉。所以关闽儒，独持践履说。大本图先端，数典惜又拙。窃思治化醇，率民表里揭。巨细苟未赅，晚近何由轶。汉宋沿迄今，洙泗理益徹。歧之成水火，合焉均亲切。[1]

诗中，他对汉宋之学的利弊再次予以揭示，认为汉宋之学"歧之成水火，合焉均亲切"，其见识宏通，超出流俗。

如前所述，姚景衡的学术观念在某种程度上体现了嘉道时期学坛风向的转变。我们知道，乾嘉时期汉学占据学坛主导地位，宋学与之对峙不占优势，但两者之间亦有相互调和的潜流。嘉庆以后，学坛风向渐转，调和汉宋的潜流由隐而显，汉宋兼宗渐成学术主流。作为桐城派的传人姚景衡，提出"合焉均亲切"的主张，实际上是积极呼应了学坛的主流思潮。

姚景衡的文学观念亦有可说之处。就诗论而言，当时金陵诗坛袁枚的"性灵"之风大行其道，姚鼐曾讥讽厉鹗、袁枚皆为"诗家之恶派"[2]，颇不屑其论诗宗旨。而姚景衡却不如此，他不反对学习袁枚"性灵"诗风，但对学袁不得其法的人给予批评，他说："袁随园先生居金陵后，金陵诗学为之一变，其境隘，其情溺，其音靡以浮，非随园之不可学，不善学者之过。"[3]他对其友黄蛟门的诗予以赞赏，说"读其诗远宗香山，亦时出入唐宋诸大家，果不为随园所囿"[4]。他的这种赞赏在一定程度上也是其诗学观念的反映。实际上，姚景衡主张作诗"惟求所自得"。他在《山左诗汇钞序》中说：

秋门之论诗曰："不必颂言汉魏、标举盛唐，惟求所自得焉云耳。"余以为决择前人之诗，尤不可不知此旨。夫缓急者，性也；喜戚

---

① 姚景衡：《寿方植之七十》，见《思复堂诗文存》，清同治十二年(1873)刻本。

② 姚鼐著，陈用光编：《姚惜抱尺牍·与鲍双五(之三)》，上海：上海新文化书社，1935年，第33页。

③ 姚景衡：《黄蛟门诗序》，见《思复堂诗文存》，清同治十二年(1873)刻本。

④ 姚景衡：《黄蛟门诗序》，见《思复堂诗文存》，清同治十二年(1873)刻本。

者,情也;通塞者,遇也;浅深者,学也;主乎此者失乎彼,而以概千万人之诗,可乎哉?[①]

"秋门"是姚景衡的契友余正酉。据史志记载,余氏字秋门,历城人,道光五年(1825)举人,"精岐黄,善绘事,耽吟咏",辑有《国朝山左诗汇钞后集》(三十九卷),著有《秋门诗钞》[②]。余正酉与姚景衡相友善,有诗云:"知交堪屈指,直谅似君难。诗酒推前辈,文章托古欢。"[③](《送姚庚甫先生归桐城》)余氏尝与姚景衡论诗,姚景衡"每觉其识出流辈上以亿计",膺服其说[④]。这里余氏提出作诗"不必颂言汉魏、标举盛唐","惟求所自得",姚景衡亦深同此旨。所谓"自得",就是强调创作主体在诗歌创作过程中要真实自然地表达出创作者的性情与个性。因为性有缓急之分,情有喜戚之时,遇有通塞之别,学有浅深之差,人各不同,"主乎此者"必然"失乎彼",故而惟有自得,才能彰显一己之性情。需要指出的是,姚鼐主张作诗要近乎性情,"贵有自得,非从人取"[⑤](《与陈硕士书》)。姚鼐之说对姚景衡当有所影响。统而观之,姚景衡的诗学观念较为豁达宏通,不主门户之见,不囿于汉魏唐宋。这些与姚鼐的诗学主张都有相近之处。

在辞赋问题上,姚景衡亦受到姚鼐的影响。姚鼐为了讲授古文法的需要,编有《古文辞类纂》一书,将文体分为十三类,内有"辞赋类",打破了以往将辞赋与古文对立并举的文体学认知传统。此书选录了屈原《离骚》《九章》《远游》《卜居》,宋玉《九辩》《招魂》《风赋》《高唐赋》《神女赋》等作品。姚景衡族侄姚柬之就说:"姬传先生不得志于时,退而教授乡里,于《楚辞》之参差俶

① 姚景衡:《山左诗汇钞序》,见《思复堂诗文存》,清同治十二年(1873)刻本。

② 毛承霖纂修:民国《续修历城县志》卷四十一《文苑》,民国十五年(1926)铅印本。

③ 余正酉编:《国朝山左诗汇钞后集》卷三十六《余氏家集·余正酉》,清道光二十九年(1849)海棠书屋刻本。

④ 姚景衡:《余秋门诗序》,见《思复堂诗文存》,清同治十二年(1873)刻本。

⑤ 姚鼐著,陈用光编:《姚惜抱尺牍》,上海:上海新文化书社,1935年,第45页。

诡者，字梳而句栉之。世所传《古文辞类纂》，《楚辞》其选也。”[①]姚鼐研读《楚辞》影响了姚景衡，姚景衡撰有《楚辞蒙拾》一书。这本书今虽佚失，但姚柬之《楚辞蒙拾序》中却保存了该书的一些重要信息。姚柬之认为其书“不尽守姬传先生说，而取林西仲三正之解以为怀三王，有合于太史公‘屈原自为招魂’之旨”[②]。这表明《楚辞蒙拾》固然有恪守姚鼐之说的地方，但并非完全谨守，亦有突破其说之处。这本书还受到了林云铭《楚辞灯》的影响。以《招魂》作者归属为例。司马迁认为是屈原所作，王逸却主张是宋玉所作，其后两说各有拥趸，未能定于一尊。清初林云铭《楚辞灯》一书从《史记》和黄文焕《楚辞听直》之说，认为《招魂》是屈原所作。而姚鼐在编选《古文辞类纂》时却将《招魂》归入宋玉名下。姚景衡《楚辞蒙拾》则是“有合于太史公‘屈原自为招魂’之旨”，这表明他未从父说，而是受到了司马迁、林云铭的影响，将《招魂》归属于屈原所作。他们父子大相径庭的认知，也反映出姚景衡独立自主的学术品性。

至于姚景衡的古文主张，因材料阙如，难以评断，但从其古文创作实践看，其主张当亦承继了惜抱家法。以《重修青溪小姑祠记》为例，开篇叙述青溪小姑祠较为复杂的历史沿革，考证意味浓厚；接着阐明小姑贞烈之诚与明代黄观一门忠臣烈士之精神，揭示文章旨趣。全篇可谓做到了以义理为主，兼重辞章与考据。这也反映出姚景衡对惜抱文法的恪守与传承。

三、诗自达意与文有法度

姚景衡诗文原有《思复堂诗》四卷、《思复堂文》二卷，后经姚濬昌、姚声两人精心汰选，编为《思复堂诗存》一卷、《思复堂文存》一卷，共存诗40首，文27篇，清同治十二年（1873）由姚濬昌刊印于安福县署。另，南京图书馆藏有抄本《姚庚甫先生文集》，不分卷，二册，所收诗文数量多于同治安福刻本。

---

① 姚鼐：《惜抱轩遗书三种·姚惜抱尺牍补编》卷二《与弼谐弟》，清光绪五年（1879）桐城徐宗亮刊本。

② 姚柬之：《伯山文集》卷六《楚辞蒙拾序》，清道光二十八年（1848）刻本。

姚景衡的现存诗歌题材并不广泛,大抵以题赠酬答、写景游览、感怀伤时为主。这些诗作受其诗学主张“自得”论影响,做到了“自达其意,不蹈袭”[①]。以《竹隐寺》为例:“竹隐何年寺,柴扉带女萝。青山江水阔,黄叶夕阳多。今古苍茫会,升沉寂历过。盈尊余白酽,持老共僧酡。”诗歌前四句写景虚实结合,意境阔达苍茫。后四句抒情感怀,于感叹古今之中灌注个人的身世幽情。又如《新晴即事》一诗:“昨夜浮云尽向东,晓来檐影下帘拢。新添溪水不成碧,未放山桃已自红。粉蝶寻香低栅落,纸鸢牵线断晴空。十年饱阅漂流味,独倚春风澹荡中。”从诗题看,此诗因新晴有感而作,落笔虽多在写景,但末联“十年饱阅漂流味”却道出了诗人的身世遭际,使得此诗不仅仅是写景而已,而是重在表现诗人在历尽沧桑后面对新晴时的那份淡然心态。此外,由于他饱经宦海风波,遭际殊为坎坷不幸,故姚景衡的诗中大都蕴藉着感伤惆怅的情怀,像《柬上元令陈吉人》《寄怀鲍觉生》《寄侄莹》《寄弟》《八月晦日姑苏述感二首》等皆为代表。

姚景衡诗歌无论古体、还是近体,皆有不少佳构,其艺术成就值得称道。如五古《寿方植之七十》,七古《石禅精舍诗为谈念堂作》,五言长律《返里后寄石甫二十四韵》《立春日阻风瓜州》《寄侄莹》等皆能反映出姚景衡深厚精湛的诗艺。兹以五言长律《寄侄莹》为例,这首诗内含两条线索:一线写姚莹的仕宦遭际,此为主线;一线抒写个人遭际,此为副线,双线交叉叙述。开篇先扼要叙述姚莹“自汝宰闽峤,寒暑十八更”的经历,接着宕开一笔,穿插叙述个人际遇:“时余在金陵,戚戚罪戾婴。虽为弃置惜,喜汝恢令名。一朝构闵凶,颠踬旋相并。吁嗟厄运萃,门户失支撑。余西入关去,漂泊终无成。”紧接着笔锋又一转,进一步叙说姚莹在道光十一年(1831)的仕宦情况,其中亦不忘穿插写自己,接着再写姚莹,追忆姚莹在台湾任职情况,至篇末又写到自己的衰颓与仕途无望,并且着重表达他对姚莹美好的期待与祝愿:“嗟余衰颓久,绅笏念绝萌。愿汝振坠绪,益使德业宏。坚此报国志,长为当代桢。”“大抵排律

① 姚柬之:《伯山文集》卷六《楚辞蒙拾序》,清道光二十八年(1848)刻本。

之体，不以锻炼为工，而以布置有序、首尾通贯为尚。”[①]本诗在艺术特色上可谓合乎五言长律规范，首尾相通，段落分明，层次清晰，同时也体现出桐城派“以文为诗”的创作特质。此外，从表达内容特色来看，这首《寄侄莹》反映了道光年间的一些时事，恰好在一定程度上印证了陈兆麒的说法，他说姚景衡“性尤好诗，凡子史及时事皆能运之入诗，故所作较多”[②]。不过，姚景衡现存诗歌中将时事运之入诗的并不多，这反倒显示出《寄侄莹》的独特价值与重要意义了。

姚景衡的文，有论说、序跋、尺牍、游记、传状、墓志铭等类。他的论说文以《训学》上下两篇最为重要，集中反映了他的为学思想，观点新颖，深刻洞达。其他如《樊迟请学稼圃说》《孟子疑武成说》等亦能彰显其思辨意识。序跋文有《古文所见集序》《山左诗汇钞序》《黄蛟门诗序》《余秋门诗序》《双藤书屋诗集跋后》等，尤以《余秋门诗序》较为出色，此序以山水之境来喻诗歌之境，立意奇特，语言优美：

> 曩余读尹畹阶先生诗，钦其行，遂为之传。既复与周二南交，序其诗。乃今又得余秋门诗，而不能以无言也。昔余游浙江，泛舟严陵台畔，维时春峦叠翠，俯镜清流，杂花绕溪，间以碧蓧，鸡鹊鸂鶒，群相往来，倏然自得，天下佳山水也。迄今忆之，盖与二南诗境相似。暨由衢州而上，观烂柯之山，望江郎之石，遂踰仙霞、牛牯诸岭，憩乎武夷之下，则其奇峰削立，翔跱不恒，奔湍激石，时作怒吼，而林木阴翳，风雨倏来，仿佛与武夷君遇，则畹阶先生之诗境似之。返乎西湖，日眺览于南屏鹫岭之间，峰不必奇而邱壑蔚然森秀，水不必深而渺弥湛碧，澹沱宜人，草树自馨，好鸟悦音，雪光铺素，朝烟升寒，余甚乐其清丽之无间于冬春与晴雨也。每欲取其境以入诗，则抑塞郁屈之气时与相阻，遍求海内诗人，冀获一似其境者，二三十年间迄

① 徐师曾著，罗根泽校点：《文体明辨序说·排律诗》，北京：人民文学出版社，1998年，第108页。

② 姚景衡：《思复堂诗文存》卷首《思复堂诗文存序》，清同治十二年(1873)刻本。

未之见,顾不谓读秋门诗而恍然遇也。[①]

文中尹廷兰(字畹阶)、周乐(字二南)、余正酉(字秋门)都是山东历城诗人,姚景衡虽未识尹廷兰,但因钦其行而为之作传;他与周、余二人有所交游,为两人诗集皆撰过序文。在这段文字中,他分别以浙江富春江山水、福建武夷山水、浙江西湖山水的优美景色来比喻周乐、尹廷兰、余正酉三人之不同诗境,做到了如刘大櫆所说的"文贵奇""有奇在意思者"[②]。这段文字在语言艺术上还做到了"文贵参差"[③],其在句式上汲骈入散,大量骈体四言单句镶嵌于文,不仅使行文避免了板滞凝重之弊,还彰显出文风的简练雅洁、文势的起伏变化以及文气的雄劲奔放。他这种骈散结合的写法,与方苞、姚鼐力排骈丽、专求简淡有所不同,是对桐城派散文的开拓与发展。方宗诚说姚景衡"才笔超轶出尘,雄气过于惜抱"[④],此文可视为例证。实际上,这也是其古文的一个重要特征。

姚景衡的尺牍,文存中仅有《与陈硕士书》一篇,颇有重要价值。信中他认为陈用光写的姚鼐行状"有所未尽",忽略了能彰显姚鼐志向的辞官抉择问题以及姚鼐的学术、文章地位问题。他想另为其父姚鼐作传,把姚鼐的"人品学问包括都尽"[⑤]。显然,这封书信对姚鼐研究乃至桐城派研究都有所裨益。

姚景衡的传记文往往以小说笔法为人物作传,人物形象鲜明生动,代表作品有《展卿方先生传》《杨守备传》《书总兵刘公轶事》等。他所撰墓志铭如《适汪氏妹墓志铭》《适张氏姊墓碣》《铁门阡表》(写姚鼐)等皆为亲属而作,大抵情动于中,真挚感人。

总的来看,姚景衡的古文成就,诚如姚柬之所说"其文悉有法度"[⑥],而姚鼐门人、姚景衡挚友休宁陈兆麒亦说:"古文虽不多,然皆蹈乎大方,异乎世之

① 姚景衡:《姚庚甫先生文集》,南京图书馆藏清抄本。
② 刘大櫆著,舒芜校点:《论文偶记(一六)》,北京:人民文学出版社,1959年,第6页。
③ 刘大櫆著,舒芜校点:《论文偶记(二五)》,北京:人民文学出版社,1959年,第10页。
④ 方宗诚:《柏堂遗书·柏堂集次编》卷一《桐城文录叙》,清光绪桐城方氏志学堂刻本。
⑤ 姚景衡:《与陈硕士书》,见《思复堂诗文存》,清同治十二年(1873)刻本。
⑥ 姚柬之:《伯山文集》卷六《楚辞蒙拾序》,清道光二十八年(1848)刻本。

为之者。”[①]

总而言之，姚景衡作为麻溪姚氏十七世的杰出代表，是姚氏家族文人群体中的一位重要作家，在家族文化链上应有一席之地；同时他作为桐城派的成员，虽因其地位、经历、名望所限，未能聚啸文坛，但其学术主张紧扣嘉道时期学术思潮的脉动，在桐城派学术谱系中自有一席之地；其诗文创作上在秉承惜抱家法的同时，也显示出自己的个性风格。他不应该被我们所忽视或遗忘。

第二节　姚莹“经济”说与桐城学风的转向

嘉道以降，时弊丛生，士风不振，外患不断。内忧外困的社会现实，影响了桐城派的文论思想，此派文论随之呈现出了顺时应变的新气象。作为桐城派的重要传人，姚莹也为此派文论注入了新的思想因子，有力地推动了桐城派在这一时期的发展。当前，学界认为姚莹对桐城派文论的发展主要表现在：注重“经济”，提倡“发愤著书”的传统与“文贵沉郁顿挫”，等等[②]。这其中，尤以姚莹将“经济”要素引入“义理、考据、辞章”之中，是他对桐城派文论最突出的理论贡献，影响深远。虽然学界对姚莹的“经济”说有所探讨，但仍有一些问题，如姚莹提出“经济”说的背景成因，“义理、经济、文章、多闻”的具体内涵，“经济”说的影响，等等，它们在以往的姚莹文论思想研究中罕有提及。本节将从这些问题着手，借此具体而深入地阐述姚莹对桐城派发展的理论贡献。

一、“经济”说的背景成因

姚莹的“经济”说出自《与吴岳卿书》。嘉庆十六年(1811)，年仅 27 岁的姚莹在写给同乡吴岳卿的书信中说：

---

① 姚景衡：《思复堂诗文存》卷首《思复堂诗文存序》，清同治十二年(1873)刻本。

② 黄霖：《中国文学批评通史》(近代卷)，上海：上海古籍出版社，1996 年，第 37～65 页。

> 古之学者不徒读书，日用事物出入周旋之地皆所切究，其读书者将以正其身心、济其伦品而已。身心之正明其体，伦品之济达其用。总之，要端有四：曰义理也，经济也，文章也，多闻也。四者明贯谓之通儒，其次则择一而执之，可以自立矣。后世学术纷裂，纯杂多门，然一艺之成，咸足通显当时，称名后世，未有猥俗浅陋如近日科举之学者也。[①]

在这里，他首倡读书为学要具四端，即“义理”“经济”“文章”“多闻”。要想理解这四端的具体内涵，我们还必须先要了解姚莹与吴岳卿的关系以及这封书信的写作背景。

吴岳卿，名云骧，出自桐城望族麻溪吴氏之门。道光元年（1821），举孝廉方正，有《岳青诗钞》。姚莹结识吴岳卿是在嘉庆十三年（1808）。是年，姚莹赴京参加会试，二人在京师相识[②]。姚莹谓岳卿“纯明贞白，德器蔼然”[③]，故生钦慕之心，两人由此订交。后姚莹客游广东，吴岳卿亦赴岭南，两人相处甚久，了解益深。姚莹曾称天下豪杰之士魁奇雄杰，往往不乏，“至若志气纯明，践履贞白，又能虚中求善”，未有如吴岳卿[④]。嘉庆十六年（1811），吴岳卿离开广东，姚莹还有诗送之，谓“临歧自惜魂消久，要倩何人赋《大招》”[⑤]，临别依依不舍之情，溢于言表。

---

① 姚莹：《东溟外集》卷二《与吴岳卿书》，见《续修四库全书》第1512册，第449页。

② 姚莹：《东溟外集》卷二《与吴春麓员外书》，见《续修四库全书》第1512册，第451页。按：姚莹与吴岳卿家族成员多有交游。姚莹先识吴岳卿之侄吴子方于嘉庆十一年（1806）秋，地点在郡城安庆，当时姚莹赴安庆科考，居于族祖姚鼐掌教的敬敷书院。姚莹与吴子方相得甚欢，与论古今大义，乐此不疲。其后，双方多有诗书往来。吴子方卒后，姚莹还编次吴子方遗文，汇为四卷，并为之作序（姚莹：《东溟文集》卷二《吴子方遗文序》，见《续修四库全书》第1512册）。姚莹与吴岳卿长兄吴赓枚（字敦虞，号春麓）亦有往来，道光五年（1825）时，吴赓枚主讲安庆敬敷书院，姚莹因事至安庆，被吴赓枚召居院中，朝夕纵言，唱酬尽欢。吴赓枚还将自己诗文数百篇属姚莹校定，姚莹在成集后又为之作序（姚莹：《东溟文集》卷二《吴春麓先生集序》，见《续修四库全书》第1512册）。

③ 姚莹：《东溟外集》卷二《与吴春麓员外书》，见《续修四库全书》第1512册，第451页。

④ 姚莹：《东溟外集》卷二《与吴春麓员外书》，见《续修四库全书》第1512册，第451页。

⑤ 姚莹：《后湘诗集》卷六《送吴岳卿》，见《续修四库全书》第1513册，第24页。

姚莹致书吴岳卿时，正在广东学政程国仁署中授经[1]。当时，姚莹有友人自南雄归来，告知姚莹，谓吴岳卿“欲于连阳事竣，即息心读书”。姚莹闻之甚喜，不过又有所担忧：“窃意未悉足下所欲读者何书也，将以平日所求古人之学更加讨论乎？抑将求进于科举之学乎？”由于吴岳卿当时还是诸生身份，安心读书，有可能求进于科举之学。科举之学是志在功名利禄，于圣贤义理与道德文章不过是弋猎之具罢了。出于此种担忧，他写了这封书信，在信中提及读书为学之四端，同时又希望吴岳卿能读书学古，通其大义，不要汲汲于科举之学。虽然这篇书信主要是在谈论为学之道，强调致力于古人之学，但其中提出的“经济”要素却是一线灵光，与其族祖姚鼐的“义理、考证、辞章”为学三要素相比，有所不同，除将“考证”换为“多闻”外，更增添了“经济”为第二要端。姚莹高举“经济”，可谓是对姚鼐之说的补充与修正，也是对桐城派文论的一大贡献。这里就存在一个问题：为什么姚莹会格外提出“经济”说呢？

姚莹注重“经济”，渊源有自。大致而言，有五方面因素：其一，时代需求。姚莹倡说之时正值嘉庆年间，其时已无康乾盛世之风光，国势大不如前，社会危机加重，诚如姚莹所危言：“溃痈之患已形，厝薪之势弥急。”[2]严峻的社会现实，唤醒了士人的忧患意识，促使他们摆脱经学束缚，躬行实践，注重经世致用，力挽颓势。其二，桐城传统。桐城方苞、刘大櫆、姚范等人的思想资源中有经世致用之因子。方苞说：“古之治道术者，皆以有为于世也。”[3]他在中年以后，还“常阴求行身不苟，而有济于实用者”[4]。刘大櫆在《论文偶记》中说：“盖人不穷理读书，则出词鄙倍空疏，人无经济，则言虽累牍，不适于用。故义理、书卷、经济者，行文之实。”[5]这表明，在刘大櫆的文学观念中，经济与

---

① 施立业：《姚莹年谱》，合肥：黄山书社，2004年，第54页。

② 姚莹：《东溟外集》卷二《复座师赵分巡书》，见《续修四库全书》第1512册，第456页。

③ 方苞著，徐天祥、陈蕾点校：《方望溪遗集·循陔堂文集序》，合肥：黄山书社，1990年，第5页。

④ 方苞著，刘季高校点：《方苞集》卷四《熊偕吕遗文序》，上海：上海古籍出版社，1983年，第97页。

⑤ 刘大櫆著，舒芜校点：《论文偶记（三）》，北京：人民文学出版社，1959年，第3页。

义理、书卷是建构文章思想内容的重要材料。不过,他在《徐昆山文序》中又说:“作文本以明义理、适世用,必有待于文人之能事。”①可见,刘氏在意的是“文之能事”“经济”这一要素的地位并不重要,还受“能事”影响。姚莹曾祖姚范亦笃志于学,博览群籍,自经史以逮百家,天文、地理、小学、训诂,无不淹通明贯。姚范经济致用之语,虽未明见,但可从其笔记、文集中体悟得之。如其《书史记六国表序》一文,包世臣就认为他“深有获于古训者,非苟矜淹洽,固将有以用之”②。由此可推知,桐城这种经世传统对姚莹应有其潜在的影响。其三,家庭授受。姚莹幼时家贫,母亲张氏亲自课学。张氏出自桐城望族,通晓经史。她时常向姚莹兄弟称说古今贤哲,品评乡里人物,讲述本朝掌故。这为姚莹留心史事、关注时政起到一定的启蒙作用。姚莹之父姚骙,好有用之学,尤熟史事。他曾手抄经史百家言有关世用者数十帙以授姚莹。姚莹中进士后,姚骙还手谕姚莹“勉承先德,而以侥倖功名为戒”,并对姚莹说:“虚心求之,实力行之,沽名欺世,吾所深恶也。”③父母之教应对姚莹经世致用观的形成亦有重要影响。其四,友朋呼应。姚莹在里中友朋众多,如方植之、刘开、左朝第、朱道文、徐璈、吴子方等,这些桐城青年英杰与姚莹志同道合,声气相通,经世意识强烈。如刘开自称“好言当世之略,凡礼乐兵刑以及河海盐漕诸务,无不讲求其实,以究其可行否”④;方东树亦锐然有用世志,他说:“君子立德、立功、立言,欲以觉世、救世、明道,期有益于人而已也”⑤,“文不能经世者,皆无用之言,大雅君子所弗为也。”⑥其五,个人志趣。姚莹束发之初,即思慕古,“以为人生天地间当图尺寸之益于斯人斯世,乃为此生不虚。每览

---

① 刘大櫆著,吴孟复点校:《刘大櫆集》卷二《徐昆山文序》,上海:上海古籍出版社,1990年,第51页。

② 包世臣:《艺舟双楫·清故翰林院编修崇祀乡贤姚君墓碑》,北京:中国书店,1983年,第64页。

③ 姚莹:《东溟文集》卷六《先府君行略》,见《续修四库全书》第1512册,第431页。

④ 刘开:《刘孟涂集·文集》卷四《上汪瑟庵大宗伯书》,《续修四库全书》影印清道光六年(1826)姚氏檗山草堂刻本,第356页。

⑤ 方东树著,汪绍楹校点:《昭昧詹言·跋二》,北京:人民文学出版社,1961年,第538页。

⑥ 方东树:《考盘集文录》卷六《复罗月川太守书》,清光绪二十年(1894)刻本。

古今贤佞臧否之辨、是非得失之迹,未尝不深思而熟复之也"[①]。他在读书为学方面,注重究其成败兴衰治乱之理、制度因革损益之故。姚莹的个人志向及读书为学之趣味当对其经世致用观也有所影响。

以上诸因素,可视为姚莹注重"经济"之缘由所在。不过,要想全面理解姚莹的"经济",还应将其置于"义理""文章""多闻"这三个要素中予以观照。

二、为学"四端"说的内涵

义理、考据、文章三者之间的关系是乾嘉学坛的一个重要议题。桐城派姚鼐对此看法比较辩证:"是三者,苟善用之,则皆足以相济;苟不善用之,则或相害。"[②]其三者相济兼收的观点成为桐城派为学作文的重要法则,对桐城派后学影响至深。姚鼐侄孙姚莹提出的"义理、经济、文章、多闻"亦是对姚鼐观点的继承与发展。

首先谈义理。桐城派的"义理"是以程朱理学为宗旨,强调格物穷理,克己修身,躬行实践。虽然他们对理学的理论建树不多,但却是程朱理学虔诚的维护者与践行者。姚莹作为桐城派阵营的一员,秉承了姚氏理学家风以及桐城固有的理学宗风,亦信奉程朱之说,致力于扶世翼教。姚莹较为突出之处在于他对传统理学思想有一定的发展。其文集中《答宋青城书》《心说》《又与方植之书》等文以及《康辅纪行》《识小录》等书中篇章,都对传统理学有所阐发,涉及理一分殊、理气说、人性论、本体功夫等方面。他的理学思想又有着鲜明的时代特征,即黜虚崇实,注重经世致用,将理学与经世致用相结合[③]。

再谈经济。经济即经世致用之意。经世致用是儒家思想的一个传统,也是程朱理学的重要内容之一。其比较注重学问与社会现实的联系,具有实践

---

① 姚莹:《东溟文集》卷三《复李按察书》,见《续修四库全书》第1512册,第401页。

② 姚鼐著,刘季高标校:《惜抱轩诗文集·文集》卷四《述庵文钞序》,上海:上海古籍出版社,1992年,第61页。

③ 关于姚莹的理学思想,参见王晖、成积春《姚莹理学思想初探》,载《江西社会科学》,2010年第6期,第61~64页。

性、应用性、务实性特征。姚莹是程朱理学的奉行者,面对世风日下、学风空疏支离等弊病,他激活了理学思想内部经世之因子,希望以“经济”药国计民生之弊。基于此,在姚莹看来,为学对象就不能仅仅是科举之学,像天文、地理、政事、河工、军事、兵制、舆地、盐法、漕运等学问也应有所知晓。只有掌握了这些经济之学,士人才能够自立于世,也才能够救亡挽颓。实际上,就姚莹的当时境况来看,他的“经济”理念已在一定程度上得以践行。这主要表现在他较早地对夷情和边疆史地知识有所关注。嘉庆十四年(1809),姚莹应两广总督百龄之邀,入其幕府。在幕期间,姚莹耳闻目睹了海盗骚扰粤地、英人挑衅等情况。姚莹就说:“莹自嘉庆中,每闻外夷桀骜,窃深忧愤,颇留心兹事。”[①](《康辅纪行自叙》)嘉庆十六年(1811)春,松筠接替百龄任两广总督,因松筠“两为伊犁将军,前后居西北塞外几二十年,身所巡历盖数万里”[②],故熟识西北边疆情形。他对姚莹较为友善,以礼相待。姚莹在其幕府期间,获得了一些域外知识和边疆史地情事。可以说,客游粤地的经历,大开了姚莹的眼界与思想,这对姚莹在书信中提出“经济”说不能说没有一点影响。受“经济”说的影响,在文章创作上,姚莹认为“言事之文”比“明道之文”更为难作。他说:“古人文章所重于天下者,一以明道,一以言事。理义是非不精,则道敝;利害得失不核,则事乖。然理义可以空持,利害必以实验,故言事之文为尤难也。”[③]他的这种认识,对他的创作颇有影响,其文集中有不少论说、议状等类的文章,它们都可谓“言事之文”,反映出姚莹经世致用的文学理念。

再次谈文章。在姚鼐观念中,文章是关于修辞技巧的学问[④]。姚鼐曾在安庆敬敷书院对姚莹言学问文章之事,姚莹得其要谛,故姚莹的“文章”内涵当与姚鼐的相通。姚莹对文的特性与功用多有论述,他说:“夫文者,将以明天地之心,阐事物之理,君臣待之以定,父子赖之以亲,夫妇朋友赖之以叙其

① 姚莹著,施培毅、徐寿凯点校:《康辅纪行》,合肥:黄山书社,1991年,第1页。
② 姚莹著,黄季耕点校:《识小录》,合肥:黄山书社,1991年,第99页。
③ 姚莹:《东溟文后集》卷九《重刻山木居士集序》,见《续修四库全书》第1512册,第567页。
④ 王达敏:《姚鼐与乾嘉学派》,北京:学苑出版社,2007年,第173页。

情而正其义”[①],“文章之大者,发明道义,陈列事情,动关乎人心风俗之盛衰”[②],等等。这些话语充分表明姚莹认为文章的功能在于阐发义理,关乎世道人心。

最后谈多闻。多闻就是学识广博之意。姚莹以“多闻”替代“考证”,颇有深意,在一定程度上反映出他对“考证”之学的不满。他说:“近代二三妄人乃又竞立门户,倒乱是非,取先儒删弃踳驳不经之说,搜而出之以为异宝,炫博矜奇,毫发无益实用。末学空疏为所摇惑,群而趋之,咸以身心性命之说为迂疏,惟日事搜辑古书奇字以相标榜,博高名、掇科第莫不由此。是以圣贤立训垂示之苦心纷然,射利争名,风俗人心孰有敝于此者哉?”[③]在他看来,汉学家的考据炫博矜奇,无益实用,甚至还有害于风俗人心。不过,姚莹虽然批评汉学家的考证之弊,但并不排斥考证。如他的《康輶纪行》《东槎纪略》《识小录》等著述中就多有考证之举。此外,他倡言“多闻”,大概也有要求学者不能徒有科举之学,还应要具备多方面学问的意思,而这殆与其经世致用思想有所关联。

需要指出的是,姚莹在《与吴岳卿书》中认为上述“四者明贯谓之通儒,其次则择一而执之,可以自立矣”。这表明上述四者之间的关系倒不像姚鼐所倡言的“义理”“考据”“词章”兼收相济了,姚莹所说的“义理、经济、文章、多闻”这四个要素,对读书人而言,掌握其一即可自立于世。这可以说是对姚鼐主张的一个变化。不过,这四者之间也不能说没有联系,实际上,在姚莹的思想中,无论是“经济”,还是“文章”“多闻”,都要以“义理”为归。即便姚莹非常重视“经济”,这也不过是理学思想中重“事功”的一个反映。只不过,姚莹在其以后的仕宦岁月中,拥有了践履“经济”之说、展现“经济”之才的机会,并由此扬名立万,声震朝野。这在无形当中反而又扩大了其“经济”说的影响,并由此遮蔽了“义理”“文章”“多闻”这几个要素。这是我们在看待四者关系时

---

① 姚莹:《东溟外集》卷二《复杨君论诗文书》,见《续修四库全书》第1512册,第452页。
② 姚莹:《东溟外集》卷一《黄香石诗序》,见《续修四库全书》第1512册,第444页。
③ 姚莹:《东溟文集》卷二《钱白渠七经概叙》,见《续修四库全书》第1512册,第385页。

应该要注意的。

三、桐城学风的转向

姚莹经世济时的思想对服膺桐城的后学有重要影响。中兴桐城的功臣曾国藩对姚莹的“经济”说就有所借用。他在《劝学篇示直隶士子》中说:“为学之术有四:曰义理,曰考据,曰辞章,曰经济。义理者,在孔门为德行之科,今世目为宋学者也。考据者,在孔门为文学之科,今世目为汉学者也。辞章者,在孔门为言语之科,从古艺文及今世制义诗赋皆是也。经济者,在孔门为政事之科,前代典礼、政书,及当世掌故皆是也。”[①]显然,曾国藩所说的“义理、考据、辞章、经济”,与姚莹所论相似。不过,就义理与经济的关系,曾国藩更有深层认识:“义理与经济初无两术之可分,特其施功之序,详于体而略于用耳”[②],“苟通义理之学,而经济该乎其中矣”[③]。不仅如此,曾国藩所言的“经济”内涵已与姚莹之“经济”有所不同。他在传统儒学经世中的官制、财用、盐政、漕务、钱法、兵制、兵法、刑律、舆地、河渠等内容基础上,还纳入了西方的舆图算法、步天测海、制造机器等西方科学技术的新内容[④]。曾氏的“经济”思想较姚莹向前发展了一步,更为开放、包容。曾国藩凭借其权位、声望,不仅贯彻落实了其“经济”思想,还将桐城派推进到一个新的发展阶段。

方宗诚说桐城之文,“自石甫先生后,学者多务为经济之学”[⑤]。此言虽常被引用,但较少深入展开论述,致使一些问题模糊不明。如姚莹之后,有哪些学者多务为经济之学?他们的经济之学是否与姚莹的经济之学内涵一致?

---

① 曾国藩著,彭靖等整理:《曾国藩全集·诗文·劝学篇示直隶弟子》,长沙:岳麓书社,1986年,第442页。

② 曾国藩著,彭靖等整理:《曾国藩全集·诗文·劝学篇示直隶弟子》,长沙:岳麓书社,1986年,第443页。

③ 曾国藩著,彭靖等整理:《曾国藩全集·诗文·劝学篇示直隶弟子》,长沙:岳麓书社,1986年,第443页。

④ 曾光光:《桐城派与晚清文化》,合肥:黄山书社,2011年,第87页。

⑤ 方宗诚:《柏堂遗书·柏堂集次编》卷一《桐城文录叙》,清光绪桐城方氏志学堂刻本。

等等。把这些问题梳理清楚,姚莹"经济"思想的影响效果会更加明晰。鉴于方宗诚之论出自《桐城文录叙》,故其所云"学者"应是针对桐城派桐城籍学者而言,并且这些学者宜为其生前所闻见。由此,我们可对姚莹影响下的桐城学者为学情况略作考察,以判断方宗诚所说是否正确。

属于此类的桐城学人有戴钧衡、马三俊、徐丰玉、姚濬昌、方宗诚等。戴钧衡(1814—1855),字存庄,号蓉洲。年少时即嗜好学,师从方东树,亦与姚莹有往来,其诗集中有《送前台湾道姚丈石甫之四川同知新任》《寄姚丈石甫四川》等作。他在京师会试失利后,"益锐志为学,思以通经致用"[①]。咸丰年间,太平军兴起,吕贤基治安徽团练,戴钧衡曾多次上书论事,还著《草茅一得》,剖析时局,陈述应对之策。他曾有献策十二条:"励气节、改科举、破资格、久任使、肃军政、复巡按、省例案、宣上德、节财用、禁奢侈。"[②]这些策略显然是针对社会现实而发,表现出了戴钧衡强烈的经世意识。马三俊(1820—1854),字命之,马瑞辰之子。学宗程朱,亦负侠气,喜饮酒、击剑,有文武才。马三俊年轻时曾在里中追随姚莹、方东树二人。咸丰元年(1851),在姚莹去广西办理军务时,马三俊还随同友人在遂园饯别姚莹,并有诗相赠[③]。马三俊曾对方宗诚说:"学问之事,不过明体达用而已,勿徒爱著书之名,名心存则实德亡矣。"[④]可见马三俊为学崇实黜虚。他还曾劝甘玉亭做举业之暇,"亦当留心他务"[⑤]。马三俊虽有经世志向,但不得用,常感慨"我身不用苦寥落"[⑥]。太平军兴起后,马三俊在咸丰三年(1853)入团练局,曾自撰挽联云:"不求利禄,不计勋名,但愿为国家荡寇平氛,使共睹光天化日;即是圣贤,即

① 马其昶著,毛伯舟点注:《桐城耆旧传》卷十一,合肥:黄山书社,1990年,第416页。

② 戴钧衡:《草茅一得》,清抄本。

③ 马三俊:《马征君遗集》卷三《植之先生将之祁阊讲席,石甫先生奉命之粤西军,俊随友人饯于遂园,诗以赠别,即示同席》,清同治刻本。

④ 马三俊:《马征君遗集》跋之《记马命之遗言》,清同治刻本。

⑤ 马三俊:《马征君遗集》卷二《与甘玉亭手札二》,清同治刻本。

⑥ 马三俊:《马征君遗集》卷三《杂诗》,清同治刻本。

超仙佛,纵抛此头颅转沟填壑,也权抒热血忠肠。”[①]此联亦可见马三俊可望见用、挽危救国之决心。徐丰玉,字子逢,号石民,“少攻举子业,不屑为世俗委靡之文,一以先正为宗师”[②]。他抗论世事,辄能惊长老。尝随其父山西布政使徐镛“宦游中外凡二十年,举当世大夫贤否及所历山川风俗”[③],悉心识之。道光二十三年(1843),英军犯南京,安庆戒严。徐丰玉欲为乡里保障计,建议防守,“群皆慑服,乃知府君有经世略,非徒硁硁自守者也”[④]。姚莹之子姚濬昌亦深得姚莹之传,为学注重讲究实学,他曾教导其子姚永概“人不可为无用之学,须于农田水利上讲究一番方好”,还开书单,分地理、天文附、兵盐、漕河、水利、农田、度支、礼乐、洋务数门,希望他逐一细究,方能有用[⑤]。方宗诚本人,他在编选《桐城文录》时,撷取文章标准“大约以有关于义理、经济、事实、考证者为主,而皆必归于雅驯”[⑥]。

还有吴汝纶值得一提。他虽未亲炙于姚莹,却是晚清桐城派的代表人物,也是晚清桐城学人中名望最高者。他既受桐城姚氏之学,又得湘乡曾氏之传,故能汲取两派之精华,能超越湘乡而更变桐城。他主张:“学有三要,学为立身,学为世用,学为文词。三者不能兼养,则非通才。”[⑦]他非常注重“世用”,对西学亦能虚心接纳,故其“经济”之内涵已大大拓展,西方器物、制度、学说等皆入其“经济”范畴。在此基础上,他引西学入古文,扩充了晚清桐城派古文之畛域。

---

① 马三俊:《马征君遗集》卷一《自挽联语》,清同治刻本。

② 徐宗亮:《善思斋文钞》卷首《皇清诰授中宪大夫例晋通议大夫按察使衔湖北督粮道显考石民府君行状》,清光绪刻本。

③ 徐宗亮:《善思斋文钞》卷首《皇清诰授中宪大夫例晋通议大夫按察使衔湖北督粮道显考石民府君行状》,清光绪刻本。

④ 徐宗亮:《善思斋文钞》卷首《皇清诰授中宪大夫例晋通议大夫按察使衔湖北督粮道显考石民府君行状》,清光绪刻本。

⑤ 姚永概著,沈寂等标点:《慎宜轩日记》(上),合肥:黄山书社,2010年,第125页。

⑥ 方宗诚:《柏堂遗书·柏堂集次编》卷一《桐城文录叙》,清光绪桐城方氏志学堂刻本。

⑦ 吴汝纶著,施培毅、徐寿凯校点:《吴汝纶全集·尺牍》卷一《答王子翔》,合肥:黄山书社,2002年,第107页。

由此可说，嘉道以降，桐城学人的学风确实带有明显的经世色彩，这种经世文化氛围的营造，殆与姚莹的努力倡导有所关联。方宗诚的论断并非虚言。

综上所言，姚莹提出的“经济”说有其深刻成因。对于其内涵的认识，我们不能脱离于它与“义理”“文章”“多闻”这几个要素之间的关系，同时也不能因姚莹出色的经世成就而脱离具体历史语境过于拔高它。还有需要注意的是，姚莹提出“经济”之说，对桐城派学术有所影响，嘉道以降，桐城学风与文风由此逐渐趋向于经世致用。

第八章　振起桐城：姚濬昌与桐城派的新境

姚濬昌是麻溪姚氏十九世祖，姚莹之子。桐城徐宗亮与姚濬昌之婿马其昶推论桐城文学之绪时，认为桐城诗歌“惜抱先生蔚出为大宗，海内群士归之；方植之先生于诗莫深焉；继是而振起者，必首子外舅（姚濬昌），他作者乃皆不能自具体貌，即无望其行远耳”[①]。虽然徐宗亮与姚濬昌之间有儿女亲家关系，但他的这番言论并非过誉之论，他指出了桐城诗歌在姚鼐、方东树之后，能振之而起的首推姚濬昌，桐城其他作者“皆不能自具体貌”，“无望其行远”。可见，姚濬昌在近代麻溪姚氏家族学术文化链以及桐城诗歌史上占有重要的一席之地。然而，长期以来，人们在研究桐城派时往往将姚濬昌忽略不论，以致我们对他的生平、思想、诗文创作及其成就皆知之甚少。有鉴于此，本章拟对姚濬昌的诗学交游、诗歌主张及创作情况予以阐述，在此基础上揭示出他在桐城诗歌史上的重要地位。

第一节　姚濬昌与曾国藩幕府

众所周知，名望与地位对个人的交游有着极为重要的影响。姚濬昌虽为

① 马其昶：《抱润轩文集》卷三《幸余求定稿书后》，民国十二年(1923)刻本。

世家名门之后，但一生仕宦不显，蹭蹬于地方县令之职，再加上其生性耿介，淡泊名利，这导致他的交游圈子中名贤时流、硕儒俊彦的身影并不是太多。从姚濬昌一生来看，青年时期他在曾国藩幕府的交游经历对其人生发展、价值取向、文学创作都有着极为重要的影响。

一、进入曾氏幕府

姚濬昌谒见曾国藩并入其幕府，是在咸丰十年(1860)。姚濬昌说："忆予以咸丰十年至祁门，公(曾国藩)留营次。一日见予《感事》诗，命入幕府。"[1]这段追叙较为简略，不过，吴汝纶《姚君慕庭墓志铭》、王树楠《桐城姚府君墓表》两文也对姚氏入幕情况有所记述。综合这些材料，姚濬昌入幕情况大致如此：当时姚濬昌"以訾得江西府经历"[2]，而曾国藩正在两江总督任上督剿太平军。咸丰十年(1860)，姚濬昌因公事赴曾国藩行营，在祁门得见曾氏，并借此机会献所作诗歌。曾国藩见到其《感事》诗，大加叹异[3]。由于姚濬昌是桐城派宗师姚鼐的侄曾孙、名臣能员姚莹之子，而曾国藩又私淑姚鼐，对姚莹也不陌生，曾向咸丰帝举荐过姚莹[4]。而当时，曾国藩正"收召名家子孙教育之"，拥有良好家世与深厚家学的姚濬昌，凭此机缘就很荣幸地被曾国藩留之幕中了。姚濬昌本人"亦以亲承謦欬于曾公之侧为平生大幸过望，故从之游"[5]。

---

① 姚濬昌：《叩瓴琐语》卷二，民国元年(1912)铅印本。

② 王树楠：《陶庐文集》卷四《桐城姚府君墓表》，民国四年(1915)陶庐丛刻本。

③ 按：姚濬昌的《感事》诗在其《幸余斋诗稿》卷一中有所收录，诗作共有四首，皆为七律。诗作内容紧扣时事，不仅写出了在内忧外患的侵扰下，海内局势震动不安的情形，也痛指了军界在此危急时刻不思报国、一味索取的弊病，全诗表达出姚濬昌对国事的关切与忧虑，诗风沉郁雄浑，颇有杜诗风味。这种风格的作品，殆出于饱经忧患的中年诗人之手，无足为奇。但出自年仅二十余岁的姚濬昌笔下，这充分反映出此时的姚濬昌已显露出非同寻常的诗才和孺子可教的潜力。

④ 四月二十六日(5月26日)，曾国藩上《敬呈圣德三端预防流弊疏》，疏中奏请重用姚莹：今发往广西人员不为不多，而位置之际未尽妥善。姚莹年近七十，曾立勋名，宜稍加以威望，令其参赞幕府，若泛泛差遣委用，则不能收其全力。(《曾国藩全集·奏稿一》第24页。)

⑤ 王树楠：《陶庐文集》卷四《桐城姚府君墓表》，民国四年(1915)陶庐丛刻本。

身居高位的曾国藩虽戎马倥偬，但于栽培姚濬昌一事甚是用心。在学术文化上，他特意延请西南巨儒莫友芝教导姚濬昌。莫友芝学问淹博，操作不苟，曾国藩称其为“畏友也”[①]。咸丰十一年（1861）七月初三，莫友芝在东流行营见到曾国藩，“久谈二时许”[②]，并留之幕中。次日，曾国藩又来访莫友芝。交谈之间，曾国藩就对莫友芝提及姚濬昌，说他是“桐城石甫先生之子，质美未学，当使就正于君”[③]。到了初五，曾国藩就命姚濬昌来请业于莫友芝。在经世才干上，曾国藩提供机会多加历练姚濬昌。如咸丰十一年（1861）八月，姚濬昌在东流黄石矶赈济流民，并写有《拟赈饥告示书》[④]，文章体现出为政者的宅厚仁心与救世济民的情怀，以致曾国藩见之有“异日殆复为循吏乎”的感叹[⑤]。同治三年（1864）六月，姚濬昌补为江西湖口县县令[⑥]，正式离开生活了近五载的曾幕。当时曾国藩不忍其离去，极力挽留，将有大用，终因姚濬昌满足于以微薄俸禄侍养其母而不得不听任其离开，他只好以“为江西留一循吏”而自解[⑦]。

同治七年（1868），姚濬昌过金陵，谒见曾国藩，“公询及先人遗集重刊，喜见颜色”[⑧]。此后，姚濬昌再无谒见曾国藩之经历。同治十一年（1872）二月初四日，曾国藩逝世。姚濬昌闻讯后，有诗《闻涤生相国薨于位述哀感事四首》[⑨]：

---

① 曾国藩著，萧守良等整理：《曾国藩全集·日记》“咸丰十一年七月初三日”，长沙：岳麓书社，1987年，第637页。

② 曾国藩著，萧守良等整理：《曾国藩全集·日记》“咸丰十一年七月初三日”，长沙：岳麓书社，1987年，第637页。

③ 张剑：《莫友芝年谱长编》，北京：中华书局，2008年，第235页。

④ 据张剑《莫友芝年谱长编》：“（咸丰十一年）八月初八日，黄石矶泊，遇姚濬昌赈流民。”北京：中华书局，2008年，第241页。

⑤ 姚永概：《慎宜轩文》卷三《五瑞斋遗文后序》，民国间刻本。

⑥ 莫友芝著，张剑点校：《莫友芝诗文集·郘亭遗文》卷四《姚端恪公手迹跋》，北京：人民文学出版社，2009年，第607页。

⑦ 王树楠：《陶庐文集》卷四《桐城姚府君墓表》，民国四年（1915）陶庐丛刻本。

⑧ 姚濬昌：《叩瓴琐语》卷二，民国元年（1912）铅印本。

⑨ 姚濬昌：《幸余求定稿》卷二，清光绪十七年（1891）刻本。

阊阖岧峣欲问谁，无端消息哲人委。一时妇孺同垂泪，半壁东南定坼维。忧国早知筋力瘁，匡时永动庙堂思。天涯更有邱山痛，孤负诸生会葬期。

湘江衡岳郁英真，间世天生社稷臣。议礼立回三殿诏，提兵坐扫八州尘。楼船亲见推杨仆，旄节翻宜借寇恂。一事未忘鲛鳄在，怒涛应共海云屯。

无复寒沙共枕戈，艰难往事忆如何？囊中奏牍乾坤系，帐下英才将相多。为我延师亲整驾，负公雅意望鸣珂。平生处处存风义，不待西州掩泪过。

惨淡山城噩梦劳，衔恩泪湿旧征袍。剧怜三语蒙清识，独许儒生署未曹。报政有书迟簿史，饯悲无路撷溪毛。招魂思赋空吟望，风雨无边碧落高。

这四首诗，抒情内容不一，各有侧重。诗一重在抒发朝野对曾国藩逝世的巨大悲痛；诗二着重于标榜曾国藩的巨大功绩；诗三主要叙述曾国藩奖掖人才、关照自己之意；诗四表达自己对难报曾国藩深恩的内疚与无奈。从这四首诗中，我们可以明显体会到姚濬昌与曾国藩之间的深厚感情，感觉到他对曾国藩逝世的沉重悲痛以及对曾国藩的深切悼念。姚濬昌的这种悼念之情并未随着时间的流逝而消散，光绪五年(1879)，姚濬昌登天门山，触景生情，写下《登天门山有怀涤生旧帅》，诗中既有“龙骧战舰忆前功”的称扬，又有当下“高怀遍历知难再，胜有江山兴未穷”的喟叹。

总而言之，姚濬昌能进入曾国藩幕府，并受到曾国藩的赏识，是其一生的荣耀。从他们的交游关系中，我们也可体会到曾国藩对人才培养的苦心孤诣。

二、师从莫友芝

在曾氏幕府中,除曾国藩外,对姚濬昌影响至深者当推莫友芝[①]。莫友芝(1811—1871),字子偲,自号郘亭,晚号眲叟,贵州独山人。他是晚清著名的金石学家、版本目录学家、书法家、诗人。莫友芝与曾国藩相识、订交时间是在道光二十七年(1837)[②]。当时,莫友芝在京师琉璃厂书肆寻书,偶遇翰林院侍讲学士曾国藩,"始未相知也,偶举论汉学门户,文正大惊,叩姓名,曰:'黔中固有此宿学耶!'即语过国子监学正刘椒云传莹,为置酒虎坊桥,造榻订交而去"[③]。在这之后,两人一别十五年,"中间通书问一二次而已"[④]。咸丰十年(1860),莫友芝来皖探望在安庆府怀宁县任知县的九弟莫祥芝。由于曾国藩这时驻军于安徽祁门,因而第二年正月,他就有前往祁门探访曾国藩的打算。不料,莫友芝路过太湖时,却被湖北巡抚胡林翼留居幕府。直到七月,他才赴东流,入居曾国藩军营。

姚濬昌来见莫友芝时,是以《幸余轩诗》二卷为贽。莫友芝阅其诗后,认为"其风格甚好,但境未阔、词未细耳"[⑤]。莫友芝还为其诗写了题记,认为:"慕庭示近诗二卷,风格略取明七子,而性情真挚不可掩抑处又不仅仅乎七子之貌然者。慕庭少年忧患奔走,而能不失名父家法已如此,更深而求之,斜川

---

① 按:莫友芝与姚濬昌的交游往来情况,孟醒仁先生《莫友芝和他的高弟姚浚昌》(载《贵州文史丛刊》,1993年第1期,第76～78、83页)一文有所交代。不过,由于他主要立足于姚濬昌的《五瑞斋诗钞》、莫友芝的《郘亭遗诗》等文献资料,未能涉猎《郘亭日记》等相关重要资料,因而关于莫友芝和姚濬昌交往的细节问题仍有进一步补充的空间。

② 关于莫友芝与曾国藩的交往详细经过,可参看梁光华:《莫友芝与曾国藩交往述论》,载《贵州大学学报》,2011年第4期,第121～125页。

③ 黎庶昌:《拙尊园丛稿·外编》卷四《莫征君别传》,见《续修四库全书》集部第1561册,第346页。按:莫友芝《春官报罢,国子学正刘椒云传莹招同曾涤生学士国藩小饮虎坊寓宅,歌以为别》、曾国藩《送莫友芝》等诗也都对这次虎坊桥宴饮订交有详细记述。

④ 曾国藩著,萧守良等整理:《曾国藩全集·日记》"咸丰十一年七月初三日",长沙:岳麓书社,1987年,第637页。

⑤ 张剑:《莫友芝年谱长编》,北京:中华书局,2008年,第235页。

之张老坡,安得专美耶?”[①]毋庸置疑,姚濬昌的诗作质量及艺术风格给莫友芝留下了深刻的印象。在这之后,姚濬昌与莫友芝之间往来频繁,如咸丰十一年(1861)八月,姚濬昌陪莫友芝游元代余阙墓及大观亭。九月七日,姚濬昌又陪莫友芝、周成登迎江寺塔[②]。此外,姚濬昌还经常携其家族藏书、书画相示于莫友芝[③]。在姚濬昌任职湖口令、离开曾氏幕府后,莫友芝还寄诗表达了他对姚濬昌的教导与期待:“君家罗田来,美续垂抚字。石翁张其徽,闽蜀载威惠。君今奉循谱,试手若循例。平生利物心,康济岂难致。废教多莠民,任法益重蔽。张弛称良弓,操纵得和辔。匡庐积游兴,石钟取佳憩。定有口上碑,一笑慰颠顇。”[④](《寄湖口令姚慕庭》)以上这些都可反映出姚濬昌与莫友芝之间深厚的师生交谊。

莫友芝学问精湛渊博,论诗通达平允。莫氏为学通汉、宋,曾国藩称“其学于考据、词章二者皆有本原,义理亦践修不苟”[⑤]。张裕钊亦称“子偲之学,于苍雅故训,六经名物制度,靡所不探讨。旁及金石、目录家之说,尤究极其

---

① 姚濬昌:《幸余求定稿》卷首《莫友芝题识》,清光绪十七年(1891)刻本。

② 姚濬昌:《幸余求定稿》卷一《九月七日奉陪郘亭夫子周志甫丈登迎江寺塔》,清光绪十七年(1891)刻本。

③ 按:莫友芝在其日记中多有记载:九月二十四日己酉(1861年10月27日),“慕庭以其先人《谈艺图》来观,道光十七年都转两淮作也”(第57页);十一月初六日庚寅(12月7日),“夜,慕庭以张亨父际亮诗草来待勘”(第63页);十一月初八日壬辰(12月9日),“慕庭冒雨以《东溟疏草》相视,其尊人为台湾道时办夷匪所陈奏也”(第63页);十一月二十八日壬子(12月29日),“慕庭以龙友画夹相视”(第66页);十二月初十日癸亥(1862年1月9日),“慕庭以中统本《史记索隐》及录震川评点《史记》相视,当审勘购之”(第68页);十二月十三日丙寅(1月12日),“绳买得姚姬传先生书《论书六绝句》小横幅,甚佳。慕庭又以先生临米一册相视,并清空有味,观诗意以元宰学右军而不似,拟震川学史记而不似,知先生亦遵思翁学右军,又不似思翁者也”(第68页)。莫友芝著,张剑整理:《莫友芝日记》,南京:凤凰出版社,2014年。

④ 莫友芝著,张剑点校:《莫友芝诗文集·郘亭遗诗》卷八,北京:人民文学出版社,2009年,第429页。

⑤ 曾国藩著,邓云生整理:《曾国藩全集·家书》“谕纪泽咸丰十一年九月二十四日”,长沙:岳麓书社,1994年,第787页。

奥赜，疏导源流，辨析正伪，无铢寸差失”[①]。莫氏于诗治之益深且久，有一些诗学观念，大致如下：一是主张“力行苦学”“学行并重”；二是主张经术、学问与诗艺相结合；三是主张诗歌有感而发，从广泛的阅历中吸取诗材[②]。他的这些诗学观念对其诗作实践有较大影响。

莫友芝的学术取向与诗学观念对姚濬昌有一定的影响。譬如，同治三年(1864)，莫友芝就对姚濬昌说“国朝言《三礼》者，往往以门户沿误，遵义郑子尹有百余条折衷精当”，又说“望溪文真朴，惜抱雅洁，其尤盛者，空明澄澈，含咀靡尽，而皆乏奇伟之观。但惜抱才气用于诗者有余，不见薄弱也。曾相国文精实，其气魄规杌，在国朝诸老上，惜扰于戎事，不能究其业”[③]。同治七年(1868)，姚濬昌在燕子矶与莫友芝相遇，两人谈及书籍版本问题，姚濬昌“素以讨论版本，为非真读书”，不过，“闻先生言，乃知印早校精者舛误少也”[④]。姚濬昌的诗歌自从得到莫友芝的精心指点后，颇有精进。如《郘亭日记》“咸丰十一年九月二十九日”云：“慕庭以诗来，甚有进。”[⑤]吴汝纶亦说姚濬昌“既师事子偲，其于诗独有天得”[⑥]。

概而言之，姚濬昌在曾国藩的引荐下，曾师从西南巨儒莫友芝，在学术理念、文学思想等方面获益良多。

三、与幕府内桐城派文人的关系

晚清时期，曾国藩幕府是当时著名的四大幕府之一。曾国藩以其崇高的声望和显赫的地位收罗了众多人才，凡于兵事、政事、饷事、吏事、文章有一长

---

① 张裕钊著，王达敏校点：《张裕钊诗文集》文集卷六《莫子偲墓志铭》，上海：上海古籍出版社，2007年，第141页。

② 黄万机：《莫友芝评传》，贵阳：贵州人民出版社，1992年，第345～348页。

③ 姚濬昌：《叩瓴琐语》卷二《谈艺》，民国元年(1912)铅印本。

④ 姚濬昌：《叩瓴琐语》卷二《谈艺》，民国元年(1912)铅印本。

⑤ 张剑：《莫友芝年谱长编》，北京：中华书局，2008年，第247页。

⑥ 吴汝纶著，施培毅、徐寿凯校点：《吴汝纶全集·文集》卷三《姚慕庭墓志铭》，合肥：黄山书社，2002年，第212页。

者，无不优加奖励，量才录用，出现了“宾僚尤极一时之盛”的景观[1]。薛福成在《叙曾文正公幕府宾僚》一文中，也记述了有作为有建树的幕僚80余人，名列其中者有张裕钊、吴敏树、赵烈文、王闿运、莫友芝、俞樾等人。姚濬昌在曾氏幕府之时，就有幸与沈葆桢、李鸿章、黎庶昌、吴汝纶、李士棻、欧阳兆熊、程桓生、何敦五、孙衣言、汪士铎等人有所交游。如据《郘亭日记》记载，在咸丰十一年(1861)七月十三日这一天，姚濬昌就“治具招饮筱岑(欧阳兆熊)、尚斋(程桓生)、芋仙(李士棻)、丹臣(何敦五)来舟中同饮”[2]。由于曾国藩幕府中汇集了大批服膺桐城义法的文人，这在某种程度上使得曾氏幕府成为咸同年间桐城派的大本营了。姚濬昌客居曾国藩幕府，难免会与桐城派文人打交道，这里结合姚濬昌诗集等相关资料，对其与幕府内桐城派文士的交游情况略论如下：

黎庶昌(1837—1896)，字莼斋，贵州遵义人，廪贡生。同治元年(1862)，黎庶昌上书条陈时政，清政府嘉其言，发交曾国藩差遣委用。同治二年(1863)二月，黎庶昌在安庆入曾国藩幕，委派善后局，专司稽查保甲。光绪二年(1876)，黎庶昌随郭嵩焘出使西欧，历任驻英、法、德、西诸国参赞。姚濬昌与黎庶昌两人相识于曾国藩幕府中，姚濬昌的诗句“忆昔同随丞相军，旌旗卷冻凝生履”(《寄蓴斋》)，即是明证。姚濬昌交接黎庶昌之心是真诚的，他有诗写道：“束发上巴蜀，逾冠入瓯闽。纵横八千里，求友心常殷。今人秦视越，古有龙与云。壮年历交游，一见得子真。”(《黎莼斋庶昌以诗送别既就道郘寄酬三首》之二)写出了他青少年时期交游经历以及壮年得交黎庶昌的真挚情感。姚濬昌离开幕府时，黎庶昌有诗送别，姚濬昌亦有所酬寄，表达了依依不舍的离别之情：“与君生殊方，宦游亦异地。浮云一聚散，后会那可致。出门

---

① 《庸庵文编》卷四《叙曾文正公幕府宾僚》。曾为曾氏幕府宾僚的容闳亦说：“当时各处军官，聚于曾文正之大营者不下二百人，大半皆怀其目的而来。总督幕府中亦有百人左右。幕府之外更有候补之官员、怀才之士子，凡法律、算学、天文、机器等专门家，无不毕集，几于全国之人才精华，汇集于此。”(容闳：《西学东渐记》第十三章《与曾文正之谈话》，长沙：湖南人民出版社，1981年，第74页。)

② 张剑：《莫友芝年谱长编》，北京：中华书局，2008年，第237页。

望大江,悲来不成寐。苍茫客子心,六月动寒吹。"光绪二年(1876),黎庶昌随郭嵩焘出使西欧,姚濬昌听说此事,赋诗遥赠[①]。光绪七年(1881)三月,黎庶昌充出使日本大臣。姚濬昌又有《送莼斋奉使日本》一诗。从这些诗作,可看出姚濬昌与黎庶昌之间诗书往来密切,感情颇为融洽。

孙衣言(1814—1894),字邵闻,号琴西,浙江瑞安人。道光三十年(1850)进士,选庶吉士,散馆受京职,历任实录馆协修,翰林院侍讲等职。同治二年(1863)二月入曾国藩幕,委办营务。同治三年(1864)转入秘书处。学兼汉宋,文宗桐城。著有《逊学斋诗文钞》等。孙衣言在光绪元年(1875)题姚濬昌诗稿时曾说"予与慕庭相识垂二十年",这说明姚濬昌与孙衣言相识时间较早。姚濬昌诗集有《赠孙琴西廉访衣言》三首,中有"四海求师怜我晚,一时拔士只公能"诗句,反映出孙衣言与姚氏之间相知契合之关系。清光绪元年(1875)八月,孙衣言升任湖北布政使,姚濬昌又有《送琴西擢藩湖北奉命入朝》一诗。孙衣言对姚濬昌的诗有较高评价,认为其诗沉炼峭拔,"又出乎惜抱之外,非家学所能牢笼也"[②]。

张裕钊(1823—1894),字廉卿,号濂亭,湖北武昌人。道光二十六年(1846)举人,考授内阁中书,受到阅卷官曾国藩的赏识,遂拜曾为师,学问日进。早在咸丰五年(1855)即与曾国藩相识,曾专门拜访而未留幕中。咸丰十一年(1861)十一月,赴安庆,入曾国藩幕,曾国藩令其专攻古文,不习他务。姚濬昌集中与张裕钊有关的诗作有《寄怀张廉卿内翰》《江宁晤廉卿赠之》《无错用予前韵言诗境示朴儿因忆廉卿挚甫二君复自迭韵成一篇》等。同样,张裕钊也有《光绪庚辰奉酬姚慕庭丈见怀原韵二首》等诗。

汪士铎(1814—1889),字梅村、梅岑,号悔翁,江苏江宁人。道光二十年(1840)举人。咸丰九年(1859)应湖北巡抚胡林翼邀至武昌入幕,主持编纂《读史兵略》一书。同治元年(1862)五月入曾国藩幕。著有《乙丙日记》《汪梅

---

① 姚濬昌:《幸余求定稿》卷四《闻莼斋随郭侍郎出使西国赋此遥赠》,清光绪十七年(1891)刻本。

② 姚濬昌:《幸余求定稿》卷首《孙衣言题识》,清光绪十七年(1891)刻本。

村先生集》等。姚濬昌诗集中有《赠汪梅村先生》一诗:“吴中旧毓经师地,闻道人师喜欲狂。芳物那成广陵散,葆真今见鲁灵光。炉泉香絜无由俗,厨馔腥膻任世尝。只恐后来少�楷,祝公食气过张苍。”①从中当不难体会到姚濬昌结交汪士铎的激动、庆幸之情与崇敬之意。光绪七年(1881),汪士铎读姚濬昌诗集后评说:“盥诵大著,清思目浣,奇采泉流。取经风人,寄情芳草。近日作者,当推元戎。惜抱家风,于兹未坠矣。”②并作有《奉酬慕庭先生见赠大作》一诗。

欧阳兆熊(1808—?),字晓岑、筱岑,号匏叟,湖南湘潭人。道光十七年(1837)举人,曾任湖南新宁县教谕。道光十五年(1835),与曾国藩订交。咸丰十一年(1861)二月入曾国藩幕,为曾国藩草拟文件,出谋划策。咸丰十一年(1861)至咸丰十四年(1864)前后在曾国藩幕府中。集中有《丙午十一月寄曾涤生讲学》《六月与曾涤生讲学》《辛酉三月十七日寄涤帅驻休宁书》等书信。他“平生潜心经世学,孜孜不倦”③,著有《寥天一斋文稿》《兵法集览》等。

除了上述诸人外,曾氏幕府中还有一群桐城籍文人,较为著名者如方宗诚、萧穆、江有兰、吴汝纶、甘绍盘、徐宗亮等人。姚濬昌亦与他们有着深厚的情谊,其诗集中不少作品都与之有关。如《寄赠方存之大令》《旦赴幕饮茶戏作示徐椒岑萧敬甫澄士》《赠存之》《同存之登北顾山甘露寺访源携酒留饮》《寄江待园》《寄待园》《夜起有感寄挚甫》《寄挚甫》《闻挚甫将来诗以迓之用山谷诗韵》等。姚濬昌与桐城诸子之间的交游,折射出同光年间桐邑文人之间相互交流的文化景象。

通过对姚濬昌客居曾国藩幕府时期的交游考察,我们对青年时期姚濬昌的交游网络有了大致的认识。这段交游经历,从文学影响角度而言,对姚濬昌的诗歌创作有着重要影响。我们知道,道咸年间,诗坛风向有所转变,推崇宋诗成为一股潮流,何绍基、祁寯藻、魏源、曾国藩、郑珍、莫友芝等人就喜言

① 姚濬昌:《幸余求定稿》卷六,清光绪十七年(1891)刻本。

② 姚濬昌:《幸余求定稿》卷首《汪士铎题识》,清光绪十七年(1891)刻本。

③ 欧阳兆熊:《寥天一斋文稿》“欧阳述跋”,清光绪二十三年(1897)刻本。

宋诗。曾国藩更是凭借其位高权重激化了诗坛风气，施山《望云诗话》就说："今曾相国酷嗜黄诗，诗亦类黄，风尚一变。大江南北，黄诗价重，部值千金。"[①]在曾国藩的幕府中，形成了一个以曾国藩为中心的宋诗派文学圈子，像莫友芝、张裕钊、李士棻、黎庶昌、吴汝纶等人都属于这个圈子。姚濬昌亦受到推崇宋调风气之影响。前面提到姚濬昌以诗谒见莫友芝时，莫友芝评其诗风"略取明七子"，这反映出当时姚濬昌学诗尊唐。不过，这到后来有所变化，孙衣言就说"慕庭诗于谢、鲍、子美、退之、义山、山谷，盖无所不学"[②]，张裕钊也说姚诗"导源大谢，出入唐宋诸大家"[③]。这种变化不能不说与他在曾国藩幕府的交游经历以及师从莫友芝有着重要的关联。此外，在诗学影响方面，虽然其诗名不著称于世，但"诗之工不让古人，而绝不自表襮，惟张濂亭、汪梅村、孙琴西、吴挚甫诸先生知之而已"[④]。由此，我们可以说：姚濬昌是桐城派阵营中重要的一员，他与幕府中桐城派文人的交游对其文学创作有一定的影响。

第二节　姚濬昌诗歌及其艺术特色

无论是从桐城派还是从家族角度而言，麻溪姚氏成员在古文创作方面皆有值得称道之人、值得可诵之文。不过，由于文学创作与作家的禀性天赋、兴趣爱好、知识水准等有着密切关系，因而作家的个体差异也会影响他们对不同文类的选择与偏爱。姚濬昌虽是桐城派的重要成员、姚氏家族的重要作家，但他在诗歌与古文的创作方面，却独喜为诗，于文"尤不肯作，偶尔为之，亦随灭其稿"[⑤]，这与其家族先辈们富赡的古文创作大相迥异。

总而言之，由于现存古文作品数量的限制以及姚濬昌于诗的偏爱，在古

---

① 施山：《望云诗话》卷二，清光绪年间抄本。

② 姚濬昌：《幸余求定稿》卷首《孙衣言题识》，清光绪十七年(1891)刻本。

③ 姚濬昌：《幸余求定稿》卷首《张裕钊题识》，清光绪十七年(1891)刻本。

④ 姚永概：《慎宜轩文》卷三《五瑞斋遗文后序》，民国间刻本。

⑤ 姚永概：《慎宜轩文》卷三《五瑞斋遗文后序》，民国间刻本。

文方面，姚濬昌的文学才能及其成就不足以完全呈现[①]，真正能彰显其文学才华及文学地位的当是其丰富的诗歌创作。

一、乱世悲音与闲居清音

姚濬昌以诗鸣世，其第三子姚永概就说他“独喜为诗，诗之工不让古人”[②]。姚濬昌的诗歌作品数量甚多，仅光绪十六年(1890)所刻的《幸余求定稿》(十二卷)就录诗达一千零七十七首。此后，又有《五瑞斋诗续钞》之刻，共九卷，收诗数量亦相当可观。综观姚濬昌的诗歌作品，青少年、中年、晚年之作皆有，数量比重各有不同，反映出不同时期的生活遭际与心路历程。就诗歌题材而言，丰富多样，涉及羁旅、感时、赠别、怀人、咏史、咏物、怀古、感怀、山水、田园等方面。此处不一一论述，而是择取其青年时期的感时伤世之作与中晚年时期的致仕闲居之作予以阐释。之所以如此，是因为前者之作表现出诗人忧国忧民的心态，多与时代风云有关，是对社会乱局的记录，具有一定的诗史价值；后者之作，类似陶潜隐居之作，颇能反映出作者不慕名利、淡泊致远的思想。

(一)乱世悲音

姚濬昌青年时期经历颇为坎坷。他弱冠之时，不幸遭逢太平军俶扰东南。东南一带战火遍地，生灵涂炭，民不聊生。桐城恰恰又是清军与太平军激烈交锋之地，兵燹之害尤甚。据姚永朴《先妣事略》记载，姚濬昌本人就曾被太平军所执，幸好后来得以逃脱[③]。咸丰九年(1859)，姚濬昌为避战乱，奉

---

① 按：现在我们能看到的姚濬昌的文章，见于《五瑞斋遗文》。这部著作“大抵从所刊书序跋及诸子私录合成一卷”(姚永概：《慎宜轩文》卷三《五瑞斋遗文后序》，民国间刻本。)共计17篇，其中书序最多，还有跋、书信、墓志铭、箴赞等文。虽然文章现存不多，但大都谨守家法，词雅气渊，代表作品有《先妣方淑人行略》《外姑陈恭人墓志铭》《庸晦堂诗集序》等。

② 姚永概：《慎宜轩文》卷三《五瑞斋遗文后序》，民国间刻本。

③ 姚永朴：《蜕私轩集》卷三《先妣事略》，民国六年(1917)北京共和印刷局铅印本。

生母萧太恭人远走福州，依居于姊夫张汇[1]。之后，又进入曾国藩幕府，追随曾国藩左右。姚濬昌青年时期这段遭逢患难、奔走避乱的经历，在其诗歌创作中有所反映，其诗浸染着浓浓的时代风云之气。

姚濬昌诗集《幸余求定稿》的卷一、卷二有一百多首诗，记录了那段动荡不安的避乱生活与心路历程。如《渡江》："惨憺风尘际，浮家此暂停。大江春不绿，荒岸雨还青。前路愁豺虎，连车慰鹡鸰。葛衣今尚在，行到亦蓬萍。"[2]此诗题下有小注"时奉母随姊之闽避乱"，结合诗歌内容，我们可体会到姚濬昌一家在兵荒马乱之时萍飘蓬转的艰难生活。

这一时期的作品还有不少与赠别、怀人等内容有关，其中不乏对乱世之相的描绘。如《赠林若衣大令》云："又遇永嘉乱，还从皖口军。"[3]前句借指自己遭逢太平军侵扰东南，后句叙说自己入幕曾国藩大营。两句较为明显地道出了诗人的逢乱遭际。又如《不得大兄消息》："昨闻归有日，消息问终差。哭念十年别，遥怜白发加。江湖通故里，涕泪傍天涯。前路休回首，沿江起暮笳。"[4]全诗写出了战乱岁月亲人音信阻隔的思念之情。此类诗情之作，类似于杜甫在安史之乱期间的思亲之作。

姚濬昌客居曾国藩幕府有近五年生涯，与一些军界将士有一定的交游关系，相关作品亦有所反映，如《军中赠程蒋二君》《偶感示吴守备家榜》等诗。最有代表性的当推七律组诗《军中杂感》。这组七律共有九首，作于安徽东流大营，此时曾国藩的湘军正与太平军在皖江两岸对垒。这些诗情感意蕴复杂丰富，有"为语孙恩莫轻敌"的小心谨慎，也有"莅军不用劳臣度，已有偏师报贼歼"的畅快轻松，还有"闻道吾乡有奇捷，十年江郭望生春"的喜悦兴奋，等等。其中第九首最为典型，可见作者当时的心态：

马鬣迟封遽请缨，貂蝉未敢卜吾生。惭为阮掾无三语，长忆孙

① 姚濬昌：《幸余求定稿》卷二《秋夜杂感》之八诗后自注，清光绪十七年(1891)刻本。
② 姚濬昌：《幸余求定稿》卷一，清光绪十七年(1891)刻本。
③ 姚濬昌：《幸余求定稿》卷一，清光绪十七年(1891)刻本。
④ 姚濬昌：《幸余求定稿》卷一，清光绪十七年(1891)刻本。

阳冀一鸣。月色夜临王浚舸，江声秋绕吕蒙营。湖淮傥募孤儿队，一筲还应下百城。[①]

这首诗写出了姚濬昌渴望建功立业之抱负。首联以终军请缨之典故表明自己今生虽难料显贵，但亦希望有所作为。颔联用阮籍和孙阳之典表达出诗人祈望得到伯乐赏识的心态。实际上，姚濬昌是期待能得到曾国藩的重用，让其有施展才能的舞台。颈联笔锋一转，写曾国藩的湘军大营周围之景，尾联末句表达出攻城拔寨、夺取胜利的英雄豪气。全诗基调于平缓中不乏激昂之气，这是感时伤世类作品中所不多见的。王树楠说："吾读《军中》《都中杂感》诸篇，其于庙算军谋之胜负，人才之消长盛衰，尤三致意焉。"[②]

姚濬昌"生当乱离之世，凡身所经触耳目所见闻千状万态，莫不讬之歌咏，参差俶诡以写其怀"[③]。这类作品大抵缘事而发，以所见所闻写出心中所感，虽不乏对社会现实的关注，但更多的是呈现社会乱象在诗人心中留下的创伤，因而其诗歌中饱含着浓郁的时代悲情。诚如合肥徐子苓所说姚濬昌"早遭患难，故多凄悱之音"[④]。

(二)闲居清音

光绪三年(1877)，四十五岁的姚濬昌辞去安福县令之职，归寓郡城安庆，后又隐居桐城挂车山下，营建西山精舍。精舍周边风景优美，花草树木，遍布左右[⑤]。这里"万石参天绝少人"[⑥]，"柴门竟岁无车马"[⑦]，没有官场的争权夺利，没有人事的迎来送往，陪伴他的是清溪流泉、繁英果木。在这清静之地，他侍母教子，读书赋诗。光绪十年(1884)冬，他又因中复堂故居修葺完工而

---

① 姚濬昌:《幸余求定稿》卷一，清光绪十七年(1891)刻本。
② 王树楠:《陶庐文集》卷五《五瑞斋诗钞序》，民国四年(1915)陶庐丛刻本。
③ 王树楠:《陶庐文集》卷五《五瑞斋诗钞序》，民国四年(1915)陶庐丛刻本。
④ 姚濬昌:《幸余求定稿》卷首《徐子苓题识》，清光绪十七年(1891)刻本。
⑤ 姚永概:《慎宜轩文》卷十一《西山精舍记》，民国间刻本。
⑥ 姚濬昌:《幸余求定稿》卷九《答客(一)》，清光绪十七年(1891)刻本。
⑦ 姚濬昌:《幸余求定稿》卷九《答客(二)》，清光绪十七年(1891)刻本。

移家城中。这种闲居生活直到他在光绪十三年(1887)赴任安福知县而结束。

姚濬昌在远离尘俗喧嚣之后，读书成为其日常生活的一项重要活动。姚永朴说其父隐居期间，“时与故旧饮酒赋诗，日诵经史及名臣魁儒之书，恒之夜半”[①]。姚濬昌《读书》云：

> 读书在深谷，心与山云长。春花复秋叶，开落成文章。花叶两不知，人意亦相忘。水田遇新霁，倒景生微光。徘徊溪水源，日夜声琅琅。且还读吾书，余妍满空堂。[②]

此诗通过着重描写山谷之景，传达出作者山居读书随意而适、淡然平和的心态。

山中生活，难免会与一些淳朴而热情的乡民打交道。姚濬昌的诗作中亦描绘了乡民收割庄稼、饮食等方面的情况。如《麦饭》诗：

> 南风开曙色，微雨来峰头。农家率妇子，刈麦清溪陬。黄云卷地起，茅屋须臾秋。悠悠檐际烟，沸沸釜中麰。新炊杂旧粟，赠我双盈瓯。先人昔贫居，麦饭发清讴。根深枝叶茂，今服犹前畴。举手谢农人，柴门闭余幽。纵横案上书，子母陇上牛。深慨无端来，对此惭锄耰。[③]

诗歌不仅描绘出农家在清凉的天气下收割麦子的场景，还表现了农家对诗人的热情慷慨。结句“对此惭锄耰”表达出诗人对劳动者的敬意与愧意。

总而言之，姚濬昌诗歌反映深广的社会生活内容的作品并不多，视野、气魄都不大，这可能与其所处时代背景以及自身位卑官微有关。

二、创意造言，风格多样

姚濬昌的诗在立意、用语方面皆有自得之处。张裕钊评说姚诗“创意造

① 姚永朴：《蜕私轩集》卷二《先考〈叩瓴琐语〉后序》，民国六年(1917)北京共和印刷局铅印本。

② 姚濬昌：《幸余求定稿》卷九，清光绪十七年(1891)刻本。

③ 姚濬昌：《幸余求定稿》卷九，清光绪十七年(1891)刻本。

言，斸涤澳浊”[①]。想象的夸张性是姚濬昌诗歌“创意造言”成功的一个秘诀所在。如《二月十一日夜大雨雷电》一诗描写了夜晚雷电交加、大雨滂沱的场景：

> 赤螭衔尾绕屋角，天鼓下逐如鸣鼍。横空忽震天地破，落日一线生云窠。仰睎邻木尽照耀，俯视庭水如秋河。眼中光景变台榭，旁风上雨空摩挲。指数花石失栏楯，意象仿佛交庭柯。夜窗坐觉风动纸，两脚所到沙投莎。初听车轮碾山谷，悬崖万手碑争磨。近城渐绕摘山鼓，忽抉云汉追羲娥。天姥应嫌世界暗，连引双镜驱么么。流光逐声破棂入，斜雨浸卷瓯生波。[②]

诗人先从闪电写起，以赤螭作喻，以其“衔尾绕屋角”来写电闪之态。接着写隆隆雷声，如鼍鼓响鸣，震天破地。再接写雨势凶猛，庭院积水如秋河，花石栏杆也遭受风雨摧残。再写风声急促猛烈，初听如车轮碾压山谷，又如万手在悬崖争磨碑刻。诗写至此，雷电风雨的情态已完全表达出来。按理说，电闪雷鸣、狂风骤雨，本是自然界之常见现象，不足为奇。但经作者运用想象和夸张的手法，详细描述，使它们变得形象化、奇异化，这无疑增添了诗歌的艺术魅力。

姚诗中的想象多是凭借比拟的修辞手法来呈现的。《瀑布》云：“谁言瀑布在庐山，恐是天仙宴醉还。千丈玉龙拴不住，倒飞鳞甲下人间。”[③]诗歌想象奇特，将瀑布比喻成千丈“玉龙”，气势不凡，堪与李白《望庐山瀑布》相媲美。

又如以下诗句：

> 萧萧寂历敞秋光，百感如潮欲溃防。（《旅寺感怀》）
>
> 立春未旬雪初释，野色含意欲变碧。小山天马旋五花，大山腐

---

① 姚濬昌：《幸余求定稿》卷首《张裕钊题识》，清光绪十七年(1891)刻本。

② 姚濬昌：《幸余求定稿》卷三，清光绪十七年(1891)刻本。

③ 姚濬昌：《幸余求定稿》卷五，清光绪十七年(1891)刻本。

儒头半白。(《冷水铺望残雪》)

古树健如秃翁立,孤花瘦比寒女老。(《小雪日晨起偶成》)

皖山一夜雪拥树,如脱青衫披氅素。(《寄莼斋》)

春霖乍冷如过客,庭草重青似故人。(《雨中嵩甫尊者留饮醉赠》)

好友乍逢如得句,名山久别亦多情。(《寄柳桥司马吴城》)

这些佳句所用比拟修辞手法较为新颖奇警,显示出他利用奇思妙想构建新鲜生动的意象的艺术功力。这方面颇与黄庭坚诗相似,但又缺少黄诗比拟中所蕴含的典故意蕴。

姚濬昌作诗还注重炼字,诗句中的一些字明显有着精心推敲之痕。如“孤亭开晚菊,一骑破秋晴”(《九日慈云阁》)、“但余窗外竹,风夜赠疏响”(《赤谷》)、“日耀万木华,雪消千峰瘦”(《目疾初愈雪晴散步》)、“地迥瞻星远,庭空受月多”(《深宵》)等,这些诗句中的“破”“赠”“瘦”“受”等字都是经过精心锤炼的,新奇精警,形象生动,表现出姚濬昌驾驭语言的高超能力。

姚濬昌诗还表现出风格多样、自成一体的特征。吴汝纶说姚濬昌“其诗冲澹要眇,风韵邈远,善言景物以寄托兴趣,能兼取古人之长,自成其体”[①]。他揭示出姚诗在艺术上的风貌特征,即“冲澹要眇,风韵邈远”。就具体内涵而言,冲澹是自然,是闲适;要眇是含蓄之美,是婉约之态,在此基础上就形成了意境悠远、含蓄平淡的美学风貌。

实际上,姚诗中最能体现这类艺术风格的诗歌大多是七绝、五律。如《送儿概归应试还经湖楼作此寄之》:“送尔西登江上舟,天南翻怅客星留。含情独倚高楼望,一片湖光是莫愁。”[②]此诗是一首送别寄赠之作。首句点明送别地点,诗人第三子姚永概要在江边乘舟归家赴试,离别时的凄怆氛围不难感知。次句表露诗人自己淹留他乡做客的境况以及别子时的惆怅心态。三句

① 吴汝纶著,施培毅、徐寿凯校点:《吴汝纶全集·文集》卷三《姚慕庭墓志铭》,合肥:黄山书社,2002年,第212页。

② 姚濬昌:《幸余求定稿》卷六,清光绪十七年(1891)刻本。

写登楼望远，难舍之情自然溢出。尾句以写景结题，离别之愁犹如湖光微茫一片，无穷无尽。诗歌之意境、风韵也由此生发出来。类似之作还有《至南昌》《广德寺》《漂母祠》等，这些七绝或抒怀人之怅惘，或发人世之沧桑，或道景物之深幽，或摅思古之幽情，无不即景感兴，情融景中，深挚强烈的情感以富有暗示性的、涵义丰富的意象出之，形成了含蓄悠远的艺术境界。此外，姚濬昌的一些五律作品也是“善言景物以寄托兴趣”，颇有韵致。如五律《高斋》：“远雨余阴合，高斋罢簿书。密林酣苑鸟，空水定池鱼。蝉韵晚相引，山光霁可拏。贪贤坐忘暝，天际挂银梳。”[1]诗歌中间两联写景如画，体物入微。颔联写苑鸟酣睡，池鱼静定，是静态描写；颈联写蝉声互鸣，山光可拏，是动态描写。本诗以动静结合的方式、淡雅素朴的笔调描绘出自然风景之美，意境淡远清雅，可谓王孟之嗣音。其实，类似作品还有《暮归》《晚霁》《暝立》《峡江》《忆西庐》等。

除了冲淡要眇之风外，姚诗还有苍健深稳、清刚峻拔的一面。如《齐河待发》云：“待渡齐河郭，连天浊浪翻。峻声吞海岱，积气走乾坤。水阔帆樯隐，风高马色昏。八支真禹迹，莫漫问淇园。”[2]诗歌前三联境界雄阔，磅礴大气。首联首句点题，次句写浊浪翻天，齐河水势扑面而来。颔联写河水声势，声吞海岳，气动乾坤。颈联写齐河水面，水阔帆隐，风高天昏。这首诗雄阔壮美的艺术风格也从前三联中显示出来。实际上，姚诗中雄健劲直之气的诗句比较多，如“野气千峰失，飞泉万壑分”（《赏雨忆毅庵兼寄寒人》）、“霞色一千里，夕阳无数峰”（《老僧言山寺最高处赠之》）、“门迎千丈瀑，窗纳万峰云”（《晓起题壁》）、“文章岂必风云妒，钱粟能教意气删”（《赠山如》）、“水容远绘帆千叶，烟雨横涵雁一行”（《雨泊当涂县》）、“传檄三千开浙弩，飞书七十下齐城”（《儒生》）、“潇水波光摇璧月，武功云浪接银河”（《赠龙心湖巡检》）、“江流直注三千里，秋色平分十二时”（《九日怀通伯桐城无错通州》）等，它们皆显示出阳刚之美，也凸显出姚诗的另一面。

---

① 姚濬昌：《五瑞斋诗钞》卷六，民国铅印本。

② 姚濬昌：《幸余求定稿》卷七，清光绪十七年(1891)刻本。

姚濬昌诗集中也存在一定数量的七言古诗,它们呈现出体兼唐宋,沉雄廉悍的风貌。如《子明先生观披雪瀑命同赋之》:

有客清晨来叩门,告我昨观披雪瀑。山木深深冷卧云,溪流窈窈阴生谷。未穷眼底坡石奇,已觉耳畔风雷熟。当头忽下白玉龙,毋乃山中之所牧。乍如夭矫上峰巅,瞬若蜿蜒穿涧腹。游人目眩正心惊,足底忽然喷珠玉。念龙岂欲赴江海,怒此潭小难伸缩。退坐大石定心魂,乃知一溪之水所洄洑。我闻此言惊起昔年事,张口不阖如败椟。谁言眼识有仙凡,妙境独得正徘徊。前游庐山瀑,万仞曾无一寸伏。又读《天台赋》,界道飞流真在目。若使秋泾比北海,此瀑何敢免惭恧;若论东海是蹄涔,庐台正似仙人葛巾之余漉。但恨人生多蹙蹙,缚置处女牢闭屋。安得筋斗破天网,朝穷一水暮一麓。尽此八万余里十万年,一一罗胸如数菽。回头却望此故乡,海粟鳌山同昱昱。①

这首诗明显表现出以文为诗的特征。其以古文章法入诗,将散文的章法结构、句式铺排移置诗歌的创作之中,灵活运用史传铺叙、议论的特点,伏应转折,夹叙夹议,跌宕起伏,写出了披雪瀑雄奇的壮观景致,诗风雄厚壮丽,纵横遒劲。类似作品还有《通伯自都中归视予山中既去却寄长句》《吉帆宅大风震地》等。

姚濬昌诗歌艺术风貌的多样性,表现出他作为优秀诗人的必要素质,也显示出他对诗歌艺术的自觉追求。

三、诗学渊源,转益多师

清代诗坛,诗学观念交锋相当激烈,学唐还是宗宋,抑或是唐宋并宗,这样的重要问题贯穿于清代诗学发展嬗变之始终。几乎每一个诗人都面临着这个问题的困扰与选择,姚濬昌亦不例外。他说:

① 姚濬昌:《幸余求定稿》卷九,清光绪十七年(1891)刻本。

诗至今日,诸家已将门径占尽,无可变化。惟陈大樽七律合右丞、拾遗、玉溪、剑南为一,二百年来无师其法者,以此推之,五古以康乐、明远为质,参以元晖、子山,七古以杜为骨,参以王、李、韩、苏、黄五家,五律合王、杜为一,参以文房、义山,五七绝则专守右丞、太白、龙标,其庶矣乎?①

这则材料非常重要,其揭示出姚濬昌对于不同诗体师法对象的认识。他认为,不同诗体都有最佳的、典范性的诗人可供师法。五古当以谢灵运、鲍照为主,参以谢朓、庾信;七古当以杜甫为骨,参以王维、李白、韩愈、苏轼、黄庭坚五家;五律则合王维、杜甫为一,参以刘长卿、李商隐;七律则合王维、杜甫、李商隐、陆游为一;五七绝则专守王维、李白、王昌龄。由此看来,姚濬昌的师法观念相当开明,不主门户之见,并未囿于唐宋诗之争。

姚濬昌的师法论观念影响了他的诗歌创作。姚濬昌的挚友瑞安孙衣言说姚诗"于谢、鲍、子美、退之、义山、山谷,盖无所不学,而其沉思邃虑,独异于人人"②。桐城派的吴汝纶也说姚诗"能兼取古人之长,自成其体"③。这些都表明姚濬昌在取法对象上,能师法众长,学过谢灵运、陶渊明、鲍照、杜甫、韩愈、李商隐、黄庭坚等诗,皆学有所得,自成一格。

以五古创作为例,姚濬昌明显受到了陶渊明的影响。这从诗题上就可以知晓,如《十一月初雪,用陶公癸卯十二月中作与从弟敬远诗韵,寄吉帆、通伯、寒人》诗云:

立身无长途,贵与俗殊绝。时随冥会沦,道共荆扉闭。愚生丁三季,如立风中雪。讵不思兼善,聊得一身洁。天地布彤云,壶觞独屡设。语默苟适情,风雪亦可悦。春和岂不美,未胜劲气烈。古人非固穷,何以安素节。披册仰芳踪,忻然坚我拙。托意竟谁知,相思

---

① 姚濬昌:《叩瓴琐语》卷二,民国元年(1912)铅印本。

② 姚濬昌:《幸余求定稿》卷首《孙衣言题识》,清光绪十七年(1891)刻本。

③ 吴汝纶著,施培毅、徐寿凯校点:《吴汝纶全集·文集》卷三《姚慕庭墓志铭》,合肥:黄山书社,2002年,第212页。

惜小别。[1]

这首诗模仿陶渊明《癸卯岁十二月中作与从弟敬远》的痕迹明显。在偶句末字上,两诗完全相同。甚至句意也有相似的,如第四句,陶诗为“荆扉昼常闭”;第十句,陶诗为“箪瓢谢屡设”;等等。在思想主旨方面,陶诗旨在借隐居生活之艰辛表达自己固穷守节的志向,而姚诗也表达了自己隐居山中固穷守节的高尚情操。类似作品还有《乙亥开岁六日雨雪不得出,用陶公游斜川诗韵柬容甫》等。

姚诗中还有一些作品师法陶诗并未从诗题上明显反映出来,而是在思想意蕴、艺术风貌上表现出模仿的痕迹。姚濬昌中年辞官归里赋闲八年,这期间的生活、心态等方面都颇似陶渊明,这些也都在其诗歌创作中得以呈现。这以《遣兴》组诗为代表,兹举其一:

> 遇穷道在固,贤节以守通。况有桑麻田,服先可安农。季长惜不赀,伯喈阻本东。岂不宏六艺,止险良未工。结庐西山址,苗豆依时丰。灌园除陇蔓,散步得长松。夏雨不归山,竹气侵房陇。鉴彼失路子,还得葆吾宗。[2]

诗歌写于隐居西山期间,开头两句直接表明自己安贫乐道的志向,这与陶渊明的志趣相通。诗作中的田园景象,如茅庐、苗豆、蔓草等,亦似陶渊明笔下的田园风物。在艺术风格方面,此诗质朴自然的风格亦与陶诗相近。

姚濬昌诗歌在诗学渊源上还受到家族诗学的影响。麻溪姚氏是著名的文苑世家,柯绍忞就说:“近世佔毕之儒矜言家学,若元和惠氏、宝应刘氏、高邮王氏之经学,其尤著也,独为诗古文则桐城姚氏一家而已。”[3]姚濬昌之父姚莹工为诗,其十五世祖姚范、十六世祖姚鼐等皆有诗名。姚氏家族诗学自姚鼐始,大都兼容唐宋,注重以文为诗。姚濬昌自幼受到姚莹的诗学指导,承

---

① 姚濬昌:《幸余求定稿》卷四,清光绪十七年(1891)刻本。
② 姚濬昌:《幸余求定稿》卷四,清光绪十七年(1891)刻本。
③ 姚永概:《慎宜轩诗集》卷首《慎宜轩诗集序》,民国八年(1919)铅印本。

继了姚氏家族诗学的传统，王树楠说其诗"一秉桐城家法，其属辞比事，蔚然与姜坞同风，而骨力之清遒、神情之俊朗则惜抱之遗也"[①]。钱仲联亦评曰："其七律义法全宗姚鼐，而造词俪事，实与姚范同工。古体尤纵横跌宕，有独往独来之概。"[②]

需要提及者，姚濬昌年轻时因曾国藩的引荐，师从过西南巨儒莫友芝。莫友芝为学通汉宋，诗亦宗唐宋，其学术观念、诗学主张亦对姚濬昌有所影响。

四、振起桐城诗歌

光绪二十六年二月二十九日（公元1900年3月29日），享年六十八岁的桐城诗人姚濬昌因病辞世。两年后，晚清名儒吴汝纶为其撰写了墓志铭，其文在评价姚濬昌诗歌时写道："大乱以后，业此者希，耳目所接唯君一人，君没而桐城诗学几乎熄也。夫岂一乡县之幸，抑亦文学绝续之所系也。"[③]此处的"大乱"是指太平天国运动，它对东南一带的政治、经济、文化等都造成了巨大的创伤，受此影响，桐城地区热衷于从事诗歌创作者呈现寥落稀少之势。桐城姚濬昌却逆流奋进，潜心于诗，从而维持住桐城诗学薪火之不熄。姚濬昌除了在近代麻溪姚氏家族学术文化链上占有重要地位外，在桐城诗歌史上亦不容忽视。徐宗亮认为姚濬昌是桐城诗歌的振起者，吴汝纶也说自太平天国扰乱东南之后，桐城从事诗歌创作者稀少，"耳目所接唯君（姚濬昌）一人，君没而桐城诗学几乎熄也。夫岂一乡县之幸，抑亦文学绝续之所系也"[④]。他们的评价颇有道理。清代桐城诗歌延续明代勃发之态，自刘大櫆出而大振，

---

① 王树楠：《陶庐文集》卷五《五瑞斋诗钞序》，民国四年（1915）陶庐丛刻本。

② 钱仲联：《道咸诗坛点将录》，见《当代学者自选文库：钱仲联卷》，合肥：安徽教育出版社，1999年，第648页。

③ 吴汝纶著，施培毅、徐寿凯校点：《吴汝纶全集·文集》卷三《姚慕庭墓志铭》，合肥：黄山书社，2002年，第212页。

④ 吴汝纶著，施培毅、徐寿凯校点：《吴汝纶全集·文集》卷三《姚慕庭墓志铭》，合肥：黄山书社，2002年，第212页。

姚鼐又起而继之,蔚为大宗,诗道由此大昌[①]。嗣后,嘉道年间姚鼐门人方东树又撑起桐城诗学门户,于诗自成一家,泽溉不少桐城后学。如《方仪卫先生年谱》云:“(方东树)晚岁家居十一年,专以成就后进为事,从游者如苏惇元、文汉光、戴钧衡、江有兰、甘绍盘、马起升,暨从弟宗诚皆以学行知名于时。”[②]此外,与其同时能诗者还有徐璈、姚莹、姚元之、姚柬之、刘开、姚通意、左朝第、张聪咸、光聪谐、朱鲁岑等文人。嘉道时期桐城诗坛诗人之盛于兹可见。

然而,到了咸同年间,桐城诗坛姹紫嫣红之繁盛景象黯然消歇。揆其原因有二:其一,活跃于嘉道诗坛的桐城精英文人在这一时期相继辞世。如徐璈(1779—1841)、方东树(1772—1851)、姚元之(1776—1852)、马树华(1786—1853)、马瑞辰(1782—1853)、姚莹(1785—1853)、马三俊(1820—1854)、张勋(?—1855)、戴钧衡(1814—1855)、苏惇元(1801—1857)等一批桐城派文人都在咸同之际相继离世。姚永朴就说:“道光、咸丰中,吾邑耆儒自方植之外,有朱鲁岑(道文)、许玉峰(鼎)、文钟甫(汉光)、戴存庄(均衡)、苏厚子(惇元)诸先生。及粤匪乱定,皆物故矣。”[③]他们的辞世削弱了桐城诗坛的实力,影响了桐城诗歌的发展。其二,太平天国运动对桐城文化的巨大破坏。自咸丰元年(1851)太平军兴,声势浩荡,席卷东南。东南文化渊薮之地,由此成为战火纷飞之区,图书典籍、书院、文庙等大多被焚毁、破坏。桐城亦是遭受兵燹之地。咸丰三年(1853)太平军占据桐城,桐城成为护卫安庆的重镇。太平军与湘军在桐城地区多次展开激烈的争夺战。惨烈的战争不仅对桐城文化破坏甚巨,还造成不少桐城派文人非正常死亡,如马瑞辰在桐城陷落后被太平军逮捕,斥骂太平军,“拥之行,骂愈厉,遂刃之死”[④];马树华在桐城陷落后亦被逮,太平军“以刃胁降,不屈死”[⑤];马三俊在咸丰四年(1854)六

---

① 姚莹:《中复堂遗稿》卷一《桐旧集序》,见《续修四库全书》第1513册,第119页。

② 郑福照编:《方仪卫先生年谱》,《北京图书馆藏珍本年谱丛刊》影印清同治七年(1868)刻本。

③ 姚永朴著,张仁寿校注:《旧闻随笔》卷四,合肥:黄山书社,1989年,第199页。

④ 马其昶著,毛伯舟点注:《桐城耆旧传》卷十,合肥:黄山书社,1990年,第372页。

⑤ 马其昶著,毛伯舟点注:《桐城耆旧传》卷十一,合肥:黄山书社,1990年,第423页。

月“独军深入至周瑜城，援绝，奸民夜拘贼袭杀之”[1]；张勋率乡勇攻击太平军而遭伏死；戴钧衡因妻妾死于兵乱呕血而死；等等。

值此紧要危急之际，姚濬昌以其天资异禀，加之得到曾国藩、莫友芝等名臣硕儒的奖掖指点，担当起传承桐城诗学之重责，潜心于诗，从而维持住桐城诗学薪火之不熄，使得同光年间的桐城诗歌不至于黯淡无光。此外，姚濬昌还对后学范当世、姚永朴、姚永概等诗坛俊彦有重要的诗学影响，为清末民初桐城诗坛培养了一些后继力量。由此可见，姚濬昌在桐城诗学乃至近代诗学中确实应有一席之地。故钱仲联先生在《道咸诗坛点将录》中将姚濬昌名列“地暗星”，排在马军小彪将兼远探出哨头领第十五位[2]。

---

① 马其昶著，毛伯舟点注：《桐城耆旧传》卷十一，合肥：黄山书社，1990 年，第 428 页。

② 钱仲联：《道咸诗坛点将录》，见《当代学者自选文库：钱仲联卷》，合肥：安徽教育出版社，1999 年，第 648 页。

第九章　守本纳新:姚永朴、姚永概与桐城派的转型

桐城派发展至清末民初,如日薄西山,衰微之势不可遏止。桐城派古文无论在内容上还是在形式上都已与这时以语言通俗化为主要特征的文学发展主流趋势有所脱节,桐城派古文的"文学正宗"地位已摇摇欲坠。作为桐城姚氏后裔、桐城派传人,姚永朴、姚永概兄弟不得不以维护桐城派的道统、文统为己任,与其姊夫马其昶以及好友林纾等人成为晚清民初桐城派坚强的守护者。他们的守望与维护,不仅仅是对桐城家法的自觉继承,也是在中、西学交冲背景下对中国传统文化的深情眷顾。本章着重从"二姚"的辞章、学术角度,探讨他们在新形势下为维护和延续桐城派之生命而所作的贡献。

第一节　"桐城二妙"与晚清桐城派诗学的新变

近代汪辟疆有诗云:"朴学难令诗事优,桐城二妙擅清幽。"[①]这里的"桐城二妙"指的是姚永朴、姚永概兄弟。他们二人都可说是经学家,以姚永朴成就最高、影响甚广。一般来说,经师在作诗一事上难显优异,但姚氏兄弟却于

① 汪辟疆:《汪辟疆说近代诗·光宣诗坛点将录》,上海:上海古籍出版社,2001年,第74页。

诗“擅清幽”，有较高声名和成就。诚如乔树楠所言“殆所谓华实两胜者”[1]。就两人作诗而言，姚永朴因好经史之学，故于诗不多作，其成就不逮其弟姚永概。对于此点，姚永朴在《慎宜轩诗集序》中并不讳言[2]。姚永概则一生倾情于诗，诗作秀爽警炼，沉郁顿挫，“虽无枕经胙史之腴，亦足登大雅之室”[3]，堪称光宣诗坛的“地猛星”[4]。

欲知晓姚氏兄弟的诗学观念，必先梳理相关的诗学资料。姚永概的诗学主张，多散见于其诗歌、序文等作品中，如文集中的《裴伯谦诗序》《马冀平诗序》以及诗集中的《书〈梅宛陵集〉后》等。此外，他的《慎宜轩日记》中亦保存有大量的诗学见解，这都有助于我们全面了解姚永概的诗学思想。姚永朴的文学观念主要体现在《文学研究法》中，文集中《啸楼诗集序》《慎宜轩诗集序》等文亦有一些零散见解。鉴于姚永概诗名盛于姚永朴，以及姚永概的诗论资料多于姚永朴，故而这里所论“二姚”的诗学观，主要以姚永概为主，姚永朴为辅。通过剖析他们的诗学主张，有利于我们了解晚清民初时期桐城派诗学的发展情况。

一、创作本体论：才、学、境，构建文学要素

姚永概论诗，重视诗人之“才”“学”与“境”的统一。这在《裴伯谦诗序》中谈得比较详细：

> 余尝谓文章之成也有三：赋之自天者曰才，造之于人者曰学，惟境也者，天与人交致而不可缺一。天予以特殊之境矣，或不胜其艰困，无复聊赖，甚者堕其气而陨其身，不善于承天足以昌其才与学者转自负之，是岂天之咎与？天宝之乱，杜子美以稷、契自命，而流离

---

① 姚永朴：《蜕私轩续集》卷首《蜕私轩续集序》，民国二十一年(1932)铅印本。

② 姚永朴：《蜕私轩集》卷二《慎宜轩诗序》，民国六年(1917)北京共和印刷局铅印本。

③ 袁行云：《清人诗集叙录》，北京：文化艺术出版社，1994年，第2790页。

④ 汪辟疆：《汪辟疆说近代诗·光宣诗坛点将录》，上海：上海古籍出版社，2001年，第74页。

饥寒,卒不得一效。故发为诗歌,光怪变幻,不可方物,冠于有唐。其后苏子瞻以宰相之才安置黄州者五年,已老复有儋耳万里之逐,故子瞻之诗文亦以海外为极盛。向使彼二子者不能亨其心以顺天,则其境固非生人所堪,亦与寻常之徒太息悲忧以至于死而止矣,乌得有鸿博纯丽之文以见于今乎?余又以知有境乃可成其才,亦惟有学乃可用其境,则义理之不可一日去身,即求之文章而亦然也。[①]

考虑到材料中所举之例以及序文为诗序,再加上桐城派有着"诗之与文,固是一理"的认知传统[②],姚永概虽讲"文章之成"的三要素,但实际上就是讲诗歌之成的三要素:"才""学""境"。这里的"才",当有两种意思,一是指人的天赋禀性,"赋之自天",这与刘勰在《文心雕龙·事类》中所说的"才由天资"之意一致。一是指人的才能,文中所言苏轼的"宰相之才"即是此意。这里的"学",指学力,由人后天的努力所致,它是诗人通过书本知识的学习而积累培养成的一种文化素养。这里的"境",不是古代诗论中常言的与诗歌作品审美有关的"境界""意境"等意思,而是指创作主体的人生际遇、价值取向等方面的境况。其形成是由时代、社会等因素与创作主体相互作用的结果,也就是所谓的"天与人交致"。需要注意的是,"境"这个概念在桐城诗派中早有人使用,如梅曾亮就云:"人之境百不同也,境同而性情不同,则其诗舍境而从心。心同而才力不同,则其诗隐心而呈才。"[③]梅曾亮所说的"境"就是指人的境遇。由于梅曾亮在《黄香铁诗序》中重点探讨的是性情之真的问题,故而"境"这个概念并不突出。相比而言,姚永概则把"境"专门拈出来,并作为诗歌创作必不可少的一个要素。这是不多见的,有着独特的价值及意义。

在姚永概看来,"才""学"与"境"三者之间是有关联的,"有境乃可成其

① 姚永概:《慎宜轩文》卷三,民国间刻本。

② 姚鼐著,刘季高标校:《惜抱轩诗文集·文后集》卷三《与王铁夫书》,上海:上海古籍出版社,1992年,第290页。

③ 梅曾亮著,彭国忠、胡晓明点校:《柏枧山房诗文集·文集》卷五《黄香铁诗序》,上海:上海古籍出版社,2012年,第115页。

才,亦惟有学乃可用其境”。也就是说创作主体的才情需要借助于“境”才能有所成,其“境”的体现要依靠“学力”。姚永概还分别以杜甫、苏轼为例,认为他们做到了“才”“学”“境”的有机统一,否则不会有“鸿博纯丽之文以见于今”。姚永概在《马冀平诗序》中也有类似表述:

吾谓格律、声色之间,古人能夺我也。苟吾之胸襟、学力能与境相处,而有可立之言,取古人之格律、声色驱策之,不求与之同而自同,不必与之异而有异者存焉,何也?吾之言为吾所自立也。[1]

这里的“苟吾之胸襟、学力能与境相处”一句,与上文所言的“才”“学”“境”略有不同。实际上,“胸襟”与“才”皆与创作主体有关,其内涵有重合之处。“胸襟”说是由清代叶燮在《原诗》中专门提出,认为胸襟是“诗之基”,“有胸襟,然后能载其性情、智慧、聪明、才辨以出,随遇发生,随生即盛”[2]。可以说,胸襟是诗人精神修养的综合体,诗人之“才”亦有赖于“胸襟”。姚永概也非常重视胸襟,常以之评点诗歌,如将李商隐长律《送杜悰》与杜甫《送严公入朝诗》相比,认为不如“杜公之胸襟豪爽、直抒己见”[3]。又云:“余闻杨厚庵有诗云:‘青年仗剑走西东,百战身轻万虑空。白首归里无所得,一船明月半帆风。’此诗可见其胸襟之洒落矣。”[4]他还认为胸襟的养成需要借助于“阅历”,如其《书梅宛陵集后》云:“阅历助胸襟,天资加践履。四事不关诗,诗固待此美。”[5]“阅历”是指人的人生经历,读书求学、交游问道等皆可视为“阅历”,诚如方东树所言“闻见广,阅历深,则能缔情”[6]。

姚永朴在创作本体论方面亦有与姚永概相似的认识,他在《慎宜轩诗序》中说:

---

① 姚永概:《慎宜轩文》卷三,民国间刻本。

② 叶燮著,霍松林校注:《原诗·内篇》,北京:人民文学出版社,1979年,第17页。

③ 姚永概著,沈寂等标点:《慎宜轩日记》(上),合肥:黄山书社,2010年,第26页。

④ 姚永概著,沈寂等标点:《慎宜轩日记》(上),合肥:黄山书社,2010年,第27页。

⑤ 姚永概:《慎宜轩诗集》卷五,民国八年(1919)铅印本。

⑥ 方东树著,汪绍楹校点:《昭昧詹言》卷十四,北京:人民文学出版社,1961年,第381页。

> 大抵诗之为道，必性情真乃能有物，又必资以学力乃能有章，二者既得之矣，然苟才气不足以副之，终不能以自达。甚矣，诗之难为，而为之多且工，盖尤难也。[①]

在他看来，诗歌之道要有性情、学力、才气三要素。仅有性情与学力，而缺失才气，诗歌难以完全表现情感。故在创作本体论上，他的诗学观大体与其弟一致。

通过以上论述，我们可以知道，姚永概兄弟对诗歌创作本体的认知，虽有对前人诗学传统继承的一方面，但还是在前人基础上之上作了融合，尤其是姚永概把“境”纳入文学要素的范畴里，可以说是一种发展。

二、艺术表现论：重寄托，凸显主体真情

姚永概论诗重“寄托”，他的这种观念源自于其父姚濬昌。光绪七年（1881），时姚永概十六岁，姚濬昌曾教导姚永概作诗须知“寄托”二字，这在《慎宜轩日记》“辛巳（光绪七年）八月十五日”条有明确记载：“大人命作诗，余得一绝，大人云尚老到，有野趣，因亦作一绝示余。大人云作诗须知‘寄托’二字，‘寄’字，我有一意寄之于彼，‘托’字，亦是将此意托之于彼。”[②]从这段材料可知，“寄托”之意就是将创作主体之“意”寄托之于彼。那么这里的创作主体之“意”又有哪些内涵呢？这方面姚永概没有明确表述，不过他在光绪八年（1882）三月二十六日的日记中有这么一段话：

> 人莫不有寓意之作，张公草书无论矣。苏公诗长于文，故其游历之所经，悲喜之所在，罔不一一见之诗篇中。其他如杜公，固显然者矣。若香山、放翁诸人，皆寓之诗。韩公、欧公诸人，皆寓之于文，难以悉举，要之，各有寓意之端，以自见其真而已。[③]

---

① 姚永朴：《蜕私轩集》卷二，民国六年（1917）北京共和印刷局铅印本。
② 姚永概著，沈寂等标点：《慎宜轩日记》（上），合肥：黄山书社，2010年，第22页。
③ 姚永概著，沈寂等标点：《慎宜轩日记》（上），合肥：黄山书社，2010年，第56页。

这则材料对我们理解姚永概的诗学观念很有启示：其一，在材料中，姚氏分别以苏轼、杜甫、白居易、陆游、韩愈、欧阳修等人的诗文为例，认为它们皆有“寓意之作”，这里的“寓意”实际上就是寄托之意，其内涵包含了创作主体的人生经历、志趣抱负、情感倾向等多方面内容。由此，我们可以认为“寄托”说就是指将创作主体的人生经历、主观情感等内容依托创作客体表现出来。其二，姚氏还提出了“自见其真”的看法。这里的“真”当有内容真、情感真、表现真之意。姚永概有诗云：“我思文字贵，在切时与己。要使真面目，留与千秋视。”[①]（《书梅宛陵集后》）“真”是衡量诗歌艺术水准高下的标尺之一，也是对“寄托”内容的内在要求。也就是说，寄托的根本在于要真实地表达诗人自我的思想情感。这实际上又可以归到“修辞立其诚”这个层面。他说：“衷怀郁塞，至性纠结，故其发为言也，虽历百世，读者犹兴感焉，如《离骚》之类是也。若今之为诗者，动手称感，举笔言愤，令人一见即知为客气陈言，何也？非发于中心之诚，然则不能感人也。如此可知诚能动物之理。”[②]

此外，姚永概还将寄托理论用之于文学批评。如他认为欧阳修的《憎蚊》诗、《憎苍蝇赋》，“皆穷极物态而有所寄托，非空言也”，王安石的《和王乐道烘虱诗》，“亦隽雅可喜而少寄托”[③]。

前面我们提到了姚永概注重“才”“学”“境”的统一，实际上落实到具体的诗歌创作中，这个时候以“寄托”的方式来表现就成为显现诗人主体思想情感的最佳方式。这方面在姚永概的诗作中亦可得到佐证，如《偕子善、伯恺游北海，登万寿山作歌》之诗，从诗题观之，可能认为是普通的记游之作，实际上却是一首内容深厚的寄寓之作。诗中后十三句写道：

西山落日半轮悬，宫阙依稀在暮烟。枯荷折苇凫雁集，秋风秋雨如吹绵。山阳安乐以愚全，唐十六宅尤堪怜。世局原随士议迁，眼前推倒三千年。但使西邻无责言，阜财利用国本坚。虞宾自尔安

① 姚永概：《慎宜轩诗集》卷五，民国八年(1919)铅印本。
② 姚永概著，沈寂等标点：《慎宜轩日记》(上)，合肥：黄山书社，2010年，第33页。
③ 姚永概：《慎宜轩笔记》卷十，民国十五年(1926)木活字本。

不颠，咄汝刀踞法应捐，吾亦偷生何憾焉。[1]

一方面写出了清帝逊位之后的惆怅，另一方面也表露出对国家富强、各族共和的期待。类似寄托之作，在姚永概的诗集中还有不少，如《方伯岂仲斐招游天坛观古柏作歌》《复辟事起，避地天津，四弟独留京师，战定重入城相见，赋此示之》《盗发晋宣帝陵取头骨货外国贾》等。诚如柯劭忞《慎宜轩诗集序》所言，姚氏之作“追陵谷迁移，黍离麦秀之感一于诗寓之”[2]。而这正是其实践“重寄托”说的有力体现。

姚永朴论诗，亦重视创作主体的真情。他在评述其友李大防诗的渊源时，提到为诗“非力学古人则涂辙易歧，及为之既久，又必自抒胸臆，然后诗中乃有我在”[3]。这说明姚永朴在诗学主张上注重诗中有我，强调直抒情感。

三、创作师法论：宗唐宋，扩大取法对象

唐宋诗之争是清代诗学史上的一个重要命题，贯穿于清代诗学发展嬗变之始终。桐城派也是一个诗派，作为清代诗歌流派史上的一个重要流派，不可避免地转入了争辩唐宋诗的漩涡之中。“镕铸唐宋”是桐城派回应这一论争的策略，也是桐城派诗学理论的一个重要内容。应该说，一味宗唐或一味宗宋都是以一种倾向来遮蔽另一种倾向，有点偏激，“镕铸唐宋”说的提出有助于矫正诗坛弊端，是持平中允之论。实际上，这个主张是由姚鼐明确揭示出来的，他说：“镕铸唐宋，则固是仆平生论诗宗旨耳。”[4]他还以其作为诗学批评的重要尺度去评价他人的诗作，如评鲍桂星诗“是能合唐宋之体而自成

---

① 姚永概：《慎宜轩诗集》卷七，民国八年(1919)铅印本。
② 姚永概：《慎宜轩诗集》卷首，民国八年(1919)铅印本。
③ 姚永朴：《蜕私轩续集》卷二《啸楼诗集序》，民国二十一年(1932)铅印本。
④ 姚鼐著，陈用光编：《姚惜抱尺牍·与鲍双五》，上海：上海新文化书社，1935年，第33页。

一家者也"①,称高常德诗能"贯合唐宋之体"②。姚鼐的"镕铸唐宋"说不仅为其弟子如梅曾亮、方东树等人所继承,还被其家族后裔所承袭。如姚濬昌就认为七古诗歌创作取法,要"以杜为骨,参以王李韩苏黄五家"③。姚永概在唐宋诗之争这个问题上也明显受到了家族诗学传统的影响。这可从以下几个方面看出:

其一,阅读前代诗人作品,不限唐宋。检阅《慎宜轩日记》,摘录清光绪七年(1881)到八年(1882)姚永概这两年的读诗经历为例:

年代	日期	读诗内容
光绪七年	二月二十日	夜读陆放翁七律
	二月三十日	读陆放翁七律
	七月十六日	读王维五律
	九月十六日	读太白五律
	十一月初五日	夜读曾子固五古
	十一月初六日	夜读杜公五古
	十一月十三日	夜读山谷五古
	十一月二十三日	读放翁七古
	十二月初六日	夜读李商隐五律
光绪八年	三月十五日	读李商隐七律
	四月初三日	阅东坡诗
	五月十三日	阅张文昌七律
	八月初七日	读晁具茨七古
	八月十六日	读放翁七古
	九月初六日	读韦应物诗
	九月晦日	偶阅虞集诗
	十月二十九日	读遗山七古;夜读放翁七古

从上表情况看,姚永概读诗视野比较广泛,无论是古体还是近体,唐宋名

① 陈用光:《太乙舟文集》卷八《詹事鲍觉生先生墓志铭》,《续修四库全书》影印清道光二十三年(1843)孝友堂刻本,第447页。

② 姚鼐著,刘季高标校:《惜抱轩诗文集·文集》卷四《高常德诗集序》,上海:上海古籍出版社,1992年,第47页。

③ 姚濬昌:《叩瓴琐语》卷二《谈艺》,民国元年(1912)铅印本。

家诗作皆有涉及,还旁涉元诗。

其二,评点或抄选名家作品,跳出唐宋藩篱,各取所长。《慎宜轩日记》中记有这样一段话:

> 阅《养一斋诗话》。其中推尊子建、渊明、子美,以为有此三家,人乃不敢以诗为小技。他除大家外,又推孟东野、梅圣俞、曾子固、虞伯生、刘诚意、顾亭林、黄陶庵。亭林之诗,予未尝读。至如孟、梅、曾、虞、刘、黄六家,洵非虚誉,可谓极精之识矣。[①]

从这段话,可以发现姚永概的诗学还受到《养一斋诗话》的影响,评诗视野相当广阔,亦无唐宋门户之见,甚至对于元明诗家也能肯定。这点颇类似于其祖父姚莹,姚莹曾有"唐宋元明各有人,诗成不解若为邻"之语[②]。此外,他对唐宋名家诗作多有精到评骘,如评唐代韩愈五古"如黄河千里行风沙中,虽间有污染,然望之使人心目俱震,最足恢宕人笔"[③],称苏轼五古"合陶公、太白、昌黎为一手,其材之大可空古今"[④]。他还抄读过苏轼诗,认为"深有取于东坡五古,以自开其胸襟,广其才力,不无有裨焉"[⑤]。虽然他论诗跳出唐宋之藩篱,各取所长,但还是有着偏重于唐诗之倾向。如他评莫友芝诗:"莫子偲先生《郘亭诗钞》,古雅淡朴,近时之巨手也。然其诗囿于宋人,终未得唐人境界耳。"[⑥]又如其《马冀平诗序》云:"诗体至唐而大备,户牖亦至唐而全具。子瞻取径刘白,加以奇逸;山谷则用杜之生朴而恢张之;宛陵得白之真淡、孟之质野,然则虽谓宋诸家皆出于唐可也。"[⑦]

如上所述,姚永概在创作师法方面,仍然继承了桐城派的"熔铸唐宋"的这个诗学传统。不过,他对"熔铸唐宋"的师法范畴作了新的拓展,不局限于

---

① 姚永概著,沈寂等标点:《慎宜轩日记》(上),合肥:黄山书社,2010年,第91页。
② 姚莹:《后湘诗集续集》卷四《偶成》,见《续修四库全书》第1513册,第92页。
③ 姚永概著,沈寂等标点:《慎宜轩日记》(上),合肥:黄山书社,2010年,第92页。
④ 姚永概著,沈寂等标点:《慎宜轩日记》(上),合肥:黄山书社,2010年,第236页。
⑤ 姚永概著,沈寂等标点:《慎宜轩日记》(上),合肥:黄山书社,2010年,第236页。
⑥ 姚永概著,沈寂等标点:《慎宜轩日记》(上),合肥:黄山书社,2010年,第92页。
⑦ 姚永概:《慎宜轩文》卷三,民国间刻本。

唐之李杜韩、宋之苏黄等大家宗风。尤其是在师法宋诗上，他把梅尧臣、陈师道、陆游等名家也都纳入师法对象范围之中，这是一个突破。他在《书梅宛陵集后》中说："梅集六十卷，买自武昌市……俗士动夸古，终身寄人里。一体效一家，自矜工莫比。乞人衣百宝，宝也殊足耻。扬眉讥杜韩，况说宋诸子。告以先生诗，笑口或大哆。孰知六一翁，低首直到趾。古货真难卖，病在古入髓。东坡尚嫌酸，余贤可知尔。械之笥箧中，我欢独在此。"[①]他还有《读后山集秋怀十首依韵和之》等诗。这些都可说明他对梅、陈二人的偏爱。此外，姚永概非常喜欢陆游诗，认为"多读可扩人胸襟，长人识见，如《题十八学士图》《石首县雨中系舟戏作短篇》《西郊寻梅》《长歌行》等篇是也"[②]，并且还说"放翁诗有写细景如画者，如'河汉无声天正青，三三五五满天星''走沙人语若潮卷，争桥炬火如星繁''楮筇负笠出复没，喜动妇人惊提孩'诸句，皆摹写入妙。吾不解放翁悲歌慷慨，又能作如此细态，其诗正未可轻心抑之也"[③]。对于陆游七古，姚认为有"一泻千里"的特点，方东树"常斥为客气陈言，诚为至论"，不过，姚永概觉得"放翁七古不可尽谓其客气而弃之也"，"初学者终不可不取其笔势耳"[④]。当然，元明一些诗家如元好问、虞集、刘基等人的诗歌也在姚氏学诗视野之内。如对元代虞集的五言诗，姚永概评其"冲淡自然，不在韦苏州下。涵养性情，当以此体为正。吾欲学诗，必从斯道矣"[⑤]。

其三，客观地、辩证地看待明七子。姚永概读过刘大櫆《历朝诗约》中所选明人诗篇，对明前七子中李梦阳、何景明两人作品多有评论，且能公正、客观地看待两人的长处与不足。李、何二人都主张诗学盛唐，且要从学杜入手，姚永概就认为李梦阳学杜，"篇摹而句拟之，真可谓篇篇形似……但其句法生硬，声调涩率，未免太过"[⑥]。不过，他又认为"后人虽百计攻之，要之，舍此终

---

① 姚永概：《慎宜轩诗集》卷五，民国八年(1919)铅印本。
② 姚永概著，沈寂等标点：《慎宜轩日记》(上)，合肥：黄山书社，2010年，第99页。
③ 姚永概著，沈寂等标点：《慎宜轩日记》(上)，合肥：黄山书社，2010年，第99页。
④ 姚永概著，沈寂等标点：《慎宜轩日记》(上)，合肥：黄山书社，2010年，第32页。
⑤ 姚永概著，沈寂等标点：《慎宜轩日记》(上)，合肥：黄山书社，2010年，第91页。
⑥ 姚永概著，沈寂等标点：《慎宜轩日记》(上)，合肥：黄山书社，2010年，第310页。

非正派”[①]。可见，他还是肯定李梦阳等人学杜的。还甚至认为“不读二人之诗而遽欲学杜，难矣哉”[②]。姚永概还对李、何二人有所比较，认为“大复之才不及空同，然步骤整齐，音节谐适，亦无其叫嚣之气，令人读之转觉胜于空同，正以才不及故耳，此亦不可不知者也”[③]。此外，他还对李梦阳的诗句有所批评：“空同用古人成句，或改一二字，或加一二字，皆是生硬插入，全无意境，反使古人活语成死语，灵语成蠢语，不可不知。”[④]这些评论对我们认识和批评明七子的创作是有启示意义的。

对于姚永概的“转益多师”的倾向，汪辟疆先生在《光宣诗坛点将录》中也注意到，他认为姚永概“早喜梅宛陵、陈后山，晚乃出入遗山，语必生新，而志在独造”[⑤]。他的评论，可视为姚永概宗法对象扩大化从而彰显自身特色的最合适注脚。

总而言之，前面通过对姚氏兄弟一些重要诗学主张的阐释，我们可以感到他们的诗论明显地继承了桐城派的诗学思想，像桐城派的“镕铸唐宋”说、重性情与学问等理论主张都被姚氏兄弟所接受。当然，姚氏兄弟在继承传统的同时，也对桐城派诗学作了新的阐释和开拓，比如注重“才”“学”“境”三要素的统一、高度重视“寄托”、宗法唐宋诗人范围的扩大，等等。这些从侧面反映出桐城派诗学发展至晚清民初，为了迎合时局的变化、诗歌审美趣味的变迁等情况，自身也在作相应的调整、转变。

第二节 “桐城二妙”与清末民初桐城派的新陈代谢

著名史学家陈旭麓先生认为，新旧杂陈、新陈代谢是中国近代社会的基

① 姚永概著，沈寂等标点：《慎宜轩日记》（上），合肥：黄山书社，2010年，第310页。
② 姚永概著，沈寂等标点：《慎宜轩日记》（上），合肥：黄山书社，2010年，第44页。
③ 姚永概著，沈寂等标点：《慎宜轩日记》（上），合肥：黄山书社，2010年，第310页。
④ 姚永概著，沈寂等标点：《慎宜轩日记》（上），合肥：黄山书社，2010年，第310页。
⑤ 汪辟疆：《汪辟疆说近代诗·近代诗人小传稿》，上海：上海古籍出版社，2001年，第142页。

本特征，这一特征反映到近代社会的政治、经济、文化等诸多层面[①]。植根于近代社会文化土壤的桐城派，在这一时期虽不复存在"姹紫嫣红开遍"的热闹场景，却也有着"老树春深更著花"[②]的景象，显示出推陈出新的文化特性。然而，由于受诸多因素的影响，桐城派新陈代谢的速度赶不上近代社会吐故纳新的速度，最终埋没于汹涌而至的西学海潮和社会变革的时代浪潮之中。桐城派的嬗变历程与时代命运值得我们为之喟叹和深思。

有"桐城二妙"之称的姚永朴、姚永概兄弟是清末民初桐城派的代表人物，他们面对纷繁多变的时局，所作所为既体现出因时而变的桐城派的内在品性，又彰显出竭力维护桐城派道统与文统的使命感和责任感。本节就以他们二人为研究对象，着重探讨其学术文化立场、文章内容及其语言形式，尽量展现他们身上所具有的新旧杂糅的文化特征，在此基础上揭示出桐城派在近代社会新陈代谢之时的新变及最终走向。

一、学术：汉宋兼综，西体中用

汉宋之争是清代学术长期讨论不休的重要话题。或尊汉而黜宋，或扬宋而抑汉。至嘉道以降，学术风气因内忧外患之时局而为之一变，无论是汉学还是宋学，皆面临应变救时之重大问题，双方的学术之争已退避三舍，成为儒学内部的问题，学人亦皆能较为客观冷静地看待汉宋之间的关系。汉宋兼综与会通，也由此成为近代学术的一个重要文化现象。桐城派是这场论争中的重要力量，他们往往站在程朱理学的立场上，强调汉宋兼收，亦不乏讥议汉学之弊。这种立场与倾向也延续到晚清之时的姚永朴、姚永概兄弟身上。

姚氏兄弟出自桐城望族麻溪姚氏之门。这个家族自明以来就有着尊奉宋儒理学的传统，理学精神深深渗透于姚氏族人的血脉之中。这种浓厚的理学门风也影响了家族的学术倾向。姚氏兄弟的太高祖姚范淹通经史百家、天

---

① 参看陈旭麓：《近代中国社会的新陈代谢》，北京：中国人民大学出版社，2012 年。

② 顾炎武：《亭林诗文集·亭林诗集》卷四《又酬傅处士次韵》，《四部丛刊》景清康熙本。

文、地理、小学、训诂,“以考博佐其义理,于程朱之学,见之真而守之笃”[①],还“尝戒学者以考据诋宋儒”[②]。从高祖姚鼐推崇宋学,兼综众妙,强调义理、考证、辞章三者相济[③]。祖父姚莹提出读书为学要具“义理”“经济”“文章”“多闻”四端[④]。父亲姚濬昌亦是笃守程朱、穷理修德之士,且认为“董郑贾孔之学,亦足维持世道也”[⑤]。受家学影响,姚氏兄弟亦饱读宋五子之书,注重穷理居敬,且对汉学之长有客观认识。如姚永朴认为汉儒说经,“不特训诂、名物精博过于后人,即圣贤之微言大义亦多有赖以不坠者”[⑥],故他在治学上观念宏通,虽以宋儒为宗,而于汉唐博稽兼采,无门户之见[⑦];姚永概亦说:“世之号为汉学者辄鄙宋儒,然东汉清节之士其躬行何减于宋?第知考据、训诂而已,岂知云汉学耶?”[⑧]“夫汉儒何尝不重义理,程朱亦何尝尽屏笺疏乎?”[⑨]就学术实践而言,姚永朴的《蜕私轩诗说》《论语述义》《群经考略》等书,姚永概的《慎宜轩笔记》,都显示出他们的传统经学立场较为开明通达,表现出汉宋兼综的特点。

由于姚氏兄弟所处为千年未有之大变局时期,欧风美雨浸淫神州大地。如何面对源源东进的西学,已成为那个时代士人所要考虑的迫切问题。在他们之前,不少桐城派俊彦出于维护皇权统治的需要,对待西学较为开明,努力倡导“师夷长技”,办洋务以自强。姚氏兄弟的父亲姚濬昌也曾入居曾国藩幕府多年,受到洋务风气的熏陶,思想观念较开放,追求经世致用。他教导过姚

---

① 姚莹:《东溟文集》卷三《与张阮林论家学书》,见《续修四库全书》第1512册,第396页。

② 姚范:《援鹑堂笔记》卷首《援鹑堂笔记序》,见《续修四库全书》子部第1148册,第403页。

③ 姚鼐著,刘季高标校:《惜抱轩诗文集·文集》卷四《述庵文钞序》,上海:上海古籍出版社,1992年,第61页。

④ 姚莹:《东溟外集》卷二《与吴岳卿书》,见《续修四库全书》第1512册,第449页。

⑤ 姚濬昌:《叩聆琐语》卷二《论史》,民国元年(1912)铅印本。

⑥ 姚永朴:《起凤书院答问》卷一,台北:广文书局,1977年,第1页。

⑦ 钱仲联编:《广清碑传集》卷十八《桐城姚仲实教授传》,苏州:苏州大学出版社,1999年,第1249页。

⑧ 姚永概:《慎宜轩文》卷八《陈玉几先生墓表》,民国间刻本。

⑨ 姚永概:《慎宜轩文》卷三《有获斋文集序》,民国间刻本。

氏兄弟“人不可为无用之学,须于农田水利上讲究一番方好”,并为他们开出“地理天文附、兵盐、漕河、水利、农田、度支、礼乐、洋务数门”书单[①]。父执吴汝纶强调中体西用,认为“西学当世急务,不可不讲”[②],中学“可废高头讲章、八股八韵等事,至如经史百家之业,仍是新学根本”[③]。姚氏兄弟亦受过吴汝纶的点教,学术、辞章等方面得其影响。由此看来,无论是家学传授,还是乡贤教导,都影响姚氏兄弟对待中、西学问题的态度。如姚永朴说:“生今之世,断未有囿于一国之学,而不思为域外之观者,然而取人之所长,以赴时之所急,可也。若竟举吾国千圣相传之道德,视如弁髦而弃之,吾知彼诸君子必不出乎此矣……聆他国学说,观他国国政民风,必益信先圣之言为不可易,而以其新知发挥旧学,转足使之盛大而不穷,盖心愈沦者智愈通,量愈拓者气愈平,而圣人之道,实已立其极也。”[④]“泰西诸国之所长,不仅在舟车枪炮也。其所谓政治、法律、理财、外交诸学,处今日世界,何一不当讲求?奈之何犹兢兢于时文、试帖、小楷,不欲废之,以从事于实学也?夫中国所长,在于道德之纯粹;泰西所长,在于政治之切实简易、技艺之精巧。为今日谋教育之法,必合中外之学,陶而镕之,以归于一,斯为尽美、尽善。”[⑤]姚永概亦说:“自古无建中立极之圣人,但有因时救变之圣人。西学西政,亦具本末,无本不足以立国。凡工艺器械之末,非有道之君子为之,必日就窳败,不足利生民之用,而给四方之求。道非器无所附丽,直空言耳,天下无空道。往者天下民气常欲其静,静则天下安,为一统之利也。今者五洲交通,天下处竞争之势,以静当动,辟羊御狼,且更革损益,非静所宜,是又利在鼓之使动。然而数千年之常

---

① 姚永概著,沈寂等标点:《慎宜轩日记》(上),合肥:黄山书社,2010年,第125页。

② 吴汝纶著,施培毅、徐寿凯校点:《吴汝纶全集·尺牍》卷三《答贺松坡》,合肥:黄山书社,2002年,第353页。

③ 吴汝纶著,施培毅、徐寿凯校点:《吴汝纶全集·尺牍》卷三《与张溯周》,合肥:黄山书社,2002年,第385页。

④ 姚永朴:《蜕私轩集》卷三《送张生松度游学英吉利序》,民国六年(1917)北京共和印刷局铅印本。

⑤ 姚永朴:《起凤书院答问》卷五,台北:广文书局,1977年,第107页。

谈，播在人口，二百年之涵育，深入人心，欲其动也，岂不难哉。”[①]“吾有恒言：吾国士大夫果真是旧学，未有不开通；果真是新学，未有不守法。凡拘蔽固执及浮浅躁妄，皆坐无学故耳。”[②]（《复四侄》）由这些话来看，姚氏兄弟并不盲目保守，既能认识到西学之长，也不会对中学妄自菲薄。而且强调要学习西方知识，为我所用，做到陶铸中西之学。实际上，姚永概曾广泛阅读汉译西学著述，如《泰西新史揽要》《中东战纪》《万国史记》《西史纲目》《天演论》《埃及近世史》《原强》《世界地理》《群学肄言》《斯宾塞尔》《埃及金字塔剖尸记》《迦茵小传》《人己权界》《论法意》《天方夜谭》《鲁滨孙记》等，涉及历史、地理、政治、文学等多方面内容。

姚氏兄弟的中西之学观念，实际上就是要求“中学为体，西学为用”，这是甲午以后清廷上下广为流行的思想主张。无论是洋务派，还是维新派，出于各自需要，都鼓吹“中体西用”论。这种主张是适合当时国情的，因为没有“中体”作依托，“西用”难以落户神州大地。正是两者有效地融合，促进了近代社会的新陈代谢。如陈旭麓先生就说：“因为西学是新学，中学是旧学，在实施中，旧学和新学、‘中体’和‘西用’是不会互不侵犯的，‘用’在‘体’中会发酵，势必不断促进事物的新陈代谢。”[③]不过，由于国人对“西用”内涵的认识是一个不断渐进、深化的过程，故不同时期对西学的理解也不一样。到姚氏兄弟之时，人们讲求西学，已从西方科技学问推及教育政治体制了。更有甚者，希望伸民权、兴党会、改制度。姚氏兄弟所理解的“中体西用”，不出洋务运动时期薛福成、吴汝纶等桐城派文人理解范围之内，“中学”主要包括皇权专制制度，以纲常名教为核心的儒家思想体系；“西学”则主要指西方的自然科学技术，有时也含“西政”，但仅就商政、律法、邮政、外交等具体制度而言。这种观念，实质上就是以中国传统文化为本位、为主体的价值理念，体现出了维护民族文化的自觉性。

---

① 姚永概著，沈寂等标点：《慎宜轩日记》（下），合肥：黄山书社，2010年，第828页。
② 姚永概著，沈寂等标点：《慎宜轩日记》（下），合肥：黄山书社，2010年，第1475页。
③ 陈旭麓：《论“中体西用”》，见《近代史思辨录》，广州：广东人民出版社，1984年，第59页。

应该说,姚氏兄弟所理解的"中体西用"论作为一种反对因循守旧、故步自封的思想主张,放在洋务运动时期确实起到了一定的积极作用,在一定程度上调整了中国固有的文化结构,传播了西方近代文明。但到了甲午之后,随着民族危机的加深,桐城派文人所主张的"中体西用",其矛盾和局限性日益突出,越来越难以适应社会变革的需要。姚氏兄弟服膺此说,从桐城派学术史角度看,固然有新的一面,但从清末民初的社会思潮来看,维新派乃至革命派的主张更显进步一些。进一步说,桐城派文人由道咸同时期社会思潮的引领者逐步成为光宣民初时期思潮的落伍者[①]。这种转变,是一种从立新到守旧的表现。

二、文章:经纶世务,因时救变

姚氏兄弟的古文,从文体上看,不外乎论辩、序跋、赠序、传状、碑志、杂记、哀祭等文体,不出方姚之矩镬,这显示出他们坚守古文传统的自觉性与使命感。不过,旧瓶也是可以装新酒的,他们的古文内容并不空疏,倒显示了经纶世务的意识,有着丰富的现实内容,反映出因时救变的思想特征。

上个世纪二十年代,陈子展先生说:"(桐城派)到了末流,只抱着'宗派',守着'义法',既不多读古书撷取古人之精华;又不随时代而进步,从活泼的时代取得活泼的真理;所以只能做出内容空疏,形式拘束,毫无生气的文字来。"[②]这个评价是有问题的,即便是末期姚永概的寿序文,内容也不空疏,颇有生气。众所周知,好的寿序文,既要不失寿序之颂扬特性,又要无溢量之语。桐城派在寿序文写作上,一般以修辞立诚为作文原则,文笔简洁,实事求是,不妄加毁誉,时或赋予新意。姚永概的寿序文也有这方面的特点,尤其是在思想方面更显示出时代特征。如他在《严先生六十寿序》中写道:

---

① 姚永概著,沈寂等标点:《慎宜轩日记》(下)"己亥三月三十日"记载:"看《清议报》,多过分语,可骇。"第 750 页。《清议报》是康、梁在戊戌变法后于日本创办的报纸,鼓吹君主立宪思想。

② 陈子展:《中国近代文学之变迁——最近三十年中国文学史》,上海:上海古籍出版社,2000 年,第 64 页。

> 先生在北洋久,多所建白,皆解决根本之图,既不见用,先生亦无意进取。因取外国名著凡可以转移痼习、矫正人心者,译以雅言,饷遗天下。其《天演论》未出,先示吴冀州,冀州大服,为序而行之。先生之书布散宇内,人人能读。今者创建民国,革三千余年之政俗,欲与列强竞究其设施,能合于宜存否亡之理,权衡乎利害祸福之间,从容以藏其全功,保中国于不敝,则有识者于先生之书不能不低回太息也。永概尝与先生语及身世,先生戏举孙宝语曰:"不遭者,无不可为。"永概则谓方今国体初更,固宜旁揽世界之政治、学术以自助,而中国之所以立国者,未可昧也。昧则不适宜而将亡,若先生者可谓闳博深远之君子矣,天佑中国,黄炎遗裔必且大昌,然则先生之说行且见用于天下,请以是为先生寿。[①]

在这段文字里,姚永概不仅称赞了严复译外国名著的功绩,还忧心民国初建时的文化建设问题,认为应该"旁揽世界之政治、学术以自助"。其他寿序如《外舅徐椒岑先生六十寿序》《秦吉帆先生七十寿序》等写得贴近现实,关注现实,不发空泛无际之言。

姚氏兄弟中举后,经多次参加会试皆失利,于是绝意仕进,投身于教育。可以说,从教是他们在20世纪初期的主要经历。他们致力于教育,与他们的"教育救国"理念有关。如姚永朴在回答起凤书院学生梁望洵时说:"则今日所急者,莫如教育一事。与其救以空言,何如父诏其子兄,勉其弟,有财者输其财,有力者效其力。由村而乡,而县,而府,而省,遍开学堂,精选教习,以导我少年,以张我国力,合群之道,孰大于斯……果学堂大兴,人才渐众,安见今日敷衍、颟顸之政府乎? 异日用得其人,不可易为赤心报国之政府乎?"姚永概亦说:"方今海寓争以学问相高,有志之士知教育为救国第一策,汲汲焉以开学堂为事,此中国一线生机所在矣。然未得其方,则非驴非马之诮其能免

---

① 姚永概:《慎宜轩文》卷四《严先生六十寿序》,民国间刻本。

乎?”[1](《复黟生》)这些话显示出他们关心时务,忧心时局,希望通过教育以挽救危局。这也是他们“因时救变”精神的实际体现。

尤需提及者,姚永概中年以后的许多书信,如《复缪筱珊编修》《复四侄》《与周味西观察》《与方和斋直牧》《复陈邑侯》《复李光炯》《复刘葆良观察》《复孙纯斋》《与方仲棐》《致王少谷》《上中丞方伯呈》《与严侯官》等[2]。这些书信虽没有收进民国间刊印的《慎宜轩文》中,但它们颇有重要的史料价值和文学价值。从其内容上看,它们大都与姚永概主张兴办学堂有关,在一定程度上也反映了他的教育理念。

姚氏兄弟所处时期,是一个大动荡、大转型的时期。所谓文变染乎世情,他们的文章必然会熏染上这一时期的相关特征。当然,由于受桐城派创作传统的影响,他们的作品也会有老套的东西,比如写忠臣节妇,孝子贤妻等。不过,也显示出了新的色彩,显示出“因时救变”、重视教育的特征。这是一种值得注意的新变。

三、语体:由深变浅,由雅趋俗

自近代以来,受社会政治变革的影响,语言使用方面也发生了变化。近代的语言变动大体经历了晚清掀起的拼音化运动、白话文运动和民初形成气候的国语运动两个阶段[3]。语言的变革影响了桐城派的古文写作。尤其是报章体兴起之后,语体和文体的白话化、通俗化与近代化不断地挤压着桐城派的生存空间,散文文体也由此逐渐由传统向现代演化与裂变。

在近代文学语言变革进程中,桐城派有着重要的贡献。在姚氏兄弟之前的以黎庶昌、郭嵩焘等为代表的桐城派文人,他们致力于以古文为载体,把西学中的新名词、新事物引入文章创作之中。这种引进,一方面传播了西方文

---

① 姚永概著,沈寂等标点:《慎宜轩日记》(下),合肥:黄山书社,2010年,第1487页。

② 姚永概著,沈寂等标点:《慎宜轩日记》(下),合肥:黄山书社,2010年,第1474、1475、1478、1479、1480、1481、1482、1486、1487、1488、1489页。

③ 关爱和:《中国近代文学史》,北京:中华书局,2013年,第444页。

化，另一方面在一定程度上突破了桐城派要求古文语言“雅洁”的禁忌，从而促进了近代散文文体的变革。但这种不自觉的变革并未动摇桐城派文人坚守古文传统的决心。

到姚永概兄弟之时，随着维新派所办报刊的风行，一种适合时代需要、通俗新颖的“时务文体”开始盛行，这有力地冲击了桐城派古文的阵地。桐城派文人对此并未无动于衷。像姚永概也关注报刊，阅读过《时务报》《外交报》(898)《农学报》《请议报》等，对报刊的政论文风多少有些了解。实际上，在姚永概后期的写作中，也多少汲取了一些政论通俗文风的因子。如姚永概《上中丞方伯呈》，此呈谈安徽省科举停止之后的教育问题，姚永概提出三点看法：一是“师范学堂宜早设也”；二是“学务处经费宜扩充也”；三是“高等学堂名额宜酌增也”。这三点议论措施切中要害，不仅表现出作者对安徽省教育的忧心与关切，也显示出政论文条理清晰、逻辑严密之特征。其实，从这篇呈文的语言来看，也显示出通俗晓畅的特点，已经超出了桐城“雅洁”之范畴了，试看：

> 一、学务处经费宜扩充也。查各省学务处章程不一，然大致相同者，提调、文案、参议而外有考验、会计、审订、编纂各科，分用员绅，各专责成。其经费每年或数万金，或万余金不等。皖省仅由藩库地丁平余项下每年提归高等学堂之一千一二百两拨充学务处经费，未能分立各科，虽催办文牍交驰，而全省学务之繁，若不考验其办法，会计其出入，审订其讲义，并随时编辑书籍，纂修课本，则各属学堂办理未能一律，将来程度参差，万无毕业之望。应请先行指拨学务处常年经费银一万两，以资扩充，嗣后如再筹有的款，或津贴各路小学堂，或筹办多数蒙学堂，或每年轮派出洋学生，或各属分派视学委员，款项益多，收效益众，则规模宏大矣。①

这段文字语言浅白，通俗晓畅。有两点值得注意：一是在字词使用上，复

① 姚永概著，沈寂等标点：《慎宜轩日记》(下)，合肥：黄山书社，2010 年，第 1486 页。

音词居多，如“经费”“扩充”“将来”“会计”“毕业”“津贴”“轮派”等，比比皆是，而桐城派以前文章一般都以单音词居多。这种变化不仅是文章具有表意清晰的特点，还具有了鲜明的现代色彩。二是语法的变化，像“嗣后如再筹有的款”这个句子，已经异于传统古文固有的句式和语法结构了，近似现代文的语法和句子结构了。实际上，姚永概文章语体的变化在《复两弟》中表现得更明显：

> 四、五弟同览：前日得四弟来书甚悦，悦四弟之有思想也。细观书中笔意，比从前开展，但文气不尚不条畅。努力为之，自可一日胜一日也。今日无事，写出文章十二法来，载在另纸，可各人抄一清本，时时看之。读文时便思想此段是正面乎，是反面乎，是单行乎，是排偶乎，是引证乎，是譬喻乎，细细揣摩，以为作文时照样套做地步。至作文时，先将题意一想，正面是何话，再想反面是何话，推之旁面、对面、前面、后面、深一层、浅一层。若犹不足，再想引证一二句话，引证一二件事。若犹不足，再想添一二处譬喻。引证与譬喻或用在篇首，或用在中间，或用在收尾，无一定之法，古人文中均有之，读时留心自可见也。尤有一妙法，乃是模仿。模仿者，照样套他作是也。深而言之，扬雄、柳宗元之于文，明七子之于诗，皆是套古人样子。两弟如能学套古人之文则妙矣。先学套一句两句之句法，再学套一段两段之笔法，再学套全篇之章法，则功夫大进矣。又，读《孟子》《左传》不要怕他，说他是经书不可妄学，也把他当文章念。我此十二法中引《论语》《孟子》甚多，便可知他也是文字耳。①

姚永概在这封书信中，主要是劝导他的两个弟弟如何写文章，详细交代了写文章的技法。语言文字通俗浅显，半文半白，完全脱离桐城义法的桎梏了。这种变化显示出桐城派在民国初期的新变化，即由深变浅，由雅趋俗。

语言作为文学的载体，它的变革对于文体的更新是有决定意义的。近代

① 姚永概著，沈寂等标点：《慎宜轩日记》(下)，合肥：黄山书社，2010年，第1476页。

以来,语言使用趋向通俗化与近代化,这种变革也造成了桐城派古文语言的新陈代谢。进一步说,到了姚永概兄弟之时,他们的文章语体风格已经偏离雅洁清正的旧轨道,而趋向通俗晓畅的新轨道。姚永朴就说:“桐城固白话文学之先驱矣。”[①]他道出了桐城派与以倡导白话文为主要目标的新文学运动之间的联系。周作人先生也说过:“今次文学运动的开端,实际还是被桐城派中的人物引起来的。”[②]由此看来,清末民初桐城派在散文语体变革上是有着积极作用的,对新文学运动的产生起到了一定的促进作用。

四、姚氏兄弟抉择的辩证评价

清末民初,以姚氏兄弟为代表的晚期桐城派文人徘徊于旧学与新学、中学与西学之间的矛盾痛苦与艰难抉择之中。他们的选择,不仅表现出近代中国士大夫精英阶层在文化变革之际的复杂情感体验和守先待后的精神追求,同时也反映了桐城派在穷途末路之时的文化立场与价值取向。他们的所思所想,所作所为,我们应该辩证地看待,而不能像“五四”新文化运动干将们那样贴上“桐城谬种”的标签,一味地贬低它、谩骂它。

首先,我们要辩证地看待这一时期桐城派作家的思想。以姚氏兄弟为代表的晚期桐城派作家面对民族生存危机、封建政治危机和以儒家文化为主体的传统文化危机,他们并非漠然视之,而是积极地寻求办法,思想上不断趋新和开放,远远超出了程朱理学的范围。他们倡导西学,翻译西书,兴办新式学堂,有力地推动了清末民初的思想文化建设。这些应该说是立新的一面。当然,他们站在维护皇权帝制的立场上,对维新派的君主立宪、革命派的民主共和等激进主张并不赞同,这又显示出与时代思潮的不合拍,是守旧的表现。

其次,我们要辩证地看待他们维护旧文化传统的立场。崇经与尊孔是旧文化传统,也是读书人的精神信仰。但民国肇建后这个传统受到破坏,西学、

---

① 吴孟复:《书姚仲实〈文学研究法〉后序》,见《桐城文派述论》,合肥:安徽教育出版社,1992 年,第 217 页。

② 周作人:《中国新文学的源流》,上海:华东师范大学出版社,1995 年,第 48 页。

新文学大行其道。姚氏兄弟尊孔崇经,对当时社会的废经之论甚是不满。姚永朴说:“夫六经者,吾中国曩日文明之遗迹也。合乎此则兴,悖乎此则衰,此岂有古今之分、中外之隔哉?中国之书固有不必尽读者矣,然如六经,则所谓如日月之经天,江河之行地。”[①]有诗亦说:“六经大义炳千秋,辛苦儒先继续收。正恐菁英流海外,岂知淫遁出中州。力存诗教真鸣凤,独抱遗编愧土牛。嬴蹶刘颠殊细事,斯文将丧实堪忧。”[②]显示出他竭力维护六经与传统文化的决心。同样,姚永概在1919年正志中学一、二班学生毕业时,他作演讲时说“经术最适宜于宇宙”,并提出五点理由不能废经。应该说,姚氏维护六经,从当时文化情境看,已不合时宜了,显得守旧与顽固。但六经毕竟是中国传统文化精魂之所在,其中所蕴涵的安邦治国之道亦显示出中华民族文化之特质,这是西学所不具有的。姚氏兄弟的坚守是对社会上惟“西学独尊”的风气一种回应,是文化自觉与文化自信意识的特殊表现。因此,这又不能仅仅用“守旧”来简单地评价他们了。

最后,我们要辩证地看待他们对古文的笃守。古文是中国传统文化的精华所在,诚如吴汝纶所说“周孔之教,独以文胜”[③],“中国之学,有益于世者绝少。就其精要者,仍以究心文词为最切”[④]。然而,随着西方文化的汹涌而入,越来越多的人都认识到古文已成为输入和传播新思想的障碍了,主张废古文、倡白话。桐城派此时保卫古文实际上就是保护中国古典文学,就是捍卫传统文化。姚氏兄弟的好友林纾就说:“俗士以古文为朽败,后生争袭其说,遂轻蔑左、马、韩、欧之作,谓之陈腐,文始辗转日趋于敝,遂使中华数千年文字光气,一旦暗然而熸,斯则事之至可悲者也。”他希望文科毕业生能“力延

---

① 姚永朴:《起凤书院答问》卷五,台北:广文书局,1977年,第118页。

② 姚永朴:《蜕私轩集》卷一《师郑以自题诗史集诗见示,时方有废经之议,有感于怀,依韵和之》,民国六年(1917)北京共和印刷局铅印本。

③ 吴汝纶著,施培毅、徐寿凯校点:《吴汝纶全集·尺牍》卷四《复斋藤木》,合肥:黄山书社,2002年,第416页。

④ 吴汝纶著,施培毅、徐寿凯校点:《吴汝纶全集·尺牍》卷一《答阎鹤泉》,合肥:黄山书社,2002年,第142页。

古文之一线，使不至于颠坠”[1]。姚永朴亦作诗说：“文贵韩陵知有价，曲高郢市望同音。保残守缺吾曹事，岂必神州竟陆沉。”[2]面对古文在学校中地位的冷落，姚氏兄弟还编选《历朝经世文钞》，希望能纠正“近日学校或主张华靡体，尚齐梁；或倡言简易，力趋俚俗”的不良风气，让学生“不入旁歧”。[3] 实际上，从当时文学语言由文言转向白话的潮流来看，以姚氏兄弟为代表的后期桐城派维护古文的表现无异于螳臂当车。他们也意识到此点，然仍是明知其不可为而为之，这显得无奈而悲壮。但是，古文毕竟承载了两千余年的民族文化思想，其自身又有着推陈出新的能力，且在组词、造句、篇章上显示出中华文化的独特表达方式，“五四”新文化干将将其完全抛弃，显得偏激而不理性。因此，我们对桐城派笃守古文的行为，应给予“理解之同情”。

青山遮不住，毕竟东流去。随着新文化运动的兴起，中国文学在表达方式、文学价值等诸多方面已显示出新的面貌、新的气象，而桐城派所依托的传统文化土壤也逐渐消失。姚永概兄弟所坚守的桐城古文终究未能经受住时代大潮的拍击，最终消融于“五四”以后的新文化、新文学的滚滚洪流之中。桐城派在时代转型之际的新陈代谢，是值得我们思考和总结的。

---

① 林纾：《林琴南文集·畏庐续集·送大学文科毕业诸学士序》，北京：中国书店，1985年。

② 姚永朴：《蜕私轩续集》卷一《通伯归自京师以新著见示赋呈》，民国二十一年（1932）铅印本。

③ 姚永概：《慎宜轩文》卷三，民国间刻本。

余　论

通过探讨，麻溪姚氏与桐城派之间的密切关系大体上得以揭示出来。不过，由于受一些条件限制，本书也还有些未能深入展开研究和未能探讨的问题，这里略作申述。

其一，姚氏理学宗风对桐城派学风的影响问题。桐城自明以来多讲性理之学，在地域宗风的薰炽下，姚氏亦崇尚理学，代代相传，理学精神渗透姚氏族人的文化血脉之中。前文所提到的八世姚希颜、十世姚之莲、十一世姚孙枝等皆尚理学，是地方理学名家。十二世姚文然亦推崇程朱，精研性命之学。十四世姚虞初博考传注、训诂、名物、制度，尤于宋五子书折衷有得，发挥理趣，著书十余卷[1]。至于其后的姚范、姚鼐、姚景衡、姚莹、姚柬之、姚元之、姚濬昌、姚永朴、姚永概等桐城派成员皆服膺理学，一以朱子为归。作为桐城派阵营的重要力量，姚氏的理学家风毫无疑问影响着桐城派的学术风气。以姚鼐而言，他尊崇宋学，认为程朱得圣人之旨，他说："程朱生平行己立身，固无愧于圣门。"[2]在汉宋之争问题上，姚鼐尊宋抑汉，与主流汉学异轨而趋。受此学术理念影响，他在文论上主张古文创作应兼收义理、考证、辞章之长。姚

---

① 姚莹：《姚氏先德传》卷五《惺庵公虞初》，《中复堂全集》本。

② 姚鼐著，刘季高标校：《惜抱轩诗文集·文后集》卷一《程绵庄文集序》，上海：上海古籍出版社，1992年，第268页。

鼐的为人、为学、为文不仅为桐城派后学树立了榜样，也为桐城派的学术文化烙上了鲜明的理学色彩。

尤需一提者，姚氏有世代治《易》之学术传统。十二世姚文燚就说："余家世传羲经。"[①]可见《易》学为姚氏世代相传之学。其实，早在九世姚实虞时，已著有《易经辨伪》一书；十世姚之莲有《易释义》；十一世姚孙枚有《松鹤居易经衷说》。姚孙棐与桐城著名易学家方鲲交好，"其诸子文烈、文勋皆从受经"[②]。姚文然、姚文燮还在康熙五年(1666)刊刻了方鲲的心血之作《易荡》，不仅如此，他们兄弟与姚孙棐还都为之题序[③]。十二世中，姚文燮治《易》有声名，姚文然说"吾弟谈《易》如数家珍，秘理元机过于刻露矣"[④]。其实，姚文然亦精通《易》理，徐秉义说他"于书无所不读而尤邃于《易》，故集中诠《易》特详"[⑤]，姚文然认为一部《易》全在教人知"无咎"二字[⑥]。此后，十三世中姚文然的四个儿子士塈、士堂、士坚、士基，以及姚士对、应甲、士庄、士圭、肤功等，十四世中姚士坚子孔铨、孔镇，姚士基子孔錞、孔锳、孔鋕，等等，也都邃于《易》。十五世中，孔錞子兴渼、兴溹，孔锳子范、淑等亦治《易》，其中姚范成就卓异，其《援鹑堂笔记》中《周易》一卷，不空言说经，而是言必有征，以经解经，相互参证，多有发明。十六世中姚范长子昭宇、次子羲轮、四子劢隆及其侄子姚鼐等，承家传治《易》之绪。其中姚鼐认为："《易》学自当以程朱为主，若言兼采人长，则岂独荀虞。凡说《易》有一言之当，皆不可弃。若执汉学为主，则大非矣。"[⑦]姚鼐侄孙亦留心于《易》，其《识小录》中《五十以学易》《朱子易经

---

① 姚文燮：《无异堂文集》卷一《易经圭约序》，民国五石斋钞本。

② 马其昶著，毛伯舟点注：《桐城耆旧传》卷六，合肥：黄山书社，1990年，第221页。

③ 按：姚孙棐于"壬午秋日"题序，即在明崇祯十六年(1643)。而姚文然、姚文燮又分别在清康熙丙午年(康熙五年，1666)题序。

④ 姚文燮：《无异堂文集》卷一《易荡序》，民国五石斋钞本。

⑤ 姚文然：《姚端恪公文集》卷首《姚文然文集序》，清康熙二十二年(1683)姚士塈等刻本。

⑥ 姚文然：《姚端恪公外集》卷十三《读易》，清康熙二十二年(1683)姚士塈等刻本。

⑦ 姚鼐著，陈用光编：《姚惜抱尺牍・与陈硕士书(之八十九)》，上海：上海新文化书社，1935年，第70页。

本义》两则札记可映射出他对《易》学的熟稔[①]。姚莹子姚濬昌承继家学，撰《读易推见》三卷。姚濬昌诸子亦都研《易》，仲子姚永朴"成童即喜读《易》，逮后授经皖之高等学堂，亦时有论著，以示诸生"[②]，著有《蜕私轩易说》二卷；季子姚永概《慎宜轩笔记》中《易》一卷，以义理为本，阐幽抉微，颇多创见。统而言之，麻溪姚氏治《易》自姚鼐以降至姚永朴、姚永概兄弟，大抵以宋儒义理为主，兼采汉儒考据，注重调和汉宋《易》学。诚如姚永朴所言："夫治经之法，不越二家。守汉儒之训诂名物，而无取专己守残；守宋儒之义理，而力戒武断。"[③]姚氏治《易》之家法亦如斯言。因学识、才力等问题，笔者对姚氏治《易》之具体内容、特色和成就不敢妄自阐析，故姚氏《易》学对桐城派学术文化影响的问题也无从进一步展开论述。

其二，姚氏姻亲家族与桐城派的关系问题。虽然书中第三章也有一些笔墨论述了姚氏联姻家族在桐城派阵营中的情况，但这只是蜻蜓点水，未能深入。实际上，若能分别以马氏与桐城派、方氏与桐城派、张氏与桐城派等专题形式予以深入探讨，桐城派与文学家族的关系应该会更加清晰、更加全面。此外，由于每个家族自身又有独特的家族文化，倘能予以挖掘，这样又无疑会彰显桐城派学术文化的多样性与丰富性。兹以桐城马其昶家族为例，马氏在家族文化上稍异于桐城境内其他家族。马其昶就说："桐城自方姚后，学者多喜言文章义法，别有密之方氏父子号为淹雅，其传不盛，然方氏亦不纯于经。姚姜坞编修为学务征实，精雠校，近汉京矣，顾不喜著书。惟吾家二先生（马宗琏、马瑞辰）笃守师法，两世传经，于吾邑学派盖微别云。"[④]这里的"微别"表明马家的家学文化与方、姚两家有不同之处，其经学色彩非常浓厚。在这个家族，十四世马宗琏有《毛郑诗诂训考证》，十五世马瑞辰有《毛诗传笺通释》，十七世马其昶有《毛诗学》，马家治《毛诗》的家学传统在桐城其他家族内

---

① 姚莹著，黄季耕点校：《识小录》卷一、卷二，合肥：黄山书社，1991年，第21、37页。
② 姚永朴：《蜕私轩集》卷二《周易困学录序》，民国六年(1917)北京共和印刷局铅印本。
③ 姚永朴：《蜕私轩集》卷二《蜕私轩读经记序》，民国六年(1917)北京共和印刷局铅印本。
④ 马其昶著，毛伯舟点注：《桐城耆旧传》卷十，合肥：黄山书社，1990年，第372页。

部较为罕见。这种独具特色的家学传统及成就也丰富了桐城派在《诗经》学领域的开拓。

其三，桐城派对姚氏家族的影响问题。本书重点探讨了姚氏家族对桐城派兴衰的影响问题，由于影响是双向的、具有一定的反作用力，桐城派对姚氏家族也有一定的影响。这种影响在某种程度上形塑了这个家族的文学取向与文化精神。当然，考虑这个影响的复杂性，本书也没有对此展开进一步论述。

总之，以上的想法与不足之处，只能期待来日有机会予以解决了。

附　录

一、桐城麻溪姚氏世系简图

【01】始祖姚胜三至十一世世系简图

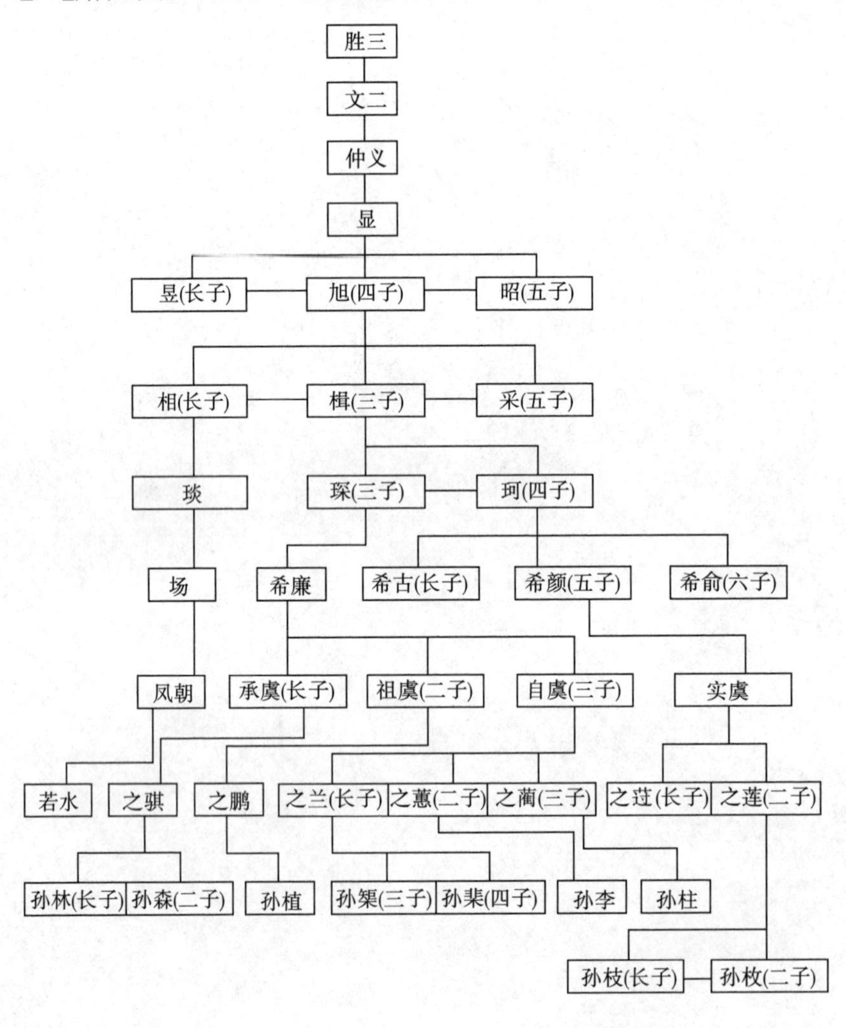

【02】十一世珠树公姚孙森至十八世世系简图

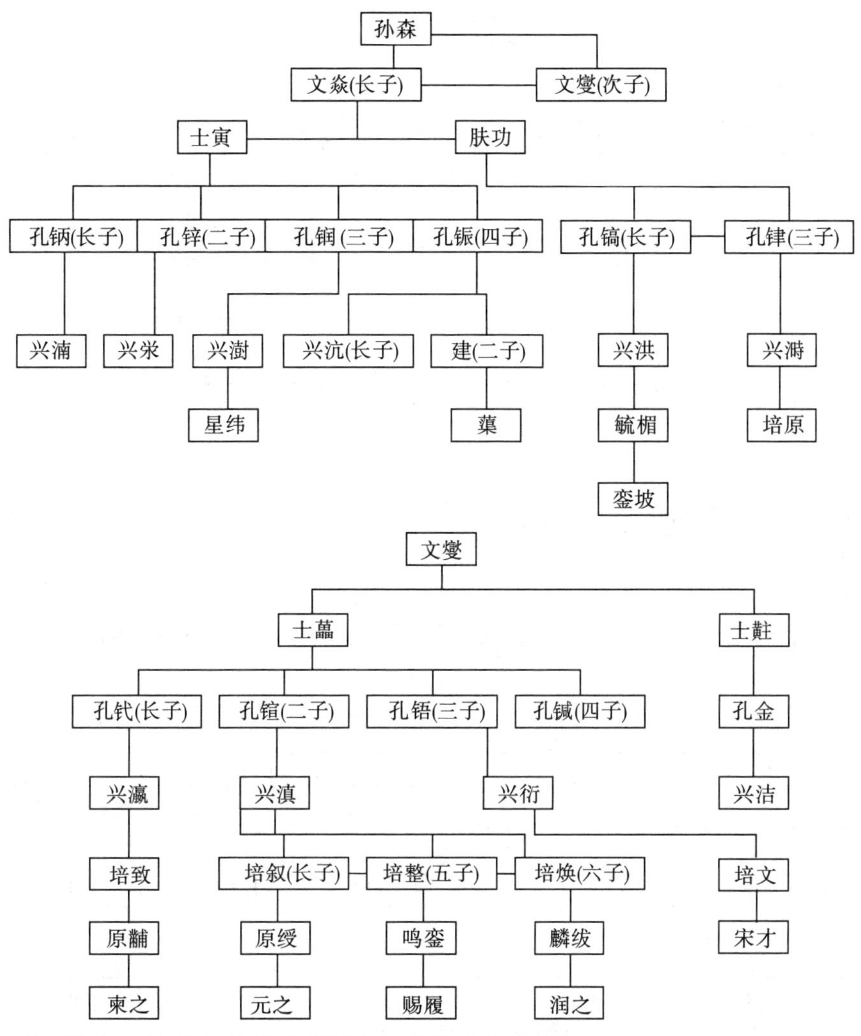

【03】十一世尚宝公姚孙桨至十五世世系简图

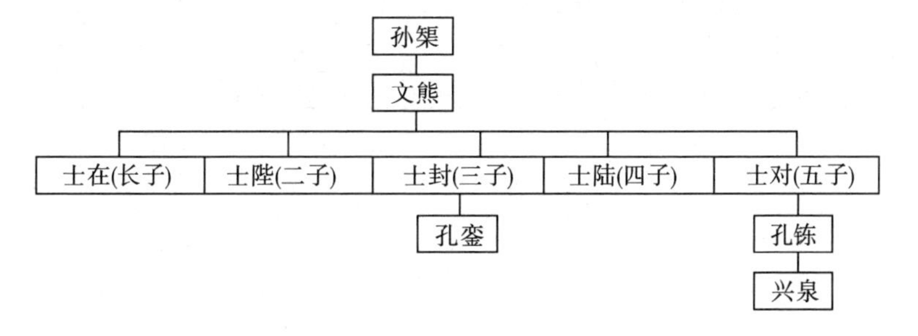

【04】十一世职方公姚孙棐至二十一世世系简图

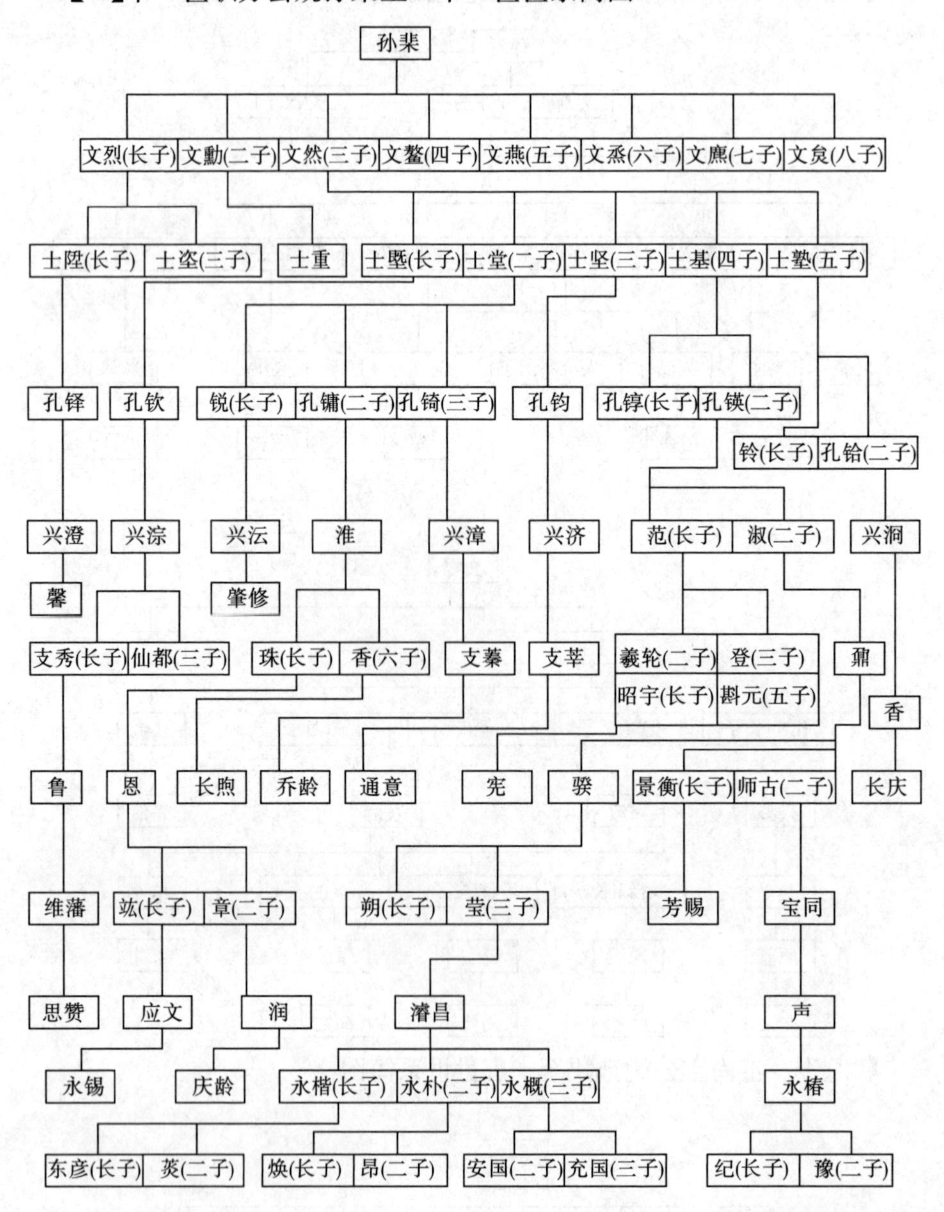

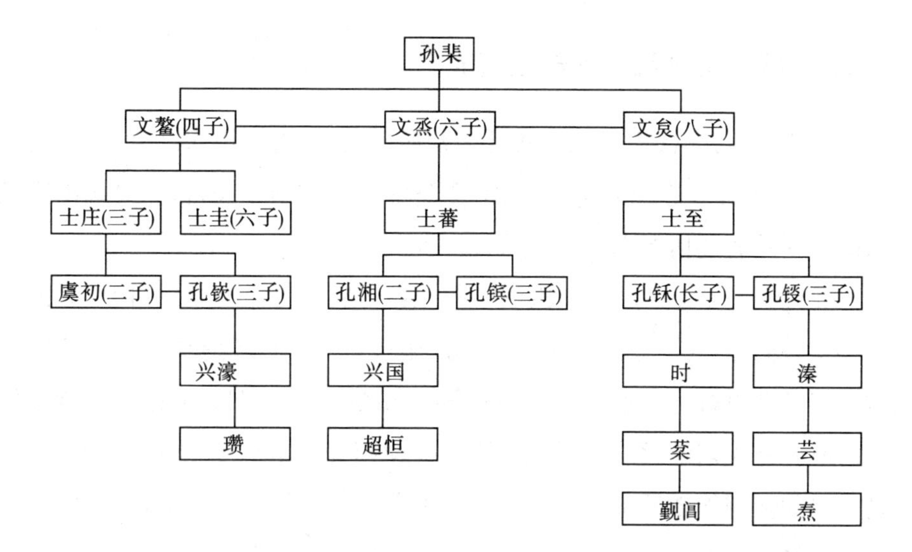

姚孙枝(十一世)至十四世世系简图、姚孙枚(十一世)至十八世世系简图

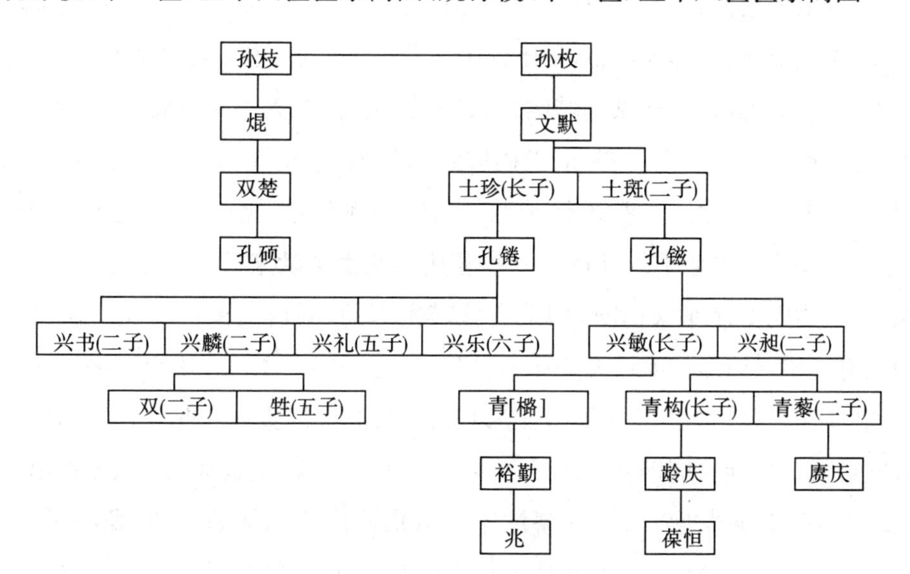

二、桐城麻溪姚氏作家著述简表

麻溪姚氏，自元代由浙江余姚迁至桐城麻溪，到清末民初已有二十一世。姚氏一门风雅，于文艺方面颇有造诣，著述颇多。兹据相关材料，对姚氏家族作家的生平及著述情况以列表方式加以罗列。

需要说明的是：一是表中作家世系分支详情，可参看附录一《桐城麻溪姚氏人物世系简图》；二是表中姓名、字号、生平（女性作家除外），如无特殊说明，均采自《麻溪姚氏宗谱》；三是表中著述主要采自《桐旧集》《道光桐城续修县志》《麻溪姚氏宗谱》《皖人书录》《明清安徽妇女文学辑考》等书。《桐旧集》系道光年间桐城徐璈所编，其中“诗人小传”大多著录诗人诗集，麻溪姚氏四世至十七世的相关著述独于此书卷五至卷七中多有保存，故备注中无特殊说明，四世至十七世著述均采自《桐旧集》；姚氏十八世后的著述，今人蒋元卿所编《皖人书录》收录甚为详备，鉴于此书部分书录取自《道光桐城续修县志》卷二十一《艺文志》，故《道光桐城续修县志》所录与《皖人书录》所录相同者，采用《道光桐城续修县志》，若《道光桐城续修县志》不及《皖人书录》全备者，采用《皖人书录》。此外，《桐城麻溪姚氏宗谱》中亦存有一些未见于他书的作家著述，在备注中也会予以标识。一些著述卷数因文献来源未载而不详，故未能标识；姚氏女性作家情况，均采自傅瑛主编的《明清安徽妇女文学辑考》。四是麻溪姚氏诸多作家诗文集多有佚失，仅有一些诗作残存于清初桐城潘江所编的《龙眠风雅》《龙眠风雅续集》以及徐璈的《桐旧集》中，此处仅列出所收诗歌数量，并注明《桐旧集》中所收诗与《龙眠风雅》《龙眠风雅续集》重出情况。五是为俭省文字计，本表备注中文献来源以简称标识。如《龙眠风雅》《龙眠风雅续编》分别简称《龙眠》《龙续》，道光《桐城续修县志》简称《县志》，《桐旧集》简称《桐旧》，《皖人书录》简称《书录》，《桐城麻溪姚氏宗谱》简称《宗谱》，《明清安徽妇女文学辑考》简称《辑考》。

世系	姓名	字号	著述	备注	《龙眠》	《龙续》	《桐旧》
四世	姚 显	字宗显，号赓飏	《金凤楼诗集》		/	/	存3首
五世	姚 昱	字褒光	《野茧园诗集》		/	/	存1首
	姚 旭	字景旸，号菊潭，别号了心子	《菊潭集》(三卷)	《县志》载《菊潭集》为一卷。现存清光绪十五年(1889)刻本《菊潭集》，为三卷	存26首	/	存6首(重)
	姚 昭	字景霞，号赤城	《卬山诗集》		/	/	存1首
六世	姚 相	字世良，号翠林	《白岳诗集》		/	/	存1首
	姚 楫	字世用，号杏林	《山啸阁诗集》		/	/	存1首
	姚 采	字世明，号梅轩	《柏子山樵诗集》		/	/	存1首
七世	姚 珂	字廷声，号松苓	《养茧庄诗集》		/	/	存3首
八世	姚希廉	字崇贤，号葵轩	不详		存1首	/	存1首(重)
	姚希古	字崇信，号敏庵	《沧海集》		/	/	存1首
	姚希颜	字崇孔，号克斋	《养性斋集》		/	/	存3首
	姚希俞	字崇中，号中轩	《云峰居士集》	《桐旧》卷五载：姚舜俞，号中轩	/	/	存2首
九世	姚自虞	字智思，号似葵	《白石山吟》《墙壁语助》《澄心子杂说》	此据《县志》；《桐旧》仅载有《白石山吟》	存1首	/	存1首(重)
	姚实虞	字伯功，号闻唐	《四箴堂诗文集》《四书折衷》《易经辨伪》《三礼辨通》	此据《县志》；《桐旧》仅载《四箴堂集》	/	/	存7首
十世	姚之兰	字汝芳，号芳麓	不详		存3首	/	存2首(重)
	姚之蔺	字汝德，号梦弧	《清晖堂集》		/	/	存1首
	姚之蔼	字汝硕，号春麓	《来青诗集》		/	/	存1首
	姚之莲	字汝茂，号洁心	《过江诗集》《易释义》《四书旁通》《漱艺堂古文》	此据《县志》；《桐旧》仅载《过江诗集》	/	/	存7首

续表

世系	姓名	字号	著述	备注	《龙眠》	《龙续》	《桐旧》
十世	姚之骐	字山良，号渥源	不详		存 4 首	/	存 1 首（重）
	姚若水	字汝行，号功元	《崇德堂诗集》		/	/	存 3 首
十一世	姚孙棨	字前甫	不详		存 3 首	/	存 2 首（重）
	姚孙棨	字心甫，号石岭	《石岭集》		存 38 首	/	存 8 首（重）
	姚孙棐	字纯甫，号戊生	《戊生诗集》	《四库禁毁丛书》收《亦园全集》（六卷）	/	/	存 19 首
	姚孙柱	字砥中，号佚叟	《世麟堂集》		/	存 14 首	存 1 首（重）
	姚孙植	字建木	《槐荫轩诗集》		存 2 首	/	存 1 首（重）
	姚孙林	字振先，号汉驹，别号双树	《翠柏山房集》	《桐旧》卷五载：姚孙林，字东生，号木臣	/	/	存 1 首
	姚孙森	字绳先，号珠树	《可处堂集》、《集杜诗》（一卷）	《县志》著录为《可处堂诗集》，《集》见《桐旧》	存 63 首	/	存 11 首（重）
	姚孙李	字春华，号石庄	《藕舫诗集》		/	/	存 1 首
	姚孙枝	字贻孙，号蓬庵	《漱怀堂集》		/	/	存 1 首
	姚孙枚	字元公，号仁山，一号西峰居士	《虚受轩文集》《白鹿山樵诗集》《涵春阁子史辨正》《敬笃堂四书制义》《诚意斋四书补义》《松鹤居易经衷说》《吴兴家训》	此据《书录》卷五；《桐旧》仅载《白鹿山樵诗集》	/	/	存 13 首
	姚文燮	字玉青，号晓峰	《花岑集》		/	/	存 2 首
	姚文焱	字彦昭，号盘青，别号芝房老人	《超玉轩诗集》（六卷）、《楚游草》	《县志》著录《超玉轩诗集》有六卷	/	/	存 7 首

续表

世系	姓名	字号	著述	备注	《龙眠》	《龙续》	《桐旧》
十二世	姚文燮	字经三，号羹湖，一作耕壶，又号听翁	《史论》(二十卷)、《昌谷集注》(四卷)、《羹湖文集十二卷诗选十卷四六偶存二卷》、《无异堂文集》(十二卷)、《龙眠诗传》、《雄县志》(三卷)	此据《县志》;《雄县志》采自《书录》卷五;《桐旧》卷五仅著《黄蘗山房集》,县志未录	/	存171首	存29首(重)
	姚文烈	字觐侯，号屺怀	不详		存41首	/	存4首(重)
	姚文勋	字集侯，号丹枫	《丹枫诗集》		/	存44首	存5首(重)
	姚文然	字弱侯，号龙怀	《白云语录》(四卷)、《姚端恪公疏稿》(八卷)、《姚端恪公诗集》(十二卷)、《虚直轩文集》(十卷)、《舟行日记》(一卷)、《姚端恪公文录》(二卷)、《虚直轩外集》(六卷)	此据《书录》卷五;《桐旧》卷五仅载《虚直轩集》	存233首	存233首	存13首(重)
	姚文鳌	字驾侯，号蛰存	《宝闲斋集》《雉艺集》《同声堂集》《左传疏解》《春秋题义》	此据《县志》;《桐旧》卷五载《宝闲斋集》	/	存146首	存5首(重)
	姚文燕	字翼侯，号小山	《春草园诗钞》		/	存79首	存2首(重)
	姚文烝	字声侯，号栗岑	不详		/	存44首	存1首(重)
	姚文熏	字介侯，号方山	《竹斋集》		存8首	/	存2首(重)
	姚文炱	字夏侯	不详		存4首	/	/
	姚文烟	字泰伯	《诗文卮》		/	/	存1首
	姚文熊	字望侯，号非庵	《红雨轩诗集》		/	/	存12首
	姚文默	字简伯，一字虚中，号南崖	《松舫诗集》《含翠亭诗集》《清迥堂文集》《存朴堂经解》《地理纂要》《南崖杂俎》	此据《县志》;《桐旧》未载著述	/	/	存8首
	姚文点	字增伯，号勉斋	《勉斋诗集》		/	/	存2首

续表

世系	姓名	字号	著述	备注	《龙眠》	《龙续》	《桐旧》
十二世	姚文黛	字章伯，号芝岑	《芳润轩诗集》		/	/	存1首
	姚文黔	字锡伯，号省庵	《晓峰诗草》		/	/	存1首
	姚　焜	字伯鸾，号处斋	《处斋诗集》	《县志》著录为《处斋诗稿文稿》	/	/	存14首
	姚含章	不详	《含章阁诗钞》	此据《辑考》	/	/	/
	姚　宛	字修碧	《缄秋阁遗稿》（一卷）	此据《辑考》	存24首	/	/
	姚凤仪	不详	《蕙纫阁诗集》（一卷）	此据《辑考》	存26首	/	/
	姚凤翙	字季羽	《梧阁赓噫集》	此据《辑考》	/	存71首	/
十三世	姚士藟	字绥仲，号华曾	《咏园诗集十二卷》《南归草》《瞻云草》	此据《县志》；《桐旧》著录为《餘斋咏园诗文集》《南归草》	/	/	存24首
	姚士陛	字玉阶，号别峰	《空明阁集》（四卷）、《空明阁诗余》（一卷）	此据《县志》；《桐旧》仅著录《空明阁集》	/	/	存16首
	姚士对	字余山，号艾亭	《余山堂文集》	此据《县志》	/	/	/
	姚士坙	字嵩肇，号小眉	《如舫斋诗存》		存15首	/	存3首
	姚士重	字勃少，号松潭	《无狭居诗文集》（十二卷）	此据《县志》	/	/	/
	姚士塈	字注若，号鲁斋	《兹园诗集》（二十四卷）	此据《县志》	/	/	/
	姚士堂	字仲若，号敬斋	《云怡阁集》		/	存170首	存6首（重）
	姚士坚	字庭若，号静庵，又号深园	《静斋诗草》、《不可不可录》、《历代年表》、《历代世系考》、《深园诗古文》（八卷）	此据《县志》；《桐旧》仅著录《静斋诗草》，未见于《县志》	/	存160首	存4首（重）
	姚士基	字履若，号松岩	《松岩诗集》（八卷）、《清聚山房诗》（八卷）	《县志》仅录《清》（八卷），《桐旧》仅著录《松》，八卷之数见于《书录》	/	/	存17首

续表

世系	姓名	字号	著述	备注	《龙眠》	《龙续》	《桐旧》
十三世	姚士塾	字庠若，号松茂	《眉阁集》		/	存17首	存1首（重）
	姚士珍	字席若，号怡斋	《咏花轩诗集》《四书析疑》《春秋世系图说》《长啸草堂文集》	此据《县志》；《桐旧》仅著录《咏花轩诗集》	/	/	存4首
	姚士庄	字穉恭，号作舟	《放山集》（二十卷）	此据《书录》	/	/	/
	姚士圭	字时六，号竹廊	不详		/	/	存7首
	姚士蕃	字耕莘，号择亭	《春秋指南》	此据《县志》	/	/	/
	姚士至	字又陵，号如川	《颂嘉草堂诗集》（四卷）	此据《县志》	/	/	/
	姚肤功	字敏仲，号聚山	《金台诗集》《萍庐集》	此据《县志》	/	/	/
	姚陆舟	不详	《闺鉴》、《陆舟日记》、《凝晖斋诗存》（一卷）	此据《辑考》	/	/	/
	姚鹿隐	不详	《鹿隐阁集》	此据《辑考》	/	/	/
十四世	姚　湘	原名孔镛，字行表，号柴墟	不详		/	/	存3首
	姚　铃	字卿如，号梓岚	《葭斋诗集》（十卷）	此据《县志》，《桐旧》未载卷数	/	/	存20首
	姚孔钦	字崇修，号桃溪	《桃溪集》（一卷）	此据《县志》，《桐旧》未载卷数	存2首	/	存4首（重）
	姚孔镛	字柷如，号西畴	《西畴诗集》《陟冈吟》		/	/	存4首
	姚孔镔	字镇岳，一字南宾	《尺蠖轩诗钞》		/	/	存11首
	姚孔钠	字铁也	《西堧诗钞》（十卷）、《客游草》、《宦游草》、《迁粤草》、《念劬草》	《桐旧》未著录《西堧诗钞》，见于《县志》	/	/	存8首
	姚孔锌	字道冲，号归园	《抱影轩诗选》（二卷）、《南陔诗选》（二卷）、《叱驭集》（一卷）、《心香斋诗选》（二卷）、《姚道冲诗钞》（七卷）	此据《县志》，《桐旧》未标卷数，《诗钞》见《书录》	/	/	存9首

续表

世系	姓名	字号	著述	备注	《龙眠》	《龙续》	《桐旧》
十四世	姚孔锏	字梁贡,号于巢	《华林庄诗钞》(四卷)、《石梁杂韵》(一卷)	此据《书录》	/	/	存 8 首
	姚孔鋠	字范冶,号三崧	《小安乐窝诗钞》(十五卷)	此据《县志》,《桐旧》著为《小安乐窝诗集》	/	/	存 10 首
	姚孔镐	字橘夫	《初学集》		/	/	存 4 首
	姚虞初	字姚墟,一字悭庵,别号还村	《悭庵讲议》	此据《书录》	/	/	/
	姚孔鍼	字大修,号雪坡	《蛟余集》《形家汇览》(十卷)	此据《县志》	/	/	/
	姚孔钍	字升初,号恕斋	《纪元大略》(一卷)	此据《书录》	/	/	/
	姚孔硕	字逊肤,号蒙泉	《黄鹤山樵集》		/	/	存 6 首
	姚孔锩	字和九,号花坪	《履谦堂诗集》《五经源流类纂》《醒世箴言》《吴兴续增家训》	此据《书录》,《桐旧》仅著录《履谦堂诗集》	/	/	存 4 首
	姚孔镃	字泽九,号锦亭	《守谦堂诗集》《锦亭文集》《劝善录》	此据《书录》	/	/	/
十五世	姚　范	初名兴竦,字南青,号已铜,又号薑坞	《援鹑堂笔记》《援鹑堂诗集》《援鹑堂文集》	此据《书录》,《桐旧》仅著录《援鹑堂诗集》	/	/	存 36 首
	姚兴涞	字渭川,号花龛。又号香岩	《香岩诗稿》、《晚香堂遗诗》(一卷)	《桐旧》仅载《香》;《县志》仅载《晚》	/	/	存 20 首
	姚兴泉	字虚堂,号问樵,又号落花散人	《虚堂集》、《一枕窝诗钞》(三卷)、《雨中消夏录》(二卷)、《龙眠杂忆》(八卷)	此据《宗谱》,《县志》载两书卷数;《书录》仅载《龙》	/	/	存 20 首
	姚兴礼	字戴传,号听泉	《海藏诗集》		/	/	存 7 首
	姚兴书	字壁传,号琴川	《琴川诗集》		/	/	存 1 首
	姚兴乐	字心传,号竹坡	《燕游草》		/	/	存 1 首
	姚兴袒	字鹤洲,号澹人	《澹人诗集》		/	/	存 6 首
	姚兴洁	字濂溪,号香南	不详		/	/	存 3 首
	姚兴澥	字方涛,号汇香	《汇香轩诗集》	此据《县志》	/	/	/

续表

世系	姓名	字号	著述	备注	《龙眠》	《龙续》	《桐旧》
十五世	姚兴麟	字素传，号竺楼	《梦笔山房诗集》《五经解》《春秋经义》《子史释疑》	此据《书录》;《县志》著录有《梦笔山房诗文集》《子史释疑》(《桐旧》未录)	/	/	存10首
	姚　建	字石卿，号袖江	《养痾山房诗钞》、《汲华轩诗集》(四卷)、《芳草吟》(一卷)	此据《县志》,《养痾山房诗钞》见于《桐旧》	/	/	存11首
	姚　时	字尹孚，号隐夫	《隐夫文集》(二卷)	此据《县志》	/	/	/
	姚兴沆	字度凝，号瀣秋	《桐花轩诗集》(四卷)、《梁园游草》(一卷)	此据《县志》	/	/	/
	姚兴滇	字南召，号介石	《基城集》	此据《县志》	/	/	/
	姚德耀	字景孟	《清香阁诗钞》(二卷)	此据《辑考》	/	/	/
	姚德承	不详	《退安斋集》	此据《辑考》	/	/	/
十六世	姚　鼐	字姬传，一字梦谷	《惜抱轩全集》(十四种八十八卷)、《惜抱轩笔记》(八卷)、《九经说》(十七卷)、《老子章义》(二卷)、《庄子章义》(五卷)、《惜抱轩文集十六卷后集十卷》、《惜抱轩诗集十卷后集一卷外集一卷》、《姚惜抱尺牍》(八卷)、《惜抱先生尺牍补编》(二卷)、《惜抱轩书录》(四卷)、《三传补注》(三卷)、《唐人绝句诗钞》(一卷)、《五七言今体诗钞》(十八卷)、《房仲诗选》(二卷)、《江宁府志》(五十六卷，主纂)、《法帖题跋》(三卷)、《汉书评点》(不分卷)、《惜抱轩书录》(四卷)、《惜抱轩遗书》(三种)、《惜抱轩外集》(一卷)、《惜抱轩诗钞释》(六卷)、《惜抱轩稿》(一卷)、《国语补注》(一卷)、《公羊传补注》(一卷)、《敬敷书院课读四书文》(不分卷)、《谷梁传补注》(一传)、《黄山谷诗钞》(辑选六卷)、《左传补注》(一卷)、《姚惜抱先生前汉书评点附录》、《古文辞类纂》(七十五卷)	此据《书录》	/	/	存79首

续表

世系	姓名	字号	著述	备注	《龙眠》	《龙续》	《桐旧》
十六世	姚　恺	字恺臣，号洛川	《石笏山房诗集》		/	/	存 20 首
	姚支莘	字諟伊，号尧民	《尧民诗钞》(二卷)	《县志》标明卷数，《桐旧》未标	/	/	存 16 首
	姚　棻	字香茝，号铁松	《恭寿堂集》	《县志》著录为《恭寿堂诗文全集》(八卷)	/	/	存 4 首
	姚　馨	字荔香，号椒林	《椒林游草》		/	/	存 2 首
	姚　蕖	字梦莲，号青衫	《琴南诗集》		/	/	存 5 首
	姚　瓒	原名支稳，字玉田，号环滁	《环滁诗草》		/	/	存 1 首
	姚　双	字正谊，又字瑞南，号如金	《正谊斋诗集》《香雪草堂全集》	字号及《香》据《宗谱》。《桐旧》卷七载：字瑞南，号挈华。并仅载《正》	/	/	存 8 首
	姚　甡	字峰五，号瑞岐	《瑞岐楼诗集》《豫游草》	字号及《瑞》据《宗谱》。《桐旧》卷七载：字子瞻，号封五。并仅载《豫》	/	/	存 3 首
	姚青藜	字载绿，号星子	《自怡集》		/	/	存 3 首
	姚仙都	字淇夫，号芥舟	《七十二峰斋文钞》(一卷)	此据《书录》	/	/	/
	姚毓楣	字带虹，号虎痴	《翠峰诗钞》《韵事摭言》《画溪诗文集》	此据《书录》；《桐旧》仅录《翠》	/	/	存 6 首
	姚　素	一名兰，字韵兰	《绘阁学诗草》(未见)，现存诗 8 首	此据《辑考》	/	/	/
十七世	姚景衡	原名持衡，字根重，号庚甫	《思复堂文存》《思复堂诗选》《楚辞蒙拾》	此据《书录》	/	/	/
	姚超恒	字迴夫，号雪塘	《雪塘诗钞》		/	/	10 首
	姚原绶	字霞纾，号漪房	不详		/	/	存 5 首

续表

世系	姓名	字号	著述	备注	《龙眠》	《龙续》	《桐旧》
十七世	姚通意	字彦纯	《赖古居诗草》《赖古居诗话》	此据《书录》,《桐旧》仅录《诗草》	/	/	存3首
	姚銮坡	字子晋,号松垄	《湘筠楼诗稿》		/	/	存5首
	姚 恩	字映湖,号逸亭	《培桂轩诗集》	此据《宗谱》	/	/	/
十八世	姚 莹	号展和,字明叔,字石甫,晚号幸翁	《中复堂全集》(十三种九十八卷)、《识小录》(八卷)、《康辅纪行》(十六卷)、《库伦记》(一卷)、《卡伦形势记》(二卷)、《后湘诗集九卷二集五卷续集七卷》、《海运纪行后编》(一卷)、《寸阴丛录》(四卷)、《姚氏先德录》(六卷)、《英吉利图说》(一卷)、《乾坤正气集》(一百零一种,辑)、《中复堂五种》、《中复堂传志年谱》(一卷)、《中复堂遗稿五卷遗稿续编二卷》、《东溟文集六卷外集四卷文后集十四卷外集二卷》、《东溟奏稿》(四卷)、《东槎纪略》(五卷)	此据《书录》	/	/	/
	姚元之	字伯昂,号廌青,又号竹叶亭生,晚号五不翁	《使沈草》、《廌青集》、《竹叶亭杂记》(八卷)、《寿星岁事录》(不分卷)	此据《书录》	/	/	/
	姚柬之	字佑之,一字伯山,一作檗山,又号且看山人	《姚伯山先生全集》《漳水图经》《绥瑶厅志》	此据《书录》	/	/	/
	姚维蕃	字价人,号卭青	《卭青诗选》(一卷)	此据《县志》	/	/	/
	姚 兆	原名宝丰,字小仲,号少章,又号平子	《匪莪轩诗集》	此据《宗谱》	/	/	/
	姚葆恒	字咏山,号菊隐	《韫珊仙馆诗集》	此据《宗谱》	/	/	/

续表

世系	姓名	字号	著述	备注	《龙眠》	《龙续》	《桐旧》
十九世	姚思赞	原名懋能，字子襄，号愓存	《酌言炳烛》《怀玉山房诗文稿》《正字发蒙》《问花轩诗帖》	此据《宗谱》	/	/	/
	姚濬昌	字孟成，号慕庭，晚号幸余	《读易推见》(三卷)、《叩瓴琐语》(十二卷)、《幸余求定稿》(十二卷)、《五瑞斋诗续钞》(九卷)、《慎终举要》(一卷)、《里俗纠谬》(一卷)、《五瑞斋遗文》(一卷)、《三釜斋酬唱小录》(一卷)、《震川灵皋海峰三先生古文辞》(不分卷)、《竹山诗稿》(不分卷)、《易说》(四卷)、《独建斋绝句选本》(不分卷)、《乡贤续录》、《姚石甫年谱》、《安福县志》(纂修，二十卷)、《石甫府君行述》(一卷)	此据《书录》	/	/	/
	姚世恩	字孝宽，号韦斋	《金陵水道图考》《临危题壁绝命诗刊校》	此据《宗谱》	/	/	/
	姚　济	字孝先，号啸轩	《弧三角说约》《椭圆证合》《字母贯珠》等	此据《宗谱》			
	姚　润	字仲宾，号莲溪	《清远轩诗集》	此据《宗谱》	/	/	/
	姚芙卿	字镜宾	《绣余诗》(一卷)	此据《辑考》	/	/	/
	姚若蘅	字芷湄，号沅碧	《香红阁诗词》(一说《红香阁诗草》)(未见)	此据《辑考》	/	/	/
二十世	姚永楷	字闲伯，号石孙	《远心轩诗稿》(四卷，稿本)、《远心斋遗诗》(一卷，附于姚濬昌《五瑞斋诗续钞》后)	此据《书录》	/	/	/
	姚永朴	字仲实，晚号蜕私老人	《尚书谊略二十八卷叙录一卷》、《论语述义十卷叙录一卷》、《论语解注合编》(十一卷)、《大学章义》(一卷)、《十三经述要》(六卷)、《群儒考略》(不分卷)、《群经答问》(一卷)、《经学举要》(一卷)、《群经考略》(十六卷)、《经学入门》(不分卷)、《史事举要》(七卷)、《史学研究法一卷见闻偶笔一卷》、《清代盐法考略》(二卷)、《文学研究法》(四卷)、《小学广》、《我师录》(四卷)、《伦理学》(不分卷)、《迩言》(一卷)、《蜕私轩诗集训纂》、《历代圣哲粹语》、《起凤书院答问》、		/	/	/

续表

世系	姓名	字号	著述	备注	《龙眠》	《龙续》	《桐旧》
二十世	姚永朴	字仲实，晚号蜕私老人	《六经或问》（一卷）、《诸子考略》（不分卷）、《先正嘉言约钞》（不分卷）、《白话史》（不分卷）、《修身课》（不分卷）、《十八家诗约钞》（一卷）、《左传选读》、《古本大学解》（一卷）、《古今体诗约》（四卷）、《七经问答》（一卷）、《旧闻随笔》（四卷）、《桐城姚氏碑传集七卷补遗一卷》、《史记约选》（一卷）、《素园丛稿五种》、《蜕私轩文稿》（不分卷）、《蜕私轩诗说》（八卷）、《蜕私轩杂著二种》、《蜕私轩读经记》（六卷）、《蜕私轩集五卷附读经记三卷》、《蜕私轩续集》（三卷）、《蜕私轩易说》（二卷）、《国文初学读本》（二卷，与弟永概同编）、《国文学》（四卷）、《历代圣哲学粹》（四十四卷，与李大防、陈朝爵合编）、《历朝经世文钞》（六卷，与弟永概合编）、《惜抱轩诗训纂》（八卷）	此据《书录》	/	/	/
	姚永概	字叔节，号幸孙	《孟子讲义》（七卷）、《左传讲义》（不分卷）、《桐城姚氏诗钞》（不分卷）、《东游自治译闻》（不分卷）、《尺牍选钞》（不分卷）、《慎宜轩文集》（十二卷）、《慎宜轩诗集八卷续钞一卷》、《慎宜轩笔记》（十卷）、《慎宜轩日记》（不分卷）、《慎宜轩古今诗读本》（不分卷）	此据《书录》	/	/	/
	姚永锡	原名锡龄，字子纯，号寿岩，又号竺樵	《宜荆草堂诗集》	此据《宗谱》	/	/	/
	姚庆龄	字善伯，号余庵	《泼翠草堂诗草》	此据《宗谱》	/	/	/
	姚倚云	字蕴素	《蕴素轩诗稿》（五卷）、《沧海归来集诗一卷词一卷》、《榴花馆稿》	此据《辑考》	/	/	/
二十一世	姚　纪	字伯纲	《素庵文稿》	南京图书馆藏	/	/	/
	姚安国	字翁望	《安徽画家汇编》（存世）、《畹晚庐述怀诗稿》（油印本）		/	/	/

三、明清麻溪姚氏家族进士、举人表

(一)进士

兹据《麻溪姚氏宗谱》以及《明清进士题名碑录》等资料,详列明清两代姚氏家族高中进士的情况。

世代	姓名	字号	科年	甲第	名次
五世	姚　旭	字景旸,号菊潭,别号了心子	明景泰二年(1451)辛未科	3	92
十世	姚之兰	字汝芳,号芳麓	明万历二十九年(1601)辛丑科	3	202
	姚若水	字汝行,号功元	明万历二十九年(1601)辛丑科	3	234
	姚之骐	字山良,号渥源	明万历三十五年(1607)丁未科	3	49
十一世	姚孙棨	字心甫,号石岭	明天启二年(1622)壬戌科	3	57
	姚孙棐	字纯甫,号戊生	明崇祯十三年(1640)庚辰科	3	142①
十二世	姚文然	字弱侯,号龙怀	明崇祯十六年(1643)癸未科	2	43
	姚文燮	字经三,号羹湖,又号听翁	清顺治十六年(1659)己亥科	2	36
	姚文燕	字翼侯,号小山	清顺治十八年(1661)辛丑科	3	70
	姚文熊	字望侯,号非庵	清康熙六年(1667)丁未科	2	6
十三世	姚士藟	字绥仲,号华曾	清康熙二十七年(1688)戊辰科	2	11
十四世	姚孔鋠	字范冶,号三崧	清雍正十一年(1733)癸丑科	2	23
十五世	姚　范	字南青,号姜坞	清乾隆七年(1742)壬戌科	2	11
十六世	姚　棻	字香茝,号铁松	清乾隆二十六年(1761)辛巳科	2	6
	姚　鼐	字姬传,一字梦谷,别号惜抱	清乾隆二十八年(1763)癸未科	2	35
十七世	姚原绂	又名麟绂,字世纶,号兰宬	清嘉庆十年(1805)乙丑科	2	71
	姚乔龄	字锡九,号问松	清嘉庆十六年(1811)辛未科	3	12
十八世	姚元之	字伯昂,号鹰青,又号竹叶亭生	清嘉庆十年(1805)乙丑科	2	7
	姚　莹	一字石甫,字明叔,号展和	清嘉庆十三年(1808)戊辰科	3	10
	姚维藩	字价人,号凼青。	清嘉庆十六年(1811)辛未科	2	54
	姚柬之	字佑之,号伯山,亦号檗山,又号且看山人	清道光二年(1822)壬午科	2	53

① 按:《进士题名碑》作第140名,《明清进士题名碑录索引》,第1377页。

(二)举人

世代	姓名	字号	科年	仕宦
十世	姚之蔺	字汝德,号梦弧	明万历四十三年(1615)乙卯科	不详
十二世	姚文烈	字觐侯,号屺怀	清顺治八年(1651)辛卯科	汉阳府推官,辰州府同知,云南楚雄府知府
	姚文燚	字彦昭,号盘青	清康熙八年(1669)己酉科	授长洲教谕,再聘浙江同考官,后迁江西峡江县知县
	姚 焜	字伯鸾,号处斋	清雍正元年(1723)癸卯恩科	保举充《明史》馆纂修官,仕至山东宁阳县知县
十三世	姚士堂	字仲若,号敬斋	清康熙八年(1669)己酉科	官内阁中书,入武功馆纂修《方略》
	姚士基	字履若,号松岩	清康熙十一年(1672)壬子科	湖广罗田县知县
	姚士黉	字东膠,号鹤山	清康熙二十九年(1690)庚午科	赠文林郎翰林院编修,累赠中宪大夫
	姚士陛	字玉阶,号别峰	清康熙三十二年(1693)癸酉科	直隶大名府通判
十四世	姚孔鋅	字振收,号荆启	清康熙二十九年(1690)庚午科	候选内阁中书
	姚孔钅	字升初,号恕斋	清康熙三十八年(1699)己卯科	候补内阁中书
	姚孔钧	字和修,号约轩	清康熙五十二年(1713)癸巳恩科	江西湖口县知县,授文林郎
	姚 湘	字行表,号柴墟	清雍正二年(1724)甲辰科	江苏武进县教谕、常熟教谕
	姚孔硕	字逊肤,号蒙泉	清乾隆二十五年(1760)庚辰科	充咸安宫教习,候选知县,改芜湖县教谕
十五世	姚兴湳	字观涛,号悟泉	清乾隆三年(1738)戊午科	不详
	姚 溱	字十洲,号济亭	清乾隆二十五年(1760)庚辰恩科	拣选知县
	姚兴泶	字渭川,号花龛,又号香岩	清乾隆三十九年(1774)甲午科	山西平定直隶州州判
十六世	姚培叙	字禹畴	清乾隆三年(1738)戊午科	历任贵州修文、龙里、永从知县,擢古州同知,摄黎平府篆题,升铜仁府知府
	姚肇修	字蓬观,号自直	清乾隆十五年(1750)庚午科	河南孟县知县
	姚羲轮	字丹海	清乾隆十八年(1753)癸酉科	山西曲沃县知县,调洪洞县知县,以卓异擢銮仪卫经历,出为广西南宁府同知,署南宁府知府,授奉政大夫
	姚 登	字豆山	清乾隆二十一年(1756)丙子科	景山官学教习
	姚培雯	字际斯,号素庵	清乾隆三十六年(1771)辛卯科	经魁。不详
	姚培焕	字采章	清乾隆三十九年(1774)甲午科	不详

续表

世代	姓名	字号	科年	仕宦
十七世	姚景衡	原名持衡，字振重，号庚甫	清乾隆五十七年(1792)壬子科	历任江苏仪征、江都、泰兴等县知县
	姚宋才	字端予，号新山	清乾隆六十年(1795)乙卯恩科	不详
	姚星纬	名烺，字景三，号药房	清嘉庆九年(1804)甲子科	拣选知县，例授文林郎
	姚长煦	字皖姜，号仁甫	清嘉庆十三年(1808)戊辰科	庐江县教谕
	姚　荦	不详	清道光元年(1821)辛巳恩科	铜陵县教谕
	姚长庆	原名麟，字绂卿	清道光二年(1822)壬午科	直隶雄县知县，借补定州州同
	姚赓庆	字仲章	清道光十一年(1831)辛卯恩科	觉罗官学正白旗教习、候选知县
	姚　泰	原名增寿，号寿谷	清道光十七年(1837)丁酉科	不详
十八世	姚赐履	字蓉生，号竹君	清道光十二年(1832)壬辰科	候选同知
	姚翔之	字翅青，又字仪卿，号凹樵	清道光十九年(1839)己亥科	考取国子监学正，升助教，选授广西养利州知州，题补百色同知，保升知府，历署河池州南宁府事
十九世	姚伯骞	字少梁，号芸孙	清道光二十四年(1844)甲辰科	直隶高邑县知县
二十世	姚永概	字叔节，号幸孙	清光绪十四年(1888)戊子科解元	大挑二等，授太平县教谕，不赴
	姚永朴	字仲实，晚号蜕私老人	清光绪二十年(1894)甲午科	不仕

参考文献

一、麻溪姚氏家族文献

[1] 姚旭. 菊潭集. 清光绪十五年(1889)刻本.

[2] 姚孙棐. 亦园全集.《四库禁毁书丛刊》影印清初刻本.

[3] 姚文然. 姚端恪公全集. 清康熙二十二年(1683)姚士塈等刻本.

[4] 姚文燮. 无异堂文集. 民国五石斋钞本.

[5] 姚孔锏. 华林庄诗集. 清乾隆刻本.

[6] 姚孔鈵. 小安乐窝诗钞. 清乾隆二十三年(1758)刻本.

[7] 姚范. 援鹑堂诗集. 清嘉庆十七年(1812)刻本.

[8] 姚范. 援鹑堂文集. 清嘉庆十九年(1814)刻本.

[9] 姚范. 援鹑堂笔记.《续修四库全书》影印清道光姚莹刻本.

[10] 姚兴泉. 龙眠杂忆. 清刻本.

[11] 姚鼐著,刘季高标校. 惜抱轩诗文集. 上海:上海古籍出版社,1992.

[12] 姚鼐著,姚永朴训纂,宋效永校点. 惜抱轩诗集训纂. 合肥:黄山书社,2001.

[13] 姚鼐. 惜抱轩全集. 北京:中国书店,1991.

[14] 姚鼐著,陈用光编. 姚惜抱尺牍. 上海:上海新文化书社,1935.

[15] 姚鼐. 惜抱轩遗书三种. 清光绪五年(1879)桐城徐宗亮刊本.

[16] 姚鼐编. 古文辞类纂. 清道光元年(1821)合河康氏家塾刻本.

[17] 姚鼐编,吴孟复、蒋立甫评注,古文辞类纂评注. 合肥:安徽教育出版社,2004.

[18] 姚鼐. 惜抱轩九经说. 清同治五年(1866)省心阁刻《惜抱轩全集》本.

[19] 姚鼐. 惜抱轩笔记. 清同治五年(1866)省心阁刻《惜抱轩全集》本.

[20] 姚景衡. 思复堂诗文存. 清同治十二年(1873)刻本.

[21] 姚景衡. 姚庚甫先生文集. 南京图书馆藏清抄本.

[22] 姚仙都. 七十二峰斋文钞. 清刻本.

[23] 姚觐阊. 写山楼诗存. 清道光四年(1824)刻本.

[24] 姚莹. 俄国疆界风俗志. 清光绪十年(1884)五湖草庐刻本.

[25] 姚莹著,施培毅、徐寿凯点校. 康辅纪行. 合肥:黄山书社,1990.

[26] 姚莹著,施培毅、徐寿凯点校. 东槎纪略. 合肥:黄山书社,1990.

[27] 姚莹著,黄季耕点校. 识小录. 合肥:黄山书社,1991.

[28] 姚莹著,黄季耕点校. 寸阴丛录. 合肥:黄山书社,1991.

[29] 姚元之. 廌青集. 清道光二十三年(1843)刻本.

[30] 姚元之. 使沈草. 清道光二年(1822)刻本.

[31] 姚元之. 姚伯昂诗. 清稿本.

[32] 姚元之著,李解民点校. 竹叶亭杂记. 北京:中华书局,1982.

[33] 姚柬之. 伯山文集. 清道光二十八年(1848)刻本.

[34] 姚柬之. 伯山诗集. 清道光二十八年(1848)刻本.

[35] 姚莹. 中复堂全集. 清道光年间刻本.

[36] 姚濬昌. 幸余求定稿. 清光绪十七年(1891)刻本.

[37] 姚濬昌. 五瑞斋遗文. 民国元年(1912)铅印本.

[38] 姚濬昌. 叩瓴琐语. 民国元年(1912)铅印本.

[39] 姚濬昌. 五瑞斋诗钞. 民国铅印本.

[40] 姚濬昌. 五瑞斋诗续钞. 清光绪刻本.

[41] 姚濬昌编. 姚石甫先生年谱.《北京图书馆藏珍本年谱丛刊》本.

[42] 姚倚云. 蕴素轩诗稿.《范伯子全集》本.

[43] 姚倚云. 沧海归来集. 民国二十二年(1933)铅印本.

[44] 姚倚云. 蕴素轩诗集. 民国二十二年(1933)铅印本.

[45] 姚永朴. 蜕私轩集. 民国六年(1917)北京共和印刷局铅印本.

[46] 姚永朴. 蜕私轩续集. 民国二十一年(1932)铅印本.

[47] 姚永朴著,张仁寿校注. 旧闻随笔. 合肥:黄山书社,1989.

[48] 姚永朴. 起凤书院答问.《国学珍籍汇编》本,台北:广文书局,1977.

[49] 姚永朴. 诸子考略. 清光绪三十一年(1905)正谊书局铅印本.

[50] 姚永朴编. 国文学. 清宣统二年(1910)京师法政学堂铅印本.

[51] 姚永朴,许结讲评. 文学研究法. 南京:凤凰出版社,2009.

[52] 姚永概. 慎宜轩诗集. 民国八年(1919)铅印本.

[53] 姚永概. 慎宜轩文. 民国间刻本.

[54] 姚永概. 慎宜轩笔记. 民国十五年(1926)木活字本.

[55] 姚永概著,沈寂等标点. 慎宜轩日记. 合肥:黄山书社,2010.

[56] 姚永概. 我师录. 民国间安庆正谊书局排印本.

[57] 姚永概著,陈春秀校点. 孟子讲义. 合肥:黄山书社,1999.

[58] 姚永概、姚永朴编. 历朝经世文钞. 民国七年(1918)铅印本.

[59] 姚永概、姚焕著. 东游自治译闻. 清光绪三十四年(1908)铅印本.

[60] 姚纪. 素庵文稿. 民国铅印本.

[61] 姚翁望. 畹晚庐述怀诗稿. 1983年油印本.

[62] 姚联奎修,姚国祯纂. 麻溪姚氏宗谱. 民国十年(1921)木活字本.

二、方志

[1] 陈策修,刘录纂.(正德)饶州府志.《天一阁藏明代方志选刊续编》本.

[2] 锡德修,石景芬纂.(同治)饶州府志.《中国方志丛书》本.

[3] 张楷等纂修.(康熙)安庆府志.《中国地方志集成》本.

[4] 陈勉修,许浩纂.(弘治)桐城县志.明弘治三年(1490)刻本.

[5] 胡必选修,王凝命增修.(康熙)桐城县志.《中国地方志集成》本.

[6] 廖大闻修,金鼎寿纂.(道光)桐城续修县志.《中国地方志集成》本.

[7] 李福泰修,史澄等纂.(同治)番禺县志.《中国方志丛书》本.

[8] 俞庆澜、刘昂修,张灿奎等纂.(民国)宿松县志.《中国地方志集成》本.

[9] 周溶修,汪韵珊纂.(同治)祁门县志.清同治十二年(1873)刻本.

[10] 王检心修,刘文淇纂.(道光)重修仪征县志.清光绪十六年(1890)刻本.

[11] 谢延庚修,刘寿曾等纂.(光绪)江都县续志.清光绪十年(1884)刻本.

[12] 杨激云修,顾曾烜纂.(光绪)泰兴县志.清光绪十二年(1886)刻本.

[13] 袁枚纂修.(乾隆)江宁县新志.清乾隆十三年(1748)刻本.

[14] 何耿绳修,姚景衡纂.(道光)重辑渭南县志.清道光九年(1829)刻本.

[15] 吴坤修等修.(光绪)重修安徽通志.清光绪四年(1878)刻本.

[16] 李应珏纂修.(光绪)皖志便览.清光绪二十四年(1898)刊本.

[17] 金天翮.(民国)皖志列传稿.民国二十五年(1936)刊本.

[18] 毛承霖纂修.(民国)续修历城县志.民国十五年(1926)铅印本.

[19] 枞阳县地方志编纂委员会编.枞阳县志.合肥:黄山书社,1998.

三、家谱与年谱

[1] 张轩纂修.横峰张氏重修宗谱.清道光十八年(1838)木活字本.

[2] 项寅等纂修.桐城项氏重修宗谱.清道光二十八年(1848)木活字本.

[3] 江梅春纂修.江氏宗谱.清同治八年(1869)木活字本.

[4] 张绍华纂修. 桐城张氏宗谱. 清光绪十六年(1890)刻本.

[5] 叶鸿业等纂修. 南阳叶氏宗谱. 清光绪十七年(1891)木活字本.

[6] 汪钝侯纂. 皖桐高岭汪氏四修宗谱. 清光绪三十一年(1905) 木活字本.

[7] 桂枝润纂修. 桐城桂氏族谱. 清光绪三十三年(1907)木活字本.

[8] 陈法堂纂修. 桐城义门陈氏宗谱. 清光绪三十四年(1908)木活字本.

[9] 刘梓培等修. 刘氏族谱. 民国三年(1914)木活字本.

[10] 刘楷模纂修. 桐城陈洲刘氏暄公支谱. 民国七年(1918)木活字本.

[11] 汪淡如纂修. 高林汪氏宗谱. 民国七年(1918)木活字本.

[12] 刘来璋纂修. 刘氏宗谱. 清光绪八年(1882)活字本.

[13] 姜显名纂修. 皖桐姜氏宗谱. 清光绪十九年(1893)活字本.

[14] 江国柱纂修. 浮山江氏宗谱. 清光绪五年(1879)木活字本.

[15] 祝柏友等纂修. 皖桐祝氏宗谱. 清嘉庆二十年(1815)木活字本.

[16] 童鉴泉等纂修. 枞阳童氏宗谱. 清宣统元年(1909)木活字本.

[17] 苏惇元编. 方望溪先生年谱.《北京图书馆藏珍本年谱丛刊》本.

[18] 郑福照编. 姚惜抱先生年谱.《北京图书馆藏珍本年谱丛刊》本.

[19] 郑福照编. 方仪卫先生年谱.《北京图书馆藏珍本年谱丛刊》本.

[20] 任道斌. 方以智年谱. 合肥:安徽教育出版社,1983.

[21] 孟醒仁. 桐城派三祖年谱. 合肥:安徽大学出版社,2002.

[22] 施立业. 姚莹年谱. 合肥:黄山书社,2004.

四、总集与别集

[1] 朱彝尊编. 明诗综. 清康熙四十四年(1705)刻本.

[2] 潘江编. 龙眠风雅.《四库禁毁书丛刊》影印清康熙十七年(1678)潘氏石经斋刻本.

[3] 潘江编. 龙眠风雅续集.《四库禁毁书丛刊》影印清康熙二十九年(1690)自刻本.

[4] 李雅、何永绍辑. 龙眠古文一集. 清道光十五年(1835)芸晖馆刻本.

[5] 刘大櫆编纂. 历朝诗约选. 清光绪二十一年(1895)文征阁刻本.

[6] 徐璈编. 桐旧集. 清咸丰元年(1851)刻本.

[7] 余正酉编. 国朝山左诗汇钞后集. 清道光二十九年(1849)海棠书屋刻本.

[8] 方于穀辑. 桐城方氏诗辑. 清道光元年(1821)刻本.

[9] 方昌翰辑. 桐城方氏七代遗书. 清光绪十四年(1888)刻本.

[10] 赵汸. 赵征君东山先生存稿. 清康熙二十年(1681) 刻本.

[11] 顾炎武. 亭林诗文集.《四部丛刊》景清康熙本.

[12] 钱澄之著,诸伟奇等辑校. 钱澄之全集. 合肥:黄山书社,1998.

[13] 潘江. 木厓文集. 民国元年(1912)梦华仙馆铅印本.

[14] 方孝标撰,石钟扬、郭春萍校点. 方孝标文集. 合肥:黄山书社,2007.

[15] 戴名世著,王树民编校. 戴名世集. 北京:中华书局,1986.

[16] 朱书撰. 杜溪文稿. 清乾隆元年(1736)梨云阁刻本.

[17] 方苞著,刘季高校点. 方苞集. 上海:上海古籍出版社,1983.

[18] 方苞著,徐天祥、陈蕾点校. 方望溪遗集. 合肥:黄山书社,1990.

[19] 张廷玉. 澄怀园文存. 清乾隆间刻本.

[20] 刘大櫆著,吴孟复点校. 刘大櫆集. 上海:上海古籍出版社,1990.

[21] 方泽. 待庐遗集. 清光绪十五年(1889)刻本.

[22] 马翮飞. 翊翊斋遗书. 清道光间刻本.

[23] 张令仪. 蠹窗诗集. 清雍正刻本.

[24] 钱大昕撰,吕友仁标校. 潜研堂集. 上海:上海古籍出版社,1989.

[25] 秦瀛. 小岘山人诗集. 清嘉庆刻增修本.

[26] 铁保. 惟清斋全集.《续修四库全书》影印清道光二年(1822)石经堂刻本.

[27] 谢启昆. 树经堂诗集续集. 清嘉庆刻本.

[28] 汪志伊. 稼门诗文钞. 清嘉庆十五年(1810)刻本.

[29] 方绩. 鹤鸣集. 清光绪十五年(1889)刻本.

[30] 张祥河. 小重山房诗词全集.《续修四库全书》影印清道光刻光绪增修本.

[31] 赵怀玉. 亦有生斋文集.《续修四库全书》影印清道光元年(1821)本.

[32] 郭麐. 灵芬馆诗初集. 清嘉庆道光年间《灵芬馆全集》本.

[33] 管同. 因寄轩文集二集.《续修四库全书》影印清道光十三年(1833)管氏刻本.

[34] 刘开. 刘孟涂集.《续修四库全书》影印清道光六年(1826)姚氏檗山草堂刻本.

[35] 梅曾亮著,彭国忠、胡晓明点校. 柏枧山房诗文集. 上海:上海古籍出版社,2012.

[36] 毛岳生. 休复居文集. 民国二十五年(1936)宝山滕氏影印道光刻本.

[37] 吴德旋. 初月楼文钞. 清光绪十年(1884)刻本.

[38] 曾燠. 赏雨茅屋诗集. 清嘉庆刻增修本.

[39] 高澍然. 抑快轩文钞. 民国三十七年(1948)铅印本.

[40] 方东树. 考盘集文录. 清光绪二十年(1894)刻本.

[41] 黄廷鉴. 第六弦溪文钞.《后知不足斋丛书》本.

[42] 张际亮著,王飚校点. 思伯子堂诗文集. 上海:上海古籍出版社,2007.

[43] 王文治. 海愚诗钞. 清乾隆五十九年(1794)刊本.

[44] 董士锡. 齐物论斋文集. 清道光二十年(1840)江阴暨阳书院刻本.

[45] 左眉. 静庵文集. 清同治十三年(1874)刻本.

[46] 张问陶. 船山诗草. 北京:中华书局,1986.

[47] 张绅. 怡亭文集. 清道光十三年(1833)留香书屋刻本.

[48] 潘德舆. 养一斋集.《续修四库全书》影印清道光二十九年(1849)刻本.

[49] 汤鹏. 海秋诗集. 清道光十八年(1838)刻本.

[50] 朱琦. 怡志堂诗初编.《续修四库全书》影印清咸丰七年(1857)刻本.

[51] 昭梿. 蕙孙堂集.《上海图书馆未刊古籍稿本》本. 上海:复旦大学出版社,2008.

[52] 焦竑著,李剑雄点校. 澹园集. 北京:中华书局,1999.

[53] 薛凤昌. 邃汉斋文存. 清稿本.

[54] 王琦等注. 李贺诗歌集注. 上海:上海人民出版社,1977.

[55] 王士禛. 带经堂集. 清康熙五十年(1711)程哲七略书堂刻本.

[56] 张英. 文端集.《文渊阁四库全书》本.

[57] 方东树. 半字集. 清光绪十五年(1889)刻《方植之全集》本.

[58] 何熙绩. 月波舫遗稿. 清道光九年(1829)刻本.

[59] 周乐. 二南续诗钞. 清道光十一年(1831)刻本.

[60] 陈寿祺. 左海文集.《续修四库全书》影印清刻本.

[61] 陈用光. 太乙舟文集.《续修四库全书》影印清道光二十三年(1843)孝友堂刻本.

[62] 莫友芝著,张剑点校. 莫友芝诗文集. 北京:人民文学出版社,2009.

[63] 曾国藩著,彭靖等整理. 曾国藩全集·诗文. 长沙:岳麓书社,1986.

[64] 曾国藩著,萧守良等整理. 曾国藩全集·日记 .长沙:岳麓书社,1987.

[65] 曾国藩著,陈书良整理. 曾国藩全集·读书录. 长沙:岳麓书社,1994.

[66] 曾国藩著,邓云生整理. 曾国藩全集·家书. 长沙:岳麓书社,1994.

[67] 苏惇元. 钦斋诗稿. 清道光二十七年(1847) 刻本.

[68] 方宗诚. 柏堂遗书. 清光绪桐城方氏志学堂刻本.

[69] 马树华. 可久处斋文抄. 清同治刻本.

[70] 戴钧衡. 味经山馆诗钞. 清道光王祐蕃刻本.

[71] 戴钧衡. 草茅一得. 清抄本.

[72] 马三俊. 马征君遗集. 清同治刻本.

[73] 冯桂芬. 显志堂稿 .《续修四库全书》影印清光绪二年(1876)冯氏校邠庐刻本.

[74] 欧阳兆熊. 寥天一斋文稿. 清光绪二十三年(1897)刻本.

[75] 萧穆撰,项纯文点校. 敬孚类稿. 合肥:黄山书社,1992.

[76] 吴汝纶著,施培毅、徐寿凯校点. 吴汝纶全集. 合肥:黄山书社,2002.

[77] 黎庶昌. 拙尊园丛稿. 清光绪二十一年(1895) 刻本.

[78] 张裕钊著,王达敏校点. 张裕钊诗文集. 上海:上海古籍出版社,2007.

[79] 薛福成. 庸庵文编. 清光绪十四年(1888)刻本.

[80] 袁昶. 于湖小集. 清光绪袁氏水明楼刻本.

[81] 马其昶. 抱润轩文集. 清宣统元年(1909)安徽官纸印刷局石印本.

[82] 马其昶. 抱润轩文集. 民国十二年(1923)刻本.

[83] 林纾. 林琴南文集. 北京:中国书店,1985.

[84] 鲁九皋. 鲁山木先生文集. 清道光十一年(1831)刻本.

[85] 王树楠. 陶庐文集. 民国四年(1915)陶庐丛刻本.

[86] 范当世. 范伯子先生全集.《近代中国史料丛刊续编》本.

[87] 范当世著,马亚中、陈国安校点. 范伯子诗文集. 上海:上海古籍出版社,2003.

[88] 陈作霖. 可园诗存. 清宣统元年(1909)刻增修本.

五、笔记杂著与诗文评

[1] 黄宗羲著,沈芝盈点校. 明儒学案. 北京:中华书局,2008.

[2] 徐世昌等编,沈芝盈、梁运华点校. 清儒学案. 北京:中华书局,2008.

[3] 钱谦益. 列朝诗集小传. 上海:上海古籍出版社,1959.

[4] 翁方纲. 翁氏家事略记. 民国五年(1916)上海同文图书馆石印本.

[5] 马其昶著,毛伯舟点注. 桐城耆旧传. 合肥:黄山书社,1990.

[6] 张熙亭撰. 金陵文征小传.《明清未刊稿汇编初辑》本,台北:联经事业出版公司,1976.

[7] 黎靖德编,王星贤点校. 朱子语类. 北京:中华书局,1986.

[8] 方中通. 心学宗续编. 清康熙继声堂刻本.

[9] 震均辑. 国朝画人辑录.《清代传记丛刊》本.

[10] 盛淑清辑. 清代画史增编.《清代传记丛刊》本.

[11] 马金伯. 国朝画识.《清代传记丛刊》本.

[12] 张庚. 国朝画征录. 清乾隆四年(1739)刻本.

[13] 蒋宝龄、蒋茝生. 墨林今话.《清代传记丛刊》本.

[14] 方濬颐. 梦园书画录.《中国书画全书》本,上海:上海书画出版社,1998.

[15] 方以智. 通雅. 北京:中国书店,1990 年影印浮山此藏轩刻本.

[16] 方以智. 物理小识. 上海:商务印书馆,1937.

[17] 方以智著,庞朴注释. 东西均注释. 北京:中华书局,2001.

[18] 包世臣. 艺舟双楫. 北京:中国书店,1983.

[19] 戴望. 颜氏学记. 清同治冶城山馆刻本.

[20] 陈康祺撰,晋石点校. 郎潜纪闻初笔. 北京:中华书局,1984.

[21] 刘声木撰,刘笃龄点校. 苌楚斋随笔续笔三笔四笔五笔. 北京:中华书局,1998.

[22] 钱泳撰,张伟点校. 履园丛话. 北京:中华书局,1979.

[23] 容闳. 西学东渐记. 长沙:湖南人民出版社,1981.

[24] 易宗夔. 新世说. 民国七年(1918)北京印刷局印行.

[25] 黄绾著,刘厚祜、张岂之标点. 明道编. 北京:中华书局,1959.

[26] 梁绍壬. 两般秋雨盦随笔. 上海:上海古籍出版社,1982.

[27] 黄掌纶等纂. 长芦盐法志. 清嘉庆十年(1805)刻本.

[28] 徐师曾著,罗根泽校点. 文体明辨序说. 北京:人民文学出版社,1998.

[29] 朱彝尊著,姚祖恩编,黄君坦校点. 静志居诗话. 北京:人民文学出版社,1990.

[30] 叶燮著,霍松林校注. 原诗. 北京:人民文学出版社,1979.

[31] 薛雪著,杜维沫校点. 一瓢诗话. 北京:人民文学出版社,1979.

[32] 袁枚著,王英志校点. 随园诗话. 南京:凤凰出版社,2000.

[33] 方东树著,汪绍楹校点. 昭昧詹言. 北京:人民文学出版社,1961.

[34] 黄培芳. 粤岳草堂诗话. 清宣统二年(1910)年铅印本.

[35] 谢堃. 春草堂诗话. 清刻本.

[36] 施山. 望云诗话. 清光绪年间抄本.

[37] 张寅彭编. 民国诗话丛编. 上海:上海书店出版社,2002.

六、工具资料书

[1] 郑樵撰. 通志. 北京:中华书局,1987.

[2] 永瑢等撰. 四库全书总目. 北京:中华书局,1987.

[3] 张慧剑. 明清江苏文人年表. 上海:上海古籍出版社,1981.

[4] 傅瑛主编. 明清安徽妇女文学著述辑考. 合肥:黄山书社,2010.

[5] 潘荣胜编. 明清进士录. 北京:中华书局,2006.

[6] 赵尔巽等纂. 清史稿. 北京:中华书局,2003.

[7] 张舜徽. 清人文集别录. 北京:中华书局,1963.

[8] 钱仲联等编. 清诗纪事. 南京:江苏古籍出版社,1987.

[9] 钱实甫编. 清代职官年表. 北京:中华书局,1980.

[10] 袁行云. 清人诗集叙录. 北京:文化艺术出版社,1994.

[11] 秦国经主编. 清代官员履历档案全编. 上海:华东师范大学出版社,1997.

[12] 李灵年、杨忠. 清人别集总目. 合肥:安徽教育出版社,2000.

[13] 柯愈春.清人诗文集总目提要. 北京:北京古籍出版社,2002.

[14] 江庆柏编.清代人物生卒年表.北京:人民文学出版社,2005.

[15] 蒋寅撰.清诗话考.北京:中华书局,2005.

[16] 张寅彭.新订清人诗学书目.上海古籍出版社,2003.

[17] 王先谦撰.东华续录.《续修四库全书》影印清光绪十年(1884)长沙王氏刻本.

[18] 来新夏.近三百年人物年谱知见录. 上海:上海人民出版社,1983.

[19] 蒋元卿.皖人书录.合肥:黄山书社,1989.

[20] 阳海清、孙震编.中南西南地区省市图书馆馆藏古籍稿本提要.武汉:华中理工大学出版社,1998.

[21] 卞孝萱、唐文权编.辛亥人物碑传集.北京:团结出版社,1991.

[22] 钱仲联编.广清碑传集.苏州:苏州大学出版社,1999.

七、现代著述

[1] 姜书阁.桐城文派评述.上海:商务印书馆,1933.

[2] 陈登原.古今典籍聚散考.上海:商务印书馆,1936.

[3] 周作人.中国新文学的源流.上海:华东师范大学出版社,1995.

[4] 钱基博.现代中国文学史.北京:中国人民大学出版社,2004.

[5] 王气中编.桐城派研究论文集.合肥:安徽人民出版社,1963.

[6] 叶显恩.明清徽州农村社会与佃仆制.合肥:安徽人民出版社,1983.

[7] 陈旭麓.近代史思辨录.广州:广东人民出版社,1984.

[8] [美]S.南达著,刘燕鸣、韩养民编译.文化人类学.西安:陕西人民教育出版社,1987.

[9] 何天杰.桐城文派:文章法的总结与超越.广州:广州文化出版社,1989.

[10] 王镇远.桐城派. 上海:上海古籍出版社,1990.

[11] 梁实秋.梁实秋怀人丛录.北京:中国广播电视出版社,1991.

[12] 黄万机. 莫友芝评传. 贵阳:贵州人民出版社,1992.

[13] 汪福来编. 桐城文化志. 合肥:安徽人民出版社,1992.

[14] 王献永. 桐城文派. 北京:中华书局,1992.

[15] 吴孟复. 桐城文派述论. 合肥:安徽教育出版社,1992.

[16] 徐扬杰. 中国家族制度史. 北京:人民出版社,1992.

[17] 钱锺书. 谈艺录(补订本). 北京:中华书局,1993.

[18] 冯尔康. 中国宗族社会. 杭州:浙江人民出版社,1994.

[19] 潘光旦著,潘乃穆、潘乃和编. 潘光旦文集. 北京:北京大学出版社,1995.

[20] 陈庆元. 福建文学史. 福州:福建教育出版社,1996.

[21] 黄霖. 中国文学批评通史(近代卷). 上海:上海古籍出版社,1996.

[22] 邬国平、王镇远 . 中国文学批评通史(清代卷). 上海:上海古籍出版社,1996.

[23] 葛剑雄等. 中国移民史. 福州:福建人民出版社,1997.

[24] 关爱和. 古典主义的终结:桐城派与五四新文学. 上海:上海文艺出版社,1998.

[25] 魏际昌. 桐城古文学派小史. 石家庄:河北教育出版社,1998.

[26] 钱仲联. 当代学者自选文库(钱仲联卷). 合肥:安徽教育出版社,1999.

[27] 郭绍虞. 中国文学批评史. 天津:百花文艺出版社,1999.

[28] 江庆柏. 明清江南望族文化研究 . 南京:南京师范大学出版社,1999.

[29] 张健. 清代诗学研究. 北京:北京大学出版社,1999.

[30] 周中明. 桐城派研究. 沈阳:辽宁大学出版社,1999.

[31] 陈子展. 中国近代文学之变迁——最近三十年中国文学史. 上海:上海古籍出版社,2000.

[32] 汪辟疆. 汪辟疆说近代诗. 上海:上海古籍出版社,2001.

[33] 吴仁安. 明清江南望族与社会经济文化研究 . 上海:上海人民出版社,2001.

[34] 卢建荣主编. 性别、政治与集体心态:中国新文化史. 台北:麦田出版社,2001.

[35] 杨怀志、江小角编. 桐城派名家评传. 合肥:安徽人民出版社,2001.

[36] 张仲礼. 中国绅士的收入. 上海:上海社会科学出版社,2001.

[37] 马积高. 清代学术思想的变迁与文学. 长沙:湖南人民出版社,2002.

[38] 徐庶、叶濒编. 桐城民俗风情. 合肥:黄山书社,2002.

[39] 张宏生编. 明清文学与性别研究. 南京:江苏古籍出版社,2002.

[40] 舒芜口述,许福芦撰写. 舒芜口述自传. 北京:中国社会科学出版社,2002.

[41] 张杰. 清代科举家族. 北京:社会科学文献出版社,2003.

[42] 龚书铎. 社会变革与文化趋向——中国近代文化研究. 北京:北京师范大学出版社,2004.

[43] 刘世南. 清诗流派史. 北京:人民文学出版社,2004.

[44] 汪军主编. 皖江文化与近世中国. 合肥:合肥工业大学出版社,2004.

[45] 魏中林整理. 钱仲联讲论清诗. 苏州:苏州大学出版社,2004.

[46] 陈来. 宋明理学(第二版). 上海:华东师范大学社,2004.

[47] 梁启超. 中国近三百年学术史. 石家庄:河北人民出版社,2004.

[48] [美]曼素恩(SusanMann)著,定宜庄、颜宜葳译. 缀珍录:十八世纪及其前后的中国妇女. 南京:江苏人民出版社,2005.

[49] 周晓光. 徽州传统学术文化地理研究. 合肥:安徽人民出版社,2006.

[50] 何明星. 著述与宗族——清人文集编刻方式的社会学考察. 北京:中华书局,2007.

[51] 史革新. 清代理学史. 广州:广东教育出版社,2007.

[52] 王达敏. 姚鼐与乾嘉学派. 北京:学苑出版社,2007.

[53] 徐雁平. 清代东南书院与学术及文学. 合肥:安徽教育出版社,2007.

[54] 徐成志、江小角编. 桐城派与明清学术文化. 合肥:安徽大学出版社,2008.

[55] 张剑. 莫友芝年谱长编. 北京:中华书局,2008.

[56] 罗时进. 地域·家族·文学:清代江南诗文研究. 上海:上海古籍出版社,2010.

[57] 徐雁平编著. 清代文学世家姻亲谱系. 南京:凤凰出版社,2010.

[58] 曾光光. 桐城派与晚清文化. 合肥:黄山书社,2011.

[59] 杨怀志. 桐城文派概论. 合肥:安徽美术出版社,2011.

[60] 吴微. 桐城文章与教育. 合肥:安徽大学出版社,2012.

[61] 叶濒、张志鸿编. 桐城歌. 合肥:黄山书社,2012.

[62] 陈旭麓. 近代中国社会的新陈代谢. 北京:中国人民大学出版社,2012.

[63] 徐雁平. 清代世家与文学传承. 北京:生活·读书·新知三联书店,2012.

[64] 刘尚恒、郑玲. 安徽藏书家传略. 合肥:黄山书社,2013.

[65] 关爱和. 中国近代文学史. 北京:中华书局,2013.

八、学术论文

[1] 柳诒征. 江苏书院志初稿. 江苏省立国学图书馆第四年刊. 1931.

[2] 杨布生. 姚鼐从事书院教育 40 年考略. 益阳师专学报. 1991(3).

[3] 孟醒仁. 莫友芝和他的高弟姚浚昌. 贵州文史丛刊. 1993(1).

[4] 范金民. 明清江南进士数量、地域分布及其特色分析. 南京大学学报. 1997(2).

[5] 许怀林. 论元朝的江西地区. 元史论丛第七辑. 1999.

[6] 李琳琦. 明清徽州进士数量、分布特点及其原因分析. 安徽师范大学学报. 2001(1).

[7] 吴建华. 明清苏州、徽州进士数量和分布的比较. 江海学刊. 2004(3).

[8] 龚书铎. 清代理学的特点. 史学集刊. 2005(3).

[9] 徐雁平. 书院与桐城文派传衍考论. 南京晓庄学院学报. 2006(1).

[10] 陈瑞. 元代安徽地区的书院. 合肥师范学院学报. 2009(1).

[11] 周怀文. 桐城文学的津梁——姚范. 船山学刊. 2009(2).

[12] 陈晓峰. 姚倚云女子师范教育思想研究. 教育学术月刊. 2009(9).

[13] 方旭玲. 清代桐城进士数量考. 安庆师范学院学报(社会科学版). 2010(5).

[14] 王晖、成积春. 姚莹理学思想初探. 江西社会科学. 2010(6).

[15] 赵子云等. 姚鼐与钟山书院. 江苏地方志. 2011(1).

[16] 梅新林. 文学世家的历史还原. 中国社会科学. 2011(1).

[17] 梁光华. 莫友芝与曾国藩交往述论. 贵州大学学报. 2011(4).

[18] 罗时进. 清代江南文学发展中的“舅权”影响. 江海学刊. 2011(5).

[19] 徐雁平. 批点本的内部流通与桐城派的发展. 文学遗产. 2012(1).

[20] 吴婷. 清代桐城科举家族姚氏研究. 辽宁大学中国古代史专业硕士学位论文. 2013.

[21] 温世亮. 清代桐城麻溪姚氏家族及其诗歌研究. 安徽师范大学中国古代文学专业博士学位论文. 2013.

[22] 王达敏. 桐城派的现代转型. 安徽大学学报. 2015(5).

后 记

这本小书是在我的博士论文的基础上修订而成的，原题为《桐城麻溪姚氏家族与桐城派兴衰嬗变研究》。

自 2013 年 3 月，我顺利通过博士论文答辩后，如何修改好论文一直是我挥之不去的一块“心病”。这几年来，我断断续续地对它有所修改，进展和效果皆殊非所愿。今年开春后，在师友的敦促下，我下定决心，花大气力把论文彻底修改了一下，毕其功于一役，与它作个“痛快”的了断。这次修改涉及论文的每一个章节，有些章节内容甚至有较大的变动，其面貌业已与原稿大相径庭。其间，一些问题的发现和解决，也稍慰我心。即便如此，我依然为躲在书中暗处未曾发现的“毛病”而忐忑不安。因为它们暴露出我的才疏学浅和急功近利。姚鼐晚年曾对学生张聪咸说：“大抵著一好书，非数十年之功不能成，不可仓卒也。”就目前的科研境况来看，我只能抱憾力尽于此，“仓促”出书了。尽管这么做，实在有愧于我所尊崇的桐城先贤。当然，我也希望这本小书中留下的种种不足与遗憾，能在以后的岁月里有机会得以消除。

由衷地感谢我的导师孙小力先生。我拜入孙老师门下攻读博士学位，曾经历了一番波折。这段曲折遭际，至今思忆，犹是百感交集，欷歔不已。早在 2007 年，我有过一次成功报考孙老师的经历。无奈适值母亲患病，需要照顾。几番踌躇、几番思量后，我最终还是遗憾地放弃了这次难得的读博机会。

此间，孙老师也对我多有关心，对我的最终选择表示理解，这些都大大纾解了我当时心中的忐忑与愧疚，也让我倍感温暖。两年后，我又动起了考博的念头，首先想到的还是孙老师。承蒙他的厚爱，不嫌我驽钝，毅然将我招之门下。2010 年 3 月，我终于如愿以偿地负笈于美丽的上海大学。

在此后的三年岁月里，我在孙老师的精心指导下，收获良多，对治学有了更新、更深的体认。孙老师治学严谨扎实，一丝不苟，经常告诫我们写学术论文要有创见，要严谨周密，写好后必须要多思、多改。他的箴言不仅入了我的耳，也入了我的心。这些年来，我习惯写好论文后，都要修改数次才作罢。虽然有时论文也不见得改得到位、改得满意，但至少心有所安、心有所定。

每一个读博的人，差不多都曾有过纠结于博士论文选题之事，我也不例外。幸运的是，孙老师在选题上给了我很大的自主权。早在入学之前，我就有了研究桐城派的打算，并且搜集和积累了一些文献资料，但苦于找不到好的题目。入学后，经与孙老师多番交流、商量后，我最终选择研究桐城麻溪姚氏家族与桐城派的兴衰嬗变关系。这个决定，今天看来无疑是正确的，其在某种程度上也奠定了我以后的学术志向。虽然孙老师侧重于精研元明文学，不研究清代桐城派，但他还是凭借精湛的学识与丰富的经验，并付出诸多心血，认真指导我顺利地完成了博士论文。三年学业结束，我从孙老师那里，满载而归。满载的不仅是收获，也是沉甸甸的感激。

感谢当年参加我论文评阅与答辩的诸位先生，他们是华东师范大学刘永翔教授，复旦大学陈尚君教授、陈广宏教授、郑利华教授、黄毅教授，上海社会科学院文学研究所孙琴安研究员，苏州大学罗时进教授，上海师范大学严明教授，上海古籍出版社社长高克勤编审，上海大学张寅彭教授、朱恒夫教授。他们曾对我的博士论文赐予诸多宝贵的意见，这些意见对我的修改工作助益良多。此外，我的博士论文在知网发布后，曾多次得到浙江大学朱则杰教授的热心征引，这使拙文增辉不少。朱先生的提携之情，我铭感无已，亦于此谨致谢忱。

清人王翼凤有诗云："从来文章遇，感激淋肝脾。"在此，我还想特别感谢中国社会科学院文学研究所的王达敏先生。与王老师的结识缘于桐城派研究,也缘于"天下文章归一县"的桐城。记得在2012年10月底,其时天淡云闲,秋色宜人,我受邀参加在桐城举办的第五届全国桐城派研究学术研讨会。在那次会上,我的会议论文《元末明初移民与明清桐城文化的兴盛》有幸得到王老师的垂注,这是我意想不到的。此后,他一直关心我、鼓励我。每次我与他电话联系或见面交谈,他总是能循循善诱,增我信心,启我心扉,拓我视野。这些年来,在他的引导下,我在桐城派研究领域"越陷越深",乐在其中,不愿自拔。拙著的修改和出版工作,也得到了他的关心和帮助。尤其是他提出的一些极富卓识的修改意见,让我在修改文稿时不再感到茫然和无助。去年3月,承蒙王老师不弃,我又有幸追随他做博士后,选择继续深耕桐城派。我们师生之间的交流也因此更加频繁,逾于往昔。于我而言,随之而来的是日益增多的收获与进步。

拙作在出版前后,还得到了我所在单位领导、同事的关心,以及其他在此无法一一列举姓名的师友的关怀,每念及此,我都深怀谢意与敬意。安徽大学出版社也为拙作的出版,提供了极大的方便和支持。学术图书分社副社长李君女士,抱负远大,干练果断,积极为拙作顺利面世创造条件,提供帮助;责任编辑汪君女士,热忱有加,尽心尽责,对拙作进行了细致的审阅和校对,并提出了宝贵的修改意见。感谢你们,这次合作,我感到很愉快、很成功。

最后,我还想感谢下我的家人。父亲年事已高,还帮弟弟在外奔波操劳,幸好身体康健,稍减我忧;岳父、岳母虽已退休,但也未曾休息,而是不辞辛劳,尽心尽力地帮我照顾着小孩。可以说,这些年来,没有家人的包容、理解与支持,我很难有时间心无旁骛地投入到学术研究之中。遗憾的是,我所成有限,难以报答他们,思之既感且愧。尤其是对妻儿,我的愧疚之心更多一点,因为陪伴他们的时间并不多。我读博毕业之时,儿子屹儿还不满周岁,如今他已上幼儿园大班了。他在茁壮成长,而我却在蹉跎岁月。我觉得,如何培养好他,应该是我今后最重要的课题。虽然这个课题需要自筹经费,但毕竟由我自主,无监管压力,且又无时间限制。更重要的是,因为屹儿的成长,让我体会到为人父母的意义与价值，感悟到生命延续的美妙与喜悦。

记得上小学时，语文老师曾经问我们的理想是什么，幼不经事的我稀里糊涂地回了一句：当海军。年少时的懵懂与无知，现在忆起，仍不觉莞尔。虽然驾驶军舰、驰骋海疆的热血理想已化为遥不可及的空想，但我还是一路跌跌撞撞地闯进了另一片海——学海，成为另一种意义上的“海军”。学海无涯，频年游弋，甘苦自知。所幸有良师，有益友，他们鼓励与期冀的目光，如同海岸边的灯塔，让我倍增信心，也教我勇于驾驶求知的舰船，坚定方向，劈风斩浪，驶向学海彼岸……

汪孔丰

2017 年 11 月 23 日